EX
LIBRIS

Handwerck I

裝幀師

The

BINDING

BRIDGET
COLLINS

布莉琪·柯林斯——著　張家綺——譯

故事盒子 64

裝幀師

The Binding

作　　者　布莉琪・柯林斯 Bridget Collins
譯　　者　張家綺

野人文化股份有限公司

社　　長　張瑩瑩
總 編 輯　蔡麗真
副 主 編　陳瑾璇
責任編輯　李怡庭
協力編輯　林立文
校　　對　翁淑靜、魏秋綢
行銷企劃　林麗紅
封面設計　萬勝安
內頁排版　洪素貞

出　　版　野人文化股份有限公司
發　　行　遠足文化事業股份有限公司(讀書共和國出版集團)
地址：231新北市新店區民權路108-2號9樓
電話：（02）2218-1417　傳真：（02）8667-1065
電子信箱：service@bookrep.com.tw
網址：www.bookrep.com.tw
郵撥帳號：19504465遠足文化事業股份有限公司
客服專線：0800-221-029
法律顧問　華洋法律事務所　蘇文生律師
印　　製　呈靖彩藝有限公司
初版1刷　2020年11月
初版15刷　2023年12月

圖片來源：
(扉頁底圖) Tulip by William Morris(1834-1896). Original from The MET Museum. Digitally enhanced by rawpixel.
(p.1)William Morris letter©kuba@openclipart
(p.5)study-pic-1©FreeVintageillustrations.com.
(p.154)digitised image from p.71 of "Sing-Song. A nursery rhyme book. ... With ... illustrations by A. Hughes, etc"©British Library@flickr
(p.277) digitised image from p.115 of "The Haunted House ... Illustrated by H. Railton. With an introduction by Austin Dobson"©British Library@flickr

國家圖書館出版品預行編目資料

裝幀師 / 布莉琪 . 柯林斯 (Bridget Collins) 著 ; 張家綺譯 . -- 初版 . -- 新北市 : 野人文化出版 : 遠足文化發行 , 2020.11
面 ;　公分 . -- (故事盒子 ; 64)
譯自 : The Binding.

ISBN 978-986-384-460-0(平裝)

873.57　　109015698

野人文化
官方網頁

野人文化
讀者回函

裝幀師

線上讀者回函專用 QR CODE，你的寶貴意見，將是我們進步的最大動力。

情感豐沛，令人身歷其境……啓迪人心、極具原創性的敘事手法與世界觀建構。

——《星期日泰晤士報》（*Sunday Times*）

《裝幀師》就像一塊驚喜連連、有美味覆盆子夾心的黑巧克力蛋糕，帶來饒富歌德趣味的閱讀體驗，讓人重新探索書本裡藏著什麼，並且提醒我們說故事的力量。劇情扣人心弦。

——崔西．雪佛蘭（Tracy Chevalier），《戴珍珠耳環的少女》作者

這是百分之百的魔法。身歷其境的敘事手法，讀到連自己的名字都忘得一乾二淨。眞希望這本書是我寫的。

——艾琳．凱莉（Erin Kelly），《是誰在說謊》作者

從沒想過書籍與裝幀，竟然可以有這樣的想像與連結。

——盧亭璇（製書師）

獻給尼克

第一部

回憶湧出的時刻，我們稱之為吻。

1

那封信寄到家裡時，我正在田裡紮牢最後一綑小麥，雙手顫抖到連一個結都差點紮不好。都是因爲我，大家才會落得徒手綑紮的地步，要是我現在就放棄，肯定會被罵死。我撐過了午後暑氣，拚命眨眼想擺脫視線兩側不停閃現的黑點，直到此刻夜幕低垂，終於只差一點就能完工。其他人早在太陽下山時，就扭頭嚷嚷著明天見，收工回家了。我很慶幸他們都走了，現在只剩下我一人，總算不必再假裝跟得上他們的步伐。我繼續徒手綑紮，努力不去想要是有台收割機該有多輕鬆。都怪我之前生了一場重病，沒辦法檢查收割機，而其他人也沒想到要檢查。那陣子的事我記得的不太多，除去偶爾神智清醒的片段，就只是個除了回音、幻影和黑暗痛楚之外一片空白的夏天。每天我都會不小心發現還有工作沒做完。爸已經盡力了，但光憑他還是無法一肩扛起所有工作。都是因爲我，這一整年的進度才會嚴重落後。

我將最後這綑小麥攔腰束緊，疊在綑好的麥束堆上。大功告成，總算可以回家了……但一道道比藍紫色夕暮更幽深的陰影卻不斷在我周遭搏動、旋轉，使我的膝蓋不禁發顫。我蹲伏在地，骨頭痛得我不得不屏息。這已經比之前好很多了，好過連月來毫無預警、彷彿撕裂般的痛苦痙攣，儘管如此我還是覺得自己像老人般脆弱。我咬緊牙關，虛弱得差點沒哭出來，不過即使此刻只有肥滿的中秋圓月注視著我，我也絕對不哭，寧死不哭。

「艾墨特？艾墨特！」

是艾塔，她正繞過麥束堆朝我走來。我奮力撐起身子，不停眨眼，想驅散眼前冒出的金星，但零散的星星還是在頭上左搖右晃的。我清了下嗓子，說：「我在這裡。」

「你怎麼不叫其他人幫忙？他們走回小巷時媽沒看見你，所以擔心——」

「她用不著擔心，我又不是小孩。」剛才被尖麥稈劃傷的拇指還淌著血，血味嚐起來有塵埃與高燒的味道。

艾塔遲疑了。一年前我還跟他們所有人一樣健壯，但現在她歪頭望著我，彷彿我年紀比她小。

「的確不是小孩了，但——」

「我想要看月亮出來。」

「我知道你想。」月色柔化了她的輪廓，但我依然從她眼底看見了一抹銳色。「我們沒辦法逼你休息。如果你自己都不在乎病情能不能好轉——」

「你的語氣簡直跟她一模一樣。我是說媽。」

「因爲她說得沒錯！你不能期望一下子就恢復，好像什麼事都沒發生過一樣。更何況你的病幾乎還跟之前一樣嚴重。」

病重，講得好像我一直臥病在床，不是咳嗽就是嘔吐，或是渾身長滿膿包似的。就算身陷恍惚的夢魘之中，我記得的可比他們以爲的還要清楚。我記得尖叫和幻覺，記得我止不住哭號、誰也認不得的日子，也記得我徒手擊碎玻璃的那個夜晚。我還眞希望當時我**只是**鎮日上吐下瀉的無助病人，總好過他們必須用繩子綁住我，在我手腕上留下至今可見的勒痕。我轉身背對她，吸吮著拇指上的傷口，直到嚐不出血味才停。

「拜託，艾墨特。」艾塔說，她的手指輕輕刷過我的衣領。「你已經跟其他人一樣工作一整天了，現在甘願回家了嗎？」

「好吧。」微風吹得我後頸寒毛豎起。見我瑟縮發抖，艾塔垂下眼。「那，晚餐吃什麼？」

她咧嘴一笑，微微露出了缺牙。「要是你不快一點，就什麼都別想吃。」

「好，那我們比賽，看誰先跑回家。」

「等我沒穿胸衣的時候再比吧。」她轉過身，沾滿塵土的裙襬在腳踝邊盪開。她笑起來仍然像個孩子，但現在已有雇農打探起她來。有時在光線照耀下，她已然像個女人。

我腳步蹣跚地追上她，累得像喝醉了酒似的。黝黑夜色匯聚在樹林下和綠籬間，顯得更深更濃，而月光則將夜空星辰滌得更亮更白。我想起有如玻璃般清澈的沁涼井水，井底還積聚著小小的青綠斑點；或者，不是井水，更像是混入了爸的草藥特調，帶有青草香、苦澀味、琥珀色的啤酒。那種酒我喝了總是倒頭就睡，不過這樣很好，因爲我只想像一根熄滅的蠟燭那樣，進入無夢無意識的狀態。不再有黑夜夢魘，不再有黑夜恐懼，清晨醒來，就能看見耀眼嶄新的陽光。

穿過後院柵門時，村裡的大鐘正好敲了九下。「我餓扁了，」艾塔說：「他們派我出來找你的時候，我都還沒——」

媽咆哮的聲音打斷了她。

艾塔驟然止步，柵門在我們背後哐啷關上。我們面面相覷，不完整的破碎句子從院子另一頭飄了過來：**你怎麼能說……我們不能這麼做，就是不能……**

我的雙腿因爲保持僵立而開始發顫。我不禁伸手扶著牆，希望心跳能緩和下來。從廚房窗簾縫隙透出一抹燈光，我注意到有人影在光線裡來回穿梭。是我父親，他正來回踱步。

「我們總不能一整晚都站在這裡發呆吧。」艾塔像講悄悄話般對我說。

「八成不是什麼大不了的事。」爸媽這一週都在吵收割機的事，說之前怎麼沒人查看。他們都絕口不提這是我的分內工作。

驀然傳出砰的一聲，那是拳頭敲擊餐桌的聲音。爸拉高了嗓門，說：「不然你希望我怎麼做？回絕她？那該死的巫婆會馬上對我們下咒——」

「她早就這麼做了!你看看他，羅伯特——要是他永遠好不起來怎麼辦?這都是她的錯……」

「你的意思是那都是他自己的錯吧——要是他——」那一刻我耳中有陣高音嗡嗡響起，硬生生壓過爸的聲音。眼前的世界如滑倒般傾斜，又立刻回復平穩，就像是在行走的軸線上晃了一下。我努力吞嚥下沸騰的反胃感，而當我總算重新集中注意力，周遭已陷入一片寂靜。

「這很難說吧。」爸最後開口道，音量不大不小，正好讓我們聽得見。「說不定她會幫他啊，這幾週她不都來信查看他的近況?」

「那是因爲她想要帶走他!不，羅伯特，**不行**，我不能眼睜睜看著這種事發生，他應該待在我們身邊，無論他之前做錯什麼，始終是我們的兒子——而**她**，她只讓我渾身發顫——」

「你又沒見過她本人，當初去找她的人可不是你——」

「我不管!她做得夠多了，現在休想再奪走他。」

艾塔將目光瞟向我。她的臉色似乎變了，一把捉住我的手腕猛拽。「那我們進門囉，」她用呼喊雞群時那種刻意拉尖的聲音說：「你已經工作了一整天，肯定餓到前胸貼後背了吧，我是餓壞了啦，家裡最好還有派，否則我眞的要殺人了。把叉子刺進誰的心臟，**吃個精光**。」她在門前停頓，又說了句：「而且要沾**芥末醬**。」語畢，她推開門。

爸媽各據廚房一方：爸背對我們立在窗邊，媽站在壁爐旁，面頰浮起胭脂般的紅點。他們之間隔著一張餐桌，桌上有一張淡黃色厚紙和一只拆開的信封。媽的目光迅速從艾塔掃向我，然後朝餐桌跨出半步。

「晚餐時間到囉，」艾塔說：「艾墨特，你怎麼一副快要餓暈的樣子。老天，餐具都還沒擺好，希望烤箱裡還有派。」她在我身邊放下一疊餐盤。「要麵包嗎?還是啤酒?我看我自告奮勇當廚房小幫廚算了……」語畢她溜進食具室。

「艾墨特，」爸沒有轉身便開口道：「桌上有封信，你最好讀一下。」

我把信挪到自己面前，信紙上的字跡模糊成一片，像是汙痕一樣。「我現在視線看不太清楚，直接告訴我信裡寫什麼吧。」

爸低下頭，後頸肌肉隆起，像正拖拽著什麼沉甸甸的東西。「有名裝幀師正在徵求學徒。」

媽發出一個聲音，像是某個被咬斷的字。

我說：「學徒？」

屋子裡一片靜默。一絲月光透過窗簾縫隙灑入廚房，讓室內的物品鍍上一層銀光，也將爸的頭髮照耀得油滑灰白。「說的就是你。」他說。

艾塔站在食具室門口，環抱著一罐醃瓜。我一度以為她會鬆手，將醃瓜罐砸得一地都是，但她只是輕輕把它擱置在碗櫃上方。玻璃罐碰上木頭的悶響比砸碎在地面的聲音還要響亮。

「我已經過了應徵學徒的年紀。」

「根據她的說法，還沒。」

「我以為……」我的手在餐桌上攤平：那雙手慘白到險些讓我認不出是我自己的，連一天工作量都完成不了的手。「我已經慢慢好起來了，很快就能……」我乍然住嘴，發現自己的聲音居然跟手指一樣，讓人感到如此陌生。

「事情不是這樣的，兒子。」

「我知道現在的我很沒出息——」

「噢，寶貝兒子，」媽說：「這不是你的錯，絕對不是因為你還沒好起來的關係，你很快就能恢復健康。如果是這樣……你也知道，我們一直希望你和你爸一起經營農場，本來是這樣計畫的。你還是可以這麼做，只不過……」她的眼神移向爸。「不是我們要送走你，是她非要你過去不可。」

「我並不認識她。」

「裝幀……是一門優良工藝，是很正當的技藝，沒什麼好害怕。」艾塔不慎撞上碗櫃，媽轉頭瞥了一眼，然後俐落地接住差點墜地的盤子。「艾塔，你也小心點。」

我的心臟漏跳一拍，接著又猛烈跳動。「可是……你明明很討厭書，你們不是一直告訴我那是道德淪喪的東西嗎？我上次從覺醒市集帶回那本書的時候——」

他們迅速交換一個眼神，速度快到難以解讀含義。爸說：「現在別管那些了。」

「可是……」我轉頭面對媽，難以將內心感受化爲字句：一有人提到書就馬上切換話題、聽到這個字就厭惡地渾身顫抖、他們臉上的表情……我還記得小時候有次我們在塞津迷路，媽臉色陰鬱地拉著我，快步行經一間招牌寫著A·**弗伽提尼當鋪及合格書商**的骯髒店面。「**優良工藝**，這是什麼意思？」

「這不是……」媽深吸一口氣。「也許我先前的想法比較……」

「希爾妲，行了。」爸的手指掐著側頸，像是在按摩痠痛的肌肉。「你沒有得選，孩子。雖然那裡窮鄉僻壤，至少生活安穩，倒也不是什麼壞事。那裡很安靜，不用你辛苦勞動，也沒人會誘拐你誤入歧途……」他清了下喉嚨，接著說：「而且他們並不全都像她那樣，等你安頓下來，學會這項技藝，然後……事情就是這麼簡單。城裡有的裝幀師還有自己的四輪馬車。」

眾人陷入片刻沉默。艾塔用指甲輕敲著罐頭蓋子，瞥向我。

「可是我不、我從來沒有……她爲什麼會覺得我是——」這一刻沒人敢抬頭看我。「你剛說我沒得選，那是什麼意思？」

沒人回答。最後艾塔走進廚房，拾起那封信。「『等到他可以出遠門，』」她大聲朗讀出信件內容：「『冬季的裝幀所冰寒刺骨，請記得爲他準備保暖衣物。』這封信爲什麼是指名給你，而不是寫給艾墨特？她難道不曉得他識字嗎？」

「這是他們一貫的做法，」爸回道：「跟家長徵求學徒，就是這麼一回事。」

事實是怎樣都無所謂了，我那雙攤平在餐桌上的手瘦得只剩皮包骨。一年前這雙手還是健康的小麥色，長滿結實肌肉，幾乎已像是成熟男人的手，但現在卻什麼都不能做，只適合從事一門我爸媽最痛恨的工藝。但是裝幀師為何挑中我，難道是他們親自去求她？我張開手指壓著桌面，彷彿自己能夠用掌心吸收木頭的能量。

「要是我說不去呢？」

爸拖著沉重步伐走到櫥櫃前，俯身取出一瓶黑莓琴酒。這玩意兒甜膩濃烈，媽只有在節慶或有人生病時才拿出這種酒，可是此時眼見他倒滿半杯馬克杯，她卻悶不吭聲。「這裡已經沒有容得下你的餘地。也許你該心懷感激，至少還有你可以勝任的工作。」他灌下大半琴酒，然後咳了起來。

我深吸一口氣，堅決不讓自己的聲音潰堤。「等到我好起來，就會強壯得跟……」

「好好把握這次機會。」他說。

「可是我不——」

「艾墨特，」媽說：「拜託……這是對的選擇，她知道怎麼處置你。」

「怎麼**處置**我？」

「我的意思只是說，要是你再次發病，她可以——」

「那裡就像是瘋人院？是嗎？你們想把我送到鳥不生蛋的鬼地方，只因為我隨時可能又喪失理智？」

「她**指名**要你。」媽說道，擰著她的裙子，彷彿想從中擰出水來。「我當然也不希望你去。」

「那我就不去！」

「你不能不去，孩子，」爸說：「天知道你究竟為這個家添了多少麻煩。」

「羅伯特，別這麼說——」

「你非去不可，就算要我綑起你，把你丟到她家門口，你還是不得不去。快去準備，明天出發。」

「明天？」艾塔倏地轉身，辮子猶如繩索般在空中甩盪。「他不能明天就走，整理行李需要時間，更別說現在是豐收季，之後還有豐收宴……拜託了，爸。」

「給我**閉上嘴**！」

空氣中一片靜默。

「明天？」媽臉頰上的紅點逐漸擴大成一片猩紅。「我們從沒討論過……」她的聲音漸漸變得微弱，而爸一口乾掉剩下的琴酒，彷彿滿嘴塞滿石頭般皺著臉。

我張嘴想要安慰媽，告訴她不用擔心，我會去的，日後他們再也不用掛心我，然而我的喉嚨卻因一整天下來的收割工作而乾渴不已。

「再多讓他待幾天吧，羅伯特，其他學徒都等到豐收祭結束才出發，更何況他還沒完全恢復，再給他幾天時間……」

「他們可都比他年輕，要是他能在田裡工作一整天，這種程度的遠行早就沒問題了。」

「話是這樣說沒錯，可是……」媽朝爸上前一步，拉住他的胳膊不讓他轉身離去。「你再多給他一點時間吧。」

「你也行行好，希爾妲！」爸的聲音哽咽，試圖抽回手臂。「別再幫倒忙了，你以為我想送他走？你以為我們這麼努力、維持這個家的純潔是為了什麼——你以為我很自豪我爸曾經參加聖戰、還因此少了一隻眼睛？」

媽瞥了我和艾塔一眼。「你別在他們面前——」

「現在還有什麼差別？」爸的手抹過臉，下一秒絕望地伸手一揮，將馬克杯打翻在地。杯子並沒有摔碎，艾塔望著它滾到她面前停下。爸轉過身背對我們，整個人俯身撐在碗櫃上，彷彿努力想喘過氣。空氣裡一片死寂。

「我會去的，」我說：「明天就出發。」我根本沒辦法看著他們。從椅子上起身時，我的膝蓋撞上了桌角，接著我便吃力蹣跚地走到門前。門閂似乎變得比平時更小也更難開了，而門把旋開的喀噠聲則在牆面之間迴盪。

月光將門外分成了深藍和銀白兩個世界。空氣猶如乳脂般柔軟而溫暖，充斥著乾草和夏日塵埃的氣味。有隻貓頭鷹在附近的田野裡咕咕啼叫。

我頭昏腦脹地走到院子對面，靠坐在牆邊，差點喘不過氣。媽的聲音在我耳畔盤旋不去：**那個巫婆會對我們下咒**。接著是爸的回答：**她早就這麼做了**。

他們說得沒錯，現在的我一無是處。我心底油然生起一陣悲戚，強烈得有如腿部傳來的陣陣灼痛。這是我生平第一次生病，之前的我並不曉得身體會背叛我，腦袋也可能猶如油燈般熄滅，只留下一片無盡漆黑。我已經記不起當初是怎麼生病的，努力回想也只看得見惡夢侵蝕的種種片段，就連過往人生的回憶，像是去年春夏的記憶，也都染上相同的腐壞陰影，彷彿一切不再可能完好如初。我只知道仲夏節[1]過後我就病倒，可是就連這件事也是聽媽轉述，除了知道事發當下我正在從塞津回家的路上之外，從來沒人解釋當時我人究竟在什麼地方、發生了什麼事。那時我一定是正在駕駛馬車，也許當日火傘高張，而我卻沒戴帽子。可是努力回想時，卻只能看見漣漪般的模糊幻象，一絲炫目陽光閃現後，黑暗便吞噬了我。那之後的幾週我總是尖叫著醒來，一邊掙扎一邊央求他們為我鬆綁。這麼一想，也怪不得他們急著想擺脫我。

我閉上眼，仍然可以看見他們三人環抱彼此的畫面。竊竊私語從我的背後傳來，猶如枯爪搔刮牆壁的聲音。雖然那不是真實存在的聲音，卻淹沒了貓頭鷹的啼叫和窸窣的樹葉聲響。我將頭往前一靠，歇在交疊的手臂上，假裝聽不見。

我肯定是不自覺地撤退到內心最深沉的黑暗角落了，因為當我再睜開眼時，艾塔已經站在院子裡呼喊我的名字，但並沒有往我的方向瞧。月亮也已經移動腳步，漂浮於農舍的三角牆上方，照得萬物陰影矮胖。

「艾墨特？」

「我在這。」我回道，艾塔不禁嚇得跳了起來。接著她上前一步，凝視著我。

「你在這裡做什麼？睡著了嗎？」

「沒有睡著。」

她遲疑了片刻。在她身後，一盞油燈發著光晃過上層窗戶，代表有人準備要去睡覺了。我慢慢站起身，卻因全身關節一陣灼痛而驟然停下，皺緊了眉頭。

她看著我站起身，絲毫沒有伸手扶我的表示。「你說明天要走是認真的嗎？」

「爸說我沒有得選時也不是開玩笑的吧。」

我等著她出言抗議。艾塔就是這麼聰明，總找得到不同的做法或路線，懂得如何撬鎖。然而此刻她卻只是偏著臉仰望天空，彷彿想用月光將肌膚浸潤得白皙。我吞了口口水，那惱人的暈眩感又回來了，倏然忽左忽右地拉扯著我。我整個人靠向牆面，好讓自己喘口氣。

「艾墨特？你還好嗎？」她咬著嘴唇。「我在說什麼廢話，你當然不好。快坐下。」

我並不想聽從她的話，兩隻膝蓋卻無可奈何地自動彎下。我閉上眼，深深吸了一口夜晚的氣息。空氣中瀰漫著乾草香及泥土的沁涼氣味，有碎草過熟甜膩的香氣，還有一絲肥料臭氣。艾塔在我身旁

1仲夏節（Midsummer）是歐洲慶祝夏至來臨的民俗節日，特別又以歐洲北部地區最為盛行。傳說女巫和邪靈會在仲夏之夜出沒遊蕩，因此人們會生起篝火、摘取草藥，以辟邪祈福。

坐下，裙襬鼓起，發出沙沙聲響。

「我眞希望你不用走。」

我聳了聳一邊肩膀，眼神始終沒望向她。

「但是……說不定這是最好的決定……」

「怎麼可能好？」我嚥了口口水，想要塡滿自己聲音裡的空隙。「好吧，我懂了，我在這裡一點用處也沒有，等我人去了——管他那個裝幀師住哪裡，總之等我去了那裡，對你們都比較好。」

「往塞津路上的沼澤地。」

「隨便。」沼澤會是什麼樣的味道？凝滯的死水、腐爛的蘆葦和泥濘。要是偏離道路太遠，泥濘就會呑沒你，永遠都不會將你吐出來……「你怎麼知道這麼多？」

「爸媽老是對你的事講個不停。經歷了這麼多事情之後……你到了那裡很安全的。」

「那是媽說的。」

她片刻不語，開始啃咬拇指指甲。果園裡的馬廄下有隻夜鶯發出咯咯聲，接著卻停止鳴唱。

「艾墨特，你不曉得他們多辛苦，老是帶著擔驚受怕的心情活著，你欠他們一個平靜的生活。」

「生病又不是我自己想要的！」

「這明明是你的錯——」她不禁忿忿吐氣。「沒事，我知道的，我不是有意要……可是我們都很需要……所以請你別生氣。不過這也算好事啊，你可以學到新技藝。」

「是啊，製作書籍。」

她打了個冷顫。「她挑中你，這意思是——」

「你覺得會是什麼意思？她從沒見過我，怎麼會挑中我？」我以爲艾塔接著還要說些什麼，但我撇過頭時，卻發現她面無表情，凝望著月亮。跟我生病前相比，她現在的臉頰變得更爲纖瘦，眼睛下方似乎蒙上一層灰。她變成了一個遙不可及的陌生人。

像是回答方才的問題般，她說：「我只要一有空就會去看你……」

我將頭往後仰，抵在石牆上。「他們也成功說服你了，對吧？」

「我從沒見過爸那副模樣，」她說：「他居然可以氣成那樣。」

「我有看過，」我說：「他打過我一次。」

「對喔，」她說：「我猜你那時是——」她頓時沒再說下去。

「當時我還很小，」我接口：「你那時更小，根本沒有印象吧。是我們去覺醒市集的那天。」

「哦。」我抬起目光，她卻別開了眼神。「對，我眞的不記得了。」

「那天我買了……我遇到一個書販。」我清楚記得那天口袋裡裝著跑腿的酬金：六便士法尋[2]，笨重的錢幣撐得褲袋鼓鼓的。參觀覺醒市集讓我感到興奮不已、無憂無慮，不久我就偷偷從其他人身邊溜走，思忖著要買什麼。我先是行經紅肉和雞肉的攤位，然後是來自柯德瓦特的魚販、塞津的圖騰棉布商，稍微在糖果攤前逗留了一會兒，接著便繼續走到更遙遠的攤位。就在那裡，金黃色等鮮豔濃郁的色彩映入眼簾。那其實算不上攤子，頂多是一張擱板桌，一個眼神焦躁不安的男人正在顧攤，桌面上高高堆疊著各式書籍。「那是我第一次看見這種玩意兒，可是那時我還不曉得那些是什麼。」

艾塔臉上再度出現既好奇又戒備的神情。「你是指……？」

「當我沒說。」我也不懂自己何苦費心告訴她，其實我也不想記得這回事，偏偏回憶不斷湧上。一開始我以爲它們是盒子，像是媽拿來收藏上等銀飾或爸用來收納西洋棋的鍍金皮革小盒子。我踩著悠閒腳步晃了過去，口袋裡的錢幣叮噹作響，那個男人謹愼地掃視左右兩側過後，才對我露出燦笑。「啊，是金髮的小王子啊！小少爺，你來找故事書嗎？要找謀殺或亂倫、恥辱或榮耀的故事？還是最

2法尋（farthing），價值四分之一舊便士，英國舊時最小的錢幣。

好別留戀、椎心刺骨的愛情故事？或者是黑暗邪惡的故事？不管你想要怎樣的書，你都找對人了。小少爺，這些都是上等好書，訴說痛徹心扉之苦的眞實寓言，暴力熱血、精采刺激——如果你要找的是好笑的故事我也有，全是最罕見的好書，都是別人脫手不要的！快來看看吧，小少爺，你看這一本……這是幾年前某位塞津大師裝幀的書哦。」

我不喜歡他叫我**小少爺**，可是他把書遞給我時書頁已經掀開，讓我沒辦法直接遞還給他。一瞥見書頁，我立刻了然於心：這是將好多張頁紙擠在一起製成的物品，就像信件那樣，只不過是將許許多多信件全擠在一個外殼精美的盒子裡，內容則是敘述一個漫長的故事。「多少錢？」

「啊，那本啊，小少爺。我看你年紀輕輕，品味倒是挺出眾的，那本很特別，講的是貨眞價實的冒險故事，就像看騎兵衝鋒一樣讓人滿心激動哪。九便士，兩本一先令。」

我就是想買，卻說不上原因，只隱約感覺到指尖的陣陣刺癢。「我只有六便士。」

「就賣你六便士。」他彈指回道，可是臉上的開懷笑容卻乍然消失。我循著他緊張閃爍的目光看了過去，發現一小群男人正在不遠處交頭接耳。

「給你。」我清空口袋裡的法尋，全部倒入他掌心。他漏接一枚錢幣，卻沒有立刻彎腰撿拾，眼睛依舊緊盯著那群男人。「謝謝。」

我懷抱著勝利又不安的心情接過那本書，匆匆忙忙地趕回家。走到人聲鼎沸的主要市集時，我不禁停下腳步，轉頭看了一眼。那群男人正步向那個書販的攤位，書販則發狂似地將所有書全掃進身後的一部破舊小推車。

某種直覺警告我別再看下去。爲了保護書封不被汗濕的手指弄髒，我用衣袖包裹著書，快步跑回家。大太陽下，我坐在穀倉外的階梯，仔細端詳起這本書（爸媽他們還在市集，所以沒人看見我在做什麼）。我從未見過這種東西，那是一本印有金色圖案、書皮深紅厚實的書，觸感柔軟猶如肌膚。我一翻開書封，發霉和木頭的氣味便沖鼻而來，彷彿已經數年無人翻閱。

我立刻深陷故事情節之中。

故事背景是某個外國軍營，起先有些令人困惑：書裡提到一堆上尉、少校、上校，這些人爲了軍事策略而爭執，甚至脅迫要召開軍事法庭。然而，有種從未體驗過的感覺卻使我忍不住繼續翻閱：我可以清楚看見每一個細節，聽見馬蹄聲和勁風拍振帆布的聲音；可以嗅到砲彈的煙硝味，同時感覺到自己心跳加速……這一切都令人無可自拔，情不自禁沉浸其中。後來我慢慢理解這是某場戰役的前夕，而書中描述故事的男人是男主角，黎明破曉之際他就要率領軍隊獲取勝利的榮耀。我感覺得到他的興奮與期待，彷彿那就是我本身的感受——

「你天殺地在做什麼？」

這句話中斷了文字的魔咒，我愣愣地站起來，迷迷糊糊眨著眼。是爸，在他背後的是媽，還有被媽揹在腰上的艾塔，怎麼全家人這麼快就從市集回來了。說是「這麼快」……殊不知天色早已逐漸暗下。

「艾墨特，我問你在做什麼！」然而他卻沒等我回答，就一把奪走我手中的書。當他發現那是一本書後，臉色變得僵硬鐵青。「你是從哪裡弄來這玩意的？」

一個男人那裡，我想這麼回答。市集裡的一個男人，他有一堆書，模樣很像皮革與黃金製成的珠寶盒……但我一看見爸的表情，就不禁口乾舌燥，一個字都吐不出來。

「羅伯特？那是什麼……？」媽伸手探向那本書，接著卻像是被什麼咬到似地抽回手。

「讓我把它燒了。」

「不行！」媽讓艾塔從背後緩緩滑到地面，然後搖搖晃晃走上前，捉住爸的手臂。「不，你怎麼能這麼做？埋了吧！」

「這本很舊了，希爾妲。他們幾年前已經死光了。」

「絕對不行，萬一不是怎麼辦。我們得想辦法脫手，照我看丟掉就行了。」

「然後讓其他人找到？」
「你明知道這是不能燒的。」那一瞬間他們彼此對望，表情緊繃。「還是找個安全的地點埋了吧。」

最後爸僵硬地微微點頭，艾塔則打了個嗝，抽抽噎噎地哭起來。爸把書塞進一名雇農的手中。「把它拿去包好，我再交給掘墓人處置。」然後他轉身面向我。「艾墨特，」他說：「以後別再讓我看見你手裡有書，懂了沒？」

我不懂，究竟發生什麼事了？我只是買了一本書，不是偷拐搶騙，卻怎麼好像犯了不可饒恕的滔天大罪。我點點頭，但剛從書裡看見的畫面仍讓我目眩神迷。剛才我彷彿身處異鄉，在另一個世界。

「很好，你可要給我記清楚了。」爸說。

接下來他狠狠揍了我一頓。

以後別再讓我看見你手裡有書。

而現在他們卻要送我去裝幀師那裡，彷彿爸之前警告我的危險遠遠比不上另一樣更可怕的東西，而我**就是**那個全新的危險。

我將目光撇向一旁，艾塔正盯著她的腳。不，她已經不記得那天的事了，畢竟之後再也沒人提及那件事，沒人解釋爲何書是可恥的東西。有次在學校，某人悄聲低語，說坎特爵士有間藏書室，大家都咯咯竊笑、猛翻白眼，但我沒問他們爲何他的行爲那麼令人不齒。**我**也讀過書。無論坎特爵士的行爲多麼不妥，我都沒比他好。藏在表象之下，我的內心深處仍感覺得到那股羞恥。

我很害怕。那是一種令人毛骨悚然的無形恐懼，就像從河面徐徐飄來的霧氣，它探出冰冷觸手包圍著我，探入我的肺葉。我不想接近那個裝幀師，卻別無選擇。

「艾塔——」

「我得先進去了，」她跳起來，說：「你最好也快點起來，阿墨，你還得打包行李，明天路途很漫長，對吧？晚安了。」她一邊把玩著辮子，一邊蹦蹦跳跳衝過院子，讓我看不清她的表情。走到門前時，她沒回過頭，只喊了聲：「明天見。」不知道是不是因爲回音從馬廄迴盪而來，讓她這一句話聽起來格外虛假空洞。

明天。

我凝望著月亮，恐懼漸漸脹大到我無法承受，最後只好回房整理行李。

2

從道路這頭望過去，裝幀所似乎正在熊熊燃燒。太陽在我們身後冉冉下沉，最後一道金紅的熾熱日光映照在窗戶上。烏黑茅草屋底下的窗格像是一塊塊方形火焰，模樣太安定所以不可能是真火，卻又明耀得讓我感覺手掌似乎被熱氣烤得刺痛。這景象激起我骨髓深處一陣輕顫，彷彿曾經在夢裡見過。

我牢牢抓著擱在腿上的破舊行李袋，將目光瞥向他處。在另一側，日落照耀下的沼澤平坦無垠，水面粼粼發亮，一片蔥鬱青綠之中，錯落點綴著銅棕色斑點。我嗅得到潮濕青草味及白天暑氣蒸騰的味道，不過濕氣底下散發著一股腐臭味，而我們頭頂上逐漸黯淡的遼闊天空則蒼白得不尋常。我雙眼發痛，身體也像是一張疼痛地圖，標示著昨天在田裡工作造成的灼痛擦傷。這時節的我本應在田裡幫忙收割，但我現在卻和爸相對無語，在這條濕黏崎嶇的道路上顛簸搖晃。自黎明出發後，就沒人再說過一句話，而到了現在我們依舊無話可說。字句在我喉頭升起，卻像沼澤的泡沫般破裂，唯有淡淡的腐爛氣味殘留在舌根。

我們沿著最後一小段路顛簸前進，路徑漸漸化作一片屋前的悠長草坪。這時我偷瞄了一眼爸的臉色。他下巴上的鬍鬚已變得斑白，眼窩也較去年春天更顯凹陷。我生病那陣子大家都變老了，彷彿我一覺醒來，發現自己不小心睡了好幾年。

馬車戛然停下。「我們到了。」

一股震顫忽地在我體內流竄：下一秒我要不是嘔吐，就是央求爸帶我回家。我一把撈起擱在腿上的行李袋、跳下馬車，在落地的瞬間差點雙膝虛軟跪地。草坪被人踩踏出一條小徑，直通房屋前門。我之前從沒來過這裡，可是刺耳走音的門鈴聲卻恍如夢境，帶給我一種似曾相識的感受。我靜靜等待，堅決不回頭看爸，只緊盯著眼前的大門，一直瞪到它開始搖曳發光。

「艾墨特。」門赫然打開，那一刻我只看見一雙淺棕色的眼睛，虹膜的顏色極淡，讓瞳孔顯得出奇黝黑。「歡迎你來。」

我猛然嚥下口水。她看起來年事已高，整個人瘦骨嶙峋、白髮婆娑，臉孔猶如一張爬滿皺褶的白紙，嘴唇跟臉頰幾乎同樣蒼白。可是她跟我一樣高，眼睛跟艾塔一樣清澈。她穿著一件皮革圍裙，圍裙底下則跟男人一樣，穿了襯衫和長褲。招呼我進門的手纖細卻長滿肌肉，血管如青藍絲線般繞著肌腱蜿蜒。

「瑟芮狄絲，」她說：「請進。」

我遲疑片刻，直到聽見自己的兩聲心跳後，才反應過來她剛剛是在自我介紹。

「進來吧。」她的目光越過我，又說了句：「謝謝你，羅伯特。」

我沒有聽見爸下馬車的聲音，可是一轉過頭，卻發現他已經站在我身後。爸咳了一聲，聲音含糊地說：「艾墨特，我們很快就會再見面了。先這樣吧，好嗎？」

「爸——」

他的目光完全沒看向我，只是久久望著裝幀師，眼神流露出無助；接著他手足無措似地摸了摸額髮，便大步走回了馬車旁。我張嘴朝他呼喊，一陣強風卻吹散了我的話語。他沒有轉身。我望著他爬上座椅，對母馬下達指令。

「艾墨特。」她的聲音拉回了我的注意力。「進門了。」我看得出她不習慣同樣的話說三次。

「好。」我緊抓著我的行李袋，力道大得手指發疼。她喊爸**羅伯特**，看來兩人已不是第一次見面。我向前邁出一步、兩步，然後發現我已經跨過門檻，站在鑲有深色牆板的門廳。眼前聳立著一座樓梯，還有一架滴滴答答轉動的立鐘；左側有一扇半開的大門，可以瞥見門後的廚房，而右側的那扇門則是通往——

我的膝蓋突然猶如腿筋遭人切斷般瞬間發軟。暈眩噁心的感受愈來愈強烈，並且持續擴散，啃噬著我的內臟。我感到忽冷忽熱，世界在眼前旋轉，讓我難以保持平衡。我之前來過這裡，只不過那時我還沒——

「噢，糟糕。」裝幀師脫口道，接著伸手扶住我。「沒事了，孩子，深呼吸。」

「我很好。」我說。才正爲自己咬字清晰、沒有鄉村口音而自豪，下一秒眼前就陷入一片漆黑。

我醒來時，只見日光正在懸掛的紗網上舞動。紗網被風吹得翻飛，猶如波動的水紋，與從窗簾縫隙灑落、光亮的長窄方條交疊。刷白牆面透著微微青綠，很像蘋果果肉的色澤，左一點右一點爬著濕氣造成的凝固白沫。門外的鳥兒則像在呼喚某個名字般不斷啼囀。

這裡是裝幀師的家。我坐了起來，心臟怦怦直跳，可是根本沒什麼好怕的，至少目前還沒發生什麼值得害怕的事。除了我自己、房間、映入的陽光，這裡別無他物。我發現自己忍不住豎起耳朵想聽見動物的聲音，那些農家後院裡永不止息的背景音，卻只聽見鳥語和微風吹拂著茅草屋頂的輕柔沙沙聲。褪色的窗簾隨風翻舞，一道更粗寬的光線映照在天花板上。枕頭散發著薰衣草的清香。

昨晚……

我任由目光停留在正對面的灰泥牆上，然後循著凹凸不平、起起伏伏的裂痕遊走。昏倒之後，我能記得的只有重重陰影和恐懼，惡夢連連。在清新日光的照耀下，就連惡夢似乎都成了年代久遠的往事，可是那些夢確實驚悚嚇人，拽著我在睡眠之海載浮載沉。有一、兩次我差點成功掙脫惡夢，偏偏沉甸甸的四肢又將我拉入海底，回到瀝青般令人窒息的漆黑之中。我已經好幾天沒做過那麼可怕的夢了，焦油般的淡淡氣味仍滯留在喉頭，風吹得我渾身起雞皮疙瘩。我居然就那樣昏倒在瑟芮狄絲懷裡……肯定是舟車勞頓的疲累、頭痛欲裂、映入眼中的夕陽，還有眼睜睜看著爸頭也不回駕著馬車離去的畫面，讓我再也無法招架。

我的長褲和襯衫正掛在房間後頭一張單人椅的椅背上。我爬下床，努力使喚不靈活的手指把衣服穿上，並試著不要去想像瑟芮狄絲幫我卸下衣物的畫面。至少我的底褲還在。除了這張椅子和床，房內幾乎空無一物，只有床腳的一個櫃子，窗邊的一張茶几，以及隨風飄盪的蒼白窗簾。牆上一張畫像也沒有，也沒有鏡子，但我並不介意。在家時，每次行經走廊的鏡子，我都會連忙別過臉，不去看自己的倒影。而在這裡，我是隱形的，輕而易舉就能融入這一片虛無。

整棟房子鴉雀無聲。我步出房間、來到樓梯轉角時，聽見沼澤對岸鳥兒鳴囀、樓下門廳立鐘滴答作響，以及不知何方傳來了沉悶的敲擊聲。可是在這表面之下，卻如同卵石在冰面上飛掠而過般，是一片深邃無垠的寂靜。微風輕撫著我的後頸，我忍不住回望了一眼，就好像有人站在那裡似的。一朵雲飄過太陽，使空蕩的室內瞬間陷入一片幽黑，下一刻又燦亮無比。窗簾一角隨風掀起，像一面旗子般拍振。

我差點就要像個孩子一樣轉身爬回床上。然而這間屋子現在就是我的落腳處，我總不能一輩子都躲在房裡。

樓梯在我腳下發出吱嘎聲響。這棟屋子比我們家的農舍古老，也比我們的村莊古老。雖然樓梯扶手因爲經年累月的碰觸而拋光發亮，但在日光下仍可處處見到濃霧般的塵埃懸浮，牆面上的刷白泥灰也冒出像是泡泡的浮凸。這裡曾有過多少位裝幀師做它的主人？等到現任裝幀師瑟芮狄絲哪天死去……這棟房子是否將歸我所管？我像是害怕樓梯突然崩塌一樣，下樓時刻意放緩步調。

這時敲擊聲終止，變成了腳步聲。瑟芮狄絲打開了通往門廳的其中一扇門。「啊，艾墨特。」她沒問我昨晚睡得好不好。「快進來工作坊。」

我跟著她走。她喊我名字的語氣令我不由得咬緊牙關，可是她現在是我的師傅了。不，是女師傅。**不對**，師傅。不管怎樣，現在起我得對她唯命是從。

走到工作坊門前，她頓時止步。當下我以為她打算後退，讓我先進門，可是她反而率先大步踏入，並趁我來得及看清楚前，迅速用一塊布包起某樣東西。「你可以進來了，孩子。」

我踏過門檻。那是一間格局狹長、天花板低矮的房間，晨光從一排高窗灑下，將室內照耀得燦爛無比。工作坊兩側是長型工作台，兩排工作台之間則擺放著許多我喊不出名字的物品。我看見散發著憔悴微光的老舊木頭、反射著刺眼閃光的刀刃、沾有油汙的暗黑金屬把手……各式各樣的用具讓人目不暇給，來不及一一瞧個仔細。工作坊盡頭有一座火爐，四周拼貼著赤褐色、黃赭色、青綠色的瓷磚。許多紙張懸掛在我頭頂的鐵絲上，多數是色彩飽滿的單色色紙，偶爾穿插著幾張具有石頭、羽毛、葉子等圖騰的頁紙。我發現自己忍不住伸出手，觸摸最靠近我的一張紙：那懸掛在我正上方、色彩鮮豔的翠鳥藍羽圖案，似乎帶有魔力……

裝幀師放好那個包裹，然後朝我走來，指向琳瑯滿目的物品。「壓書機、印壓機、燙金加工機。圖紙櫃——孩子，看一下你後面。工具全收在那裡，還有旁邊的櫃子裡。皮革布料放在再過去那一櫃。那個紙簍用來裝廢紙，隨時都可以用。刷子全收在那個架上，膠水在那裡。」

我沒辦法一口氣消化這麼多訊息。試過一次我就放棄，決定先等她說完再說。最後她瞇起眼盯著我說：「坐下。」

雖然有種說不上來的詭異感，我卻不覺得難受，也不害怕，彷彿我體內有什麼正逐漸甦醒、騷動。我面前這張工作台上的圈形紋路，就像一張似曾相識的地圖。

「孩子，這種感覺很古怪，對吧？」

「什麼？」

她瞇起眼凝視著我。照著她側臉的陽光打亮了她其中一隻濁茶色的眼珠，讓眼珠的色澤淺淡得近乎純白。「這些東西了解你，因為你生來就是裝幀師。孩子，你天生是裝幀師的料。」

我不是很懂她想要表達什麼。不過至少……這間工作坊讓人感到安心，雖然意外，但是這裡有某種振奮我心靈的東西。像是熱浪結束後，嗅到了大雨將至的氣息，也彷彿依稀看見了自己生病前的健康樣貌。我已經好久沒有這種歸屬感了，而現在這間充滿皮革和膠水味的工作坊，卻好像正張開雙臂迎接我。

「你對書不太熟悉吧？」瑟芮狄絲問。

「對。」

「你是不是認為我是女巫？」

我支支吾吾道：「你說什麼？我才沒——」但她揮揮手，要我無需多說，嘴角扯出一抹笑意。

「無所謂，我都這把年紀了，你真的以為我不曉得人們是怎麼說我、怎麼說我們這一行的？」我移開視線，但她沒注意到似地繼續說下去。「你爸媽從來不讓你碰書，對吧？所以你現在不知道自己在這裡做什麼。」

「是你指名要我來的，不是嗎？」

她似乎沒聽見我的問題。「別擔心，孩子。這是一門很好的技藝，就跟其他行業一樣。裝幀術的歷史跟字母一樣悠久，甚至更古老。一般人不懂，不過話說回來，他們又何必去懂？」她露出戲謔的笑容。「至少聖戰已經結束了。你年紀太小，想必沒有印象吧。這是你運氣好。」

一陣沉默。我不懂裝幀術怎麼會比書的歷史悠久。但她的目光越過我，彷彿我不在場似的。一陣微風吹得鐵絲擺盪，色紙啪啪作響。她眨了眨眼，搔著下巴，視線又回到我身上。「明天我會教你做一些雜務，清洗整理刷子之類的活兒。也許可以讓你先開始裁切皮革。」

我點點頭。我想在工作坊裡獨處，想要有時間仔細觀察色紙、查看各個櫃子、掂掂不同工具的重量。整間工作坊都在對我歌唱，邀請我一探究竟。

「要是你願意的話，可以留下來慢慢看。」可是就在我準備起身時，她對我打了個手勢，彷彿我做了什麼不守規矩的事情。「現在還不行，等一下。」她拾起剛才那個包裹，轉身走向角落。那裡有一道我先前沒注意到的小門，總共得用上三把鑰匙，分別打開三道鎖。門打開的瞬間，我瞥見一段通往漆黑地窖的樓梯；但她一將包裹擱在入口處的架子，就關上門退回工作坊，而且完全沒看我一眼便直接上鎖，還刻意用身體擋住門，不讓我看見她使用哪把鑰匙。「你想進地窖還要等上一段時間，孩子。」我聽不出這句話究竟是警告還是安慰。「只要不去碰任何上鎖的東西，你就不會有事。」

我深深吸了一口氣。工作坊仍對我歌唱著，但此刻甜美歌聲裡卻出現一陣尖銳高音。在這陽光充裕的小巧工作室底下，居然有一道通往黑暗地窖的陡峭樓梯。我感覺得到腳下的空洞，彷彿地板正漸漸塌陷。上一刻我明明還覺得安全無虞。不對，我其實是覺得……**受到誘惑**。但這種感覺卻在瞥見黑暗的那一瞬間突然變質，彷彿從美夢變成了惡夢。

「不要去抵抗它，孩子。」

看來她也知道。這個感覺是真實的，不是我自己的想像。我抬起眼，有點畏懼會與她對上視線，卻發現她正凝視著沼澤。強光照射下，她的雙眼瞇成一條線，模樣比所有我見過的人都要來得蒼老。

我站起身。太陽依舊閃耀，室內卻似乎暗了下來。我已經不想看櫃子了，也不再渴望在陽光下攤開一卷卷布料。但我依然走向成排的櫥櫃，注意到上頭分別標著標籤、有著黯淡的黃銅門鈕，還發現有塊皮革從一扇櫃門邊角吐出一條綠色舌頭。接著我轉身步入空蕩的走道，木地板被打磨得光滑無比，看得出經年累月無數腳步來去的痕跡。

我走到另一扇門前，這是剛才那一扇的姐妹門，就鑲嵌在瓷磚火爐另一側的牆內。這道門也有三道鎖，可是這扇門任人進出，我從門前地板就能看出端倪，這條長年被踩踏的路徑，似乎連上頭的塵埃都顯得更輕盈。這些人是爲了什麼而來？裝幀師都在這道門後做什麼？

黑點開始在我的眼角閃爍。有人正無言地呢喃著。

「好了。」她說。我不知道她什麼時候站到我旁邊，接著拉我坐上一張凳子，在我的後頸上施壓。「把頭埋進膝蓋中間。」

「我——我沒辦法——」

「別跟我爭，孩子。這是生病的後遺症，會過去的。」

這次是來眞的，我很確定。猛烈又貪婪的**邪惡**正準備將我吸得一滴不剩，打算把我變成某樣再也不是我自己的東西。然而她卻使勁將我的頭壓在雙膝之間，使我無法掙脫，而那股猛烈攻勢也漸漸消退。我病了，而這就是害我攻擊爸媽的那股恐懼……我不禁咬緊了牙關。絕不能對它輕言投降。要是我稍微大意……

「幹得好，好孩子。」

這句話毫無意義可言，好像我是一隻聽話的小動物一樣。我終於能挺起身，但一時還是因爲血液在腦袋中奔竄而皺起了臉。

「好多了嗎？」

我一邊點頭，一邊努力抵抗那令人噁心想吐的酸澀感。雙手像是癱瘓了，不停抽搐。我將手握成拳，想像自己用不聽使喚的手指拿刀的樣子。太蠢了，這樣只會切斷拇指的。我病成這樣，根本不該來到這裡，然而……「爲什麼？」問題脫口而出，變成咆哮。「你爲何選中我？爲什麼是**我**？」

裝幀師再一次別過臉，眺望窗外的陽光。

「是因爲你同情我，對吧？腦袋混沌、可憐的艾墨特再也不能在田裡工作了。至少他在這裡很安全，遠離所有人，不會給家人添麻煩——」

「你眞的這麼想？」

「不然還有什麼原因？你又不認識我，怎麼會挑中一個病懨懨的人？」

「那倒是啊。」她的聲音裡透露出些許惱怒，但接著她嘆了口氣，看著我。「你還記得第一次是什麼情況嗎？我是說發燒。」

「我那時候應該是……」我深吸一口氣，努力平復思緒。「我去了塞津，在回家的路上——醒來後我已經回到家——」我停了下來。我不願去回想那一片空白，那些夢魘、白日恐慌，還有偶爾清醒時，發現自己置身何種處境……整個夏天都支離破碎，徒留高燒侵蝕後的空洞，幾乎什麼記憶都不剩。

「你當時人在這裡，孩子。你是在這裡發病的，後來是你父親來接你。你還記得嗎？」

「什麼？不記得了。我怎麼會在這裡？」

「前往塞津會路過這裡。」她淺淺一笑，說道：「但你發了高燒……可以說你記得，卻也不是眞的記得。這也是你生病的部分原因。」

「我不能待在這裡，這地方——那些上鎖的門——只會讓我病情更嚴重。」

「會好起來的，相信我。而且恢復速度會比你去其他地方好得更快、更徹底。」

她的語調帶有一絲玄機，彷彿爲此感到羞愧似的。

一股全新的恐懼攫住了我。我得繼續擔驚受怕地留在這裡，直到好轉。我不想要這樣，我只想逃跑……

她瞟了一眼上鎖的門。「就某方面來說，」她說：「我確實是因爲你病了才挑中你。但事情不是你想的那樣，我選擇你並不是出於同情，艾墨特。」

她唐突地轉身離去，與我擦肩而過，徒留我一人望著在空蕩蕩的門口打轉的塵埃。

她在說謊，我從她的聲音聽得出來。

她**果然**只是同情我。

不過話說回來，或許她說得沒錯。這棟寂靜老屋、盈滿秋季沉穩日光的低矮房間，以及保持安定秩序的工作坊，種種一切似乎都具有某種魔力，漸漸鬆開了我的黑暗心結。隨著一天天過去，這裡不再陌生或新奇。接著一週週過去……不知不覺間，我已默默記住此處的所有細節。房間天花板上水紋般的陽光、床上拼被鬆開的接縫、下樓時腳下踩出不同的嘎吱聲響。再來是工作坊，火爐上的閃亮瓷磚、飄散番紅花和泥土香的茶、玻璃罐中已拌勻的乳白糨糊……時光緩慢流逝，充滿豐富的微小細節。在家時，農場生活太過繁忙，我從未在使用之前靜心欣賞工具，不曾留意工具是什麼樣子或者製作工藝有多細緻。在這裡，門廳的時鐘則猶如採淘石頭般掘起每一秒，再將它們拋入一日的時間之池，任其在下一秒落下前盪漾出陣陣餘波。

瑟芮狄絲在工作坊裡指派給我的工作都十分輕鬆簡單。她是很好的老師，表達清晰，又有耐心。我學會製作蝴蝶頁、削切皮革、壓紋和燙金裝飾。但我的笨手笨腳肯定讓她失望透頂，例如我會莫名其妙地把紙張黏貼到自己的手指上，或者在拿著壓花工具時，不小心在一塊完整的方形小牛皮上鑿出洞來。對於這些錯誤，她從不多說什麼，頂多偶爾說一句「丟掉重來」。她會趁我練習時外出散步，抑或坐在我後頭的工作台上寫信，再不然就是列出下次郵購需要採買的用品清單。有時她也會下廚，讓整間屋子瀰漫著肉香和糕餅香。至於其他家事，我們會分工合作。特別是一整個上午都窩在桌前工作之後，我很樂意去砍砍柴，或是用銅鍋燒水洗衣。每當我做到無力時，就會提醒自己，在我來之前瑟芮狄絲都是獨力完成這些工作的。

然而我所做的每一項工作，以及我看見她做的，全是素材準備或是裝飾加工，我從沒見過一整疊書稿或完工的書籍。有天晚上我們在廚房用餐時，我不禁問她：「瑟芮狄絲，書都在哪裡？」

「藏書庫裡，」她回答：「書在完成之後，就得好好收起來，免得遭受損傷。」

「可是——」我頓了頓。我想起家裡的農場，無論我們多拚命工作，卻總好像永遠做不完。我不斷跟爸發生爭執，要他去買新型農具，希望盡可能增加工作效率。「我們爲什麼不多做一點書？做得愈多就能賣得愈多，不是嗎？」

她抬起頭，似乎打算發表什麼犀利言論，最後卻只是搖了搖頭。「我們做書不是爲了賣錢，孩子。**販賣**書籍是不對的。至少，關於這一點，你父母沒說錯。」

「但這樣的話，我就不懂了——」

「最根本的還是裝幀，這門手藝重視的是技術和尊嚴。假設有個女人來找我裝幀一本書，我就會幫她製作一本書。那是專門爲**她**訂做的，你懂嗎？書不是讓陌生人流口水覬覦的東西。」她舀起一口湯，唏哩呼嚕喝下去。「有些裝幀師只想要賺錢，他們只在乎自己的銀行存款。沒錯，他們賣書，但你不會成爲那種裝幀師。」

「可是，根本沒人來找你裝幀啊……」我一臉困惑地望著她。「這樣下去，我要到什麼時候才會用上你教我的東西？我這麼認眞學習這些手藝，卻都還沒……」

「你很快就會學到更多。」她邊說邊起身拿麵包。「艾墨特，我們慢慢來，你還沒完全康復。順其自然就好。」

順其自然就好。要是我媽這麼說，我一定會嗤之以鼻。可是我沒有爭辯，畢竟目前**進展**似乎眞的不錯。做惡夢的次數減少了，蟄伏的陰影在白天時也漸漸退卻，偶爾甚至可以久站而不感到暈眩。有時，視線還能和過往一樣清晰。幾週過去，我連工作坊盡頭那兩扇上鎖的門都沒再多看兩眼。工作台、工具、壓書機總對我呢喃著撫慰人心的話語：一切都各司其職，適得其所。萬事萬物的存在究竟有什麼目的都不重要了，我只需要知道膠刷是塗抹膠水用的，削刀是削切皮革用的就好。在測量皮料的厚度時（用在某些地方的皮革一定要比指甲更薄，否則會亂翹），我偶爾會停下動作，從成堆深色碎皮料上抬起臉，覺得找到了自己眞正的歸屬。我知道自己的天職，而我也在做這件事，即便這一切還只是練習也沒關係。我**做得到**。即使是在生病之前，我也從來沒有過這種感覺。

我當然很想家，也會寫信回去。讀他們的回信總讓我百感交集，悲喜參半。我好想參加豐收宴和舞會。但也許該說**換作是以前**，我會很想參加……這封信我讀了一遍又一遍，但最後只將它揉成一團，然後呆坐著眺望油燈焰火後方藍色的落日餘暉，盡可能忽略從喉頭傳來的痛楚。渴望音樂和喧鬧的是之前健康的那個我，即使偶爾感覺寂寞難耐，我知道現在我最需要的是安靜、休養和工作。

寧靜的日子一天天過去，彷彿正等待著某件事情發生。

那是什麼時候的事？也許是我已經來兩週或一個月的時候吧，那是我的記憶開始變得清晰的第一天。那天清晨陽光燦爛卻十分冷冽，我正全神貫注地在幾塊皮料上練習燙金裝飾。這活兒並不容易。當我撕開金箔，看見自己的名字被印得既模糊又不工整時，忍不住低聲咒罵起來，順道仰頭動動痠痛的脖子。這時外頭似乎有什麼東西在晃動。我抬頭想看個仔細，然而陽光卻扎得我睜不開眼，一時半刻只能看見一個背光的輪廓。接著我瞇起眼，好讓強光和緩些。窗外有個男孩——不，是一個與我年齡相仿、甚至可能比我年長的年輕男子。他有著深色的頭髮和眼眸，面容蒼白憔悴，正注視著我。

我嚇得跳起來，差點用手裡握著的工具燙傷自己。他站在那裡，用那雙冰冷的黑色眼珠盯著我多久了？我一邊小心翼翼地把工具放回火盆，一邊咒罵那陣突如其來的顫慄，讓我變得像老人一樣笨拙。居然躲在那裡偷窺？他以爲自己是誰啊？

他敲了敲窗戶玻璃。我轉身背對他，可是再轉頭看時，他竟還杵在原地，並朝旁邊那扇面向沼澤的小後門比畫，希望我幫他開門。

我想像著他慢慢陷入沼澤泥濘之中，先被淹沒到膝蓋、接著到腰部的畫面。光是想到要跟他說話就讓我忍無可忍。除了瑟芮狄絲，連日來我沒見過半個人。但這不是唯一的理由，主要原因其實是他的凝視過於專注，就像有隻手指壓在我兩眼之間。我刻意別過臉不去看窗戶，開始將削下的皮革碎屑掃到地上，把金箔片整理好放回盒子裡，然後拿起熱燙的活字印刷錘，擰開螺絲，輕輕敲下鉛字，讓它們落在工作台上。等過一會兒鉛字冷卻，就可以重新收回活印盒。一枚如黃銅碎片般小巧的鉛角[3]不慎墜地，我彎下腰撿拾。

當我直起身，將鉛角輕輕彈到工作台上時，他的身影依舊動也不動。我把被鉛角燙得發疼的手指含在嘴裡降溫，內心宣告投降。

後門早已膨脹變形（上一次打開是什麼時候的事了？），緊緊卡在門框裡。我好不容易才拉開了後門，心臟因使力過猛而怦怦狂跳。我們凝視著彼此，最後我開口問道：「你有什麼事？」這問題很蠢，他顯然不是前來送貨的工匠，也不是專程來拜訪瑟芮狄絲的朋友。

「我……」他撇開了目光。在他身後的沼澤就像一面陳舊的鏡子，即使黯淡斑駁，卻依然閃耀。他再轉回來面對我時，臉上露出彷彿下定了某種決心的表情。「我是來找裝幀師的。」

我很想朝他的臉甩上門，無奈他是客人，而且還是我來這裡之後第一個接待的客人。而我只不過是學徒。於是我往後退了一步，將門拉得更開。

「謝了。」他像是極其勉強才擠出了這兩個字，整個人僵立在台階上，一副經過我可能會弄髒衣服的模樣。於是我轉身走回工作坊。既然他已經進門，剩下的事就跟我無關了。他可以自己搖鈴或呼喊，請瑟芮狄絲出來。我才不要爲了他停下手邊的工作，更何況他也沒爲了剛才打斷我工作或偷看我的事道歉。

我聽見他先是遲疑，然後跟上來的腳步聲。

走回工作台，我彎身查看剛才練習的燙金壓型。我搓揉字的邊緣，想看看能否讓字母更清晰。第二次嘗試時我沒拿捏好，溫度過高（不然就是燙得太久），金箔全部糊在一起了。第三次比較成功，但還是壓得不夠平均。一陣寒風從工作坊敞開的後門吹了進來，接著我聽見一陣很輕的腳步聲。他正站在我背後。雖然剛才只匆匆瞥了他一眼，我卻像看著映在窗戶上的倒影那樣，一直能清楚地看見他的臉孔。他蒼白，眼眶紅腫，輪廓分明的臉彷彿籠罩在陰影之中。像臨死前的枯槁病容，沒人想多看一眼。

「艾墨特？」

我感到一陣心慌，因爲他不可能知道我的名字。

下一秒我才想起，是因爲燙金。**艾墨特·法莫**。字的大小肯定足以讓站在幾公尺外的他看清。我連忙掀起皮革，正面朝下蓋住。當然現在這麼做爲時已晚。他對我露出一抹空洞又歪斜的微笑，彷彿很自豪注意到了我的名字，也很高興能看見我慌了手腳的模樣。接著他似乎還打算再說些什麼。

我說：「我不知道裝幀師目前願不願意接受委託。」可是他卻繼續用那渴盼著什麼、似笑非笑的詭異神情盯著我。「這是假設你來的目的是裝幀。她可沒有在賣書。」

「你來這裡多久了？」

「自豐收季開始。」他無權過問，我也不曉得自己爲什麼順從地回答，或許只是希望他別再煩我。

「你是她的學徒？」

「沒錯。」

他環顧工作坊，最後目光又回到我身上。他的注視太過刻意、緩慢，不像是單純的好奇。「這裡

3活版印刷中，用以固定鉛字、留出版面空白的工具。

的生活——好嗎？」他的語調略帶輕蔑。「像這樣，跟她單獨生活？」

一絲香甜焦味從放在火爐上的工具飄來，引起我一陣頭痛。我拿起最精緻小巧、燙金總是失敗的那把壓花工具，暗自思忖著要是將它烙上我另一隻手背，或是他的手背，會是什麼樣的感覺。

「艾墨特——」他喊我名字的口氣簡直像是某種詛咒。

我放下壓花工具，拿起一塊新的皮料。「我得繼續練習。」

「抱歉。」

周遭一片靜默。我將皮料裁成方形，固定在一塊板子上。他緊盯著我不放，令我手足無措，差一點就用小刀劃傷拇指。感覺就像是有隱形的絲線在指間糾結。最後我轉過頭，問他：「你要我幫你去叫瑟芮——裝幀師來嗎？」

「我……不用，還不用，沒關係。」

他很害怕。這個發現令我詫異，有一瞬間幾乎要忘記自己對他有多麼不滿。他其實就跟我遇過的所有人一樣悲慘、恐懼，渾身散發著像是得了熱病的絕望氣息。可是我沒辦法同情他，因爲他看著我的眼神還混雜著其他情緒。是恨意，他似乎非常恨我。

「他們不希望我來，」他說：「我是說我的父親。他覺得裝幀不適合我們這種人，應該是其他身分的人接受裝幀。要是他發現我在這裡……」他露出苦笑。「反正等我回到家已經來不及了，他也拿我沒轍，又怎麼可能懲罰我？」

我沒有答腔，也不想去猜他這些話是什麼意思。

「我也不太確定。但眞的沒想到……」他清了清嗓子。「我聽說她挑中了你，我來其實是希望——眞沒想到我居然會想要——直到我剛才在那裡看見你……」

「我？」

他深吸一口氣，伸出手揮掉印壓機上的一小粒灰塵。他的食指微微顫抖，我能看見他頸側的脈搏跳動。他笑了出來，但不是覺得好笑的那種。「你根本不在乎，對吧？你為什麼要在乎？你根本不知道我是誰。」

「對，我眞的不知道你是誰。」

「艾墨特。」他突然激動起來，每一個字似乎都費盡力氣才說出口。「拜託你……好好看著我，一秒就好，我拜託你。我不明白——」

我有種自己似乎正在高速移動的錯覺，眼前的世界疾馳而過，速度快得讓我看不清，甚至連他的話語也變得模糊起來。我不停眨眼、試著站穩腳步，可是一陣令人頭暈目眩的狂潮卻高高將我舉起，再將我捲入漩渦之中。他仍繼續說著什麼，可是字字句句都只飄過我身旁，閃逝而去。

「發生什麼事？」瑟芮狄絲的聲音打斷了他。

他轉過身，緋紅攀上他的兩頰和額頭。「我是來這裡裝幀的。」

「你在工作坊做什麼？艾墨特，你應該馬上叫我來的。」

我努力壓下噁心想吐的感受。「我以為——」

「這不是艾墨特的錯，是我不對。」他說：「我叫作路西安·達內。我有先寫信通知要來。」

「路西安·達內。」瑟芮狄絲眉頭緊蹙，臉上頓時浮現戒備的詭異神色。「你跟艾墨——我的學徒講多久的話了？算了，無所謂。」他還來不及回話，她的目光已先瞟向了我。「艾墨特？」她的語氣比先前輕柔。「你……感覺還好嗎？」

重重暗影圍繞著我旋轉，遮蔽住每一處視線餘光，但我依然點了點頭。

「很好。達內先生，請跟我來。」

「好。」他嘴上這麼回答，卻一動也不動。我能感覺到他的絕望湧動，一如黑暗的浪潮。

「**來吧**。」瑟芮狄絲又說了一次，他才終於轉身走向她。瑟芮狄絲伸手掏出鑰匙，打開工作坊盡頭那扇門，可是她並沒有低頭看自己開鎖的手，反而是望著我。

門被旋開時，我不禁屏息。我也不知道自己本來期待看見什麼，但此時我瞥見了一張布滿刮痕的木桌、兩張椅子，還有一方映在地板上的朦朧陽光。我應該要感到鬆一口氣才對，可是胸口卻像正被一隻爪子牢牢揪著。那個房間看似樸實小巧，可是……

「進去吧，達內先生。請坐，稍等我一下。」

他緩緩地深吸一口氣，視線再一次投向我。他眼底的熾熱猶如謎團，難以解讀。接著他步向小門，走進去坐下。他坐得直挺挺的，似乎拚了命不讓自己發抖。

「艾墨特，你還好嗎？他實在不應該……」她想在我臉上搜尋某種反應，卻遍尋不著。「快回房間，去躺著休息。」

「我沒事。」

「那麼你去廚房幫我調一罐糨糊。」她注視著我走過她身邊。我必須努力保持步伐順暢，才不至於走得搖搖晃晃。黑色羽翼在我周遭拍振著，讓我很難看清自己前進的方向。那個房間，那個安靜的小房間……

我坐在階梯上，看見陽光灑落木地板，形狀猶如銀色窗格，似乎想起了什麼。或許是幾場我還有些許印象的惡夢。我的腦海倏忽閃過路西安．達內的臉，還有他那對渴盼著什麼似的黝黑眼珠。黑暗猶如濃霧，在我眼前久久不散。然而黑暗之中卻出現了從未見過的東西，一道尖牙般銳利得教我難以承受的閃光。那並不是恨——而是一有機會就必定讓我四分五裂的東西。

下一刻它包圍著我，而我就這麼消失。

3

我在色調灰柔的日光及朦朧雨聲之中逐漸甦醒。除了背景音之外還有一個聲音，但我無法立刻辨識出來。我盯著天花板，猜想著那聲音是什麼。先是嗖的一聲，再來是一片靜默，然後是某人的呼吸，又嗖的一聲……過了許久之後我轉頭，看見瑟芮狄絲低著頭，坐在窗邊的茶几前，而她的面前則擺著某種木框架和幾疊紙。她正交叉縫起摺疊頁紙，拉緊線時，擦過紙張的線會發出仿如低語的細小聲音。縫紉的韻律讓我感到平靜，好一段時間，我就這樣默默觀察她縫線的動作：縫線穿進，扯緊，穿出，拉過，穿進……她拉緊針腳並剪斷了線，手摸上線軸，又剪下一截新的線，重新綁上。房內十分安靜，就連打結的細微聲響都能聽見。她轉頭露出微笑。「覺得還好嗎？」

「我……」我吞了吞口水，口乾舌燥的灼痛感立刻將我拉回現實。我渾身痠痛，手腕像是被反折壓制般發出陣陣痛楚，我瞥向一旁，略感困惑。我被一條白布捆綁固定在床上，布料皺成一條深深嵌入我手腕的細繩，說明了我大概曾試圖掙脫。

「你的恐慌發作了，」瑟芮狄絲說：「有印象嗎？」

「沒有。」又或許是有的？迴盪的尖叫聲、凝視著我的黑色眼珠一閃而逝……

「沒事了。既然你已經醒了，我幫你鬆綁吧。」

她起身，將針線謹慎地擱在那疊縫到一半的頁紙上，然後在我身前腰下彎，用骨瘦如柴的手指解開了結。我靜靜躺著沒有看她。我做了什麼嗎？我是不是又喪失理智了？上次發作的情況很惡劣，我竟對爸媽動粗，連艾塔都不敢靠近我。我是不是也攻擊瑟芮狄絲了？

「解開了。」她把椅子挪到床畔，用力吸了口氣坐下。「你餓了嗎？」

「我不餓。」

「你該覺得餓的，你昏迷了五天。」

「昏迷？」

「再休息至少兩天，你就能起來了。」

「我沒事了，現在就能起來。」我努力撐起身子想要坐直，卻必須馬上抓著床沿穩住自己，以抵擋突如其來的一陣暈眩。等到天旋地轉的感覺總算漸漸停止，我已經耗盡了體力，於是又躺回枕頭上。我緊緊閉上雙眼，說什麼都不讓自己哭出來。「我以為我已經好起來了。」

「你是有好轉。」

「可是——」我不想去思考事發當下的狀況。一個虛弱年長的老婦人要對付幻覺纏身的瘋癲學徒。我可能害她受傷，後果甚至可能更不堪設想……

她挪了挪身子。「眼睛睜開。」

「什麼？」

「眼睛睜開看我。嗯，好多了。」她向我靠了過來，我能聞到肥皂、膠水，和她圍裙的皮革味。

「你只是一時復發而已，最可怕的已經結束了。」

我撇過臉。之前也聽媽說過這句話，每聽一次可信度都降低一點。

「相信我，孩子。我多少知道裝幀師熱這種病，通常不會這麼嚴重的，只是……不過你當然還是會慢慢好起來。」

「什麼？」我猛然抬頭，這動作讓我的額際一陣抽痛。我的毛病還有**名字**？「我以為我只是——發瘋了。」

她嗤之以鼻。「孩子，你沒發瘋。誰說你瘋了？不是這樣的，裝幀師熱跟其他的病沒有兩樣，只不過會讓人一時失去理智。」

這只是一種病，就跟流感、壞血症或腹瀉沒什麼兩樣。我也希望事情有這麼簡單。我低頭望著手腕上的紅腫勒痕，再往上一點，手臂上還有兩道猶如指印的瘀青。我嚥了口口水。「裝幀師熱？這跟裝幀師有什麼關係？」

她遲疑了一會兒，似乎正思索著該如何解釋。「只有裝幀師會得這種病，可是這……不是已經正式成爲裝幀師的人，而是有潛力成爲裝幀師的人才會得到這種病。當你擁有那種天賦……有的時候腦袋會錯亂，我也是這樣才知道你可以成爲裝幀師的，孩子——而且是很優秀的裝幀師。得這種病沒什麼好羞愧的，再說現在你人已經在這裡，自然會好起來。」

「所有裝幀師都會得這種病嗎？」

「不，不是所有人。」一陣雨水噴濺在窗戶上，咯咯作響。她突然往上看了一眼，我循著她的目光看去，卻什麼也沒看見，只看見灰撲撲的空蕩沼澤和濕漉漉的水霧。「史上最偉大的裝幀師之一就差點死於這種病，」她說：「她叫瑪格麗特．潘文西，一個中世紀的寡婦。她總共裝幀了二十多本書籍，就那個時代來說稱得上多產了。其中幾本被保存了下來，我有次還特地大老遠跑到霍比去看她的書。」她的目光又移回我身上。「帶我入行的老師傅告訴我，如果一個人得到裝幀師熱，代表這人不單純是工匠而已，還是成爲藝術家的料。我一直以爲他只是在開玩笑，沒想到他是認眞的……總之，你會成爲很出色的學徒的。」

我摸著自己胳膊上的瘀青，將手指擺在瘀痕上比對。風在茅草屋頂上低喃，並再次吹來雨水，猛烈拍擊窗戶玻璃。所幸這棟房子的牆壁厚實堅固，穩固得猶如古老磐石。原來這是裝幀師熱，不是我發瘋或意志軟弱。

「我去幫你弄點熱湯。」她放下手中的線卷起身，然後把摺疊好的鬆散頁紙塞進圍裙口袋，拾起綴線架。

我忍不住伸長了脖子。「那是……？」

「沒錯，是路西安．達內的書。等我做好就是了。」

他的名字就像把鉤子，緊緊勾住我的心臟。路西安．達內，那個對我恨之入骨的男孩。那把鉤子似乎愈陷愈深，也愈扯愈緊。「你在幫他的書做什麼？」瑟芮狄絲瞄了我一眼，沒有答腔。「我可以看嗎？」

「不行。」她邁開大步經過我身邊、走向房門。

我試著起身，但眼前的房間瞬間旋轉了起來。「是不是——」

「快點躺回床上。」

「——他，瑟芮狄絲。是不是因爲他……我又發作是不是因爲他的關係，還是……他到底是什麼人，爲什麼他會……？」

「他已經走了，不會再回來了。」

「你怎麼知道？」

她看向遠方。上頭的一根木梁嘎吱作響，剎那間這棟老屋似乎變得不堪一擊，而厚實堅固的牆壁也只不過像夢一樣虛無。

「我去拿湯來給你。」語畢，她步出房間，並順手帶上門。

那天之後，一連數日的下午瑟芮狄絲都把自己關在工作坊。她並沒有告訴我她都在裡面忙什麼，而我也沒有過問。想也知道她是在製作達內的書。忙完家事後，我偶爾會將耳朵貼在門上，一邊偷聽一邊神遊，試著弄清楚我聽見的聲音是什麼。多半時候一片靜默，是種格外凝重的沉寂，彷彿整棟屋子都跟我一起傾耳細聽，木頭與灰泥的每條纖維都朝著聲音匿跡之處轉向。偶爾房內也會傳出敲擊或刮擦聲，有次我還聽見水壺打翻的一聲響亮哐噹。天氣愈來愈冷冽，久站讓我的關節顫抖發疼，可是我沒辦法讓自己離開。我痛恨這股將我釘在原地的力量，讓我只能枯等某件自己根本不理解的事情發生，卻又無法抵擋它的誘惑。即使我已逐漸好轉，糾纏不休的惡夢仍讓我內心交戰，捱不過好奇又懼怕的心。

現在我做惡夢的頻率逐漸降低，夢境也改變了。看不見的黑暗恐懼幻化成日光洋溢的清晰夢境，也已經沒有以前那麼可怕。打從那天起，恐懼就有了確切的面孔：路西安．達內的臉。我不斷看見他走向工作坊盡頭、進入半掩的小門之前，用熾熱的眼神最後一次凝望我的模樣。我看見他在那間明亮安靜卻令人不安的房間裡坐下，打直背脊，同時感覺到一陣心慌竄過全身——因為在夢中，坐在那裡的人不是他，是我。

夢境似乎想要傳達某種訊息。我不曉得自己究竟在畏懼什麼，但不管那究竟是什麼，絕對是關在琵芮狄絲上鎖的小房間裡。每次驚醒後，要是再也睡不著，我就會坐在窗邊，任由夜晚的冰冷空氣吹乾渾身濕黏，並試著釐清那股強烈不安的來源。然而無論怎麼左思右想、想盡辦法看穿隱藏在那股恐懼之後的東西，除了路西安．達內和那間房門半掩的小房間，我再也想不到其他原因。無論裡面發生了什麼事，它都已經溢出了門縫，滲入我的夢境，令我焦躁難安。

有天晚上我在刷洗鍋子，琵芮狄絲在準備煮燉菜，我又問起了他的事。雖然琵芮狄絲並沒有抬起頭，手指卻一時打滑，讓半顆洋蔥掉到地上。她緩緩屈身撿起洋蔥，說道：「別再去想路西安．達內的事了。」

「你為什麼不讓我看他的書？我為什麼只能沒完沒了地學裝飾加工？我以為我該學的是……」她將洋蔥洗乾淨，然後又若無其事地繼續切菜。「琵芮狄絲！你什麼時候才要——」

「我很快就會教你了。」她邊說邊走過我身邊，步入食具室。「就等你好起來。」

隨著一天天過去，我幾乎已恢復得和以往一樣健壯，她的承諾卻始終沒有兌現。

深秋轉入初冬之際，每天的日常生活都是冥想般的枯燥循環：工作、吃飯、睡覺，我已經分不清現在是什麼時節。日子猶如轉動的車輪，只有千篇一律的家事、千篇一律的裝飾加工，不停地製作流沙箋[4]、削切皮革、在假書邊角上鍍金。通常我的練習作品都會被扔進瑟芮狄絲當作廢紙簍的老舊桶子裡，即使瑟芮狄絲低頭盯著其中一張紙，不帶笑意地說「這張留著」，那張紙還是照樣會被收進圖紙櫃裡，不見天日。我製作的成品從來沒有真正派上用場，而我也不再納悶究竟哪天才能製作出合格的成品，什麼時候才能看到一本真正的書。也許這就是瑟芮狄絲的用意吧。在靜謐的工作坊裡，我將所有注意力都放在這些小事上，比如拋光器的重量、拇指下發出吱吱聲的蜂蠟。有天清晨我望向窗外，驚訝地發現一叢蘆葦從薄雪中探出頭。我當然早就注意到天氣變得天寒地凍，但那種感覺有點遙遠，不過就是開始採取一些比較實際的應對措施罷了，例如挪近爐火邊工作、把露指手套翻出來用等等。到了這時，我才真正感受到：自己已經在這裡待了好幾個月，將近整整一季，接著馬上就是更年節（the Turning）了。我深吸一口冰冷空氣，有點好奇要是我和瑟芮狄絲一起度過更年節，在這窮鄉僻壤會怎麼慶祝。一想到全家人在常青樹和槲寄生的簇擁下團聚，用熱啤酒向不在場的朋友舉杯致意，心裡就忍不住鬱悶起來……可是瑟芮狄絲並沒有提到要讓我回家，再說要是積了深雪，只怕道路不通。繼路西安．達內之後也沒有人再過來，上門的頂多是每週固定送信的郵差。現在郵車仍會在門前停下，郵差也還是會小跑進屋，灌下一杯熱騰騰的茶，接著才回頭繼續送信。然而幾週後的某天，雲層低壓壓地籠罩天空，空氣也惡兆似地凝滯不前，我邀請他進屋時，他搖了搖頭，往我腳邊迅速扔下一包信件和一袋日用品，便匆匆躲回車上的毛毯被窩裡。「小子，又快要下雪了，」他說：「我也不確定下次什麼時候來，大概春天才能再見了吧。」

「春天？」

他的那雙藍眼睛透過帽子和圍巾之間的空隙，銳利地掃向我。「你是第一次來這裡，是吧？別擔心，春天會降臨的。」

語畢，他用韁繩甩了下瑟瑟發抖的馬，搖搖晃晃地駛離門前小徑，回到大馬路上。儘管寒風刺骨，我依然站在原地凝望他的背影，直到再也看不見爲止。

早知如此……我努力回想上一封寄回家的信裡寫了什麼。那是今年最後一封信了吧……可是即便知道那是最後一封，我還會想多寫些什麼？頂多是祝他們更年節快樂吧。某方面來說我也很慶幸老家離得這麼遠，我才能沒什麼實感地待在這裡，彷彿這裡的冰冷空氣不只讓我的手指凍僵，連我的腦袋也凍住了。

我突然打了個冷顫，於是走回屋內。

他說得果眞沒錯，那天晚上眞的下雪了，沉默的大雪恍若從天空篩落的粉末。隔天醒來，道路變成整片白茫之中的一道細紋。我起床後本打算先爲火爐生火，但早晨走進工作坊時，卻發現瑟芮狄絲起得比我更早，已經坐在工作台前。她正在觀賞屋外一隻小鳥拍著翅膀跳躍，在雪地留下排列字母般的整齊足跡。她先前攪拌糨糊時灑落了一小堆麵粉，模樣像極從窗隙飄進屋內的白雪。

她已經生好火，可是我還是不由得瑟縮發抖。瑟芮狄絲轉過頭。「茶已經煮好了。噢，你有沒有

4 又稱斑石紋紙，一種手染加工紙。藉由在水或濃稠液體中潑灑顏料，並以工具畫出各種圖樣、紋理，再將紙張覆蓋於上轉印而成。

需要什麼？我正在寫下一批從塞津送來的採買清單。」

「郵差說他春天前都不會再來了。」我的手都凍僵了，倒茶時差點灑出茶水。

「噢，托勒這個蠢貨，現在講冬天還言之過早。這次的雪幾天後就會融化了。」我忍不住瞟向前窗外堆得半高的雪牆時，她露出了微笑。「相信我吧，真正的大雪要等更年節之後才會來，你還有時間準備。」

我點頭。這意思是我還有時間寫封信回家。可是我要寫什麼？

「快去倉庫點貨。」我看著閃爍晶亮的飄雪，感覺到一股寒意爬上我的背脊。她又補了句：「外面很冷。」眼底閃著戲謔卻又憐憫的神情。「你要穿暖一點。」

結果點貨這項工作其實沒有我預期得那麼糟。我必須挪動箱子、袋子、大罐子，看看裡面裝著什麼。過沒多久，我就累得氣喘吁吁、全身發熱，連帽子都戴不住。我丟下正在搬動的袋子，然後倚在倉庫門口喘氣。我不禁將目光停留在柴堆上，想著這堆木柴是否夠我們過冬。要是不夠，我得想辦法多弄一點來。但現在外頭一片白茫茫，哪來的木材可以搜集或砍伐。一朵雲緩緩飄來，遮蔽住太陽，而風則在我耳邊颼颼哀鳴，聽起來像是遠方有誰正在磨刀。馬上又要下雪了，瑟芮狄絲絕對猜錯了，雪才不會這麼快融化。

就在我打算回去工作時，有什麼吸引了我的注意。某個遠到我看不清的東西，正沿著細線般模糊的道路舉步維艱地前行，模樣像極了困在白漆裡的小蟲。最後那顆黑點漸漸清晰，變成一匹馬的形狀，馬膝以下深陷雪地之中，上頭有一個肥胖且駝背的人。不——那是兩個人，體型跟孩子一樣嬌小。我這才發現那匹馬是一匹體型龐大且鬃毛粗濃的夏爾馬，而馬背上有兩個女人，後頭那位背脊直挺，前面那位則癱軟無力，馬兒每踏出一步，她就跟著左搖右晃。我還沒看清來者的臉孔，她們的聲音已經率先越過雪地而來：一陣急切而含糊的鼓勵話語，另一陣淒絕的微弱哭喊聲則飄在其上。就在剛才，我還誤以為那哭喊聲是風聲。

她們在屋前停下，其中一個女人先笨拙地爬下馬背，走入飄揚的白雪之中。我應該要上前幫忙的，但我卻只是呆看著她連哄帶騙地奮力勸慰著另一個女人，最後總算成功將猶如布偶的她拉下馬背。可是刺耳的哭號依然持續不斷，聲音非常尖銳，幾乎不像是人會發出的聲音。當她們蹣跚地走向前門時，哭聲因為一聲打嗝而稍停，但緊接著又繼續。我看見她瞪大的雙眼毫無神采，髮絲凌亂糾結，嘴唇則被自己咬得滲血。她們依偎著彼此來到門廊，接著走調的門鈴聲響起。

我轉身回到秩序井然的倉庫內，可是此刻陰影卻蟄伏在每堆貨品後方、從每個罐子後面探頭窺視著我。除非是走投無路了，否則誰會冒著這樣的大雪親自來訪？非裝幀不可的那種走投無路……就像路西安・達內那樣。可是一本書能做得到什麼？瑟芮狄絲又幫得上他們什麼？

等一下瑟芮狄絲就會開門迎接這兩位訪客，帶她們穿越工作坊，進去那間上鎖的小房間……腦袋還來不及思考，我就已經邁動雙腳穿過小院子，繞過房屋側邊，偷偷溜進後門，站在走道上偷聽。

「快帶她進來。」是瑟芮狄絲的聲音。

「我正在努力！」一個比我更重的鄉村口音喘不過氣地說。「但就是沒辦法讓她……拜託，米莉，我求你了——」

「她不想來嗎？要是她本人不同意，我可不能——」

「噢！」她發出一聲短促笑聲，銳利之中帶著苦澀與疲憊。「噢，她想來得不得了。一直拜託我帶她來，就算是這種大風雪也不放棄。可是前進了半公里後，她突然變得像隻破布偶，怎樣都停不下這該死的**哀號**——」

「很好。」瑟芮狄絲雖是不慍不火地說著，但語氣已經足以打斷這女人的話。哭哭啼啼還是沒完沒了，啜泣、發顫的聲音有如涓涓細流般傳來。「米莉？快來這裡，進來啊。我可以幫你。很好，另一隻腳也踏進來。你好棒。」

瑟芮狄絲的語氣讓我想起自己剛來的那時候。我轉過頭，盯著眼前的牆面，風吹來的碎雪黏上粗糙的灰泥表面，形成薄薄的硬霜，顆粒就像鹽的結晶般細緻。

「這樣就對了，你很棒喔。」那口吻很像爸在對焦躁不安的母馬低語。

「謝天謝地。」那個女人破音喊著：「她已經瘋了，我拜託你讓她恢復原狀。」

「如果這是她自己的要求，我會為她裝幀的。來吧，米莉，我扶住你了。」

「她現在沒辦法拜託你……她的腦袋已經不正常了——」

「放開她。」語畢，那個女人吸了吸鼻子，另一邊淒絕的哭聲則稍微減弱。瑟芮狄絲接著用更為輕柔的聲音說道：「你已經盡力了，現在換我來照顧她吧。」我聽見工作坊的門敞開的聲音，再來是三人的腳步聲：耳熟的瑟芮狄絲腳步聲、一個女人的輕盈步伐，以及另一個教我頭皮發麻、拖著腳走走停停的聲音。

門再度被關上了。我閉上眼，大概算得出她們穿過老舊木地板走到上鎖小門前的時間，知道瑟芮狄絲何時會取下鑰匙，插進鑰匙孔……我似乎聽見了開門聲，以及門又關上的聲響。除非，我聽見的只是自己的心跳聲。

無論門後會發生什麼事，現在都已經在進行，對象則是那個彷若受傷動物的女人。

我才不想知道會發生什麼事。我逼自己走回倉庫。還有工作要做。然而當我將最後一只袋子拖回原位，用粉筆在牆上記錄最後的清點數字時，時間卻彷彿不曾流逝。太陽就要西沉，而我一整天都沒吃沒喝。我伸展四肢，但就連肩膀痠痛似乎都顯得遙遠而微不足道。

再步入工作坊時，房內已變得幽黑晦暗，毛茸茸的白雪在窗戶玻璃上形成細緻的碎花。

「噢！」

我立刻轉身，差點喘不過氣。是那個女人，沒有發瘋的那位。個頭高䠷、在馬背上腰桿挺直、帶另一人過來的那位……我這個笨蛋，明明早就隱隱知道所有人都是單獨跟裝幀師進去小房間了，瑟芮狄絲當然會請這女人在門外等候。而我居然還被嚇得跳腳，眞是愚蠢到家。

「你哪位？」她說。她穿著一襲不顯腰身的藍色手織洋裝，臉龐被風雪吹得赤紅，滿是雀斑，可是盛氣凌人的口吻卻像是在對僕人說話。

「裝幀師的學徒。」

她提防地對我投以充滿敵意的眼神，好像這裡是她的地盤，而我是誤闖私人領地的外來者。她坐在火爐邊，徐徐靠回椅背上，舉起我的馬克杯喝茶。一縷熱騰騰的蒸氣從杯子裡升起，在空氣中散去。

「你的……朋友，」我問道：「她還在——那裡面嗎？」

她將視線撇到一旁。

「你爲什麼帶她來這裡？」

「不關你的事。」

不。我想要說：不，我不是那個意思。我是想問你她怎麼了？爲什麼需要你帶她來**這裡**？瑟芮狄絲能幫上什麼忙？但這女人別過頭的傲慢神色，還有全然拒絕回答的態度令人反感。於是我故意坐下，一把撈過糨糊罐，接著從櫃子裡摸出一把乾淨的刷子，然後又裁剪了幾張蝴蝶頁，準備黏貼。這個工作很簡單，不用集中精神就能完成。現在整間工作坊都充斥著從上鎖的小房間透出的不明嗡嗚……

但現在小門沒有上鎖。要是我走過去扭開手把，門就會敞開，然後我會看見……我會看見什麼呢？

一坨糨糊從刷子上啪嗒滴落工作台，就像有人從我的肩膀後方吐了一口口水那樣。那女人不斷來回踱步，轉身時總在地板上踩出咯噔聲響。我集中精神工作，雙眼直盯著正在黏貼的紙張，還有用來擦拭糨糊、髒兮兮的破布。

「她會死嗎？」

「什麼？」

「米莉，我朋友。我不希望她死。」我聽得出她有多小心在克制音量。「她還不應該死的。」

我感覺到她步步逼近，這才抬起了頭。她的衣服散發出潮濕羊毛和陳舊鞍袋的氣味，要是我低下頭，大概就會看見她老舊的藍色亞麻羊毛混紡裙襬下緣沾滿了泥濘。「拜託你告訴我，我聽說有人會這樣死去。」

「她不會死的。」但我的心臟卻猛然跳了下，說不定……

「你騙人。」她從我身邊走開，聲音沙啞地粗喘著氣。「我本來不想帶她來的，可是我拗不過她一再哀求。我跟她說，那可是個老巫婆，爲什麼要去找一個老巫婆？你明明知道這麼做不對，是邪門歪道。你要堅強點，別輕言放棄。我真不應該……」她頓時制止自己說下去，好像突然發現自己太大聲了。但過了一會兒，她又繼續說道：「偏偏她今天突然發瘋，我再也撐不下去了，才會帶她來這個讓人發毛的地方。現在她人在那裡……」她的聲音輕顫，尾音隨即消逝。

「可是你自己不是也說了——明明是你拜託瑟芮狄絲幫她的……」我克制自己不說下去。

但她似乎沒聽見我說的話，更別說發現我剛才在旁偷聽。「我只是想要她回來，我可愛的米莉。我只希望她能再開心起來，就算她得爲此出賣靈魂也無所謂。我不在乎這是不是跟惡魔的交易，也不想管那個老賤貨得做什麼，她就儘管下手吧！只要能讓米莉回來，什麼都好。問題是如果她死在那裡……」

惡魔的交易。那真的是瑟芮狄絲在從事的工作？那個賤貨、老巫婆……我試著將彩紙平鋪在白紙上，卻不慎手滑。真是一雙笨手，沒事幹麼亂抖。**就算她得為此出賣靈魂**。可是這跟書又有什麼關係？關紙張、皮革、膠水什麼事？

太陽從雲隙間露出了臉，我抬眼望向淡粉色的朦朧日光，雙眼一時被光線扎得發疼。在那瞬間，我似乎看見了一道輪廓，一道在強光下顯現的黝黑人影。接著太陽隱遁，剛才的年輕男子也跟著消失。我眨了眨因刺痛而泛淚的眼睛，視線穿過殘像，重新注視著手上的工作。我把紙張摺出波紋，然後放著陰乾；過了一會兒試著撕開時，卻不慎撕破了紙。我用拇指撫過羽毛圖案上方那道黏糊的白痕，心想這下又得重來一遍了。

「抱歉，我不是……」她大步走到窗前，然後看了我一眼。她的眼神像是蒙上一層陰影，語氣裡卻帶著哀求。「我根本不曉得自己在胡說些什麼。我真的沒有惡意，請不要生氣，也請你千萬別告訴她——我是說裝幀師，可以嗎？拜託你。」

她很害怕。我把失敗的蝴蝶頁揉皺，扔到一旁。看來她不只很怕瑟芮狄絲，也很怕我……

我深吸一口氣，繼續裁切更多張紙，調更多糨糊，黏貼紙張，攤平擺放，用印壓機夾平，掛起來晾乾……我渾然不知自己在做什麼，雙手卻停不下來。等我回過神來，房內已經暗得伸手不見五指。一疊黏好的紙張正等著放進印壓機的兩塊夾板中壓平。這種感覺就像從夢中醒來。突然間傳出一道聲響，是開門的聲音。

「火爐上有茶，去幫我拿來。」瑟芮狄絲的聲音沙啞，像石頭一樣粗糙。

我渾身僵住，但她並不是在對我說話。瑟芮狄絲沒有看向我，她根本沒發現我在場。她揉著兩眼，體力似乎已經透支，累得不成人形。「快點。」她催促道，接著那個女人匆匆忙忙端著茶湯潑灑出來的茶壺和叮叮作響的茶杯奔向她。

「她——還好嗎？」

「不要問蠢問題。」過了一會兒，她又說道：「再等一下，她就可以見你了。然後你們得趁大雪降下之前趕快回家。」

門再次關上。房內鴉雀無聲。一陣雪花如羽翼般橫掃過窗戶，讓人看不出這樣下去怎麼可能融雪。一會兒後，門就會再次敞開，我命令自己在門開時不准回頭。

「來吧，親愛的。」瑟芮狄絲領著先前哭號的女孩走進工作坊，現在她一臉乖巧沉靜。

下一秒她們兩人擁抱彼此，在外頭等候的女人終於放鬆下來，一邊大笑一邊啜泣。「米莉。」她反覆呼喊著她的名字，瑟芮狄絲則仔細而緩慢地鎖上後方的門。

她還活著，也還保有理智，沒發生什麼可怕的壞事。但眞的是這樣嗎？

「謝天謝地……噢，你看看你，現在又好起來了……謝謝你——」

「帶她回家，讓她好好休息。盡量別跟她提到之前發生過的事。」

「當然不會。太好了！米莉，親愛的，我們現在回家吧。」

「潔莎，回家……」她撥開額前糾結的頭髮。她依舊是那副高瘦、蓬頭垢面的樣貌，但看得出不久前她仍保有人味時的美。「對，我想要回家。」她的話語中帶著某種空洞又易碎的質地，猶如爬滿裂紋的玻璃杯。

那個名叫潔莎的女人領著她走到門廳。「謝謝你。」她在門前止步，再度嚷嚷著感謝瑟芮狄絲。沒人推著走的米莉行動呆滯，臉色沉靜得猶如雕像。我吞了口口水，那怪異的平靜……讓我後頸寒毛直豎，我內心有個聲音在說：**不，不對，哪裡不太對勁**。

我肯定是不小心發出了聲音，因爲米莉忽然看向我。那瞬間我和她四目相接，感覺就像望進一面鏡子，卻看不見鏡中的人。

她們就這麼走了，門再次闔上。接著我聽見前門打開又關上的聲音，整間屋子又落回大雪朦朧的靜謐之中。

「艾墨特？」瑟芮狄絲說：「你在這裡做什麼？」

我轉身面對工作台，在微弱光線下，我的工具看起來像白蠟製品，而殘留在木頭表面的銀白膠水痕，則像是蝸牛爬行過後的痕跡。一整疊已經加工完成的蝴蝶頁也全成了不同的灰色色調：玫瑰灰、孔雀灰、天藍灰。

「我之前不是吩咐你去清點庫存嗎？」

風朝窗戶吹來一陣細雪，將我頭頂的鐵絲線吹得搖晃。那裡懸掛著更多紙張，更多色調晦暗的羽翼，更多我們壓根用不上的頁紙。

「清點已經完成了，所以我又回來製作蝴蝶頁。」

「啊？爲什麼？我們又不需要——」

「我也不知道，大概是因爲，這是我唯一知道該怎麼做的事吧。」我環顧四周。架子上擺著好幾綑書布，模樣像是一根根圓木堆疊在一起，在淡淡的銀白暮色照耀下全都拉著灰暗長影。底下的櫃子裝著山羊皮、一箱碎皮料、一罐罐染料（櫃門正微微敞開，看來門扣需要修理了）……而在底櫃的旁邊，好幾箱工具閃爍著黯淡光芒，朝半空中探出它們精巧的小腳。幾卷金箔閃耀微光，而金箔前方則放著印壓機、另一張長型工作台、裁紙機、裁書刀……「我不懂，」我說：「這一切……都是爲了裝飾你不打算販賣的書籍。」

「書就應該要漂漂亮亮，」瑟芮狄絲說：「就算沒人看也無所謂，重點是對他人致上敬意——就像是古時候的陪葬品。」

「可是在那間上鎖的小房間裡發生的事……才是眞正的裝幀，對吧？你都是在那裡幫人製書的。那到底要怎麼做？」

她突然動了下，但我看向她時，她已恢復原本平靜的狀態。「艾墨特……」

「我甚至還沒見過——」

「就快了。」

「你**每次**都這麼說——」

「現在還不行就對了！」她腳步踉蹌，忽然止住不說，然後往火爐邊的椅子坐了下來。「拜託，現在還不行，艾墨特。我現在很累，我眞的累壞了。」

我經過她身邊，走到上鎖的那扇門前，伸手觸摸那三道鎖。沒想到這動作竟讓我費盡了力氣，而肩膀也因爲想退開的衝動而陣陣刺痛。瑟芮狄絲轉身看向我，她的椅子在地板上發出刮擦聲。

我站在原地不動。我知道要是我撐得夠久，這股恐懼就會消失，同時也就表示我已做好心理準備。可是恐懼仍然縈繞在我心頭，而埋藏在那之下的，是一種黑色的沉痛感受，一種讓人泫然欲泣的強烈失落感，彷彿某種我渾然不知自己患有的疾病。

「艾墨特。」

我轉過身，離開工作坊。

後來那幾天，我們都閉口不談這件事，只談家事和天氣。我們謹愼地避開這個話題，就像人們小心避開剛凝結的冰面那樣，繞道而行。

4

我從一場烈火熊熊的夢中驚醒。睜開眼時，眼前仍可見到若隱若現的紅光，我不禁眨了眨眼，驅散那些殘像。夢中我困在一座大宅裡，深陷由火焰蔓燒出的迷宮，只能任憑熾熱的大火逐漸抽去肺裡的氧氣。有一瞬間，我的喉嚨似乎嚐到了一絲淡淡的苦澀煙味，然而房內一片漆黑，深吸一口氣也只隱隱約約嚐到雪帶有的鐵鏽味。我揉揉雙眼，起身坐直。

有人正在敲門。看來這就是我被吵醒的主因：不間歇拍擊前門的重響，不知道誰在大叫，還有像是警鐘般響個不停的門鈴聲。

我逼自己下床，套上長褲。儘管赤腳踏在冰涼的木地板上很冷，但我懶得穿上鞋，就這麼艱難地步入走廊。在半途我稍微停了一下，豎起耳朵仔細聆聽外面的聲音。有個男人呼吸急促地喊著：「我知道你在裡面！」前門在門框裡劇烈震動。「快點給我出來，否則我敲碎你家該死的窗戶。**出來！**」

我握緊了拳頭。換作在家，爸肯定早就拿著來福槍踹開門，而無論站在門外的是誰，必定都會嚇得一陣結巴然後瞬間安靜。可是這裡不是我家，我也沒有來福槍，所以我只好穿過走廊，去敲瑟芮狄絲的房門。「瑟芮狄絲？」我沒等她回應就直接推開門，環顧房內一周，試圖找出床鋪的位置。這是我第一次進她的房間。「瑟芮狄絲，門外有人。你醒著嗎？」

無人回應。我只看見窗邊有略微起皺的枕頭和弄亂的被單，但她人不在床上。「瑟芮狄絲？」黑暗之中傳來一陣喃喃低語。我轉過身，發現她整個人蜷在房間角落的椅子上，兩手掩著頭，彷佛天空就要塌落。她的眼睛瞠大，眼底映著微光，面容則慘白得像是一張漂浮在半空中的幽靈臉孔。

「瑟芮狄絲，有人正在敲門，我應該去應門嗎？發生什麼事了？」

「找上門了，」她含糊地低聲說道：「他們總算找上門了。我就知道他們會來，聖戰……是聖戰……」

「我不懂，」我緊握拳頭，遲疑地說道：「我該不該去應門？你想跟對方說話嗎？」

「聖戰士，他們要來燒死我們、對我們趕盡殺絕。現在已經來不及逃了，躲起來，快點躲進地窖，千萬別把書交出去，寧死都不能把書交給他們——」

「瑟芮狄絲，你先冷靜下來！」我在她面前蹲下，視線與她齊平，並輕輕扯著她一隻手腕，想要拉下她摀住耳朵的手。「我聽不懂你在說什麼。你要不要我——」

她怯懦地往後退縮。「是誰，離我遠一點，你是誰，是誰——」

我一時腳步不穩，向後晃了下。「是我啊，瑟芮狄絲！艾墨特啊。」

一陣安靜，大門的拍擊聲終止了。我們在一片霧濛濛的黑暗中彼此對望，我可以聽見我自己和她略帶沙啞的呼吸聲。接著從樓下傳來玻璃碎裂的聲音。「喂！」男人大吼：「快給我出來，你這老賤貨！」

瑟芮狄絲嚇得渾身發顫。我試圖握住她的手，但她卻慌張地爬回房間角落，拚命用指甲刮著灰泥牆。她的臉龐因汗濕而微微發亮，嘴巴則半開著。有一瞬間她似乎認出了我，但隨即她的目光又穿過我望向遠方，嘴唇劇烈顫抖，而我也不敢再碰她。

我想站起來，她卻揪住我的上衣緊抓不放，害我差點跌倒。「瑟芮狄絲，」我一根根扳開她虛弱而濕冷的手指，深怕一不小心就弄碎她的骨頭。「快放手，我得去——」

我拉得太用力了，讓她痛得不禁大叫。可是就在她甩開我的手時，她的眼神似乎亮了起來。「艾墨特。」她說。

「對，是我。」

「我剛剛做了個夢。帶我下——」

「沒事的，我去就好。你留在這裡。」我驅使著發顫的雙腳步上走廊。

男人的聲音揚起。窗戶打破後，他的咆哮聲更清晰了。「我就用煙把你燻出來！看你還要不要出來面對自己幹的好事，老巫婆！」

我不知道我是怎麼走下樓梯，又是怎麼旋開前門門閂的，但等我回過神來，自己已經站在敞開的大門口。站在最前頭的男人比我預期的更矮小，長得獐頭鼠目，在見到我時大驚失色地後退了一步。他身後有幾個黑影轉過頭，其中一人手裡握著火炬。所以我剛才**確實**是聞到了煙味。

他對著我挺起胸膛，硬是想裝出跟我一樣高的樣子，實際上卻得抬起頭才能看入我的眼睛。「你是哪位？」

「我是老巫婆的學徒。**你**又是哪位？」

「叫她下來。」

「請問有什麼事？」

「我要我的女兒回來。」

「你女兒？她不在這裡啊，屋裡沒別人，只有——」我不禁頓住。

「少裝蒜了，你明明懂我的意思。現在立刻帶她過來見我，否則——」

「否則怎樣？」

「否則我就放一把火，把這棟房子和裡面的東西統統燒個精光。」

「請看看你四周，現在正在下雪，而且這幾面牆都有將近一公尺厚，你眞以爲放把火，就可以把這棟房子燒光？就憑那一把火？你和你那群臨時湊合的同夥爲什麼不乾脆——」

「你以爲我們有那麼笨嗎？」男人向旁邊指了指，他的朋友則舉起手上的桶子，對著我露出牙齒竊笑。少許液體潑灑出桶緣，我嗅到一股煤油味。「你以爲我們大老遠跑來，只是虛張聲勢？你最好別把我當傻子，小鬼。我可是認眞的，**現在還不快把那本書還給我**。」

我艱難地吞了吞口水。這棟屋子的牆壁是很結實沒錯，茅草屋頂上也有積雪，但某年冬季我曾見識過格雷茲農場的穀倉失火，所以知道火勢失控的話會變成什麼情況……「我不知道書在哪裡，」我說：「我——」

這時我身後傳來瑟芮狄絲的聲音：「你們回去吧。」

「是她，」其中一個黑影說：「是那老女人。**就是她**。」

男人向著我後方怒瞪。「少對我發號施令，你這老巫婆。你剛剛已經聽見我對你那位——管他是誰……說的話了吧。我要拿回我女兒的書，她根本沒資格來找你。」

「她當然有這個資格。」

「你這瘋癲的老賤貨！她沒有我的允許就偷跑出門，回到家後只剩下半副空殼子，看著我的樣子好像連我都不認得了——」

「那是她自己的選擇，這一切都是她選的。要是當初你沒有——」

「給我住嘴！」他猛然向前一步。要是我不在這裡，他可能早已對她動粗。我從他呼出的氣息中嗅到一絲酸啤酒味，其中還混著某種更強烈的氣味。「我太清楚你們這種人了，我才不會讓你把我女兒的書賣給某個——」

「我不賣書，每一本書我都收得好好的。你們**請回吧**。」

場面陷入一片靜默，只有火光在男人的臉上跳動。他往後對全盯著他看的同夥使了個眼色，接著舔舔嘴唇，兩手像是利爪般握緊又放鬆。

一陣微風吹來，野草如波浪般起伏，火焰也不安穩地左搖右晃。片刻間，我感覺到一股濕意拂上臉頰，連帶驅散了煙味。可是等到風勢一停，火焰便再度向上竄動。

「既然你都這麼說了，」他說：「那好，我們就照你說的辦。」他從另一個男人手中搶過那桶油，吃力而緩慢地走到門前。「我要把那本書燒了。如果你不願意把書拿給我，我就連同這棟房子一起燒掉。」

我勉強自己擠出一絲笑聲，說道：「別傻了。」

「我警告你，最好給我乖乖出來。」

「請看看我們：一個老婦人和一個學徒，你該不會眞的——」

「你看我敢不敢。」

我抓在門框上的手頓時捏得死緊，血液直衝指尖，脈搏的跳動劇烈，讓我覺得門框彷彿就要滑出手心。我望向瑟芮狄絲，她披頭散髮、臉色死白地注視著那男人。要是我不認識她，見到她這副模樣，恐怕也會相信她是女巫。她低聲說了什麼，但我聽不清楚。

「拜託，」我說：「她年紀很大了，而且又沒做錯什麼。無論你女兒發生了什麼事——」

「**無論我女兒發生了什麼事**？她被裝幀了，就是這麼一回事！你快給我讓開，否則我發誓把你跟整棟屋子一起燒了——」他冷不防衝上前，將我一把往外拖了出去。他的力氣大得令我詫異，迫使我腳步踉蹌地離開門口，但我隨即猛力推開他，並止不住去勢地跌向一旁。我才站穩腳步，就又有人從後方逮住我，另一個男人則當我是動物般，往我的面前揮舞火炬。熱氣燻得我臉頰灼痛，雙眼淚流，我不停眨眼，想看清楚前方。「還有你，」他對著門口嚷嚷：「你也出來，只要你出來我們就不會傷害你。」

我試著掙脫箝制住我的傢伙。「你的意思是要把我們扔在雪地裡？這裡可是鳥不生蛋的荒郊野外，而且她是一個老婦人。」

「閉上你的嘴！」他轉過頭對我說：「我已經仁至義盡，警告在先了。」

我忍下想掐住他脖子的衝動，強迫自己深吸一口氣。「聽著——你不能這麼做，要是眞的下手，後果可能就是被流放，你不會想冒這種風險的。」

「只因爲我放火燒掉一個裝幀師的家？我有十個朋友可以作證，我一整晚都沒離開酒館半步。好了，叫那個老巫婆出來，否則她就等著跟整棟房子燻成魚乾吧。」

這時前門霍地關上，門閂緊扣。

融雪忽然從屋頂滴落，似乎是上頭的雪水形成了小水池，溢了出來。微風揚起又止息，依稀能聽見破掉的玻璃窗被吹得嗚嗚作響的聲音。我嚥了口口水，問道：「瑟芮狄絲？」

她沒有答腔。我掙脫鉗制著我的男人，他很乾脆地放開我。

「瑟芮狄絲，快點開門，我拜託你。」我彎身從玻璃窗的破碎裂口看進去。她正坐在樓梯間，像個孩子那樣雙腳端正地交叉擺在腳踝上。她沒有抬頭看我。「你在做什麼？瑟芮狄絲？」

她低聲說了什麼。

「什麼？拜託，讓我進去——」

「太好了，看來這老巫婆想要跟房子同歸於盡。」他的聲音有點尖，聽起來像是在虛張聲勢，但我回頭看他時，他對我露出燦笑和滿口爛牙。「這是她自找的。現在給我滾一邊去。」他的身子往前傾斜，朝著我腳邊的牆壁潑油。油味如霧氣般升起，如此濃郁，如此眞實。

「不，你不能這麼做——我拜託你！」他繼續衝著我咧嘴笑，眼睛眨也不眨一下。我轉過身，手握成拳把玻璃窗沒破的部分也敲碎，但窗口還是太狹窄，無法讓人通過。「瑟芮狄絲，快出來！他們要放火燒掉房子，**我求求你**。」

她一動也不動。要不是我說**求求你**時，她的肩膀稍微縮了一下，我恐怕眞要以爲她聽不見我的聲音。

「她人還在裡面，你不能放火，這樣根本就是謀殺。」我的聲音既尖銳又嘶啞。

「給我讓開。」但他根本不打算等到我讓開。他繞過我身邊時，油潑到了我的長褲上，而他將最後幾滴油倒向側牆後，便退到了後頭。舉著火炬的男人在旁觀望，表情像是好奇的小男孩，興味盎然地亮了起來。

也許這些油根本不夠。也許屋頂的積雪會讓火苗熄滅，又或者牆壁太過厚實，也太過潮濕，讓火勢無以延燒。可是瑟芮狄絲年紀那麼大了，如果她繼續待在屋內，光是煙霧就足已嗆死她。

「喂，鮑德文，把另一桶拿來，灑在屋側。」他下令道。

「拜託，求求你不要這樣。」但我知道哀求不會有用。我轉身奔向屋前，揮拳敲擊著木門。「瑟芮狄絲！開門啊，可惡，**快點開門**。」

有個人揪住我的衣領往後扯，我被勒得窒息，差點暈倒在地。

「很好，顧好他。現在就動手。」

舉著火炬的男人哼了一聲，向前走來。我拚命扭動掙扎，極力想掙脫壓制。拉扯間，上衣的縫線被扯裂，而我則險些跌向火炬和前門之間。油的氣味十分濃烈，彷彿嘴裡就能直接嚐到味道。然而油味就來自我身上，我的長褲、雙手都沾滿了油，只需一顆小小火星，我就會全身著火。熊熊燃燒的火炬在我面前徘徊，張牙舞爪地吐著火舌。

後背砰地撞上某樣東西，我這才發現自己已經退到了門前，整個人倚在門上，無路可退。

男人像是揮旗般高舉火炬，然後往下斜畫，直到近在我臉前的位置。接著他將火炬放得更低。我望著閃爍的火光，距離近得幾乎就要觸碰到牆底，幾乎就要引燃。

「**不要**。」

那是我的聲音，卻又不是我的。血液往腦門直衝，彷若洪水在耳裡轟鳴，讓我聽不見自己腦內的聲音。

「你要是動手，會受到詛咒的，」我說。一片寂靜中，彷彿是另一個人透過我的聲音在說話。

「要是你放火殺人，你也會被火吞噬。要是你的恨意沸騰，**你**就會被火紋身。」

沒人作聲，沒人敢動。

「要是你眞的放火，你的靈魂就會沾染鮮血與灰燼，你所觸碰的一切都會變得枯槁灰暗，而你所觸碰的人則會生病發狂，抑或難逃一死。」

這時我聽見某個微弱、遙遠，像有什麼東西正慢慢逼近的聲響。然而那個從我體內升起的那個聲音卻不肯讓我靜下來聆聽。「你會心懷仇恨孤獨地死去，」那個聲音說：「永遠得不到寬恕。」

一陣寂靜在我周圍如水池漣漪般蕩漾開來，止住了颯颯風聲和嚓嚓火焰聲。然而，寂靜之中有某樣全新的事物蠢蠢欲動，窸窣聲響彷如烘乾木頭和枯葉落下。

那群男人全盯著我看。我環視四周，讓另一個聲音的主人用我的眼睛注視著他們。我猶如先知般堅定地舉起手，指著剛才出言威脅我的男人：「還不走。」

他遲疑了片刻。剛才的窸窣聲擴大成一聲爆裂，接著又從颯颯聲變成了隆隆巨響。是雨。

大雨傾盆而下，突如其來的態勢猶如奇襲，淹沒了我的視線，三兩下就浸透頭髮和衣服。冰冷的雨水流下後頸、濺上鼻頭，讓我不禁因寒意倒吸一口氣。男人俐落地將火炬挪向一旁，利用屋簷掩護火焰，可是一陣風卻忽然將雨幕吹向火炬，下一秒火焰便應聲熄滅。接著傳來一陣嘶吼、慌亂失措的驚呼，還有男人狼狽地遁入黑夜的聲音。「大雨是他召喚的……該死，我們快走。這是巫術啊——」

我眨了眨眼，卻只看見四散竄逃、如鬼魂般逐漸消失的模糊身影。有人呼喊，有人回應，有人絆倒後掙扎著起身，同時嘴裡不住咕噥咒罵。嘈雜聲逐漸消退，然後我聽見遠方傳來人聲和馬嘶，鬧事的暴民總算離去。

我閉上雙眼。全身上下都濕透了。滂沱大雨下，沼澤時而高聲嘶鳴，時而低聲隆隆，彷彿回音應答著雨。風吹進破窗時發出嗚嗚聲，茅草屋頂則輕聲唱著自己的調子。空氣中飄散著泥濘、蘆葦及融雪的氣息。

我覺得好冷。一陣顫抖泛過全身，我彎身環抱住自己，彷彿寒意來自體外似的。等到總算不再發顫，我便眨眨眼讓睫毛上的水滴滑落，並吹掉唇瓣上的雨水。天色已經沒有那麼暗了，現在我能辨識出周遭事物模糊的銀白輪廓：穀倉、道路、地平線。

我回頭望進窗口。即使早已聽見他們逃跑的聲音，像這樣轉身背對著空蕩蕩的道路，仍舊讓我感到後頭一陣緊繃。我輕聲喚道：「瑟芮狄絲？他們走了，快讓我進去。」

我並不確定自己是不是眞的看見了她，或者那只是腦袋幻想出來、一道黑暗中的模糊鬼影。我抹去眼裡的水霧，努力想看清她的輪廓。她就在那裡，就坐在樓梯上。我盡可能傾身探向破窗，說道：「瑟芮狄絲，已經沒事了，快開門。」

她沒有絲毫動靜。我不知道我在外頭站了多久，像是在馴服動物般不斷對她低喃著同樣的話語，一而再再而三地重複，漸漸分不清那是自己抑或雨水的聲音。我渾身發冷，一度恍如入夢。在夢裡，我既是沼澤，也是房屋，同時亦是我自己；我就是屋內光滑的木板，亦是屋外濕黏的泥濘……最後門閂總算被旋開，但我卻早已冷得渾身僵硬麻木，沒辦法立即反應過來。

瑟芮狄絲說：「那你進來吧。」

我一跛一跛地走進屋內，站在木地板上，全身濕漉漉地滴著水。瑟芮狄絲在櫥櫃裡翻找了一陣，接著我聽見她爲了點亮油燈，一根接一根地刮擦火柴棒的聲音。最後我走上前，輕輕取過火柴盒。在我的手碰上火柴盒那一瞬間，我們兩人同時嚇得縮了一下。直到點亮油燈、用玻璃燈罩蓋住火焰之後，我才終於望向了她。

她渾身發顫，頭髮亂七八糟地糾結成團。她伸手接過油燈。

「瑟芮狄絲……」

「我知道。我是該回去睡了，不然肯定要大病一場。」

我並不是要說這件事，但還是點頭表示同意。

「你最好也回去睡。」她隨即又問道：「你確定他們已經走了？」

「我確定。」

「那好。」

空氣中一片沉默。她凝視著油燈。在柔和光線的照耀下，她的臉看起來不該那麼蒼老才對。最後她開口：「謝謝你，艾墨特。」

我沒有答腔。

「要是沒有你，他們會在大雨落下之前就燒掉這整棟房子。」

「你爲什麼不——」

「我聽見他們敲門時害怕得不得了。」她忽然頓了頓，然後往階梯跨出一步，轉過身。「他們來的時候，我深陷夢中……我以爲他們是聖戰士。上一次爆發聖戰已經是六十年前的事了，可是……我清楚記得他們當初登門的情景。當時的我跟你年紀相仿，而我的師傅……」

「聖戰？」

「當我沒說吧，都已經過去了。現在只有偶爾幾個討厭我們的鄉巴佬會恨不得殺了我們……」她輕笑出聲。我從沒聽過她用如此鄙夷的口吻說**鄉巴佬**這個字眼。

我的內心一陣微微騷動。接著我緩緩說道：「可是他們並不想殺我們，不是這樣的。他們只是打算燒了這棟房子。」語畢，又是一陣沉默。火光躍動，讓我看不清她的表情是不是有變化。「你爲什麼要把自己反鎖在屋子裡，瑟芮狄絲？」

她搭上了樓梯扶手，開始一階一階爬上樓。

「**瑟芮狄絲**。」我壓抑自己想伸手攔下她的衝動，雙臂因使勁而發疼。「你剛剛很可能就這樣死掉，我也可能因爲試著勸你出來而送命。你到底爲什麼要把自己反鎖在屋子裡？」

「因爲那些書。」她猛然轉身，過於突然的動作讓我很擔心她會摔倒。「不然你以爲呢，孩子？當然是因爲我必須要保護那些書。」

「可是——」

「如果他們眞的要燒了那些書，我也準備好跟它們同歸於盡。你懂了嗎？」

我搖搖頭。

她望著我許久，看起來欲言又止，但接著她整個人劇烈地顫抖起來，幾乎沒辦法站穩。等到這陣顫抖過去，她似乎已經精疲力竭。「之後再說。」她的聲音嘶啞，彷彿這是她吐出的最後一口氣。「晚安。」

我聆聽著瑟芮狄絲登上樓梯，然後走回房間的腳步聲。大雨從破窗打進來，震得地板咯咯作響，但我無心去理會。

我全身冷得發疼，整個人也累得頭昏腦脹。然而當我闔上眼，卻能看見火舌對著我張牙舞爪。滂沱大雨帶來了好幾種聲響：雨水敲擊屋頂的颯颯聲、猶如耳語的風聲、許多人說話的聲音……雖然我曉得那些說話聲並不是眞實的聲音，話語卻清晰可聞，彷彿我畢生認識的所有人全圍繞著這棟房屋，對我聲聲呼喚。那只是疲憊，是疲憊所致，儘管如此，我並不想入睡。我想要的……只是不要落單，偏偏這是此時此刻最不可能實現的事。

我得讓自己的身體暖和起來。換作在家裡，母親會用毛毯裹住我，雙臂環繞著我，直到我不再發抖爲止；然後她會幫我煮熱茶，再滴入少許白蘭地，最後送我回到床上，坐在床沿陪我，等我把那杯熱茶喝完。想家時總會出現的酸楚感湧上，幾乎教人無法承受。我走進工作坊，在火爐裡生火。屋外透出微光，是曙光從雲層和地平線之間照了進來。原來時間比我想得還要更晚。

就在這時，我才模模糊糊地想到，我剛剛救了瑟芮狄絲一命。

我自己泡了茶來喝。腦海中躍動的火焰已漸漸消退，而隨著雨勢趨緩，那些說話聲也愈來愈微弱。一旁火爐劈啪作響，散發出溫熱的金屬氣味。我坐在地板上，身體靠著圖紙櫃，兩腿往前伸直。從這個角度觀看，微光下的工作坊儼然像是一個洞窟：神祕、暗影四伏，印壓機的把手和螺絲幻化爲奇形怪狀的岩石，裁紙機映在牆上的影子則猶如一張男人的面孔。我環顧四周，將所有物品盡收眼底。一時之間，我的內心既歡欣又滿足，是我拯救了這一切：我的工作坊、我的工具、我的容身之處。

工作坊盡頭的那扇門微微敞開。

我眨了眨眼。起先我以爲那只是光線造成的錯覺，於是放下手裡那杯冷掉的茶，身體微微前傾，接著便看見了門和邊框之間的縫隙。是火爐左側的那道門：不是瑟芮狄絲帶人進去的那間，而是另一間，那扇通往漆黑地窖的房門。

我差點一腳將門踢回關上。我大可這麼做，即使沒有辦法上鎖，至少可以把門關好，然後上床睡覺。也眞的差點就那麼做了。我輕輕探出了腳尖，卻不是關起門，而是慢慢推開了它。

裡頭漆黑一片，門口處有一座空書架，接著是通到樓下的階梯，就跟我之前看到的全然相同。但是除了透著同樣沁涼的寒意，這裡跟另一扇門後光線充裕的空蕩小房間則全然不同。

這下子睡意全消，我站起來，伸手拿起油燈。緊繃感在全身蔓延，我的指尖刺痛，後背也一陣騷動。我將整扇門推開，走下樓，踏入那片黑暗之中。

地窖裡充滿潮濕、彷如腐爛蘆葦的濃濁霉味，這是我第一件發現的事。我在樓梯上停下腳步，心跳加速。對書來說，潮濕幾乎跟大火一樣致命，會讓黴菌滋長、弄皺紙張、軟化膠水。空氣裡飄著陳舊、死氣沉沉的氣息，一種**不太尋常**的味道……但當我繞過樓梯轉角，高高舉起油燈，卻只看見稀鬆平常的景象：那不過是擺著一張木桌和幾個壁櫥的小房間，還有一把掃帚和水桶、貼有文具商標籤的幾口箱子。我差點笑出來，這不過是一間儲藏室嘛。最遠的那面牆只消幾步就能走到，牆上掛著一只堅固車輪般的青銅圓盤，模樣精緻雅觀；其他幾面牆旁邊則有高高堆疊起來的箱子和盒子。這裡的空氣就跟樓上一樣乾燥，也許剛才的霉味只是我自己想像出來的。

我以爲自己聽見什麼聲響而回過頭，可是一切靜止如水，在厚實土壤下完全不受嘈嘈雨聲的打擾。

我擱下手中的油燈，在四周走動查看。有堆箱子上方擺著一個抽屜，裡面滿滿裝著需要維修或準備丟棄的損壞工具，還有一排裝有深色液體的玻璃瓶，看起來像是染料或製作流沙箋用的牛膽汁。我差點被三個裝滿沙子的滅火桶絆倒。桌上則擺放著一只用粗麻布包起、裝得鼓鼓的小包裹，還有幾樣工具。我不認識這些工具，它們的模樣纖細小巧，邊緣猶如魚齒。我將油燈移了過來，發現包裹旁邊還有另一塊麻布，底下蓋著某樣東西。這就是我在樓上的工作坊埋頭練習時，瑟芮狄絲工作的地方。

我拿起了那個包裹，動作極爲輕巧地解開，就好像它有生命似的。那是一本縫工細緻的書芯，厚實的深色蝴蝶頁縫上了白線，模樣像是在土壤裡鑽探的小小根莖。我能感覺到指尖的血液沸騰了起來。這是一本書，自從我來到這裡後第一本親眼看見的書，也是我小時候得知書是禁品後，第一次見到的書。然而此刻我手裡握著這本書，內心卻只感覺到一股平靜。

我把書湊到面前，深吸一口紙頁的氣味。本想先翻開書、看看書名頁的，但我實在是太好奇另一塊麻布下藏著什麼，便放下手裡這本書，掀開了那塊布。那是瑟芮狄絲正在製作的書封。在我回過神、領悟自己看見什麼之前，有一瞬間它看起來很美。

書封以黑色天鵝絨爲底，質料細緻，讓所有光線在此隱沒，猶如一方凝結而成的黑暗，靜置在工作台上。鑲嵌在黑色背景上的裝飾則猶如象牙，在油燈映照下散發著淺金色的柔和光芒。

白骨。那是一副骨頭，彎曲的背脊宛如一排珍珠，一旁是蒼白的手腳細肢、小巧的手指及腳趾碎塊，還有猶如蕈菇般隆起的頭骨。這些骨頭比我攤開的手掌還小，就像一隻鳥的骨骼一樣精巧脆弱。

但那不是……絕對不是鳥，而是一個嬰兒。

5

「別碰。」

我沒有聽見瑟芮狄絲走進來的腳步聲，但內心某處似乎一直隱隱保持警覺，所以聽見她的聲音時並不感到意外。我不知道自己究竟在這裡站了多久。直到此刻像是生怕驚醒什麼、小心翼翼地往後退時，我才從僵冷的關節、發麻的雙腳發現自己已經呆站了好一段時間。儘管動作再三小心，我還是不慎踢到一口箱子，不過牆外的泥土很快就吸收了空洞的撞擊聲。

我說：「我並沒有打算去碰它。」

「艾墨特……」

我沒有答腔。油燈燈芯得修剪了，火光映出的影子已開始忽高忽低。襯在黑底上的白骨閃著光芒，隨著火光擺動，模樣幾乎足以讓我說服自己相信是骨頭本身在晃動。然而等到火焰穩定下來，它們只是靜靜地躺著。

「這只是裝飾。」她從門口走了過來，但我沒有抬頭看她。「那是珍珠母。」

「不是真的人骨。」我說話的語氣近乎嘲諷。雖然這不是我的本意，但我依然十分慶幸自己用這句話撕開了沉默。

「不，」她輕聲說：「不是真的人骨。」

我瞪著天鵝絨上精緻小巧的人形，直到視線變得模糊。最後我伸出手，把布蓋了回去，然後低頭望著那塊褐色的粗麻布。麻布有些地方織得不夠密，所以我仍能從縫隙看見邊緣平滑的腿骨、有珍珠母光澤的弧形頭顱、精巧完美的指骨。我想像著她製作這副人骨、以珍珠母拼出小巧人形的畫面。我閉上眼，聆聽血液奔騰的聲音，以及在這聲音之外，牆壁和泥土的死寂。

「告訴我，」我說：「告訴我你究竟都在做什麼。」

除了輕聲作響、搖曳不定的油燈，一切都悄然無聲。

「你早就知道答案了。」

「我不知道。」

「要是你仔細回想，你就會發現你其實是知道的。」

我張口欲言，想要再次回答**我不知道**，喉嚨卻像是被什麼哽住。油燈的焰火閃了一下，火舌高高竄起，隨即又消退成微小的藍色泡泡，而黑暗又向我逼近了一步。

「你裝幀的是——人。」我說。我的喉嚨乾啞，一說話就發疼，可是沉默更讓人感到刺痛難耐。

「你把人變成書。」

「沒錯，但不是你想的那樣。」

「不然是怎樣？」

她走向我，但我並沒有轉過頭。隨著她走近，燭火的光線變得更爲耀眼，迫使陰影節節後退。

「坐下吧，艾墨特。」

她碰了碰我的肩膀，但我畏懼地轉開身，不愼撞上後頭的桌子。工具鏗鏘墜落地面，滑到一旁，而她也往後退了一步。我們彼此對望一眼，接著她把蠟燭放到箱子上，微微顫抖的手在閃爍火光下更爲顯眼。幾滴熱蠟落到了地板上，不到一秒就凝固，像是從透明的水變成了濁白的牛奶。

「坐下。」她挪開箱子上一個裝有許多瓶罐的抽屜。「坐這裡。」

我不想在她仍站著的時候坐下來。我目不轉睛地看著她，與她對視，最後是她先移開了目光。她將那個抽屜扔回原位，然後一臉疲憊地彎身拾起我從桌上撞落的小工具。

「你囚禁他們，」我說：「你把人關在書裡，讓他們最後變成……一具空殼。」

「我想某方面來說——」

「你偷走他們的靈魂，」我的聲音嘶啞。「怪不得他們這麼怕你。你引誘他們過來，然後把他們吸得一滴不剩。一旦成功到手，你就讓他們帶著空殼離去。書就是這種東西，對吧？一個生命，一個人。而要是書遭到焚燒，他們也會死。」

「不是這樣的。」她挺起身，手上握著一把木柄小刀。

我拾起桌上那本書，遞到她面前。「你自己看看。」我說，音量愈來愈大。「這可是一個人，書裡囚禁著一個**人**，而這個人如今在外面形同**行屍走肉**。你這種作爲就是惡行，那時候眞該讓他們燒死你。」

她賞了我一記耳光。

接著是一片沉默。我聽見一陣微弱的高音，但我知道那並不是眞實存在的聲響。淚水不由自主地流下，滑落臉頰，我用手腕輕輕拭去眼淚。疼痛逐漸轉爲熱辣辣的刺痛，感覺就像是有鹽水從我的臉頰上蒸發。我放下書，用掌心撫平被我弄皺的蝴蝶頁。皺褶永遠都不會完全平復，現在變成一道顯眼的疤，大剌剌在角落鼓起。我說：「對不起。」

瑟芮狄絲轉身，將小刀扔進我身旁那個敞開的抽屜。「是記憶，」她最後總算說道：「不是人，艾墨特。我們取出記憶，把它們裝幀成書。只要是一個人再也無法承受、再也無法共存的回憶，我們就會將它們取走，放在不會造成任何傷害的地方，這就是書存在的意義。」

我終於再次與她對上視線，她的神情誠懇坦然，同時跟她的聲音一樣帶著些許疲倦。她讓這一切聽起來如此合理、如此必須，就像是一位醫師正在解釋截肢手術。「我們裝幀的不是靈魂，艾墨特，」她說：「也不是人，只是回憶。」

「這樣做是不對的。」我盡可能裝出跟她一樣的語氣，平穩、講理……但我的聲音卻動搖並背叛了我。「你不能說這麼做是正確的。你以爲自己是誰，居然可以決定別人要帶著什麼樣的記憶活著？」

「我們並不替別人做決定，只幫助主動前來求助的人。」她的臉龐閃過一絲憐憫神情，彷彿知道自己已經獲勝。「誰都沒有必要來，艾墨特。這全是他們自己的決定，我們能做的只有幫他們遺忘。」

事情才沒那麼簡單，不知怎地我就是知道。但我沒辦法跟她據理力爭，沒辦法擊敗她聲音裡的柔和及眼神中的冷靜。「那這個你要怎麼解釋？」我指向粗麻布底下的嬰兒人形。「你爲什麼要做一本**這樣**的書？」

「米莉的書？你眞的想知道？」

我冷不防打了個冷顫，咬著牙沒有回答。

她走過我身邊，低頭望了眼粗麻布，然後輕輕掀開。在她的陰影籠罩下，小小骨骸散發著微弱藍光。

「她活埋了他。」瑟芮狄絲說。這句話不具任何重量，唯有冷靜精準的陳述，留下我獨自決定該作何感想。「日子過不下去了，她覺得日子再也過不下去了。有天小嬰兒不停號啕大哭，她便將他包起來，丟在糞堆上，然後往上頭傾倒垃圾和肥料，直到她再也聽不見一點聲音。」

「那是她的孩子？」

她點頭。

我想閉上雙眼，可是卻無法移開視線。當時小嬰兒就像那樣躺著，無助地蜷曲著身體，掙扎著哭泣，掙扎著呼吸。過了多久他才融爲糞土堆的一部分，跟其他東西一起腐爛？這就像一個黑色童話故事：骨頭化爲珍珠母，土壤化爲天鵝絨。然而這卻是眞實的，這個故事就被鎖在一本埋藏他處的書裡，寫在沒有生命的頁紙上。我想起蝴蝶頁那布滿紋理的厚紙，顏色就跟土壤一樣深黑，剛才撫平皺痕的那隻手不禁微微刺痛起來。

「那是謀殺，」我說：「教區保安官爲什麼不逮捕她？」

「孩子的事她閉口不談，沒人知道。」

「可是……」我頓了頓，又說：「你怎麼可以幫她？一個**像那樣**狠心殺害親生骨肉的女人，不，女孩——你不是應該……」

「那你覺得我應該怎麼做？」

「讓她受苦啊！讓她帶著痛苦活下去！記憶就是一種懲罰，既然她都犯下了惡行——」

「可是那惡行也是她父親的。那個跑來這裡揚言要燒書的男人，就是她的父親，也是孩子的父親。」

我一時沒聽懂她的意思。接著我別開了眼，感到一陣噁心想吐。

瑟芮狄絲將麻布重新蓋上，麻布沙沙作響。接著她抓著桌子穩住自己，在箱子邊緣坐下，讓箱子發出咯吱一聲。

最後她開口道：「你其實不全然是錯的，艾墨特。有時我**確實**會拒絕委託人，但這種情況非常、非常罕見。並不是因爲他們做了可怕到我無能爲力的事情，而是因爲我知道他們還會重蹈覆轍。這種情況下，要是我可以確定他們還會再犯，就會拒他們於門外。可是過去六十多年來，這種情況只發生過三次，其他人我都幫了。」

「活埋一個嬰兒不可怕嗎？」

「當然。」她說，然後低下頭。「那當然很可怕，艾墨特。」

我深吸一口氣。「你剛才說，**這就是書存在的意義**……所以說每一本書，」我說：「每一本經過裝幀的書，都是某個人的回憶，是某段他們選擇遺忘的記憶。」

「沒錯。」

「那……」我清了清喉嚨。剎那間，我似乎能感覺到爸的手打上我臉頰的印痕，多年前那熱辣辣的一巴掌帶來的疼痛感彷彿從未消退過。**別再讓我看見你手裡有書**。這就是他爲了保護我而不讓我接近的東西，然而現在我卻成爲了學徒，即將成爲一名裝幀師。

「你認爲，」我緩緩說道：「你認爲我會從事你的工作。」

她看都不看我一眼。「要是你不嫌棄這一行，」她說，聲音像從遠方傳來：「你不嫌棄書，不嫌棄需要幫助的人，也不嫌棄你自己和你的作品，事情就不會那麼困難。」

「我辦不到，」我說：「永遠都辦不到。這實在不是……」

她笑了出來，而且笑得太像平常被逗樂時的模樣，讓我的胃不禁翻攪起來。「可以的，你辦得到的。裝幀師是與生俱來的天賦，不是後天習得的能力。而你天生是裝幀師的料，孩子。就算你現在不喜歡，未來也會漸漸理解。再說它也不打算放過你，你體內有股強大的力量，這正是你生病的原因，當時你……你比我見過的多數裝幀師都更有潛力，你就等著看吧。」

「你怎麼知道？說不定是你搞錯了——」

「我就是知道，艾墨特。」

「你是怎麼知道的？」

「裝幀師熱是一大徵兆。從各方面來看，你都會是一位優秀的裝幀師。」

我搖了搖頭，卻不知道自己爲何抗拒，只是繼續不停地搖頭。

「有的時候，」她說：「從事我們這一行確實左右爲難。我有憤怒、難過的時候，也有後悔的時候。要是我一開始知道要裝幀的是什麼回憶，當初大概就不會——」她停頓，視線飄向他方。「多半時候我無動於衷，但有時看見對方不再痛苦，我就覺得很高興，就算他是我唯一幫助過的人，我也覺得很值得。」

「我不想當裝幀師，這不是正當職業，很——不自然。」

她垂下頭，深吸一口氣，雙肩因使力而聳起。她眼睛下方的皮膚看起來十分脆弱，像是蛾翼上白霜般的鱗粉，只消輕輕一碰便會剝落，徒留赤裸裸的骨頭。她並沒有看我，只是說道：「艾墨特，這是神聖的使命，人們願意把記憶託付予你……讓你帶走他們最深沉、最黑暗的部分，永久塵封。即便再也不會有人看見它，你依然要對這段回憶致上敬意，賦予它美麗的樣貌，並用你的生命去看守它……」

「我才不想當高級看守人。」

她突然挺直了身子，有一瞬間我以爲她會再出手打我。「這就是我之前不告訴你的原因，」她最後說：「因爲你還沒準備好，你還在掙扎……不過現在你都知道了。幸好你是在這裡，換作是塞津的裝幀所，你早就被揍到不敢多說一句話了。」

我用手指輕刷過燭火，一回、兩回，並刻意放慢了動作，直到再也承受不了熱度才拿開。太多想問的問題。我把注意力放在手指的熱痛上，讓嘴巴擅自決定要先問什麼。「那我爲什麼現在**在這裡**？」

她眨了眨眼。「因爲我是離你最近的裝幀師，更何況——」她沒再說下去。

她將視線移開，用手揉捏著額頭。我這才發現她的臉頰脹得有多紅。「我累壞了，艾墨特。我想今天就先到此爲止，好嗎？」

她說得對，我也累壞了，感覺全世界都在旋轉。於是我點點頭。她站起身時，我伸出手想要攙扶她，但她卻對我視而不見，獨自穿過狹小走道，走到門前。

「瑟芮狄絲？」

她停下腳步，但沒有轉過頭。她的袖子因爲手扶著牆而滑落，露出像是孩子般纖細的手腕。

「什麼事？」

「那些書都收在哪裡？你說過每一本書你都收得好好的……」

她伸出一隻手，指向牆上的青銅圓盤。「在那後面，」她說：「裡頭有一個藏書庫。」

「我可以去看嗎？」

「可以。」她轉身，摸出掛在脖子上的鑰匙，但隨即又握緊了它。「不，現在不行，下次吧。」

我本來是出於好奇才問的，可是此時她的臉上好像出現了什麼，或者該說是**少了**什麼，某樣本該存在的東西不見了……我凝視著她，不自覺地用舌頭抵著齒緣。她額頭上黏著幾綹汗濕的髮絲，整個人忽然不穩地晃了下。我快步跨向前，她卻踉蹌地後退，彷彿無法忍受我靠近。「晚安了，艾墨特。」

我望著她轉身，在門口停了一會兒，似乎連站穩都極其勉強。我應該就這樣讓她走的，但還是無法克制住自己。「瑟芮狄絲……要是那些書被燒毀，會發生什麼事？有人會因此死去嗎？」

她沒有回頭看我，只是拖著腳走上階梯，慢慢上樓。「不會，」她說：「他們只會想起失去的記憶。」

我累得無法思考。瑟芮狄絲已經上樓睡覺，我也應該去睡才對。要是我一個鐘頭前就去睡，現在就不會像這樣坐在工作坊的火爐旁了……睡吧，從意識邊緣往下墜，深陷那虛無黑暗，這樣我就可以離開此地。

我坐了下來，或者該說我此刻才發現自己早已坐著，雙腿在地板上蜷起，背部靠著箱子。我全身無力，連換個更舒服的姿勢都沒有，就這麼抱著膝蓋，把頭靠了上去，靜靜入睡。

醒來時，當下的第一個感受是平靜。四周幾近漆黑，蠟燭也已經熄滅。我覺得自己彷彿正在漂浮，徹底融於周遭黑暗的幽微流動之中，然而下一瞬，稍早發生的種種又回到眼前。但它們既遙遠又渺小，就像銀杯裡的倒影，不足以對我造成傷害。我站起身，一邊打呵欠一邊摸索著上樓。我以爲這時還是半夜，灰濛濛的亮光卻透過工作坊的窗戶灑了進來。我不禁眨了眨眼，又揉了下眼睛。外面仍在下雨，不過已轉爲安靜的濛濛細雨，地面上也只剩幾灘凹凸不平的髒黑積雪。瑟芮狄絲之前說雪會融化，還眞的被她料中了，在眞正的冬季降臨之前，郵差至少還會再造訪一次。

爐火已經滅了。我猶豫著，想要先放著不管，直接上樓睡覺，可是現在已是白天，還有工作得要完成……工作，這是我現在最不想去思考的事。我蹲低身子、重新生火。火堆完全燃燒起來時，我已經不覺得那麼冷了，可是要融化屋裡幽深、冰冷的寂靜，只憑爐火還遠遠不夠。我還沒用板子封起破窗，但是這股寒意另有原因。我甩甩頭，納悶著耳朵是否在捉弄我。所有的聲音聽起來都像是被雪蒙住，亦像是隔著遙遠的距離，彷彿我聽見的一切只是回音……

來煮茶吧。茶葉罐已經快要空得見底，於是我先煮一壺水，又去食具室取來一包新茶葉。跨過門廳時，我別過臉，避開從破窗灌入的濕寒強風。待會兒喝杯熱茶後，我就可以找些厚紙板——

瑟芮狄絲正蜷在樓梯上，頭靠著樓梯扶手的欄杆。

「瑟芮狄絲？瑟芮狄絲！」

她總算稍微動了一下，我這才發現自己有多害怕。我輕輕拉起她，並因她輕盈的重量和皮膚透出的熱度而驚愕不已。她全身濕黏，臉龐脹紅，低聲喃喃著什麼。我彎下腰聽她說話。「我沒事。」她說。可是她呼出的氣息卻散發著一股惡臭，彷彿體內有什麼正在腐敗。「我只是……坐了一下。」

「好，」我說：「那我帶你回床上休息。」

「我好得很，不需要……」

「我知道，」我說：「來吧。」我半推半抬著瑟芮狄絲，帶著她一階階上樓，然後沿著走廊回到她的房間。她爬上床，像是感到極爲寒冷似的，用被子緊裹住自己。我連忙下樓幫她拿來一壺水、有助退燒的香草茶，以及幾件毛毯。當我回到臥房，她已經沉沉睡去。這時的她已褪去衣物，丟在地上的衣服皺成一團。

我站在原地不動，聆聽著空氣中的寂靜。可以聽見瑟芮狄絲比平時更急促、更響亮的呼吸聲，還有雨水拍擊窗戶的微弱淅瀝聲。但在這些聲響的後方，除了耳中血液流動的聲音，就只剩下整棟老屋與屋外沼澤全然的空洞無聲。我從不曾感覺像此刻這般孤獨。

我坐了下來。在微弱光線下，沉睡的瑟芮狄絲看起來比往常來得衰老。她的臉頰和下巴鬆垂，連帶讓覆在眼鼻上的皮膚延展得更薄。一小滴唾沫掛在她的嘴角上。她含糊地說了什麼，然後翻過身，兩手顫了下，抓緊了被子。襯在藍白相間的褪色拼被上，她的膚色顯得部分蠟黃、部分粉白。雨絲的黑影不時掠過棉質被面。

我從沒在白天來過這間房間，不禁環顧起四周。房內有座小壁爐和一面鋪著軟墊的窗座，還有張表面像是覆著苔蘚般的扶手椅，但除此之外，這間房間幾乎跟我的一樣空蕩。既沒有掛畫，壁爐上也沒有擺飾，牆上唯一的裝飾就是自窗戶灑落的光線、窗格花紋的淡影，還有一閃即逝的銀亮雨影。就連我爸媽房間裡的東西都比她來得多，更何況瑟芮狄絲並不窮，這點我可以從塞津每週送來的日用品清單，以及托勒運來的粗麻袋看出端倪。我從沒想過她的錢都是哪裡來的，而要是她不幸過世——

我俯視著枕頭上她平靜的臉，一陣驚慌突然襲上心頭。我必須努力克制自己，才不會大力搖醒她、將熱茶強行灌下她的喉嚨——現在最好還是讓她好好休息。我可以在壁爐裡生火，幫她送上一塊濕布，或者在熱水裡加點蜂蜜，等時間到了她自然會醒來……但我卻坐在原地，怎樣都無法拋下她獨自一人。之前有好幾次正好相反，都是她在我睡著後待在我的床畔，像顆巨石般耐心守候。可是她卻從未讓我覺得自己應該要感恩。我不禁開始好奇，她的粗聲粗氣是否都是故意裝出來的。想到這裡，喉頭不由得一陣緊繃。

一個小時過後，雨聲之中傳來馬車從遠處轆轆而來的聲響，緊接著是走調的門鈴聲。是郵差。我抬起頭，內心有一部分執拗地期望他快點離開，讓我繼續沉浸在這淒涼詭異的寧靜裡。可是最後我還是起身，下樓應門。

「瑟芮狄絲病了，我不知道可以聯絡誰……你能找人來嗎？」

他從外套領子上方瞇起眼睛，打量著我。「找人來？你說誰？」

「找醫生或是她的家人來，」我搖頭：「我也不曉得。她平時會寫信，對吧？麻煩你通知平時跟她通信的人。」

「我——」他沒再說下去，只是聳聳肩。「好吧，但最好別指望會有人來。」

他駕著馬車離去。我凝望著他的背影，直到馬車在褐草和融雪相間的遼闊平原上成爲一顆渺小黑點。

6

屋內一片安靜，彷彿連牆壁都屏住了呼息。從那天開始，每隔幾個鐘頭我就會踏出屋外，一邊呼吸著乾燥的空氣，一邊聆聽風吹過蘆葦叢的聲音，以確定自己沒有喪失聽力。我從儲藏室翻出一面新的備用玻璃，打算修好破窗，但裝上玻璃時，我竟不自覺握緊了工具，用遠遠超過必要的力道敲打著玻璃。玻璃沒被打破是我運氣好。而我坐在瑟芮狄絲的床沿時，則時而咳嗽，時而不安地挪動身體，時而挑著食指上裂開的粗繭。可是不論我製造出什麼樣的噪音，都無法打破這片寂靜。

起先我很害怕，但一切都維持原狀：瑟芮狄絲的情況沒有好轉，也沒有惡化。最初幾天她總是一連睡上好幾個鐘頭，但有天上午我敲她房門時，她已經醒來了。於是我為她送來蘋果和加了蜂蜜的熱茶，她謝過我後，便將臉埋進熱茶裡，深吸一口蒸氣。在她沉睡時窗簾一直沒拉上，或者該說是我前一晚忘了拉起。而現在透過窗戶，能看見布滿天空的灰雲正隨風飄散，陽光則不時從雲隙間探出臉。我聽見她嘆了一口氣。「你可以出去了，艾墨特。」

我轉過身，發現她的臉依然帶著濕氣，可是臉頰上的緋紅已經消退，氣色看起來好多了。「我說眞的，去找點有用的事做。」

我有些猶豫。現在她醒來了，內心一部分的我想追著她發問，問清楚所有從踏入裝幀所那天起，就在腦中盤旋不去的問題。現在她沒有理由不告訴我了……可是我又不禁對於這些問題的答案感到遲疑。我並不眞的想知道答案。要是知道了，一切似乎就成為定局，毫無轉圜餘地。最後我只說了句：

「你確定？」

她沒有回話就直接躺回床上。過了許久，我又聽見她深吸了一口氣，說道：「你眞的沒其他事好做了嗎？我受不了這樣被人**監視**。」這句話聽起來可能很傷人，但我卻絲毫不受影響。儘管她閉著眼睛，我還是先點了點頭，接著才步出房間，感覺自己鬆了一口氣。

我決定別再胡思亂想，開始找事情讓自己忙碌。當我累得癱坐在門廳的樓梯上時，看了一眼時鐘，才忽然發現自己已經忙了好幾個鐘頭。擦拭油燈並添油、刷地、用醋擦拭廚房碗櫃、清掃門廳、在地板噴灑薰衣草水、以蜂蠟拋光樓梯扶手欄杆……換作在家裡，這些全是媽或艾塔的工作，而我只顧著翻白眼、滿不在乎地踩過她們打掃得一塵不染的地板。儘管此時我的背後黏著汗濕的襯衫，渾身散發著濃得嗆鼻的汗臭味，但只要回頭看著打掃的成果，內心就不禁盈滿了喜悅。我原以爲這一切都是爲了瑟芮狄絲，卻忽然發現其實是爲了我自己。既然瑟芮狄絲生病了，這裡就是我必須一肩擔起、獨力打理的家。

我站了起來。從早上開始就沒再進食，我卻一點也不覺得餓。我單腳輕踩著往上一階的樓梯，久久沒有移動，彷彿正考慮著什麼。最後卻不知爲何轉身，踏上通往工作坊的走廊。工作坊的門正關著。一推開門，眼前便一片陽光燦爛。

我爲火爐添入了大量木柴。反正木柴全是我劈的，就算浪費了點，也不會有誰發現。接下來我依序從工作坊的一側整理到另一側，扶正架子、磨利工具、爲壓書機上油、掃地。清理櫥櫃時，我發現好幾批沒看過的皮革和布料，並在圖紙櫃底層發現了一疊流沙箋，另外還找到一支有著淡淡貝殼雕花的骨刀[5]、一卷銀箔、一把鑲著棕紋瑪瑙的拋光器……瑟芮狄絲是很愛乾淨沒錯，可是她似乎從來不

5又稱為摺紙棒、摺紙刀，是用以壓摺紙張的專門工具，多為牛骨製，摺壓時不會對紙張造成損傷。

淘汰舊物。其中一個櫃子裡有一個裝滿瑣碎物品的木盒，外頭還用舊綢布愼重地包裹著。裡頭有一頂童帽、一撮頭髮、一個鑲著銀版照片的懷錶，還有一枚沉甸甸的銀戒。我把戒指拿在手上把玩了好一陣子，觀察著上面的寶石色澤由藍轉紫，又逐漸轉綠，然後小心翼翼地將盒子歸位，推到一疊重物的後方。盒子一離開視線範圍，我幾乎立刻就忘了它的存在，因爲眼前還有一盒需要整理的鉛字、好幾罐應該倒掉的染料，以及需要清洗的乾燥海綿塊。這一切讓人感到一股新鮮的愉悅感，整齊的刀片、煙囪的味道、不新鮮的麵團酵母味、火爐裡落爲灰燼的木柴，種種感受都鮮明而清晰。

但我打掃完工作坊後，感覺到的卻不是成就感，而是恐懼，彷彿自己正在爲某種嚴峻考驗做準備。

我拿走瑟芮狄絲的待洗衣物時，發現鑰匙仍躺在她的長褲口袋裡，不過現在已經換成在我的口袋裡了。那並不是她掛在脖子上的藏書庫鑰匙，而是其他扇門的鑰匙，例如屋子的前後門，以及工作坊盡頭有三道鎖的那扇門……口袋裡的鑰匙重量漸漸變得像是身體的一部分，而剛才確切擁有它們的感覺也逐漸朦朧，轉化爲其他感受。

我眺望著窗外的遼闊沼澤。風已經止息，層疊雲朵再次堆砌成灰濛濛的高牆，而水面則猶如鏡面般沉靜。一切都不受攪擾，像極了一幅漆在玻璃窗上的圖畫。毫無生氣的天候。爸媽他們正在家裡忙著做什麼？現在應該是宰殺牲口的時節，除非爸已經提早做完收工。還有許多沒有完成的修繕工作，像是工具、鞍轡、穀倉後牆都得修理……如果他們採納我去年的建議，要在高地造一排擋風刺籬，就得儘早種植山楂。一想起山楂的尖刺扎進凍僵手指的感覺，我就不禁全身緊繃。有一瞬間我竟有聞到了松脂和樟腦的錯覺，那是媽用來治療凍瘡的自製藥膏。然而將手舉到鼻子前，卻只能嗅到灰塵和蜂蠟的味道。就像蛻皮一般，那一段人生已經從我身上剝落。

我抬起頭，細細聆聽。四下鴉雀無聲，整棟屋子都像是在等待著什麼。我從口袋裡掏出那串鑰匙，繞過壓書機，沿著老舊磨損的木地板走到盡頭那扇門前。儘管心臟怦怦狂跳，但我仍然俐落地將鑰匙分別插進三道門鎖中，一一旋開。

瑟芮狄絲替鉸鏈上過油，房門輕而易舉就能推開，像是有人從內側爲我拉開門似的。不知爲何，我本以爲門會很難打開。我的脈搏忽然加速，眼前冒出斑斑黑點，可是幾秒後視線又恢復清晰。眼前是一間光線黯淡、空蕩蕩的房間，有著像工作坊一樣沒有簾幕的高窗，還有一張被擦得發亮的老木桌，以及兩張隔著木桌相對的椅子，地板和牆壁則毫無裝飾。我把鑰匙放到桌上，一時竟被金屬碰上木頭的聲音嚇了一跳。

我不該來這裡的，但我非進來不可。我靜靜站在原地，忍耐著一陣令人發毛的寒意竄過背脊。裝幀師坐的那張椅子在灰點斑斑的窗戶上映出黑影，那是張樣式簡單的直背靠椅，顯然坐起來不會像靠近門邊的另一張那麼舒適。不知爲何，我就是知道那是瑟芮狄絲坐的椅子。我從木桌前拉開另一張椅子，聽著椅腳拖過凹凸不平的地板而發出碰撞聲，然後坐了下來。曾有過多少人坐在這張椅子上，等著被掏空記憶？光是這樣來來去去，就足以在木地板上磨出一道光滑的軌跡……

那是什麼樣的感覺？我可以想像，當你試著眺望這條回不了頭的道路彼端那個未來的自己時，胃中翻攪的恐懼、忽明忽滅的驚慌……但記憶被拿走的當下呢？從你的內心深處拽出某樣東西，**那**感覺會是怎麼樣的？而在那之後，你的內心從此就有了一個洞……米莉離開時的空洞眼神再度浮現腦海，我不由得咬緊了牙。究竟是哪一種比較可怕？對失憶麻木無感，還是爲了再也想不起來的回憶永遠感到心痛？不過既然都遺忘了，想必也會忘記要難過吧，否則又何苦費心遺忘？然而那種麻木卻會掏空一部分的**自我**，就好像靈魂也會四肢發麻，失去知覺……

我深吸一口氣。想像自己坐在這個位置實在太容易，應該去坐瑟芮狄絲的椅子才對。當她望著他人的雙眼，然後對他們做出**那種事**，會有什麼樣的感覺？光是想像就已足以使我感到反胃，無論從什麼角度看……瑟芮狄絲說這是**助人**，可是這樣做怎麼可能正確？

我站了起來，但一腳卻不小心撞上桌緣，只好連忙扶著椅背穩住自己。椅背上的雕飾壓入掌心，雖然並不痛，卻也讓我嚇了一跳。我俯視著木頭雕飾的形狀，漩渦狀的刻紋微微散發著藍光。

幾次下來發病的源頭都是光。從窗格灑落門廳地板的陽光、透過半啓門扉瞥見的斜陽……我很清楚發作是怎麼開始的，雖然稱不上是確切的記憶，可是光就像一把鑰匙，轉開我體內的鎖孔，讓恐慌在下一瞬溢出。一股熟悉的恐懼感湧上，我不自覺地瑟縮，等待著黑暗吞噬自己。末日即將來臨，而我就要陷落深淵。現在我就在這裡，就在我最懼怕之處……恐懼的源頭，它的心臟。

我膝蓋一軟，整個人跌坐在椅子上，像是等待衝擊般環抱著自己，但意識依舊清晰。一根梁柱發出吱嘎聲響，有隻老鼠在窗戶上方的茅草堆騷動。黑暗猶如浪潮，自咫尺之外席捲而來。然而下一刻這股浪潮卻退去，並未將我淹沒。

我屏住氣息，但什麼事都沒有發生。黑浪一波波往後撤離，不久我便發現自己沉浸在灰白的日光之中，眼中盈滿了淚。

時間一分一秒過去。我低下頭，望著擺在老木桌上的雙手。離家時這雙手既蒼白又纖細，現在左手食指卻因爲常用鈍刀削切皮革而長出了繭，拇指也留長了指甲，以便在燙金時抵著工具，不燙傷自己。但首先引起我注意的，其實是手指的輪廓：修長卻不至於枯瘦，強壯卻不顯得笨拙。這雙手跟爸的不同，不是一雙農人的手，卻也已經不是一雙病人的手。一看就知道這是一雙屬於裝幀師的手，而且與這雙手的主人是誰無關。

我翻過手背，望著掌心那幾條據說可以看出人生方向的紋路。是艾塔嗎？有人曾經告訴我，左手能告訴你自己天生的命運，右手則會顯示你爲自己創造的命運。我的右手中央有條既深且長、縱切過整個掌心的紋路。我想像著另一位艾墨特，那個可能聽從父母安排而接管農場的艾墨特，那個沒有生病、沒有孑然一身來到這裡的艾墨特。我看見那一個我回過頭，對我露出燦笑，將他布滿凍瘡的手插進口袋，然後轉身，吹著口哨回家。

我垂下頭等待那股瞬間湧上的悲傷逝去，可是它並沒有消失。像是內心某處塌陷了一樣，我哭了起來。

起初就像是生病那時，哭泣如乾嘔般無法自制，一陣陣無情的痙攣伴隨而來，迫使我啜泣著大口喘息。但這股壓迫漸漸緩解，開始能在抽噎之間呼吸到空氣。最後我抹掉臉上的鼻涕眼淚，睜開雙眼。失落感依舊強烈，足以讓我的淚水再次潰堤，可是這一回我眨眼壓退了眼淚，努力控制住自己的呼吸。

當我抬起頭時，眼前的世界一片澄澈，就像是剛收割完的田野。我可以遠眺幾公里外的風光，也能看見自己所站的位置。長久以來，重重暗影總是蟄伏在我的視線角落中，可是現在它們卻消失了。我發現這間安靜的小房間不再讓我覺得可怕，只是一個再平凡不過的房間，兩張面對面的椅子也只是椅子而已。

我停頓片刻，試探著恐懼是否仍在，就像是輕輕滑過舌頭檢查一顆爛牙那樣。我什麼感覺都沒有。倒也不是真的毫無感覺，似乎仍有輕微的刺痛殘存，比蛀牙的悶痛更清晰，就像是痊癒中的傷口。空氣中瀰漫著一絲雨後泥土的清香，彷彿萬物又重獲新生。

我拾起那幾把鑰匙，沒有上鎖就步出房門。

我飢腸轆轆，於是走到食具室，抓起一罐醃瓜就狼吞虎嚥起來。等到吃得心滿意足，我也早已疲憊得視線模糊。我本來打算幫瑟芮狄絲熱碗湯，最後卻在廚房餐桌上枕著手臂睡著了。醒來時，爐火早已熄滅，房內幾近漆黑。我再次生火，弄得全身上下和光潔的地板都披上一層灰，接著才匆忙熱了湯，端上去瑟芮狄絲的房間。那碗湯只比微溫更熱一些，但她肯定也還在睡覺吧。我抬起腳輕輕推開門，瞥進房內。

她醒著，腰桿直挺，油燈也亮著。油燈前擱了一只盛裝著水的玻璃碗，將光線集中，照亮她正在修補的那件上衣。她抬起頭看我，露出微笑。「你看起來好多了，艾墨特。」

「我？」

「是啊。」她端詳著我，變了表情。她漸漸停下動作，不一會兒便放下了手中的衣服。「坐下吧。」

我把托盤放在她床畔的茶几上，拖來一張椅子坐在她身旁。她伸出手，用一根手指壓著我的下顎，讓我側過頭面向燈光。這不是她第一次這麼做，之前她也常矯正我的握姿，或是彎下腰來近身做示範，可是這一回我卻感到皮膚略微刺癢。

她說：「看來你已經坦然接受了。」

我抬頭望入她的眼睛。她自顧自地點頭，然後發出一聲長嘆，整個人靠回枕頭上。「好孩子，」她說：「我就知道你辦得到，只是遲早的事。你現在感覺如何？」

我沒有回答，因爲我的坦然接受實在太不堪一擊。即使只是提起，即使是對著瑟芮狄絲，那份感受也可能輕易碎裂。

她朝著天花板露出微笑，眼睛瞟向側邊看了我一眼。「我眞的很高興，畢竟裝幀師熱讓你比其他人吃了更多的苦頭。可是現在你的病已經好了，噢，」彷彿我剛才有開口說話似的，她聳了聳肩，說道：「沒錯，其他方面也不會太輕鬆，你還是會覺得遺失了某部分的自己，可是日後不會再有惡夢，恐慌也不會再發作。」她頓了頓，淺淺呼吸著，額際的脈搏亦在皮膚下輕輕跳動。

「可是我還是一無所知。」我費盡力氣，才吐出這句話。「要是我根本不知道該怎麼做，要怎麼成爲裝幀師——」

「現在還不行，我還沒辦法教你，否則示範裝幀就會變成臨終裝幀了。」她笑了出來，笑聲像是猛然倒抽一口氣那樣。「等我好起來就會教你的，孩子。裝幀是天生的技能，但其他的還是得學習……」她說話的聲音漸漸減弱，轉爲一陣咳嗽。我倒了杯水遞給她，但她卻沒有看向我，只是搖搖手回絕了那杯水。「等到大雪融化，我們可以去利特瓦德拜訪我朋友，她是我……」說到這裡她遲疑了下，不過也可能只是稍微喘息。「我師傅的最後一位學徒，是我離開之後他才收的學徒……她現在跟家人住在利特瓦德，是一位相當傑出的裝幀師，同時也是一名產婆。」她又說道：「在過去裝幀術和醫術被當作同一回事。兩者都能爲人減輕疼痛，助人生，也助人死。」

我吞了口口水。但其實我早已見識過太多動物出生和瀕死的畫面，對於這種事習以爲常。

「你會是很出色的裝幀師，孩子。只要記得自己的初衷，你就不會有事。」她閃著光芒的雙眼斜睨向我。「不管別人是怎麼說的，裝幀，我是指我們這一種，有時是必要之惡。」

「瑟芮狄絲，那天晚上，想要放火燒掉裝幀所的那群男人……」我努力擠出這句話。「他們很怕你，很怕我們。」

她沒有答腔。

「瑟芮狄絲，他們以爲那場大雨……是我召喚的，他們還說你是巫婆，而且——」

她再次哈哈大笑，但此舉讓她咳了起來，不得不抓住床沿。「如果我們眞有他們說的那麼厲害，」她說：「我早就穿金戴銀，過上好日子了。」

「可是，那感覺眞的很像——」

「別胡說了。」她嘶啞地深吸一口氣。「一直以來，我們都被稱爲女巫、巫師。他們指控我們蠱惑人心、施咒召喚惡魔……我們也因爲這樣遭到火刑。聖戰可不是什麼新鮮事，而我們向來都是代罪羔羊。唉，我想知識向來都可以算是一種魔法吧。可是不是這樣的，說到底你只是個裝幀師，不是別的誰。那天的大雨當然也不是你召喚的。」說到最後一句話她已經氣若游絲，差點喘不過氣。「好了，這話題到此爲止。」

我點頭，默默吞下另一道問題。等她身體完全康復，我想問什麼都可以。她對我露出笑容，又閉上眼，但就在我以爲她已入睡並準備起身時，她又比了個手勢，指著那張椅子。於是我又坐了回去。過一會兒後，我感覺到身體放鬆下來，彷彿靜默的空氣爲我解開了連我自己都不知道存在的結。爐火即將熄滅，灰燼猶如一層苔蘚覆蓋在餘火上。我應該要去生火，卻無法讓自己起身。我傾身將手指穿過油燈火焰的橢圓焰心，像是戴戒指般將火焰戴在指節上。當我再次向後靠坐時，燈火照耀著拼被，打亮了上頭一枚蕨類圖樣的卷鬚。我想像著瑟芮狄絲在一整個漫長冬季裡，將布料一塊一塊縫入那件拼被的模樣。我看得見她坐在燈火旁，皺著眉頭咬斷線尾。可是在我腦海中，她卻幻化為另一個人：一個可能是媽或艾塔的人，抑或同時是她們三人，一個既年輕又蒼老的女人……

門鈴聲忽然響起。我不小心睡著了，頭昏腦脹地掙扎起身。半夢半醒之間，我聽見沿著道路緩緩接近屋前的車馬聲，但晚了一步才反應過來。外頭天色已黑，我映在窗中的倒影猶如鬼魅，一臉迷惘地回望著我。鈴聲再次響起，我聽見樓下門廊傳來急躁的低語，也看見一絲燈籠火光閃爍。

我低頭瞥了一眼瑟芮狄絲，然而她已經熟睡。鈴聲又一次響起，而這次響得更久，尖銳的巨響聽起來像是有人憤怒地猛扯鈴索。瑟芮狄絲的臉微微皺了起來，呼吸節奏也略為改變。

我快步走出房間，奔下樓梯。刺耳門鈴聲持續急切地響著，我不禁喊道：「聽到了，馬上來！」拉開門閂那一剎那，我突然害怕起來，慢半拍地遲疑著會不會是那群帶著火炬的男人又找上門來放火焚屋。可是來的並不是他們。

見到我開門，站在門前的男人話說到一半倏地停下，上下打量著我。他戴著一頂高帽、肩上披著斗篷，黑暗中只能看清他的身形輪廓，以及眼底的銳利光芒。他身後有輛雙輪輕便馬車，座椅扶手上懸掛著一只燈籠，馬兒散發的熱氣及噴出的鼻息在燈光下顯現。另一個男人則站在幾公尺外，頻頻跺著腳，發出不耐煩的咂嘴聲。

「請問有什麼事？」

第一個男人先是吸氣，再用手套背面抹了下鼻子。他脫下帽子交給我，接著大步往前，逼得我只好後退讓他進門。他又慢條斯理地將手套從一根根指頭上取下，然後晾在帽簷上。我注意到他有一頭近乎及肩的散亂鬈髮。「先幫我送上熱茶和晚餐。進來吧，佛格遜，在外面都快站得凍僵了。」

「請問你到底是誰？」

他斜睨著我。另一個叫作佛格遜的男人則大步踏進屋內，交替跺著雙腳讓自己暖起來，接著他扭頭對著車伕嚷嚷：「請在外面等著，麻煩了。」他把一只袋子放在地上，發出一聲沉重的哐啷悶響。

男人嘆氣，說：「我猜你就是那個學徒吧。我是德哈維蘭先生，特地帶佛格遜醫師來看瑟芮狄絲。她現在還好嗎？」他走向掛在牆上的小鏡子，一邊打量鏡中的自己，一邊摸著他的小鬍子。「這裡怎麼這麼暗？好歹也點幾盞燈吧。」

「我是艾墨特。」

他揮揮手打發我，彷彿我的名字並不重要。「她現在醒著嗎？讓醫生早點看診早點回家。」

「不，我想她還在——」

「既然如此，我們只好叫醒她了。幫我送來一壺茶和白蘭地，有什麼吃的也全都送上來。」他大步從我身邊跨過，逕自上樓。「這邊請，佛格遜。」

佛格遜跟在他背後，渾身散發著冷冽空氣和潮濕羊毛的氣味，接著他像是忽然想起來那樣，回過頭將帽子塞進我手裡。我轉身，將醫師的帽子掛在另一頂帽子隔壁，並故意在平滑毛氈上鑿出一枚指甲印。我並不想聽命於德哈維蘭，但門一關上，屋內便一片漆黑，讓我幾乎無法看清前方。最後我還是點了一盞油燈。他們在門廳地板上留下腳印，原本嵌在靴底的細小泥土則在階梯上四處散落。

我感到十分猶豫。不安及憤慨的情緒倏然湧上，拉扯著我的思緒。最後我走進廚房煮了一壺茶，送茶上樓。這麼做全是爲了瑟芮狄絲，我暗自想著。然而我敲門時，德哈維蘭卻喊道：「晚點再來。」從口音判斷，他顯然來自塞津，但他的聲線卻讓我想起某個熟悉的人。

我對著房門大聲嚷嚷：「你剛才不是說——」

「晚點再來！」

「艾墨特？」瑟芮狄絲說：「請進。」接著她一陣猛咳。我推開門時，正好看見她抓著床罩喘息。她抬起頭，雙眼既紅腫又濕潤，招手要我進門。德哈維蘭正在窗邊，雙臂交疊在胸前，佛格遜則站在壁爐旁，眼神在這兩人之間游移。房間突然顯得好狹窄。「這位是艾墨特，」瑟芮狄絲最後勉強開口：「是我的學徒。」

我說：「我們已經打過招呼。」

「既然你人都進來了，」德哈維蘭說：「或許可以說服瑟芮狄絲，請她講理一點。我們大老遠從塞津過來，她卻拒絕讓醫生看診。」

她說：「又不是我叫你們來的。」

「是你的學徒叫我們來的。」

她的目光掃向我，我不由得臉頰發燙。「這樣啊，我很抱歉他浪費了你們寶貴的時間。」

「這太離譜了。我有多忙你也不是不知道，我可是丟下一大堆事情——」

「我剛剛已經說了，又不是我叫你們來的！」她像個孩子般，將頭撇向一側。德哈維蘭朝門口翻了個白眼。「我好得不得了，」她說：「只不過前幾晚受了點風寒，沒什麼大不了。」

「你咳得很嚴重。」這是我第一次聽到醫師跟瑟芮狄絲說話，聽得出帶著哄勸意味的嫻熟口吻。「也許你可以多少告訴我現在的感覺。」

她孩子氣地噘起嘴，我很確定她打算出言回絕，可是下一秒她卻瞄了眼德哈維蘭，最後說道：「倦怠、發燒、胸口疼痛，就這樣而已。」

「如果你不介意……」但醫師已經逕自走上前，趁她還來不及反應，迅速拉起她的手腕。「好了，我知道了，多謝配合。」他瞥了眼德哈維蘭，眼底閃過某種我無法解讀的意味。最後他說：「我們現在應該不需要再打擾你了。」

「很好。」德哈維蘭走過床畔，彷彿準備說什麼般戛然止步，然後又聳了聳肩。他朝我邁出一步，就像先前在門口那樣，用漫不經心的堅定步伐告訴我別擋住他的去路。佛格遜跟在他後面走了出去，房內只剩下我和瑟芮狄絲。

「對不起，我之前很擔心你。」

她似乎沒聽見我說的話，闔上了雙眼，臉頰上破裂的血管猶如紅墨汁般顯眼。但她知道我人還在這裡，因爲不久後，她朝我揮了揮手，一語不發地打發我出去。

我步上走廊。油燈火光灑上階梯、穿越扶手欄杆，爲所有物品披上了一層金色微光。我聽見他們在門廳交談，於是默默走到樓梯頂端，躲在那裡偷聽。他們的聲音清晰可聞。

「……眞是頑固的老太婆，」德哈維蘭說：「請容我向你致上歉意。我聽郵差的描述，還以爲是她自己說要找——」

「沒事的，沒事的。無論如何，我都已經看過診了。她現在雖然還很虛弱，但除非突然惡化，否則應該沒什麼危險。」他穿越門廳，我猜他正拾起帽子。「你決定好怎麼做了嗎？」

「我會留下來觀察她的狀況，直到她好轉，或是——」

「眞可惜她住得這麼遠，不然我很樂意常來看她。」

「可不是，」德哈維蘭說：「她那種落伍的生活方式，別人要是只看她還以爲我們身在黑暗時代呢。如果她非得繼續從事裝幀，大可在我的裝幀所舒舒服服地工作，我試著說服她很多次了……但她無論如何都堅持要待在這裡，現在還收了那討人厭的學徒……」

「她確實看起來……不太好溝通。」

「眞的很讓人火大。」他咬著牙嘆氣。「好吧，我想這陣子我都得忍受這種情況，試著說服她講理點。」

「祝你好運。對了——」我聽見鉤環被解開的聲音，再來是一聲咯噹。「要是她覺得哪裡疼痛或晚上睡不著，服用幾滴應該會有幫助，但切勿過量。」

「啊，太好了。那就先說晚安了。」大門打開又關起。門外馬車駛離，發出嘎吱和隆隆聲響，與此同時，我聽見德哈維蘭上樓的腳步聲。他看見我時，高高舉起油燈，瞪向了我。「你在偷聽？」但他並沒有等我回答，便匆匆越過我身旁，然後又扭過頭說道：「幫我送來乾淨床單和被子。」

我跟在他後面走。他打開我的臥室房門，然後停下腳步，回頭問：「有事嗎？」

我說：「那是我的房間，這樣我要睡在哪──」

「關我什麼事。」他朝我的臉甩上門，留下我獨自站在一片漆黑裡。

7

我蜷縮在備用毛毯內，在客廳過夜。沙發材質是光滑的馬鬃，我得將一隻腳踩在地板上，才不至於整個人從沙發滑落。再醒來時，天色依舊昏暗，空氣冷冽，而我則感到渾身痠痛。我有些迷迷糊糊的。有一瞬間，我以爲自己身在郊外，四周圍繞著被冬雪掩蓋、黯淡的廢墟殘骸。

天氣實在是太冷了，讓我全無再次嘗試入睡的念頭。我披裹著毛毯起身，邁著僵硬的步伐，搖晃晃地走進廚房。當我在火爐裡生了火，並燒水準備煮茶時，地平線上的最後幾顆星星逐漸消逝，天空變得明亮澄淨。我爲自己泡了茶喝，又另泡了一壺準備送上樓，這時廚房裡已經盈滿日光。

走過樓梯轉角時，正好聽見我的臥室房門打開的聲音。我驚訝地發現自己對這聲音竟已如此熟悉。無須思索就能認出聲音來自我的房門，而不是瑟芮狄絲的。

「啊，我本來想要點刮鬍用的熱水的。無所謂，茶也可以。你先送上來吧。」

我眨眨眼，驅除仍在視線前方盤旋的廚房窗戶殘影，看見德哈維蘭正穿著襯衫，站在我的房門口。在充裕光線下，我總算能看清他的樣貌：灰白色長鬈髮、淡色眼珠、有繁複刺繡的背心，以及臉上那抹輕蔑的神情。至於年齡則有些難以辨別，若從褪色的頭髮和眼睛來看，說他年屆四十或六十歲都有可能。「動作快啊，小子。」

「這壺是要給瑟芮狄絲的。」

在那一瞬間，我以爲他會出言抗議，沒想到他只是嘆了口氣。「好，那等一下幫我送一杯來。熱水晚點再上沒關係。」他搶先我一步，沒有敲門就直接走進瑟芮狄絲的房間。房門在他進去後便自己關上，於是我用手肘頂開門，倒退著走進房裡。

「你給我滾，」瑟芮狄絲說：「不，我不是在說你，艾墨特。」

她已經坐了起來，銀白髮絲如光環般圍繞著她的臉，手則在稍低於下巴的位置緊抓著被單。她身形消瘦，但臉頰透出紅潤氣色，眼底散發著銳利光芒。德哈維蘭對她露出淺笑。「原來你醒啦。感覺如何？」

「感覺糟透了，因爲有人不請自來。你來這裡做什麼？」

他嘆了口氣，撣掉苔蘚色扶手椅上幾顆根本不存在的塵埃，然後整個人陷進椅子裡，優雅地把長褲捲至膝蓋高度。他轉著頭環視房間，不時停頓以端詳灰泥牆上的裂縫、床腳上的刮痕，以及拼被上的深藍色菱形補丁。我把托盤擱在床邊時，他彎身越過我，往唯一的茶杯裡倒了點茶，啜飲時露出嫌棄表情。「眞的很累人。我們還是別浪費時間了，你就接受我關心你這件事吧。」他說。

「鬼扯，你什麼時候關心過我了？艾墨特，可以請你再送兩個茶杯來嗎？」

我說：「沒關係，瑟芮狄絲，我不渴。」德哈維蘭同時出言反駁：「我看一個就夠了。」我不禁咬牙，故意一眼也不看他就走出房間。一從廚房拿到杯子，我便立刻折返，可是我走到樓梯頂端時，卻發現茶杯內躺著一小塊毛茸茸的灰塵。如果這個杯子是要給德哈維蘭的，我根本就懶得理會，但這是要給瑟芮狄絲的。等到我終於拎著杯子打開房門時，瑟芮狄絲正坐得筆挺，雙臂環胸，德哈維蘭則懶洋洋地倒在椅背上。「當然不是，」他說：「你是傑出的裝幀師。思想是很老派沒錯，但是……嗯，你對我還是大有幫助。」

「你要我到你的裝幀所工作？」

「你知道的，我的邀約依然作數。」

「我寧可去死。」

德哈維蘭故意轉頭，對我說：「眞高興你總算找到回來的路了。也許你可以在瑟芮狄絲渴死之前幫她倒杯茶。」

我懶得回應他，逕自在乾淨空杯裡倒入紅茶，遞給瑟芮狄絲。我捧著她的手，確保她端穩茶杯後才放開。她抬眼望著我，原本憤怒的表情柔和了下來。「謝謝你，艾墨特。」

德哈維蘭用食指和拇指揉捏著鼻梁，嘴角掛著一抹冷笑。「時代不同了，瑟芮狄絲。就算不是爲了你自己的身體著想，我也希望你重新考慮。在這種與世隔絕的荒郊野外，替無知又迷信的鄉下人裝幀……你也知道我們有多努力設法改善裝幀的聲譽，讓大家明白我們是靈魂治療師，不是巫師。你這種做法對裝幀業一點也沒好處——」

「你少對我說教。」

他撥去額前的一撮散髮，髮絲輕輕刷過指隙。「我只是說出我們從聖戰學到的教訓——」

「聖戰發生時你根本還沒出生！憑什麼——」

「好啦，好啦！」一會兒後，他彎腰幫自己倒了杯茶。此刻茶水已經濃得像是染料一般，但他似乎沒有察覺，啜了一口後才癟起嘴。「瑟芮狄絲，你也講講道理。今年總共多少人來找你裝幀？四個？五個？上門的客人根本不夠讓你忙，更別說是學徒了。鄉下人哪懂這門技藝，他們還當你是巫婆呢……」他彎下身，放柔語調。「來塞津享受裝幀師應有的尊重，不是很好嗎？讓**書本**也獲得該有的尊重？你也知道我勢力雄厚，伺候的都是身分最顯赫的家族。」

「**伺候**他們？」瑟芮狄絲重複他的話。「一個人一生應該只能接受一次裝幀。」

「噢，拜託……如果能幫助別人減輕痛苦，我們又怎能吝於施展這門藝術呢？你太食古不化了。」

「你夠了沒！」她把茶杯往旁邊一擺，些許茶湯潑灑到拼被補丁上。「我是不會去塞津的。」

「你這樣唱反調對自己不會有好處，爲什麼你寧可在這種淒涼又破敗的地方腐朽——」

「你是眞的不懂，還是假裝不懂？」我從未聽過瑟芮狄絲像這樣拚命壓抑怒火，而我的怒氣也忍不住跟著沸騰起來。「重點是我不能拋下這些書不管。」

他咯噔一聲把杯子擺回碟子上，小指上的圖章戒指閃耀著光輝。「少荒謬了。我懂你的顧忌，可是這事明明很好處理。我們可以一併把書帶走，我的藏書庫裡還有空間。」

「然後把我的書拱手讓給你？」她啞然失笑，聽起來像樹枝斷裂的聲音。

「我的藏書庫安全無虞，遠遠勝過收在你這間裝幀所裡。」

「原來是這麼一回事，是吧？」她搖搖頭，靠回枕頭上，略顯上氣不接下氣地說：「我早該猜到的，否則你怎麼可能遠道而來？你當然只是覬覦我的書，不然還有什麼。」

他坐直了身，臉頰上前所未見地浮現一絲紅暈。「你沒有必要——」

「你裝幀的書最後有幾本是眞的收進藏書庫的？你以爲我不曉得你哪來的錢，買下那間全新的裝幀所，還有你的——你的那些**高級背心**嗎？」

「交易裝幀書又不犯法，你只是心存偏見。」

「我不是在說交易裝幀書。」她吐出這幾個字時嘴唇扭曲，彷彿它們的味道苦澀。「我指的是在未經裝幀對象同意的情況下販賣眞正的裝幀書，那**就是**違法行爲。」

他們彼此對望半晌。瑟芮狄絲擺在喉頭的手顯得蒼白且爬滿青筋。她的手緊握著那把掛在脖子上的鑰匙，彷彿隨時可能被他一把奪走。

「噢，老天。」德哈維蘭邊說邊起身。「我眞不知道我爲什麼要浪費力氣跟你說這些。」

「我也不知道。你怎麼不乾脆回去算了？」

他發出誇張的長嘆，對著天花板的灰泥裂痕翻白眼。「等到你身體狀況好轉我就走。」

「或者等到我死了吧。這才是你待在這裡的眞正原因，不是嗎？」

他朝她裝模作樣地微微一鞠躬，接著大搖大擺走向房門口。我靠向牆壁讓他通行時，他對上我的視線，同時嚇了一跳，彷彿忘了我也在場似的。「我要熱水，」他說：「現在立刻送到我房裡。」他使勁甩上門，力道大得讓牆壁震動。

瑟芮狄絲斜眼望著我，然後低下頭翻弄被子，彷彿正在檢查布塊上的圖案是否完整。她沉默不語，於是我清了清嗓子，說道：「瑟芮狄絲……如果你要我趕他走……」

「你打算怎麼做？」她搖頭。「不，艾墨特，等到他看見我病好了，自然就會走的，依我看不會太久。」她的語氣略帶酸意。「而這段期間……」

「我在聽，你說。」

她望入我的眼睛。「盡量別對他發脾氣，你以後可能還會需要他的幫忙。」

然而那段短暫的密謀無法帶來實際的安慰。隨著一天天過去，德哈維蘭依舊沒有打算離開的跡象。我不明白為何瑟芮狄絲要對他忍氣吞聲，但我知道沒有她的許可，我不能趕他走。即使我心知肚明，他現在人之所以會在這裡全是我的錯，可是每當看見他疑惑地戳著燉菜裡的鹹豬肉，或是把幾件襯衫丟過來要我拿去洗時，依然很難咬牙吞忍。我每天都為了家事、照顧瑟芮狄絲，還有他派給我的額外工作而忙成一團，時間全部耗在繁重家務和埋怨懊惱上，甚至連踏進工作坊的時間都沒有。現在的我實在很難記起德哈維蘭抵達的幾天前，整棟房子都歸我管的感受：我已經降為奴隸。可是家務還不是最難熬的，我生病前在家的工作量比這更繁重，最難忍受的是德哈維蘭的無所不在。我從來沒看過像他這樣走路悄然無聲的人。生火或刷鍋子時，我不只一次忽然後頸發涼，感受到他投來的目光。我轉過頭，以為他會眨個眼或露出微笑，殊不知他居然像發現新奇動物般繼續死瞪著我。我也回瞪他，說什麼都不肯先移開視線，最後他的目光才終於越過我，看向我手上的東西，然後默默地走出去。

某天早晨，我提著一桶木柴準備進屋生火，正好碰上他走下樓梯經過。「瑟芮狄絲在睡覺，我想在客廳裡生火。」

我咬緊牙關，沒有答話，逕自把木柴扔在廚房。我很想告訴他，想要生火自己去生，甚至想說些更魯莽的話。可是一想到瑟芮狄絲無助地躺在樓上，我只能暗自吞下到嘴邊的罵詞。不論我喜不喜歡，德哈維蘭終究還是客人。於是我抱著兩三塊木柴，穿越門廳走到客廳。客廳的門開著，能看見德哈維蘭將寫字檯換了個方向，正背窗而坐。我進門時他並沒有抬起頭，只是指指壁爐，好像怕我不知道壁爐在哪似的。

我在壁爐前蹲了下去，撥掉爐篦上的餘燼。細沙般的灰燼飄入空中，猶如煙霧的殘影。而當我擺上引火柴時，那種令人發毛的寒意又竄上了後頸。如果回身查看他是否正盯著我，感覺就像是我輸了一樣，可是我無法克制自己。德哈維蘭靠回椅背上，用筆輕敲著牙齒。他望著我，這讓我感覺度秒如年，血液開始在我的額際沸騰。最後他露出淺笑，又回頭繼續寫他的信。

我逼自己回頭繼續生火。我點燃火柴，靜待火焰穩定。一等火確實點燃，我便站起身，撥掉沾在衣服上的灰色汙痕。

德哈維蘭正在讀一本書。他的手仍握著筆，但翻頁時放鬆地將筆夾在指節之間。他的臉色十分沉靜，也可能是正眺望著窗外而不是看書。過了一會兒他停下來，往回翻了一頁做筆記。寫完後他瞥見我，便放下筆順了順小鬍子，而在輕撫著鬍子、遮住嘴的那隻手上方，他的雙眼沉著地凝視著我。流露出些許興味的表情瞬間變換，轉爲另一種情緒。他朝我遞出手上的書。

「**愛德華・亞爾畢昂大師**，」他說：「這是亞爾畢昂大師的裝幀所內，某位不具名裝幀師的作品。書封是摩洛哥黑山羊皮，有燙金和僞裝訂繩線[6]，書頭布用黑金縫線縫製，蝴蝶頁則用了頂級紅色流沙箋。你想看一眼嗎？」

「我──」

「拿去吧，不過動作輕一點。」他的聲音驟然轉尖，又說道：「這本書價值……噢，我看有五十幾尼[7]吧？你賺一輩子都賠不起。」

我朝他伸出手，腦海中卻突然浮現一個畫面，讓我不禁將手縮回。那畫面是他閱讀時過分沉靜的表情：他無權閱讀這些文字，那是屬於某人的記憶……

「沒興趣？太好了。」他把書擺在桌上，然後突然想起什麼似地回望我，搖了搖頭。「我看得出你跟瑟芮狄絲抱持相同的偏見。這是學院裝幀，所以是可以交易的裝幀書，完全合法，不會觸碰到任何人的敏感神經，這樣你懂了吧。」

「你是指──」我頓時住口。我不想對他的言論發問、給他得意忘形的機會，但他瞇起眼，彷彿我已經問出口。

「真可惜你是跟著瑟芮狄絲學，」他說：「你心裡想像的裝幀肯定還停留在黑暗時代。裝幀並不全都是神祕咒語和赫威賽[8]書，這你是知道的吧──噢，」他翻了一個白眼，又說道：「你沒聽過赫威賽書吧。龐貝圖書館呢？還有文藝復興的偉大臨終裝幀？法貢裝幀所或索爾利夫人……都沒聽過？那麼北伯立克審判呢？聖戰，我猜就連你也聽過聖戰吧？」

「我的病一直沒好，她沒辦法教我太多東西。」

「那麼優良裝幀師協會呢？」他抬起一邊眉毛，問：「一七五〇年記憶出售法案？書商執照發放

6偽裝訂繩線（false raised band）是用裁成細條的紙板，模仿早期縫製內頁的裝訂繩線（raised band）線繩突起的書背裝飾。

7幾尼（guinea），英國舊時金幣，約與今日一．〇五英鎊等值。

8赫威賽（Hwicce）王國，為一古英格蘭部落國家，存續期間約為西元六至九世紀。

的規定呢？老天，她**究竟**都教了你什麼？不，不用你來告訴我。」他的語氣帶著一絲輕蔑。「就我對瑟芮狄絲的了解，你大概有三個月都在學習如何製作**蝴蝶頁**吧。」

我轉身，抬起一整盆的灰燼，面頰滾燙。

走出客廳時，灰塵餘燼飄散，在我身後留下一縷塵霧。他在我的身後呼喊：「噢，我的床單有霉味，麻煩幫我換一下。這次務必要曬乾哦。」

下午我去瑟芮狄絲的房間收拾托盤時，她已經下床了。她兩頰通紅，整個人裹著拼被，蜷縮在窗前。我進門時她對我露出微笑，眼神卻顯得有些失焦。「你回來啦，」她說：「動作眞快，進行得如何？」

「什麼？」我剛剛在換德哈維蘭的床單。

「我說的當然是裝幀，」她說：「我希望你送她回家時有稍微留意自己的言行。要是提起對方被裝幀過的事，有時他們聽得見你，即使他們的狀態是……但只有裝幀第一年腦袋還在調適才會這樣。這種時候其實很危險，所以你還是小心爲妙……你父親向來無法解釋，爲什麼無論再小心都還是會透露……可是我在想……他們內心深處多少還是有察覺自己缺了什麼吧，所以你得格外**當心**啊。」她焦躁地咀嚼著空氣，彷彿有顆牙鬆脫。「有時我覺得你太早起步，都還沒準備就緒，我就讓你上場裝幀。」

我放下手中的托盤，動作盡可能輕巧，但瓷杯還是震了下，發出碰撞聲。「瑟芮狄絲？是我，艾墨特啊。」

「艾墨特？」她眨眼：「艾墨特。是啊，是你，對不起，我一時以爲……」

「我可以……」我的聲音有些沙啞。「我可以幫你送點什麼過來嗎？你還要喝茶嗎？」

「不用了。」她抖縮著把棉被拉上肩膀，嘴裡喃喃自語。可是當她抬起臉，眼神已變得明亮銳利。

「請原諒我。等你變得跟我一樣老，有時會感覺……迷迷糊糊。」

「沒關係。」我愣愣地禮貌回應道，彷彿她剛才打翻了什麼似的。「我是不是應該……？」

「不，坐下吧。」語畢，她卻許久都沒有再說一句話。雲影飛掠過沼澤和道路，速度快得猶如船艦。

我清了清喉嚨。「瑟芮狄絲……剛剛你以為我是誰？」

「他以為我是故意不讓你學的。」她說。從她酸溜溜的語氣，我聽得出她指的是德哈維蘭。「他認為我是個思想迂腐的傻瓜、頑固的老古板，嘲笑我總把這項技藝視為神聖使命。對他來說，從事這一行全是為了權力和金錢。他絲毫沒有……敬畏之心。對，我很**清楚**。」雖然我一句話都沒說，她還是在最後追加了這麼一句。「我太清楚有很多人仍以為我們是巫師，人們只要講到裝幀師就會往肩頭後方吐口水[9]，當然前提是他們還肯談論我們。像你父母這樣的人——哦，你爺爺是聖戰士，對吧？至少你父親還有點良心，知道要為此感到慚愧……但聖戰士只是單純的無知之輩。然而**這傢伙**做事的方式……」

「你是說德哈維蘭？」

她冷哼了一聲。「多麼可笑的名字……喔，這一切都大錯特錯。裝幀所裡全是不懂自己在做什麼的男人，他們把書當作商品**交易**……可是我們製作書籍，做出精緻美麗的書，全是出於愛。」她轉過

9 一種消災祈福的習俗。在歐洲部分地區，人們相信分別有天使與惡魔跟隨在雙肩之後，而向左肩後的惡魔吐口水可免除災厄。

臉來看著我，我沒見過她臉上出現這麼堅定的表情。「是愛，你懂嗎？」

我其實不是很懂，但還是不得不點頭。

「開始裝幀後，裝幀師和裝幀對象會在某個時刻合而爲一。你要坐下來靜候良機，等待周遭漸漸變得安靜。他們會很害怕，他們總是很害怕……這時全要靠你去聆聽、去等待，接著神祕的事情就發生了。你的心會爲了他們敞開，他們也會放手，而這就是回憶湧出的時刻，我們稱之爲**吻**。」

我移開視線。除了家人，我從沒吻過任何人。

「你會變成你裝幀的每一個對象，艾墨特……在那一瞬間，你會變成他們。如果你打算爲了圖利而出賣他們，怎麼裝幀得下手？」

我的雙腳突然開始抽筋。我交替移動著兩腳，試著舒緩疼痛，然後起身走向壁爐，最後又走回椅子旁。瑟芮狄絲的目光跟著我移動。一朵雲隨風飄過，遮蔽了陽光，讓她臉上的皺紋變得模糊，也讓她的輪廓看起來更柔和。「我不希望你變成像他那樣的裝幀師，艾墨特。」

「我寧願自刎也不要變成那樣——」

她的笑聲聽起來既費力又沙啞。「你現在當然是這麼說，我希望你是眞的不會變成那樣。」她緊緊攬著拼被，拼被在肩膀周圍拱起，看起來彷彿也是身體的一部分。

空氣中一片靜默。我在靴子裡的腳趾不安分地彎起，這時一股寒意突然襲來。「你爲什麼告訴我這些？」

「你剛問我要不要喝茶，我現在想來一點，麻煩你了。」她說：「我感覺好一點了。」

「好。」我穿過房間，笨手笨腳地拉開門。門險些就撞上牆面。

德哈維蘭往後退了一步。看來他已經在門外站了好一陣子。「我得和瑟芮狄絲說句話，」他說：「別擋路。」

我退到一旁。從他微微偏著的頭，可以看出他剛才在偷聽我們的對話。至少我是這麼希望的，而且最好有聽清楚我說的每一句話。

「還有收回你臉上那傲慢的笑容，」他又說道：「你要是我的學徒，看我還不修理你。」

「我不是你的學徒。」

他擠過我身邊。「可能快了。」語畢，他甩上門。

那天晚上，我發現自己在月色籠罩之中走下樓梯。月光十分明亮，無須點燭就能看清前方。有些奇怪的是，月光似乎緊跟著我，而我每踏出一步，月光便悄聲低語，發出像蜘蛛網被撕破般的聲音。但我正在尋找某樣東西，其餘的事情都無關緊要。

我覺得好冷。低下頭，我看見自己正打著赤腳，月光則隨著我前進，不時閃爍、起伏。我正在做夢。但這個發現並沒有使我甦醒，反而像是輕輕托起我，帶著我繼續前行。現在我抵達了工作坊，微弱光暈照耀著工作坊內的一切。我的上衣輕輕刷過工作台，擦出了一道黑痕，散發微光的塵埃則沾附上衣料。我在尋找什麼？

我走向面前那道通往地窖的門。伸手拉門，門卻在我的輕觸下消散，我便穿門而過。然而出現在門後的卻是另一間房，那間有著一張木桌和兩張椅子的小房間，而時間也已不再是黑夜。有個年輕男子正背對我坐著，是路西安·達內。

他回過頭，似乎是想看著我。但就在那時，眼前的一切突然放慢動作，我還來不及看清他的臉，夢境就在我腳下崩塌瓦解。我雙腳懸空，在黑暗中不停墜落，最後猛然驚醒。我的心臟怦怦狂跳，四肢緊繃，久久難以動彈。等到雙臂總算聽我使喚，我便坐起身，擦掉臉上的汗水。又是惡夢，但似乎有什麼不太一樣。儘管恐懼仍在，最強烈的感受卻是迫切的渴望，彷彿下一秒就能找到自己不停尋覓的東西。

我以為現在是半夜，卻聽見鐘聲敲了七下，這才發現自己睡過頭。該去生火、幫瑟芮狄絲煮茶了。於是我趕緊溜下沙發，像披著斗篷那樣裹著毛毯，走進門廳。我盡可能站近火爐並待了許久，直到全身都洋溢著溫暖。

「我想要來點茶，麻煩了。」

我旋過腳跟。德哈維蘭往一張椅子坐下，兩根手指搓揉著眉心，彷彿正努力搓掉一道汙痕。他身上穿著鑲銀邊的淡藍色晨衣，但晨衣下卻已著裝完畢，穿著昨天那件背心和領巾。他的眼睛底下掛著深紫色黑眼圈。

至少他有說「麻煩了」。我並沒有搭理他，但是手還是動了起來，將一匙滿滿的茶葉倒進茶壺。茶罐已經很老舊，綠金色的圖案上爬滿了斑駁鐵鏽，我打開罐子時掉落的彩漆還沾上我的手指。

他打了個呵欠。「郵差多久來一次？每週一次嗎？」

「對。」

「那就是今天了。」

「大概吧。」水一沸騰，我馬上倒入茶壺，蒸氣一股腦兒撲上我的臉，熱度讓我的雙頰灼痛。

「很好。」他取出手錶並轉動發條，金屬齒輪刮磨的聲音讓我的後排牙齒一陣發麻。雖然茶還沒泡好，我還是往德哈維蘭纖薄的瓷杯裡倒了茶。看見茶色並不比小便深，他不禁蹙眉，卻沒多說一句，舉起杯子啜了一口，然後精準地往碟子中央放下茶杯，清晰的喀噠聲隨之響起。

我取出托盤，放上茶杯。不是藍白色的瓷杯，而是瑟芮狄絲和我專用的陶杯。現在沒必要拿出麵包和奶油，等到托勒來了，我會請他送一些凝乳酶來，到時再幫瑟芮狄絲製作容易入口的凝乳甜點。我從罐子裡取出幾塊蘋果乾，並在杯中倒入一匙蜂蜜。我迫不及待想離開德哈維蘭身邊，舉起托盤時不慎灑出少許茶湯。

我經過他身邊時，他抬眼看我。「你這是要去哪裡？」

「幫瑟芮狄絲送早餐。」

「噢。」他的目光閃爍，彷彿我身後有什麼引起他的注意，然而當他再次看向我時，眼神卻十分平靜，褐色虹膜淺淡一如那杯淡茶。我看見他的鬍子一角翹起，一股刺癢的衝動油然而生，讓我恨不得伸手扯下他的鬍子。

「不需要了，」他說：「她昨晚恐怕已經過世。」

8

瑟芮狄絲的房間裡一片死寂，讓人錯覺自己走進了一幅畫中。除了微亮的窗戶，房內一片昏暗。窗玻璃外，曙光在地平線上照出一道淡藍。窗角結了一張狀似船帆的蜘蛛網。雖然窗門鎖著，還是有塵土和枯草散落在內側的窗台上。不過，先前從窗縫鑽入的風現在已經止息，周遭安靜無聲。

德哈維蘭在瑟芮狄絲的眼皮上放了兩枚錢幣，一枚是六便士，一枚是半幾尼。錢幣閃爍微光，讓人不禁產生詭異的錯覺，以爲她正在眨眼。不過這些都無所謂了，躺在床上的那個人已經不再是瑟芮狄絲。我站在床尾，試著回想她凹陷削瘦的臉是怎麼帶著不經意斜睨向我的眼神，對著我說話、教我做書……然而這卻只是讓我更加意識到房間有多麼空蕩。甚至連她的頭髮、她的睡袍，都不再有絲毫人味，變得只像是如黴菌或蕈菇般的活體。我試著探查自己的內心是否流露出一絲悲痛或震驚，但頭腦卻不聽使喚，彷彿值得注意的只有各種細節：彷若融雪的淡淡鐵鏽味、床畔玻璃杯上乾掉的水痕、繫在瑟芮狄絲下巴的脫線緞帶。

接下來會發生什麼事？

我伸手觸摸拼被，感覺被面冰冷而潮濕。在那一瞬間，我竟不由自主地想爲她多送上幾條毛毯，並在壁爐裡重新生火。讓她就這樣靜靜躺在一片冰冷死寂之中，似乎顯得很偷懶，甚至很刻薄。我希望她身邊能有躍動的火光和劈啪燃燒的木柴陪伴著……但哪來的笨蛋會在停屍的房間裡生火？我能想像到德哈維蘭看見我拎著一桶柴火上樓時的表情。我轉過身。對她說話已經失去意義，也不再需要爲她整理褶邊內翻的衣領，或是順手爲她撫平衣袖了。她已經走了，徹底離開了，若假裝她還沒走，只是故作感傷罷了。

我將房門關上，走下樓梯。木地板和樓梯扶手依舊牢固，散發著光澤，只在我的影子掠過時略顯黯淡，而我的腳步聲則顯得過分響亮。這種感覺很詭異，像是它們都在用力地提醒我，我還在這裡活得好好的，而瑟芮狄絲已化作一縷輕煙。

「進來這裡。」德哈維蘭的聲音從客廳響起。他從沒叫過我的名字。

我現在只想打開大門走出去。要是我立刻出發，一路不停地走，明天上午就能回到家。我將會踏著疲憊但得意的步伐走進農場，而艾塔一定會在製酪場前停下手邊工作，不可置信地眨眼看著我，然後哐啷一聲丟下水桶，衝上前給我一個大大的擁抱。我會告訴爸媽我好多了，已經可以回到以往的生活。他們今天都在忙著什麼？低地還需要挖一條排水溝，而像這樣清新冷冽的天氣也很適合種植蕪菁。也許媽會在農場搭一座煙燻爐。有一瞬間，我似乎能聞到木柴燃燒的濃煙和隱約的血味。這就像是想像著自己再次回到童年。

「進來這裡，**快點**。我知道你人在外面。」

我轉身，胸口陣陣悶痛。我回不了家的。即使家人張開雙臂迎接我，我也不再屬於那裡；無論我想不想，現在的我都已經成爲裝幀書的人了。而且要是裝幀師熱像瘧疾一樣，依然潛伏在我體內呢？也許我得從事裝幀，老毛病才不會再犯。要是我現在就回家，未來的日子恐怕都得提心吊膽。我往回走向客廳，盡可能平穩地說道：「聽見了，我現在就過去。」

「總算來了。」他坐在沙發上，面前的茶几擺著空茶杯和空盤。他的目光盯著壁爐。火是他自己生的，可是柴火擺得太密，一看就知道會立刻熄滅。「這裡的一切都在凋零，煙囪也老得沒辦法好好運作。」

火焰像是聽令般發出嘆息，一陣閃爍後便熄滅。我沒有作聲。

他一邊咂嘴，一邊怒瞪著我，彷彿火焰熄滅全是我的錯。「寫字檯上有兩封信。托勒來的時候記得交給他，聽見了沒？」

我走到桌前，拾起那兩封信。**佛格遜醫師，塞津蒙特街四十五號**，以及**伊萊亞．歐克斯殯葬行，塞津大街一三一號**。「只有這些嗎？」

他站起來，走向窗邊。窗外有隻鳥兒輕盈地掠過水面，灑下一串串閃亮的水珠。微風之中，燈心草散發銀光、輕點著頭。然而他轉身面向我時，表情卻像是剛才在窗外看見了一坨糞土。「坐下。」

「我比較喜歡站著。」

他指向一張椅子，對著我微笑。我死瞪著他，希望能讓他放棄，但還是失敗了。當我終於坐下時，他說：「很好。」接著頓了下，用撥火棒戳著餘火，又嘆了口氣。「瑟芮狄絲的死，」他邊撥弄著餘燼邊說：「實在是……太讓人遺憾了。」

我沒有答腔。我發現自己竟忍不住豎起耳朵，聆聽著樓上的每一個細微動靜。

「不過她年紀也大了，這是很自然的事。一個世代消逝，代表另一個世代已經成熟，老一輩的人總要讓位給下一代，一直這麼循環下去。」

「我可以走了嗎？」

他抬眼看我。我似乎在他臉上看見一絲驚訝，還是那不過是微光下產生的幻覺？「不可以。」他說：「我相信我們還有很多事得好好討論。請坐好，你這樣坐立難安的樣子實在教人分心。」

我咬著嘴唇。

「現在我是你的師傅了，因此有義務照顧你。」他的語氣彷如正在朗讀講稿。「很顯然，你還是頗有前途。」他欲言又止，像是對此略感懷疑。「再說你也不能繼續留在這裡。」

「我不能留在這裡？」話一出口，我就發現這個期望有多麼遙不可及。離開這棟房子的念頭就像是一陣突然灌入傷口的冰冷空氣。

「當然不行。你要跟誰留在這裡？我已經盡了義務，可沒有繼續待在這裡的興致。瑟芮狄絲是個怪傢伙，比抗拒進步的盧德分子還棘手。我只怕你直到現在都還沒有一展長才的機會，住在這種地方，過得像個鄉下人似的……」他揮舞著撥火棒，像是在指著我和我的四周。「她對裝幀手藝再三堅持，但其實稍微靈巧點的人都可以學會這點功夫……更別說只要有顧客上門，她都來者不拒……對於自己的工作一點都不自豪……」

「她明明就對自己的工作很自豪。」

「這種種行徑，」他充耳不聞，自顧自地說下去：「都不足以讓你成爲有格調的裝幀師。眞正的裝幀師不需要自己動手縫紉或裁割……」他意興闌珊地用撥火棒在半空中畫圈，彷彿正比劃著某個他連名字都說不出來的手藝。「小子，眞正的裝幀師**不用自己動手**的。」

我不禁瞄向他的手。那雙手白淨得猶如一根削去表皮的柳樹枝。

「可是你還是得製書，」我說：「總要有人動手吧。」

「那是當然。我在塞津的工作坊裡雇了幾名優秀工人，他們可以製作出相當細緻的……」他繼續用撥火棒在空中劃圈。「書封，那一類的東西。重點是這些人是可以取代的，而我從事的——我們從事的，可是眞正的藝術。讓膠水、灰塵、汙垢弄髒指甲，這種掉價舉動根本等同對藝術的褻瀆。」他的表情似笑非笑。「好幾年來，我一直鼓勵瑟芮狄絲聘一名工匠，這樣她就能專心從事自己眞正的志業。我聽說她收你當學徒時，還以爲她難得聽取了我的意見。沒想到她竟告訴我，你會成爲裝幀師，而且你的裝幀師詛咒發作得很嚴重，她根本不敢讓你看見書。」他臉上的笑意忽然收緊，彷彿某處有條縫線繫拉著他的嘴。「別擔心，小子，我沒有要追問你這件事的意思。」

血液流動的聲音在我耳裡隆隆作響。「我現在已經好了。」

「我也希望。」他把撥火棒放回架子上，轉身望著牆上的一幅畫作。我突然鬆了一口氣，這才發現他的注視帶來多大的壓迫感。「說來也巧，」他輕敲著畫框，調整角度，說道：「你是眞正的裝幀師，其實對我也大有幫助。下週萊特沃斯爵士跟我有約，而我在塞津的一位常客也需要我的協助，所以我想讓你去幫他裝幀。」

「什麼？我？我沒辦法——」

「我也同意。若不是沒時間又沒有其他人選，我也不會讓你代替我去。可是對象不過是個僕人，我想裝幀也不需要太多技巧。在我的客戶本人面前，記得要有禮貌，態度要慎重得體。我相信你的表現會很出色，畢竟瑟芮狄絲最討厭笨蛋……」他頓了頓，瞄了一眼自己的肩頭。「等我回來，我會更仔細地評估你是否真有才能，然後再看要怎麼處置你。如果你真的是一名裝幀師，我就會親自訓練你。如果你不是，你還可以和那些工匠一起在我的工作坊裡謀生。」

「我不懂。」

「我不懂你有什麼好不懂的。」他的語氣因困惑而略顯緩和。「事情明明就很簡單。」

「不，聽我說……」我深吸一口氣。「我從沒裝幀過任何書，或是任何人。一直到瑟芮狄絲生病前的那晚，我才終於知道裝幀是怎麼一回事。我可以做燙金加工之類的工作，可是——至於另一部分……」我不知道該怎麼稱呼那件事，那個小房間，乾淨、空蕩的可怕房間……「我不曉得該怎麼做，也不知道那究竟是怎麼進行的。我辦不到。」

「小子，**怎麼進行**是個謎啊。」他嘆氣。「我猜你指的……應該是過程吧。我的老天，她真的什麼都沒教你，是吧？幸好過程很簡單。你只需要備好紙、筆、墨水，確定兩人都是坐著的，把雙手放在對方身上，然後聽他們說話就好。只要對方願意傾吐，想要出錯都難。不過處理回憶有一件特別需要留意的小事，那就是要小心別陷得太深。但我相信你的——呃，你的**天賦異稟**能讓一切順利結束。畢竟女僕算不上是什麼重要角色。」

「可是——」

「我很遺憾你沒有裝幀經驗，但你只要盡自己所能就好。你可要記住，你的未來如何全看這次裝幀了。」

「可是——」

「你最好快去整理行李。要是托勒今天來收信，那我們明天就出發。之後你得住我這裡，至於你何時可以再回來，我也沒辦法告訴你。」

我張口欲言，他卻迅速轉身。有一瞬間，他只是靜靜地望著我，讓我的胃部一陣緊縮。我之前是否在哪兒見過那眼神？他伸出手，拿起琵芮狄絲的茶杯，比出一個舉杯致敬的動作，接著故意讓杯子墜落地面，裂成了碎片。我低下頭，凝視著藍白瓷片上的雕花。

「還有一件事，」他不帶情緒地說道：「以後**不准跟我頂嘴**。」

我需要打包的東西沒多少，只有幾件當初帶來的衣服及幾樣實用瑣物：針線盒、我的摺疊刀、刮鬍刀和梳子、幾乎全空的錢包。我在床上攤開它們，再擺入琵芮狄絲送給我的幾樣東西：兩支因長年使用而變得平滑且微彎的骨刀、一支放大鏡、一把剪刀、一支削刀、一把皮匠刀。即便多出這幾樣物品，我的東西還是寥寥無幾。我突然想起在工作坊發現的那枚銀戒，納悶著是否應該帶走，以備急用時變賣。琵芮狄絲已經過世，沒人知道是誰把那枚戒指留在這裡，又是爲何留下。無論對方是誰，大概都已經不在世了。但說到底這仍是偷竊。

我把東西胡亂塞進行李袋，然後下樓把行李丟在客廳。我的房間自然是繼續被德哈維蘭霸占著。我在窗邊佇立許久，望著光線在澄澈的天空中變換。等到托勒抵達，我就會把信交給他，同時努力不去思忖，琵芮狄絲怎麼會湊巧在郵車來的前一晚，而不是後一晚過世，讓德哈維蘭無須多等一週才送出給殯葬行的信。除了等待我無事可做，這種感覺很像守夜，只不過少了琵芮狄絲。現在她獨自一人，躺在那間門扉緊閉的房裡。我不只一次想點起蠟燭，坐在她身邊，但一想到房內深谷般的寒意，還有不成對的錢幣如一雙眼睛瞪著天花板的模樣，我就不禁渾身起雞皮疙瘩。

早在我打包完後，德哈維蘭就回到我房裡關上了門。也許他正在睡覺，總之我沒再聽見任何聲音。太陽下山後，我上樓敲門，因爲就連他的聲音都比無聲的黑影要好。然而他並沒有應門，兩間臥室同樣悄然無聲，彷彿連他也死了。

我打了個冷顫，同時笑了出來。我也太神經兮兮了，最好還是下樓讓自己暖和起來。其實我不覺得餓，卻還是煮了熱茶並大口灌下喉嚨，迫切地想感受到暖意。接著我想都沒想，就踏入了工作坊。

最後一道夕陽餘暉從窗戶灑下，一片朦朧中壓書機的輪廓和凌亂的工作台依舊清晰可見。我已經很久沒來這裡了，灰塵積在工作台的樣子像是在譴責我，空氣中則飄散著一股濕氣，怪不得瑟芮狄絲總是讓爐火保持旺盛。我高高舉起油燈，打量著彩色瓷磚，可是玻璃燈罩布滿煤灰，讓我難以辨識出赤褐色、翡翠色和土褐色瓷磚的差別。

瑟芮狄絲的工作圍裙落在地上，就在掛鉤的正下方。雖然有用來掛圍裙的掛鉤，但她其實很少脫下這件工作服。我撿起圍裙，皮革的觸感冰冷而僵硬。這件圍裙被遺忘在地上多久了？她穿著它那麼多年，從吊帶到腰際都已經變成她的身形，就連氣味也變得和她一樣，散發著膠水、磨刀石和肥皀的味道。

這時我才感覺到，瑟芮狄絲眞的離開了。

直到此刻，我才發現我是愛她的。起初我不希望被德哈維蘭發現，盡可能不發出任何聲音，但一會兒後我就不在乎了，反正也不會有人過來。我像個孩子般爬向工作坊的角落，把整張臉埋進那件汙痕斑斑的老舊圍裙裡，將周遭的黑暗隔絕在外。瑟芮狄絲並不在樓上那副乾枯的軀殼裡，她就在這裡，而我正擁著她。我彷彿能聽見她笑意中帶著憐憫的嘆息，以及她說話的聲音：「來吧，孩子，你這樣又會生病的。好啦，孩子，一切都會沒事的……」

我的心漸漸被這件圍裙撫慰。抽泣不知何時轉爲呵欠，最後我把圍裙摺成了一顆枕頭，夾在頭和肩膀之間。淚水緩緩淌落我的衣領，浸濕了我的胸襟。我眨著眼，感覺眼皮變得愈來愈沉重。有一瞬間，我像是在黑暗的邊緣跳著舞。接著我掉入一團緩緩旋動的碎片之中，又穿出漩渦，發現自己正走下樓梯。月光似乎有些不尋常，散發著灰濛濛的微光，在我走過時還發出絲綢相磨般的細微聲響。我知道自己在做夢，而且感覺很熟悉，又是之前那個夢。這個發現讓碎片又旋動起來，彷彿威嚇著要變成更可怕的模樣。我將目光掃向裝幀所的角落，注視著壓書機和裁紙機的輪廓，然而隨著濃霧般的月光，我再次回到了樓梯上，一心想尋找某樣東西。這次我清楚知道自己必須穿過工作坊盡頭的那扇門，而且一旦進去，那裡就會出現另一間房間，路西安·達內則會坐在木桌前，慢慢回過頭看我。

眼前的世界忽然輕輕顫動，在一瞬之間融化消失。我猛然坐起，先是感覺到一股貫穿肩頸的刺痛，接著是從地板鑽入骨髓的寒意。瑟芮狄絲的圍裙摺角戳著我的臉頰。離我極近的地方傳來門關上的聲音，房間另一端則傳來下樓的腳步聲。

我從工作台底下爬了出來，同時因爲脖子扭傷而痛得齜牙咧嘴。要是被媽看到，她會說我活該，誰教我在冰冷的地板上睡著。我搖搖晃晃地站起來，夢中的焦急感尚未完全消逝，心臟依然狂跳不已。可是剛才的腳步聲和關門聲是真實的。一絲油燈光線灑落門檻，雖然微弱得只能勉強看見，但它確實就在那裡。某人正在樓下，是德哈維蘭。我漸漸能分辨出那些模糊悶響的差別：蹬蹬腳步聲、某物墜落的撞擊聲、哼著小調的微弱聲音。

我拉開門，一瞬間彷彿又回到夢中。我期盼著自己會出現在另一間房內，凝視著路西安·達內的背影。他就近在咫尺。下一秒他會回頭，而等到他對上我的眼神，答案就會**浮現**。然而當我伸手扶著門框，眼前卻如同我早就知道的那樣，是通往地窖的階梯。過了好一會兒，我才從盤旋不去的絕望感中平復。走進地窖時，炫目的光線乍然躍入眼簾。德哈維蘭像是打算徹底驅逐黑暗似的，竟一共放了三盞油燈，分別擺在木桌和牆邊一個倒放的水桶上。雜物及箱子被他凌亂地推到牆邊，地板正中央則擺著一口箱蓋掀起的大木箱。只可惜從我站的位置，看不清木箱裡面究竟裝著什麼。

德哈維蘭向這裡走來，懷裡抱著滿滿的書。在他身後，一整面灰泥牆敞開，在隱藏鉸鏈上輕輕晃著，青銅圓盤上的浮雕在牆上投射出塌鼻般的黑影；牆後的漆黑空間比壁櫃更大也更深，是一整間房間。藏書庫的牆面排滿了書架，但書架幾近全空，只剩幾列搆不到的書還杵在架子上層。有幾本書似乎正閃閃發光，仔細一看才發現發亮的是燙金的邊框、書口和姓名：**艾伯特·史密斯**、**艾米琳·瑞文絲（婚前姓氏為羅希爾）**。德哈維蘭哼著不成調的旋律，接著頓了一下，伸長手去拿另一本書，往回時歪扭著身子，努力不讓手裡其他的書掉落。

「你在做什麼？」

他回過頭，嘴裡哼著的歡快旋律也戛然而止。「這位學徒，」他裝腔作勢地嘶聲說道：「我才要問**你**在做什麼吧？怎麼會在這種時候溜下床？我想瑟芮狄絲不會樂見你這副德性吧。」

「我本來就在工作坊，然後聽見你的聲音。」

「我有一些重要的事要處理。」他說，腳步踉蹌地朝那口木箱跨出幾步，往前傾身，讓書本滑落箱中。他的動作比往常散漫，抬起頭時整個人還晃了下。我發現藏書庫門口的架子上擺著一支白蘭地杯。杯內已空，杯底則散發著一圈淡淡的琥珀光澤。「既然你都來了，不如幫我搬個箱子過來吧。我猜再放幾本書，這口木箱就會重到抬不動了。」

我深吸一口氣。瑟芮狄絲還躺在樓上，而他卻已經在這裡喝個爛醉、**樂得哼歌**，竊走架上的書。

我一動也不動。他擠過我身邊，將一口箱子倒空，又踢開倒出的瑣物，然後砰地一聲把箱子放在木箱旁。在他轉身走回藏書庫，打算再挑揀一手好書時，我嗅到他身上散發出的酒氣。我彎下腰，撿起一支把柄脫落、前端焦黑的壓花工具，一時卻找不到地方擺，最後只好謹慎地把它放在擱著油燈的水桶上。

德哈維蘭又繞了回來，這次手裡抱著四、五本書。我從書脊看得出那些都是製作精良且用料昂貴的裝幀作品，其中一本布滿燙金，最上面那本則有著耗時數鐘頭才能完成的皮革雕花。但他連書上的名字都沒多看一眼，就直接把書丟進箱子裡。我靠近一看，發現木箱已近全滿。裡頭還有更多書，都是製作精美的好書：有一本像是嵌飾盒，另一本則像蕾絲手帕，還有一本，模樣彷若上頭有餘燼灑落的淺色舊木，讓人錯覺半本書消失不見。

「你這是在幹麼——」

他又遁回藏書庫。「不行。」他說，試著把書推回原來的架上，卻不慎失手，讓書本應聲落地，書頁嘩啦掀開。「這本不要，這本不要。」他取下更多書，最後連擺回去都嫌麻煩，於是書像是一隻隻死鳥般振翅、翻肚墜地。「太好了，這可真美……」他將那本書收進箱子裡。要是他現在是清醒的，動作應該會更小心翼翼。「這本好，這本好——噢，等等……」他把最後一本書放進**帶走**的那口箱子，但卻突然眨了眨眼，又取出了那本書。他瞇起眼望著書脊，彷彿那本書剛才咬了他一口。那是一本以灰綠色絲綢裝幀的書，有著層層疊疊的葉形壓紋，不時閃爍著銀光，就像是河中倒影。我想伸手奪走那本書。「哎呀，」他咯咯傻笑，說道：「路西安．達內，把這本送過去的話未免也太不得體。」

「什麼？」

「我派你去拜訪達內家時，總不能讓你帶**那本書**去吧。」他說，好像我聽得懂這句話好笑在哪裡似的。他瞥了木箱一眼，好像剛完成了最後的收割，滿意地點點頭，接著左搖右晃地走回藏書庫。他把那本書丟回架上，砰地甩上門。「這樣應該就可以了，」他又說道：「如果他還不滿意這些書……」

「達內家？」我說：「你是要送我去——」

「別說出來！」他回過身說：「不准提起這件事。即使記憶已經不復存在，他們有時還是聽得見，這你明明是知道的。到時你連自己會捲入什麼樣的麻煩都很難說，有些歇斯底里的客人會要求回收書、重新裝幀，或是……你可別告訴我——喔不，瑟芮狄絲肯定沒教你吧？那女人眞是該死……」他重重嘆了口氣。「到時候見到他，你要假裝對他的名字一無所知，懂了吧？」

我想起那張蒼白、黑影籠罩的削瘦臉孔。想起那對深色的眼珠，猶如老鷹般熾熱的視線。

「你是怎麼回事？」他瞇起眼。我迷迷糊糊地想著，要是他在朦朧醉意之中都能注意到，我現在的臉色肯定很難看……「怎麼了？給我振作起來。」

「我不能去見路西安·達內。」

「少在那裡胡言亂語，當初裝幀他的人又不是你，對吧？再說你可能根本不會見到他，眞正重要的是老達內。你只要帶著尊重與敬意看著他們，一切就會沒事。」他咕噥著，像是在自言自語。「尊重、敬意，就憑你那副表情……喔我的老天。」

我沒有答腔。夢中盤旋不去的迫切感再度湧現，然而此刻的感受比在夢中更爲強烈。我再次感到自己像是遺失了什麼重要的東西。那個夢究竟想告訴我什麼？我一直以來都在尋找什麼？路西安·達內正準備回頭，告訴我答案……

德哈維蘭打了個呵欠，然後摸出鑰匙，鎖上藏書庫的門。

「你拿到鑰匙了。」我說：「瑟芮狄絲一直把它戴在身上，你是怎麼——」

「是瑟芮狄絲給我的。」他表情平靜，回過頭看著我。他的雙眼發紅，可是現在已經看不出醉意。「裝幀師的書可是神聖的寄託，身爲她的親信兼同僚——」

「可是你說這些書是要送去達內家。」

他歪著頭，表情像在說他只能原諒我這一次，下不爲例。「你最好別插手自己不知道的事情。」

「我知道的已經夠多了。」我嚥了口口水。「我曾經聽她親口說過，她不希望你擁有那些書。才不是她給你鑰匙的，一定是你——」

「你**休想**指控我，小鬼。」他舉起手，豎起一根手指。「但這不過是空洞的威脅。「今晚的事跟你一點關係也沒有，你最好忘光。要是你膽敢向任何人提起……你就死定了，事情就是這麼簡單。」

我聽見自己脫口說道：「那一定是你從她身上摘下來的，你知道這是唯一能夠取得鑰匙的方式。你眼睜睜看著她死去，然後從她脖子上拔下那把鑰匙，因爲你只關心那些書。她怎麼會把鑰匙交給你？要的話也是交給**我**。」

地窖內的一切靜止如石。要是我能收回這番話，我就會那麼做。

最後他以極其輕柔的語氣說：「我想，等你從達內家回來後，有件事情得好好處理。我不喜歡你的態度，小鬼，恐怕得打掉重來。」

某個看不見的角落，有一疊書崩塌，接連落地發出巨響。不久地窖內又回復一片靜默。

「回去睡覺，」他說：「我們就假裝你今晚都在樓上。**快去**。」

我轉過身，爬上樓梯，全身不由自主地發抖。他一定看得出來。

「順便解釋一下，關於你的……疑慮，」他突然開口，害我差點絆倒自己。「她才不會把鑰匙交給你，因爲藏書庫裡的書跟你一點關係都沒有。她的祕密並不屬於你，請牢牢記住這點，否則有天你會因爲承受不了而發瘋的。」

然而我清楚記得那種篤定的感覺。他錯了，那裡頭必定有某樣東西與我息息相關。那是**屬於我的東西**，就跟我身上的骨頭屬於我一樣不容置疑。我現在終於想通了，可是爲時已晚，我一直在找的東西是——路西安・達內的書。那本書裡就藏著解答，等著解開比我的心埋得更深的謎團。

「再說她**確實**信任我，」他說：「先不論看在外人眼裡，我們的關係如何，我始終是她的兒子。無論你以爲你和她之間存在哪種形式的愛，最好都趕快忘了吧。她這人冷酷無情，對她來說你只不過是奴隸，要是你以爲還有別的，就眞的愚蠢到家。」

9

殯葬行的人和醫師在隔日清晨抵達。這天霧氣濛濛，濕意彷彿鑽入了我的皮膚，迷霧也像是滲進了我的腦袋。周遭種種動靜，像是自一片單調空白中浮現，隨即再次被這片空白吞沒。佛格遜將外套上凝結的水珠甩在門廳地板上，說道：「連夜趕路眞不是蓋的，馬腳沒斷只能說是我們運氣好。」安靜的屋子裡，他的說話聲顯得過於響亮。一個長得更像木匠而不是殯葬人員的男人，身上散發著薄荷味，冷淡地與我握手。我聽見他們的腳步聲經過，沒多久就因爲棺材的重量而變得緩慢笨重。我們被叫去客廳，在死亡證明書上簽名作證。「這只不過是常規程序。」醫師說道，一副我在這群臉色肅穆的人面前，會緊張到簽不好名字的樣子。至於其他時候，我都坐在工作坊的火爐旁等待，不停地添柴，彷彿這麼做能讓爐火永不熄滅。德哈維蘭的話語不斷在我耳裡忽隱忽現。我幾乎可以確信瑟芮狄絲用屬於她的方式愛我，但如果德哈維蘭是她兒子，他對她的了解或許比我更深。**冷酷無情……**這種感覺就像暈眩，我自認對她的了解全部都像是沙子般崩散，從我的指間溜走。現在我一心只想盡快離開這裡。然而，當德哈維蘭不耐煩地在門廳嚷著要我出門，彷彿他已經叫喚無數個鐘頭時，我卻費盡力氣才讓雙腳動起來。

醫師帶了自己的馬車過來，此刻他和德哈維蘭擠在車內，而殯葬行的那個男人（他叫什麼名字來著？歐克斯嗎？）則協助我將箱子和行李扛上車頂。車伕眼神哀怨，無動於衷地望著我們，彷彿雙眼蒙上一層冰霜。德哈維蘭當初只帶來一個小行李袋，如今馬車卻被所有行李的重量壓得嘎吱作響。我認出了他用來裝書的大木箱和箱子，但箱子不只這兩個：還有一個發出輕微叮噹聲響的箱子，另一個的箱底則滲出金色墨水。我猶豫著要不要察看是哪個瓶子破了，但現在已經沒有時間。再說，那些東西現在都是德哈維蘭的了。我將箱子和行李牢牢綁在車頂時，聽見馬車內德哈維蘭正焦躁地嘀咕著。

殯葬行的人早我們一步離開。我駐足片刻，望著覆蓋帆布的馬車緩慢上路。不知道的人可能會以爲他是農夫或工匠，準備將一卡車的貨物載去市集。眼見瑟芮狄絲的遺體離我愈來愈遙遠，我想著自己是不是應該要有什麼感覺，卻什麼都沒有。直到上了馬車，看著裝幀所愈縮愈小，悲傷才忽然揪緊我的喉頭。德哈維蘭用他那雙淺色眼睛，那雙瑟芮狄絲的拙劣翻版，打量著我的表情。我不禁用力瞪了回去。要是我能逼他先收回視線……但我辦不到。我真的只是她的奴隸？也許我所愛的瑟芮狄絲從來不存在，而我真的只是一個蠢貨……我用指甲掐住大腿，試圖用疼痛讓自己分心。他轉回頭，繼續和佛格遜交談，彷彿我根本不在場。

路途迢迢，馬車在崎嶇的道路上顛簸前行，過了一陣子，我便感到頭暈想吐。我很慶幸自己不必開口說話。可是當霧氣漸漸包圍車窗，寒意鑽進我的四肢，我開始覺得自己正逐漸消失，似乎就連德哈維蘭和佛格遜呼出的煙霧都比我的存在更有實感。繞過沼澤後，馬路兩側皆是樹林，我們下車小解。但瀰漫在漆黑樹幹間的濃霧卻讓眼前的世界顯得疏離陌生，也讓我一心只想快點回到馬車上。沒想到再次上車後，馬車嘎吱前進的每一分鐘都有如永恆。要是我認識德哈維蘭和佛格遜正在講閒話的對象，他們的對話也許很有意思，偏偏我一無所知，只好將談話聲當作是和車輪聲一樣的雜音，充耳不聞。我又不在乎萊特沃斯爵士，或是諾伍德家族、罕布雷敦家族，也不在乎荷諾·歐孟德究竟是爲了愛情或金錢而結婚。我只知道我願意切斷一隻小指以換得片刻清靜。然而等到他們真的安靜下來，我卻只覺得更加難熬。此時，要是我想的話，有的是時間讓我反覆思忖瑟芮狄絲或家裡的事情，又或者自己接下來該何去何從。

塞津在我們周遭徐徐現形：先是以隱約輪廓和模糊回音現身，接下來又化爲躲在濃霧後方的影子，還帶著一絲汙水、煤煙和磚灰的臭氣。我們轆轆駛過一片建築工地，有堆正在燒製的磚塊冒出濃嗆黑煙，讓德哈維蘭不禁嗆咳起來，立刻拿出手帕俐落地吐了口痰。接下來我們穿越一條寬闊大街，四周車水馬龍，飄來的煙塵帶著肥料發酵的刺鼻騷味。他連忙拉起車窗遮板，我們頓時坐在陰影之中。我努力壓下暈車的噁心感，同時聽見噪音依然穿透遮板而來：馬兒噴著鼻息發出嘶鳴、男人吆喝、女人尖聲說話、小狗吠叫，伴隨著低沉的車輪及機械嗡鳴聲，還有一種難以辨識的雜音。我印象中的塞津並不是這個樣子。不過話說回來，在此之前我可是在沼澤地生活了好幾個月，而在那裡，就連劃破寂靜的動物叫聲都沒有。我閉上眼，腦海中浮現瑟芮狄絲和我的工作坊，儘管無人居住，卻依舊靜靜屹立著。就像緊抓著護身符般，我將這個景象牢牢記在心裡。

等到馬車總算停下來，我渾身僵硬又遲鈍，額際陣陣抽痛。德哈維蘭爬出馬車，在人行道上對我彈著手指。「快啊，小鬼，還在拖拖拉拉什麼？」

我本來想等醫師先下車，但眼見他往角落移動，並調整了個更舒適的坐姿，這才明白他接著還要去別的地方。於是我尷尬地爬過他身邊，接著便發現自己站在一條大街上。車伕冷得牙齒輕顫，兩手環胸。馬車停著不動。

我環視四周，拉緊外套，以抵禦一陣帶著煤煙的寒風。我們所在的街道兩側皆是高聳磚屋以及寬闊整潔的人行道，路面上則覆著幾堆髒黑積雪。家家戶戶的門前都設有欄杆，隔開各戶風格一致的大門與門階。最靠近我的一戶，門階上有株種在釉盆裡的月桂樹，我從三公尺外就能看見沾附在樹葉上、像是霉斑的黑色汙點。

「看在老天分上，別再拖拖拉拉的。」德哈維蘭已經站在門階上拉門鈴，我加快腳步跟了上去。大門邊掛著一塊黃銅門牌，上面有一排優雅的刻文：**德哈維蘭，S．F．B．（優良裝幀師協會 the Society of Fine Binders）**。不論我之前預期會看見什麼，都絕對不是這個樣子。

前來應門的是一個表情嚴肅的女人，綁有髮髻，脖子上還掛著一副夾鼻眼鏡。她露出微笑，主動退向一旁，讓德哈維蘭進門。看見我時，她臉上的笑意瞬間凍結，但她沒有對此多說什麼，只說道：「眞高興你終於回來了，德哈維蘭先生。索瑟頓—史密斯太太急需你的協助。索瑟頓—史密斯先生甚至出言威脅，要是你再不回來，他要另尋師傅了。」

「然後就這麼把他太太的書全部留在我們的藏書庫裡？我深感懷疑，」他冷笑了聲，說：「發生什麼事了？我猜一定是她發現新情婦的事了吧？」

她清了清嗓子，目光掃向我，但德哈維蘭隨意地擺了擺手。「不用擔心，這位是我的新學徒，他遲早要知道的。你幫她預約了嗎？」

「還沒，先生。不過我下午會送信給他。」

「很好，我明天可以見她。寫信前記得查一下他上次那筆帳是不是已經付清了。」他走在我前面，踏入鋪有瓷磚的門廳。一旁有道微微敞開的門，上頭又是一面黃銅門牌，寫著：**等候室**。透過縫隙，我瞥見一間昏暗的時髦客廳，壁紙有著蘆葦和水鳥圖樣，茶几上擺著一整排的報刊雜誌，還有不符時令的花束插在陶瓷花瓶裡。盡頭有另一扇門，但我還來不及看仔細，德哈維蘭就停下腳步，扭過頭對著我皺眉，說：「你能不能走快一點？別人還以爲你是沒看過房子的鄉巴佬呢。這邊。」

我聽見一聲門閂咯噠聲，暗忖應該是那位一臉嚴肅的祕書遁入走道盡頭的房間裡。德哈維蘭推開一道暗門，隨即步入狹小的後院裡，我只得加快腳步追上去。院子正對面有一棟歪斜的破舊屋子，從髒黑的窗戶能看見幾道正在來回走動的人影。德哈維蘭踩過水坑，拉開破屋的門。「這裡就是工作坊。」他說：「你晚上睡樓上的房間。喂，**快點**進來，小鬼。」他繼續往前，步入昏黑的窄廊，然後猛力推開左側的門。門內有四、五個男人，全彎著腰在工作台和壓書機前工作。其中一人站起身，手裡握著鐵鎚，正準備開口說什麼，可是一發現對方是德哈維蘭，他旋即摸了摸額頭，改口說道：「先生，午安。」

「午安，瓊斯。拜恩斯、溫索恩，我有幾口箱子，必須從大街那邊搬進來，現在東西在前門外的馬車頂篷上，可以請你們幫忙搬一下嗎？噢——大木箱可以搬進我的辦公室，其他的留在這裡就好。」他這麼說的同時，卻連一眼也沒看向那兩個被迫放下手邊工作的男人。其中一人正在用皮革包書角，但只包到一半。我看見他苦著臉趕在膠水乾掉前扯開皮革，打算之後再重新來過。他們拖著腳行經我們身邊，但德哈維蘭仍然是那副視而不見的樣子。「瓊斯，這是我的新學徒，他會睡在樓上，今後跟你們一起工作。」

「裝幀學徒嗎，先生？」

「對，不過他湊巧知道怎麼處理一些……」德哈維蘭向壓書機稍微比劃了幾下。「那個……呃……**手工**的部分，所以在學習裝幀的同時，他也可以在這裡幫忙。」他轉身對我說：「我需要你時會派人通知你，其他時候你就聽從瓊斯先生的指示。」

我點點頭。

「想必不用我多說了吧，除非我要你過來，否則你不准隨便進主屋。」他轉身離開。一會兒後，我聽見變形的門刮過門框，然後應聲關上。

窗邊的男人抬起頭，望著他穿過後院，嘴巴噘成吹口哨的模樣，像是正無聲表露輕蔑。他們三人連眼神都沒有交換，卻在沉默片刻後同時重返工作崗位。我將兩隻手插進口袋，想讓凍僵的手指暖和起來，一邊等著瓊斯詢問我的名字，然而他卻只是在壓書機前彎下身，繼續以鐵鎚敲打一本尚未裝幀的裸書書背。

我清了清喉嚨，說道：「瓊斯先生——」

有人發出嗤之以鼻的哼聲。我循聲看了過去，發現哼聲來自靠近門邊的那個男人。他手上正拿著著一本甫完成的書，不時變換角度，仔細檢查書封上的壓紋是否夠清晰。他對我翻了個白眼，說：

「他不叫瓊斯，是強森。那混球一直懶得搞清楚我們的名字。」

「他連**自己**的名字都搞不定了，」另一人頭也不抬地接口：「德哈維蘭，裝腔作勢的僞法文名。」

我說：「那我就叫你強森先生。」

可是強森依然沒有答腔。剛剛冷哼的男人聳聳肩，把書放在靠牆的桌子上。「麻煩幫我把這個包起來。」

我過了一秒才總算明白他是在對我說話，於是笨手笨腳地穿過工作台之間的走道。等我走到那張桌前，他已經走回火爐旁的工作崗位，檢查著一支描線輪的尾端，然後說：「用棕色紙包，上封蠟，寫人名和卷名，然後標上『藏書庫』，再填寫一張卡片。最後那個我過一會兒再教你怎麼做。」

強森一邊敲敲打打，一邊隨口問道：「你剛完成的那本書是誰的？」

「朗森。」一聽到答案，所有人都大笑起來。

我拾起那本書。那是一本輕薄小書，一半用流沙箋，一半用皮革裝幀。我猶豫著是否要翻開偷看，但發現沒人盯著我瞧，便打開了書頁。蝴蝶頁中間有一條線脫落，書名頁之前則沒有白頁。**派希瓦．朗森爵士，卷十一**。在衝動的驅使下，我繼續往下翻著書頁——紙張絲向[10]錯誤。我邊翻邊看，不時停下。頁面上的字跡有些難以閱讀，細緻、繁複，充滿猶如荊棘的華麗花飾……**她的身材和那明顯的滾圓。我向她丈夫道喜，太太這麼豐饒多產，而且如今從外表就明顯可見，接著便問他新成員預計何時會出生。沒想到他先是一臉疑惑，後來則大為光火。你可以想見，我當時是多麼驚恐又迷惘啊……**

「真可惜那本不是交易書，」強森說：「朗森絕對能讓藏書家捧腹大笑。」他對著箝在壓書機裡的那本書敲了最後一下，接著旋開木螺絲。「希克斯，你有聽過他演講嗎？我在市政廳聽過一次。他

10紙張纖維的方向。為使摺邊平順，絲向應與裝訂邊平行。

騎著他那根馬頭杆，大聲嚷嚷著要爲底層人民爭取權利……這男人眞的沒辦法不讓自己丟臉，怪不得一年要裝幀兩次。」他將書從壓書機裡取出，木楔則往旁邊一拋，然後仔細盯著拱成圓弧形的書脊。「這樣應該可以了。喂，你究竟要不要包書？還是因爲你是**眞正**的裝幀師，拉不下臉做苦工？」

我趕緊將一張紙拽到面前，盡速將那本書包起來。我笨手笨腳的，包得糟糕極了，後來又發現忘了先記下書上的姓名，只好再次拆開包裝紙查看。等到總算完成標記，我便在封口處滴上熱蠟，並用有著「德哈維蘭」首字母縮寫「d」和「H」的別致花押章壓印。我早該猜到德哈維蘭不是本名。一陣喜悅的輕顫竄過全身——無論瑟芮狄絲的姓氏是什麼，他都拒絕承襲她的姓氏。他不喜歡她、不信任她，也不了解她，又怎麼可能知道她是否眞的愛我？然而這股暖意轉瞬即逝。畢竟我現在人在這裡，答案是什麼似乎也不重要了。

等到我在包裹上完成標記，較年輕的那位工人（希克斯嗎？）從我手中抽走書，指向一疊卡片。「拿張卡片寫下人名、卷名、日期，右上角標記『藏書庫』。現在跟我來。」

門外的窄廊有個掛在牆上的袋子，他把包裹丟了進去。「要送去藏書庫的書一律丟進這裡。銀行的武裝馬車每個月只會來一次，所以通往外街的那扇門務必要關好，而且不准抽菸，懂了嗎？要是丟了半本書，你就會一起丟了工作。交易書都擺在那裡，讓德哈維蘭自己去收。」他指向我們對面的那扇門。「看見那個箱子了嗎？卡片從投孔投進去，那老太婆一到晚上就會收去歸檔。這樣你會了沒？」

「應該會了。」

「那好。」這時那兩個被派去取行李的男人拖著沉重的箱子和步伐回來了。他們穿過後院時，希克斯拉開了門，讓氣喘吁吁的他們把箱子拖進工作坊。「這裡面都是什麼？你的師徒契約金？」

「算是吧。」

他張開嘴，瞇起眼望著我，最後又閉上嘴巴。一會兒後他說：「好吧，那你最好趕快進來，開始做點正事。」

他們派我去擦工作台。我一擦拭木桌，抹布就立刻沾滿煤灰，變得漆黑一片，之後他們又吩咐我去掃地。日光很快就消逝，我以爲天一黑他們就會下班，但是天色暗得連地板灰塵都看不清時，他們只是點起幾盞油燈，就又繼續埋頭工作。除了火爐周遭，房內寒意逼人，油膩嗆鼻的煤煙味讓我的胃不停翻攪。早餐過後我就沒再進食，也沒人問我肚子餓不餓。

「你可以把提桶的垃圾倒去後巷那個垃圾箱裡，」希克斯說：「就在煤炭棚旁邊——哎，算了，我乾脆帶你去吧。你可以順便挖一點煤炭回來幫火爐添煤，然後你今天的工作就結束了，這樣行吧？強森，要不要出去哈管菸？」

我跟在他們後面，沿走廊走向屋子盡頭。外頭是條狹窄昏暗的巷弄，令人難以相信工作坊的另一側就是那排高大的雅緻房屋。高矮不一的牆壁、參差的鐵皮屋頂和棚子，爭相在未鋪磚石的路面上方竄出頭，而結凍的泥濘路面則布滿溝痕，因爲冰霜而閃閃發亮。希克斯用拇指朝一間低矮棚屋戳了下示意。我將垃圾倒進一旁的垃圾箱，並開始填裝煤炭到煤桶裡。有隻狗在對面的小屋裡號叫，有個人咒罵那隻狗，後來又對大哭起來的嬰兒咒罵。

「先生，」這時忽然響起一個尖銳的聲音：「先生，拜託你……」我抬起頭，有個老婦人正繞過結凍的髒黑溝渠走來。希克斯與強森相視一眼，然後撣掉他剛才用來點燃菸管的火柴。「兩位先生，請不要走。我知道你們在想什麼，但我不是要乞討。你們是裝幀師，對吧？是這樣的，我有你們會感興趣的東西。」

「我們不是裝幀師，」強森說：「要找裝幀師的話，請去敲愛德內街的那扇門。」

「我試過了，可是應門的婊子不讓我進去。拜託，先生……我眞的走投無路了，請你們行行好。我可以保證，我這裡有極好的故事，男人絕對會願意爲了一睹我的記憶大排長龍，我是說眞的。」

希克斯吸了一大口菸，菸斗裡的餘燼閃爍著亮紅光點。「你叫瑪格斯，對吧？聽好了……你的提議確實是不錯，可是我們無能爲力。就算我們幫得上忙吧……」他頓了頓。

「拜託，我索費不高。幾先令而已，而且是好幾年的記憶。全是最精采的，不論你們想要什麼，性愛、男人毆打我的情節，全部都有。我住的那條街上還發生過謀殺案，我親眼目睹事發經過——」

「我很抱歉，眞的幫不上忙。你怎麼不去試試非法裝幀師？弗伽提尼可能會有興趣。就在肉市和圖書館街的轉角，他可能比較——」

「弗伽提尼？」她不屑地重重吐一口口水。「他才沒那種品味。說什麼他沒賣出上個月的那本，但那根本只是藉口，他是個沒種的膽小鬼。」

強森忽然開口：「你的孩子在哪，瑪格斯？」

「孩子？我沒孩子，連丈夫都沒有。」

「終其一生都過著這種生活，是嗎？」他的語氣中帶著幾分挖苦，卻又不全然是嘲諷。「你確定？」

她眨眨眼，用袖側抹了下額頭，手勢詭異且動作不連貫。此時我才發現她的老態和空洞眼神並不是歲月蹂躪的結果。「這樣取笑我，眞壞心。」

「我不是在取笑你。你已經說夠了吧，快點回家。」

「我只是需要幾先令而已。拜託，先生。全都是最眞實的街頭流浪故事，我敢說很多公爵伯爵會爲此掏腰包，這交易很划算的。」

「瑪格斯……」雖然還沒抽完，希克斯還是往棚屋邊倒扣菸斗。「你已經問過我們了，有印象嗎？強森還帶你進去喝杯熱茶？還是這也跟上次的記憶一起磨滅了？」空氣裡一片沉默。瑪格斯來回拭著額頭。「也罷，當我沒說。去找個更好的差事謀生吧，不然你要變成空殼子了。」

「謀生？」她詫異地笑了出來，像黑鳥振翅般甩了下身上的破舊斗篷。「你以爲這叫作**生活**？這樣還算**活著**？我什麼都不在乎了，最好一切都灰飛煙滅。爲什麼當初弗伽提尼下手不乾脆重一點，把我變成店外那群流著口水的瘋子算了。我**想要**忘得一丁點也不剩——」

強森擠到希克斯面前，抓住她的手肘猛力搖晃，讓她差點站不穩摔倒。「鬧夠了給我滾，不然我要叫警察了。」

「我只是想要幾先令而已——不然就一先令吧。六便士！」

他將她往小路拖行數公尺，然後奮力推開她。她踉蹌了幾步，像是打算朝他的臉吐口水般狠狠瞪著他，最後才穿過泥濘離去。她繞到轉角時，我聽見一陣咳嗽聲傳來，聲音極其低沉沙啞，彷彿這是她隱忍了許久才終於發出的眞實嗓音。

強森朝我們大步走回來。「今晚眞是被糟蹋了，我要進去了。」

希克斯點頭，把菸管塞進口袋。沒人打算等我。我把最後一些煤炭掃進煤桶，跟著進門。他們穿過門時，我聽見希克斯說：「所以說，她有孩子囉？」強森回答：「三個，都活得好好的。他們很快就會流落到救濟所，而某個幸運的傢伙則會讀到充滿母愛光輝的故事。」下一秒門在他們身後闔上。

我爲火爐添完煤炭後，便走到工作坊角落拎起行李袋。其中一人對我說：「你的房間在樓上，最裡面的那間。」沒人向我道晚安。我爬上樓梯，兩腿疲憊得止不住發抖。經過樓梯轉角的小窗時，我開始看見自己呼出的白煙，還有爬在髒黑窗玻璃上、狀似蕨類的冰霜。

房間窄小又髒亂，而且冰寒刺骨。房內一角有個塌陷床架，上面散放著幾條被子。我試著不去想像之前有多少人睡過那張床。我瞥見床底下的便壺映著微光，於是盡可能淺淺地呼吸，生怕聞到什麼怪味。可是過了一會兒，寒意就變得愈來愈難以忍受，最後我還是窩上床鋪，用棉被裹住身子。被子充斥著潮濕霉味，但已經比我預想的好多了。床墊好幾處像丘陵一樣隆起，套子也嚴重磨損，裡頭的羽毛穿出，不停戳刺著我。我覺得自己彷彿永遠不可能再溫暖起來。

街上有人大聲咆哮。我用好幾條被子裹著肩膀，起身走到窗邊探看，但屋外僅有一盞微弱街燈，而玻璃窗又積著厚厚一層灰，根本什麼都看不清楚。咆哮的那人安靜下來了，只剩下狗叫聲和嬰兒哭聲不時傳來。剛才摸過煤炭的指尖還油膩膩的，牙齒則因爲寒冷而不停打顫。我在這裡待得愈久，這一切就會愈加深刻，最後我將再也找不到任何方法洗去，甚至連骨頭也變成黑色。

我閉上眼，一個如回憶般清晰的畫面浮上心頭：艾塔在製酪場門口瞠大雙眼，雀躍地丟下手中水桶衝過後院，給我一個大大的擁抱。我彷彿能聞到豬舍那略帶土香的嗆鼻騷味，還有新鮮牛乳從水桶倒出時散發的濃郁甜味。自我離家後，時間就像是凍結了：時節依舊是晚夏，大家都沒變，而我尚未完成的工作也還在家裡等著我。或者，不——要是我可以繼續將時光倒轉，回到我生病之前的時光：回到去年冬季，我還知道自己是誰的時候，回到我只需要操心高地刺籬，或是媽會不會發現我拿她上好的菜刀剝兔皮的時候。但是對不可能發生的事懷抱寄望，是多麼愚蠢的事。我睜開眼，用袖子抹了下眼睛。

我回不了家。但只要在這裡多留幾天，德哈維蘭就會送我去達內家，讓我執行我的初次裝幀。

我很害怕。這個發現應該要讓我更能坦然接受才對，然而一想到這件事，我就知道自己根本無處可逃。去過達內家之後，一切終將劃下句點……**到那時**我就能做出抉擇。也許我會想出其他能投奔的地方，或者找到方法回到沼澤地的裝幀所，我眞正的歸屬之處。然而在那之前，我還是得留在這裡。否則我的餘生都將活在恐懼之中，卻依舊對原因一無所知。我唯一的線索，只有路西安・達內和我的夢魘。

我躺回床上。枕頭沾黏著前幾任住客的油膩髮油，看起來像是打了蠟。我緊緊蜷起身子，無視床墊扎人的隆起，就這麼靜靜躺著。我漸漸感覺不那麼冷了，但寒意仍讓我在入睡邊緣遊走。在半夢半醒之間，我似乎聽見摔門聲、醉漢扭打的叫囂，以及響徹城鎮的鐘聲。不過我想最後我肯定還是睡著了，因爲當希克斯早上來敲我的房門時，我迷迷糊糊、腦袋昏沉地醒來，似乎連自己的名字都記不得了。

10

三天後，德哈維蘭派我前往達內家。他在前一天傍晚請祕書伯瑞丁罕小姐送紙條到工作坊，要我去見他。我被帶到一間雜亂不堪、裝潢浮誇的起居室，牆上掛滿了畫像，幾乎連一寸空隙都不剩，而他正心不在焉地站在一塊偌大的大理石橫板上，用指頭翻看一疊薄薄的帳單。「噢，對，」他說：「你來啦。達內先生明晚會在家等你，我有個包裹要順便給他，別忘了跟伯瑞丁罕小姐拿。東西在她的辦公室，就是等候室對面那個房間。」他抬眼上下打量我，然後皺起眉頭。「我今晚會送一套得體的衣服到你房間。去之前記得洗澡，好嗎？」他揮了下手中的筆打發我走，同時因爲幾滴墨汁滴上帳簿而不禁咂嘴。

「可是我——」

「我可沒時間陪你。明天一大早我就得出發前往萊特沃斯街，事情多得很。你有問題的話，去問別人。」

「問誰？」

「隨便一個人啊。**還不快滾**。」

這天工作結束後，我回到房間，發現床上多出幾件陌生衣物：那是一套淺灰色西裝，搭配一件藍色背心和一件領子漿挺的乾淨襯衫。在這間骯髒的小房間裡，這套正裝顯得相當突兀，從門口看過去，像是有位貴族爬上我的床，等著嚥下最後一口氣。我舉起燭台，走近一瞧，發現還有一雙擦得晶亮的皮鞋，以及一頂拉絨毛氈帽、一只裝有袖口鏈扣及領扣的象牙盒。我不用試穿就知道這些東西會讓我多不自在，而且絕對不合身。我把這套服裝放到最乾淨的地板角落，試圖當作它不存在，然而整夜卻都覺得扁平的衣袖和褲管像是想要抓住我一樣，不停地伸過來。

隔天下午，我盡可能刷洗掉身上沾染的汙垢，然後用冰寒的冷水刮了鬍子。我發現自己對這套衣服的預想正確無誤。行經工作坊時，希克斯吹著口哨，嚷嚷著：「喂，兄弟們，快瞧瞧這位少爺。」下一刻眾人哄堂大笑。德哈維蘭已經搭著他的馬車前往萊特沃斯家，而我得自己搭出租馬車前往。我從沒招過出租馬車，在愛德內街的人行道上呆站了半天，才總算有一輛馬車主動趨前，用憐憫的口吻問我是否迷路了。有一瞬間，我差點想不起達內家的地址。稍早伯瑞丁罕小姐已帶我去領取「包裹」，也就是德哈維蘭當初用來裝書的那口大木箱。我先把木箱搬上後座，自己才爬上車，同時暗自想著他要是先把木箱郵寄過去該有多好。

我望著從身旁閃逝而過的塞津街景，心跳不由得加速。在我眼前，零星的畫面接連從一片朦朧之中浮現：一整排新屋、柱廊、掛滿鮮豔布匹的商店櫥窗。我不禁錯覺這一切都是精心安排的騙局，要是現在我們拐個彎，我就能發現屋側其實相當單薄，不過是粉刷在灰紙板上的圖片……我甚至連自己也認不得，坐在這裡的我只是一個穿著銀灰西裝、淺色背心、腳趾蜷縮在過緊皮鞋裡的冒牌貨。我試著不去想自己正要去裝幀某個人，卻難以克制。我想到自己的裝幀終將失敗，什麼事情都不會發生。更糟的是，我的裝幀師熱會再次發作，而我將陷入失控、被高燒帶來的黑暗幻象淹沒，不住尖著嗓子嘶吼，然後被送進瘋人院……要是路西安．達內就在一旁冷眼旁觀呢？然而我也不想再思考有關他的事了。恐懼的滋味彷彿爬上了舌頭，化爲淡淡的苦澀。

馬車轆轆駛過橋墩和城堡，多半是雄偉、半坍的赭石色建築。突然間車潮多了起來，許多馬車從我們兩側冒出，距離近得彷彿唾手可及。短短數分鐘內，我們像是被浪潮推著前進，最後馬車總算放慢速度，拐進馬路旁的一條巷子。巷內十分安靜，兩旁種植了好幾排光禿的懸鈴木。

「到了。」

「什麼？」我伸長了脖子，想聽清楚車伕說的話。

車伕揮著馬鞭指了過去。「三號。」他說：「有看見大門上的『D』嗎？就是那戶了。」

我爬出馬車，搬下木箱，砰地一聲放在地上。我突然慌張起來，因爲我一直心不在焉的，完全沒想到要準備車馬費。然而手不自覺地伸進口袋時，指尖卻觸碰到一枚冰冷的一鎊金幣。也許是德哈維蘭或伯瑞丁罕小姐意外貼心地預先放好，但更有可能是上一個人穿完西裝後根本沒拿去洗。

出租馬車緩緩駛離。我深吸一口氣，看見面前的大門上有著如藤蔓般盤結的鑄鐵花環，圍繞著精美的姓氏首字母「D」。沿著碎石步道，我跨越冷風颼颼的十字形庭院，來到鑲著彩繪玻璃的前門。房屋雙面臨街，以古老紅磚砌成，掩著窗簾的高窗後方透著微光，屋頂和門面的交界處則有著對稱的浮雕裝飾。像這樣的大房子通常都會有兩個出入口吧，跟德哈維蘭的房子一樣：一個供紳士進出，另一個是給普通人用的。我努力回想伯瑞丁罕小姐的指示：**態度要流露出對對方的尊重，但切勿阿諛諂媚。要記住你今天是代表德哈維蘭先生……**她的口吻就像是在說德哈維蘭先生是個偉人，而我做夢都休想能有他一半厲害。

這意思是我必須從前門進去。我蹲下來，搬起木箱，感覺到痠痛攀上肩膀。換作幾個月前，我甚至搬不動這口箱子。我被叮囑必須親手將這口箱子交給達內先生：**抵達後第一件事就是把箱子親手交給他。只有他可以收下，聽懂了嗎？**但把箱子搬進屋內可能已經是我能做到的極限。汗水涔涔滴下我的額頭，襯衫衣領則摩擦著脖子。我能想像到領口漸漸塌下，沾染上空氣中煙塵的模樣。

樓上一面高窗後的窗簾似乎動了下，但會不會只是我的錯覺？儘管我在內心這樣告訴自己，在走道上行走時，卻可以感覺到緊盯著我的目光。總算走到前門，我不禁感到十分慶幸。我把木箱頂在門框上，勉強拉了下門鈴，接著便站在門口等待。沉重的箱子使我的雙臂不住顫抖。在我眼前的是彩繪玻璃，以及一盞有著綠色緞帶滾邊的油燈，裡頭跳動的火焰不時閃爍著。膝蓋陣陣發顫，劇烈的程度讓我很清楚這不可能是遠方馬車車輪壓過鵝卵石的顫動，而呼吸也變得急促起來。

「午安，先生。」有個人輕聲說。

聲音的主人戴著蕾絲帽、額上有顆痘子，但她究竟是誰並不重要。因爲我能瞥見在她身後，路西安．達內正下樓走進門廳。腳下的地面倏然浮動如一艘起錨的船，帶著我在一片黑暗之海中載浮載沉。

我不知道自己是怎麼勉強站定腳跟的，而達內──路西安──不，**達內**又是怎麼從我手中接過木箱，並帶我走去另一間房。我跟在他後頭，努力踩穩踏出的每一步。我甚至還能聽見自己回話的聲音，儘管根本不知道他說了什麼，而我又回了什麼。總之最後我坐了下來，愣愣地眨著眼睛，發現眼前的世界逐漸恢復清晰。在我前方是一張橢圓形黑檀木桌，淨亮的桌面猶如一面明鏡。房內十分昏暗，雖有幾絲灰白日光從窗戶透入，仍須點起牆上的煤氣燈。一團火焰正在爐篦上熊熊燃燒著。玫瑰色的壁爐上頭布滿白色紋理，如同帶著油花的生肉；壁紙顏色近似但更深一些，上頭有酒紅色花卉紋樣。一只玻璃展示櫃聳立在房間盡頭，裡面滿是珍稀物品。我瞇起眼望向櫃中的模糊輪廓，試著看清在煤氣燈反光之後的物品：各色鳥羽、在鐘形玻璃罩下的蝴蝶標本群、彷彿正露齒而笑的碩大頷骨……暈眩引起的耳鳴依然響著，像是有人用手指繞著玻璃杯口劃圈的聲音，但已經微弱得幾乎聽不見。

「我父親馬上就下樓了。你要喝點什麼？要來杯雪利酒嗎？不好意思，我們才剛用過午餐，晚餐要等到八點。」

「謝謝。」他轉過身，忙著拿玻璃酒瓶斟酒，讓我頓時鬆了口氣。我吐出長長一口氣，用力夾緊兩腿以克制不停打顫的膝蓋。他不記得我了。我們第一次見面時，他瞪著我的眼神充滿鄙夷，然而現在他的神色卻十分坦蕩，不僅完全沒認出我來，也不帶絲毫恨意或怒氣，唯有些許輕視殘存。但我猜那只是他一貫的表情，與我無關。

「來吧。」他在我面前放下酒杯。我逼自己抬頭，與他眼神交會。

「謝謝。」我的聲音比預期的還要平穩。我啜了口雪利酒，感覺到一股暖意滑下喉嚨。

「我猜這些是要給我父親的吧？」

「對。」我本該在他打開木箱前制止他，但還來不及開口，他就已經迅速且篤定地彈開扣鎖。他拿起四、五本書，翻至背面看了眼書脊，然後刻意一臉不屑地放回木箱。半途他稍微停下，皺眉盯著一本我曾在德哈維蘭裝幀時看過的書，書封的裝幀蒼白中帶著金紅，像是斑駁灰燼落在淺色舊木上。但最後他以更大的力道將那本書扔回箱子裡。在他查看書籍時，我正好有時間打量他。他變得不同了，眼睛下方的黑影已然消失，臉龐也變得較爲圓潤。雙頰透著一絲血色，或許再幾年就會變得紅潤；眼神略顯黯淡，像是滿布汙痕的玻璃，但整體來說相貌英俊，令人難以相信他和我當初在瑟芮狄絲工作坊見到的是同一個人，或者曾是那張削瘦冷酷、讓我惡夢連連的臉孔。

我聽見房門被打開。一個新的聲音說：「你一定就是代替德哈維蘭來的師傅吧。」

我正要起身，但滿頭白髮的男人卻在門口搖了搖手指，對我露出親切爽朗的微笑。「不用客氣，年輕人。」他走過兒子身邊，兩手握起我的手。他的手溫暖而乾燥。近距離下，我發現儘管他滿頭白髮、臉龐削瘦，卻沒有我想的那麼蒼老。他身上帶著某種輕靈的氣質，但並非弱不禁風，而是脫離世俗。很難想像這男人就是達內工廠帝國的領袖。「眞是令人驚喜啊，」他說：「你幾乎還是個孩子，卻已經在替德哈維蘭裝幀！現在這麼**有出息**的年輕人不多了。」

路西安·達內指向門口。「需不需要我先……？」

「不，不，你留下。」老達內凝視著我，彷彿想看穿我的靈魂似的。「眞可惜他不能親自來一趟。我知道是萊特沃斯爵士在我的眼皮下搶人！不過無所謂、無所謂，能認識你我也很開心。」

「我敢說他寧可親自來一趟。」

「噢，快別胡說了。」達內先生說，但語氣並不嚴厲，更像是在閒聊。「言歸正傳。想必德哈維蘭已經告訴過你——我說了坐下，路西安！——我們可憐的奈兒受了什麼折磨，所以我們就不用……」他豎起一根手指，繼續道：「在我兒子面前提起她承受的苦難，畢竟他實在是太纖細了。」是我的幻覺嗎？他似乎刻意加強語氣，而路西安則咬牙切齒？「他承受不了聽見別人的痛苦遭遇。不過等到奈兒又恢復愉快的心情，我也會跟著開心的。」

「他告訴我，你有個僕人需要……」

「對，對。」他點頭，搶先一步打斷我的溫吞。「我想普通裝幀就行了，你也知道，她只是個普通女孩，腦袋不是多靈光，不過我們當然都挺喜歡她的。你剛剛有說話嗎？」

「沒有。」路西安接口。他替自己倒了杯白蘭地，一口氣乾掉半杯。

老先生的眼底閃過一絲惆悵，但等到他轉過頭面對我，又恢復冷靜自持的表情。「應該不會占用你太多時間，畢竟她還很年輕，而年輕人總是很快就能忘懷不愉快的事情。至於裝幀，我就把細節交託你們處理。要是能在一週內送回來給我，那就太好了。」

「送回來？我以為……要交到藏書庫——」

「不，不，這個我們會收回並自行保管。我想我得先走一步了，還有些公事要忙，恐怕沒機會再過來。至少這次眞的沒辦法。我希望我們很快還會再見面。」

他拍了拍我的肩膀，然後像一陣旋風似地離開。

「噢，可是德哈維蘭先生請我送來這些——」我指向那一大箱書，可是為時已晚，門已經關上。

路西安望著他離去的背影。「眞帥氣，對吧？」

「我很高興認識他。」我忽然想到達內先生連我的名字都沒問。

「噢，那是當然，還用說嗎。」他傾斜酒杯，讓最後一滴酒順著杯身滑入口中。「你又何必在乎他是怎樣的人？反正只要他支付一大筆酬金，你和德哈維蘭怎樣都好吧……」

「他人很好，」我說：「還願意為僕人的不幸遭遇費心。不是所有人都會這麼做。」

他笑了出來，幫自己又倒了一杯白蘭地，然後一飲而盡。

「你的身分很類似醫師，是吧。」這不是問句。他接著又說：「你特地到這裡來擠掉一顆膿瘡，一顆跟某個人的人生一樣巨大又疼痛的膿瘡。然後洗淨雙手，假裝什麼味道都沒聞到，只聞到玫瑰香氣。你口袋沉甸甸地離開，直到下次再會。多像個醫師，總是為了全人類的福祉著想。然而你從事這行，根本只是為了服務像我父親這種喜歡膿血氣味的人……」

「好噁心。」

「對吧？」

我別開了目光。一道陰影映在珍奇物品展示櫃的玻璃上，彷彿櫃中有某樣物品活了過來，但那其實只是達內穿過房間、走向壁爐的倒影。他朝火焰伸出空著的那隻手，袖口鏈扣鬆脫，我能瞥見他手腕上的靜脈和肌腱，還有蒼白中透著淡黃、猶如象牙般的膚色。

他再度開口時，聲音顯得相當疲憊，彷彿與我交談毫無意義。「那我現在就叫她來吧。你還需要什麼嗎？」

「不用，這樣就行。」

沉思一會兒後，他聳了聳肩。「就聽你的。在這裡進行嗎？」

「我想——是吧。」我只需要桌子和兩張椅子，可能連這些都不需要。瑟芮狄絲過世隔天，德哈維蘭是怎麼告訴我的？**只要備好紙、筆、墨水，確定兩人都是坐著的，把雙手放在對方身上，聆聽他們說話。只要對方願意傾吐，想要出錯都難。**但光是這樣怎麼可能足夠？在一瞬間一切都顯得如此不真實，就像以前我夢到自己被選為仲夏節國王，卻忘了舞步該怎麼跳一樣。現在已經來不及向達內先生解釋我其實只是學徒，根本不知道怎麼進行裝幀。而一想到路西安會用什麼樣的眼神望著我，我的後頸就一陣刺癢，直冒冷汗。我在木桌上打開提包，取出一疊紙、一枝筆、一瓶墨水，謹慎地擺到桌上。除了這些物品，提包內空無一物，德哈維蘭寫好的帳單則收在我的西裝內袋裡。

路西安拉了下呼鈴。在等候女僕抵達的期間，他問：「你需要多久？」

「我也不確定。」

「據我所知，德哈維蘭通常會在四點的時候喝茶休息。」

「我……就不用了，謝謝。」

「好吧。奈兒出來後，我會請人送晚餐來。如果有其他需求，請拉鈴找貝蒂。這樣可以吧？」

「可以。」

那一瞬間，他似乎還想說些什麼，但女僕已經進門，於是他轉過身。「帶奈兒進來，還有別來打擾他們，等到……不好意思，請問貴姓？」

「法莫。」我說。他去找瑟芮狄絲的記憶已經連同裝幀在書裡的回憶一起消失，他當然也不會記得我的名字。但是必須重新告訴他我的姓名，感覺還是很奇怪。

「法莫先生。」他加重語氣、略帶嘲諷地複述了一次，好像這有什麼好笑似的。「等到法莫先生拉鈴通知，你再送晚餐過來。」最後他再次望向我，眼底閃過一絲促狹。「祝你好運，法莫先生。我希望你……享受這個過程。」

我轉過身，勉強壓下痛扁他一頓的衝動。**享受這個過程**。怪不得他父親會看不起他。幸好他在女僕離開後也從半開的門走了出去，否則我可能真會克制不住自己。他一離開，我旋即坐了下來，兩手順過頭髮抹去讓人刺癢的汗水。雪利酒的溫暖餘韻仍殘留在舌根，木香中夾藏著一絲淡淡苦味。我的心跳聲像是在整間房內迴盪，隨著不同的質地蕩漾出不同音色：玻璃、木材、大理石、貼滿壁紙的牆面……

「先生，奈兒來了。」

像是偷打瞌睡被抓到般，我踉蹌起身。較年長的女僕行了屈膝禮後便離去，關門時似乎是故意讓門發出響亮的咯噠聲。

奈兒。我本來也不知道自己預期看到怎樣的人，但眞正看到她卻不由得感到詫異。她……整個人慘白無色，像是被橡皮擦抹去的一張鉛筆畫。身材削瘦，鎖骨突出，面容如同雕像般空洞，而且年紀很輕——比我年輕，也比艾塔年輕。我用手指向我對面的椅子，同時因爲這手勢而不自在地想起德哈維蘭。她遵照指示坐下，可是動作卻毫無生氣，看不出輕鬆或費勁的跡象。眞正的她像是已經**不在那裡**。我嚥了口口水。米莉抵達瑟芮狄絲的裝幀所時，神情恍惚麻木，但那是如同暴風眼一般，蘊含著狂暴的靜態，至於奈兒則是……全然沒有活著的跡象。完全不像是活著。

「我是艾墨特。你是……奈兒，對嗎？」

「對，先生。」

「你不必叫我先生。」

這並不是提問，所以她沒有答腔。我多少猜到她不會回應，可是感覺還是像被澆了一桶冷水。

「你知道我今天爲什麼來這裡嗎？」

「知道，先生。」

我等著她繼續說下去，但她卻陷入沉默。她原來的模樣應該很漂亮，怯生生的那種類型；個性可能害羞忸怩，甚至令人氣結，跟艾塔在她這年紀時一模一樣。可是我眼前的她卻什麼都不是。我用指甲刺了下自己的大拇指指腹，然後盡可能溫柔地對她說：「那你可以告訴我嗎？我來這裡的目的是什麼？」

「你來是爲了抹去我的記憶。」

「呃。」但她說得沒錯，這的確也是一種恰當的說法。「沒錯，但前提是你自己這麼希望。你的雇主……達內先生，」我痛恨自己聲音裡的自以為是。「達內先生說你最近很痛苦，是這樣的嗎？」

她凝望著我。換作是別人的話，這眼神恐怕會被錯當挑釁，但在她臉上卻像是小動物的凝視。她目不轉睛地看著我，最後是我先別開了目光。

衣領不停搔著我的脖子，讓人難以忍受。我將手伸到衣領後，正要拉領子時，突然頓住不動。**確定兩人都是坐著的，只要對方願意傾吐就行了**。

「聽著，」我說：「我必須要知道你是真的希望我為你裝幀，如果你並不想要……」

她咬著下唇。這動作並不明顯，但卻是她第一次流露出活著的跡象。

我不禁心跳加速。我彎身向前，盡量不讓自己聽起來太心急。「如果你不想要也沒關係的，知道嗎。」我說：「這樣也很好，如果你覺得可以繼續這樣生活下去，長遠來看比消去記憶來得好多了。或許你覺得自己現在可以更勇敢，與發生過的事共存？也許跟當初要求抹除記憶的你相比，現在的你已經更堅強——」

「這不是我要求的，是達內先生提出的。」

「噢，這樣的話。也對，我想也是。」我痛恨自己半哄半勸的語氣，聽起來像是急著從麻煩中脫身。我不由得咬緊牙關，想起了瑟芮狄絲。她會希望我盡自己所能，為了這臉孔削瘦、兩眼無神的蒼白孩子著想，而不是為了自己。「我想要說的是，」我盡可能不帶情緒地說：「你可以自己選擇，沒人能逼你做你不想要做的事。」

「真的嗎？」

我回答她：「當然。」聞言，她的臉色變了，於是我沒再講下去。那瞬間的表情變化是什麼意思？她瞇起雙眼，彷彿我剛才說了什麼令人不齒的話，然後繼續緊盯著我。她臉上的空洞神色忽隱忽現。在那短短數秒間，我以為自己看見了荒漠般的絕望，那是毫無特徵也不帶情感，遼闊得難以丈量的景象。可是下一瞬間我又不再肯定。也許她是頭腦單純的人，就像達內先生形容的：**腦袋不是很靈**

光。也許剛才只是我自己情緒起伏太大。這可以理解，畢竟我緊張得胃部不停翻攪。

她垂下眼，雙手像副手套般擺在膝蓋上。她的指甲參差不齊，有幾隻甚至露出了指肉，指節縫隙裡則卡著泥沙。她呼吸時胸口幾乎毫無起伏。「你希望我怎麼做？」

我往後靠上椅背，同時感覺到漿挺的衣領邊緣嵌入後頸。**處理回憶有一件特別需要留意的小事，那就是要小心別掘得太深**……我試圖揮開心中的恐懼。瑟芮狄絲相信我辦得到，她說我是天生的裝幀師。「也許你可以……用自己的說法，跟我說說這件事。」

「哪件事？」

「你希望從腦海中移除的事。」

她微微縮起肩膀，張開嘴卻沒發出半點聲音。過了許久後，我望向了呼鈴。我可以呼叫另一名女僕，請她代轉留言，然後在兩位達內先生聽說我溜走之前從前門離去……我站了起來。奈兒的目光慢半拍地跟著我移動。我腦海中突然興起一個微弱念頭：她會不會是喝醉了？但是不可能，我分明沒聞到酒氣，再說她說話也很正常……「你聽我說，奈兒，」我蜷緊擠在皮鞋內的腳趾直到發疼，然後說：「我從來沒有……我不能幫你裝幀，你懂嗎？雖然我被派來這裡，但這是誤會一場。我只是學徒，更別說我從來沒有……我會再向達內先生解釋緣由，讓他知道這並不是你的錯，與你無關。我想德哈維蘭先生幾天後會親自來一趟，可是我現在做不來。也許剛剛我不該那麼說，我不是有意誤導你……我只是以為也許我可以……」我停了下來。再度開口時，聲音恢復平靜：「你懂我要表達的意思嗎？」

她閉上眼。「我懂。」她的聲音聽起來彷彿來自遠方。

「是我不好。」我說這句話時，語氣如同我的衣領般僵硬。

她一動也不動，臉頰上有什麼正閃閃發光，我這才發現她在哭泣。她毫無情緒地流著淚，全身靜止不動，就像佇立在大雨中的雕像。我轉過頭，發現自己正站在展示櫃前。一只精緻的中國漆盒擺在某樣皺縮如梅乾的東西旁邊，我靠前一看，發現那是一顆小小的人頭，眼窩處縫有貝殼。然後我轉回去面對奈兒。

「我們先在這裡坐一下吧，晚點我再拉鈴向達內先生解釋。」我不能現在就拉呼鈴，好像我連試都沒試就宣告放棄。

「在這裡坐一下？」

「就是……休息一下。我是這個意思。」

她眨了眨眼，眼淚繼續撲簌簌淌下她的臉頰，然後自下巴滴落。她突然用圍裙抹去眼淚，而在那瞬間，我彷彿看見過去她還是個孩子時的樣貌。不，這樣說不對。那孩子就是她**本人**。「休息？在這裡嗎？」

她的聲音變得自然，像是某些感受總算浮出表面。但我並不明白那究竟是什麼樣的情緒。「對，如果你想要的話。」

「我——」她哽咽著吞下已經吐出一半的字句，彷彿說出口是一件很危險的事。然後她點點頭，重新戴回那張毫無生氣的面具。

「很好。」我盡可能緩慢地吐氣，希望能緩解胃部的不適。我拉來另一張椅子，這樣要看著壁爐就不必轉頭，然後就這樣靜靜坐在她身邊。火焰漸漸轉弱，變成底部微藍的紅金色氣泡，像蕈菇似的在木柴上不斷縮小、擴散、增長。壁爐徐徐散發出熱氣，舒緩了我雙腿的疼痛，還有自從搭車來到塞津就形影不離的緊繃感。我知道自己如果抬起頭，就會發現壁紙上的圖案在眼前反覆失焦又聚焦，從模糊汙點變成精緻花飾，然後又變回一片朦朧、彷如皮開肉綻的顏色。煤氣燈時而閃動，時而低聲細語。在我身旁的奈兒呼吸趨緩，節奏變得與我同步。

過了許久，房門外傳來鐘聲。我瞥了一眼奈兒。她正盯著牆，視線一動也不動，讓我忍不住想道她是不是睜著眼，就這麼睡著了。

「我該拉鈴通知女僕了。」我輕聲說：「你準備好回去工作了嗎？」

沒有回應。我站起身，彎下腰查看她是否沒事。「奈兒？」

還是沒有半點反應，但我很確定她沒有睡著。先前房裡的暖意和靜謐差點催眠了我，也許她現在也陷入相同的神遊狀態。我低頭凝望著她，心裡爲她本應擁有的可愛感到心疼，然後又喊了聲：「奈兒？」我的手輕輕碰了下她的肩頭。

驟然一陣天旋地轉，下一瞬，眼前的世界徹底顛倒傾覆。

11

悲傷就像一條灰暗河川，迅雷不及掩耳地將我捲進水底，載浮載沉，將我拽入一段人生，速度快得我只能瞥見支離破碎的片段。白晝閃逝而過，黑夜猶如煙火般明滅。我並不存在，僅是冰冷浪潮的一折波浪，只有一隻看得見卻無法言語的眼睛。現在是什麼狀況？我尋覓著自己，我的名字、我的身體，什麼都好，卻遍尋不著，**我**根本不存在。

一片朦朧的灰。我彷彿即將因高速而崩解，但隨即漸漸慢了下來。接著我看到了。我正看著自己**變成**另一個人，用不屬於我的陌生異眼，觀望著這個扭曲歪斜的世界，而這雙陌生之眼完全來自**她**。一切維持原狀，卻又全然不同，讓我只想放聲尖叫。如果我真的存在、真的在場，一定會害怕得放聲大叫……現在四周恢復平靜，平時的我不會注意到的細節一一浮現，然而我想更仔細觀看時就會變得模糊不清。我是不是認得那扇門（我完全融入她的體內，根本不知道自己的感受）——她正注視著一扇中央鑲著彩繪玻璃的前門，以及一盞有著綠色緞帶滾邊的油燈。她很開心，滿懷期待，心底被一股溫暖點亮。我能感覺到她的手拉了下門鈴，但就像正戴著別人的手套一樣，感覺非常奇怪。

周遭的事物再次打轉起來。一陣喝斥像是被大風吹走般傳來：「……誰准你走**這扇門**了，走後門！」接著這一幕又消失不見，被淹沒在一片灰濛之中。更多一閃而逝的景象、更多匆匆掠過的片段湧現，每個畫面都如夢魘般清晰，隨即如褪色般遁入層層模糊黑影。我看見一間位在閣樓的狹小臥室，牆面灰泥剝落，寒氣逼人。她每晚都在疲憊中入睡。有個實際年齡比樣貌年輕的老男人對她很好。還有一張黑影籠罩、幾乎從沒留意過她的白皙臉孔。有個穿著圍裙的豐腴女人賞了她一巴掌，在那當下又用同一隻手塞一塊香料麵包給她。瓷磚上有潮濕水痕，濕氣和皂液一起滲進她的膝蓋。又是在臥室，老男人掐著她的肩膀。沒有鑰匙。她一邊瞪著掉漆的斑駁牆面，一邊拚命將手指擠進鎖孔，想要用指甲轉動鎖心。打不開。工作永不得閒的冬季，沉重的煤桶讓她的肩膀脫臼，老男人要她坐下。「親愛的，你臉上有汗漬……這是我的手帕……」回到臥室裡，黑窗上結了一層霜，老男人也在。「別這麼吃驚，我爲你帶來了……」煤炭。她清醒地躺著，忍受著凍人的寒氣，內心近乎爲此盼著他再來，卻又祈禱著他不要來。門把轉動時，她不禁雙手握拳，是老男人。「你又覺得冷了嗎？」

不。一片灰濛包圍著她，教人窒息難受。不覺得，不。

冷冽的清晨，渾身顫抖著。「你怎麼了？嘖，你這孩子。」想吐，好想吐。制服根本沒時間曬乾，總能感覺到濕布的濕黏觸感。地板像是因爲她的瞪視而變得愈來愈髒，壁爐上的灰塵也如白雪般愈積愈厚。不敢相信。臥室。老男人。夜壺的氣味。想一想這個味道，想一想你吃了什麼，再想一想那會變成什麼，什麼都可以想，就是別去想這件事。千萬不要。

角落裡的蜘蛛像是黑色的繩結。有臭蟲爬上她的手臂，但是看不見。她的指甲縫裡卡著汙垢。快把那東西**拿出去**。太陽曬得她脖頸熱燙。春天肯定是趁她不注意降臨了。但是周遭仍舊灰濛一片。紫丁香氣味嗆鼻，令人難以呼吸。

夏日小屋，椅墊的霉味。她顫抖得太厲害，連釦子都扣不上。又是臥室，熱氣蒸騰，男人的汗水滑落她的臉龐。臥室，然後是書房，死寂的夏日和在她汗濕肉體上的吸吮。臥室。秋天到了，眼前模模糊糊。她的臥室變成一整片搖曳的灰影，一層疊過一層，邊緣模糊不清。冬天到了。

老男人。老男人。又是老男人。

我倒抽一口氣，難以喘息，只覺空氣像一股侵襲肺部的酸液。我看見書房的疊影在眼前不停晃動，就像是喝醉了似的。但是我回來了，我回到現實，而惡夢是……眞實的。惡夢依舊是眞實的，只不過現在我逃出來了。

她正面對著我，雙眼緊閉。我閉上眼睛，將她阻隔在視線之外，卻仍在黑暗中看見她的記憶。此刻那些回憶已在我心中褪色，無疑是別人的記憶，我卻覺得它們近得讓我渾身發顫。老男人指的是達內。她拒絕給他一個名字，堅持在心裡稱他爲**老男人**，因爲這是她唯一能做的微弱抵抗。可是那人無疑就是達內，他眼底的和藹、那股親切感，還有放蕩的愉悅表情……令我全身起雞皮疙瘩。我本來覺得他是個好人，而**她**也曾是如此，直到那件事發生……

我試著深呼吸，卻咳了起來。回到自己的身體很痛苦，但這種疼痛是好的，疼痛意味著我存在，象徵著她和我是兩個不同的人。

「先生？」

「什麼？」我抬起頭，不停眨眼，直到視線變得清晰。

她起身到一半，身體懸在桌椅之間，彷彿渾然不知自己身在何方。「請問你需要什麼？對不起，我——我剛剛一定是不小心睡著了。這裡好溫暖。」

「什麼？不，你沒有——我——」

「你不舒服嗎，先生？要不要我幫你找人來？」

「不，**不用**，謝謝你。我只是需要……一點時間。」我的聲音沙啞，彷彿已經好幾天沒開口。

「奈兒……」

「先生，您請說。」

我低下頭。黑檀木桌映出我的倒影，看起來像是一輪朦朧月亮正高懸夜空。陰影在黑暗中旋轉，一旦我直視它們，便舞動著退至一旁。我害怕自己會墜入這片黑暗，頓時坐直了身。奈兒正擰著她的圍裙邊緣，注視著我，彷彿我正站在死神面前似的。

「請去休息吧，」我說：「你累了。達內先生——」吐出這個名字時我不禁結巴，但她的眼睛連眨也沒眨一下。「達內先生說你可以去休息。今天會有人頂替你。」

「噢。」她皺起眉頭。「謝謝你，先生。」她轉過身，遲疑地踏出半步，接著才走出房門。她拍了下圍裙，彷彿才剛打掃完壁爐。

房門應聲關上。關門聲在我耳中迴盪，逐漸轉為更強烈的嗡鳴，最後變成淹沒所有聲音的咆哮。一會兒後耳鳴漸漸退去，我開始能聽見爐火和煤氣燈的細微聲響，以及隔壁房間傳來的微弱人聲和物品碰撞聲。時鐘走到一刻鐘時響了起來，指針刮擦聲轉為宏亮鐘聲，並隨著鐘擺的擺盪愈加響亮。我深吸一口氣，試著找出舊疾復發的跡象。有一瞬間，黑暗在我的視線角落漫開，但隨著我緩緩吐氣，黑暗似乎也逐漸消失，除了疲憊什麼都不剩。

我站起身，拉鈴呼叫女僕，好讓她通知路西安．達內，但一陣苦味忽然湧上喉頭，讓我忍不住皺起臉，朝鈴繩伸出的手也彷若凍結。壁爐、玻璃櫃門上的反光、老爺鐘上隨鐘點轉動的詭笑月亮、地板上華麗的波斯地毯……我與壁爐台上的陶瓷長耳獵犬四目相接，它們眼神空泛，有著微捲鬍鬚。我曾經爲它們撣去灰塵，也曾經極想抓起一隻扔向牆壁摔碎，卻膽小得不敢這麼做。我曾經急著擦亮這只爐篦，希望趕在老男人進門並發現我前完成工作。我能感覺到指甲縫裡的黑色沙粒，也能感覺到殘留在兩腿間的汙漬……奈兒的記憶玷汙了眼前的一切。

我拿起木桌上的提包，發現一旁有本書芯：一疊還沒縫好的整齊頁紙，上面是密密麻麻的手寫字。我不由得屏息。這是由我完成的書，我卻全然沒有印象，但那肯定是我寫的，我認得出自己的字跡。我愣愣地眨著眼，突然感覺到手腕發熱。當然是我寫的，不然還有誰？過了許久我才終於冷靜下來，伸手拾起那疊紙張塞進包裡，隨即將提包甩上肩頭。

我一路都沒有停下腳步，不去想他們發現我不告而別或德哈維蘭聽說之後會怎麼說。我溜到走廊上，彷彿自己是小偷般心跳如雷。通過走廊盡頭的拱門，就是鋪滿黑白瓷磚的門廳，一側種有幾株蕨類，且有個人影在附近。看到我時，那人停下腳步、面露驚駭，但我馬上發現那只是鏡子裡的自己。樓梯向上蜿蜒，牆上掛滿了肖像，但我並沒有駐足觀賞，而是急匆匆走到大門前。我彎身解開第一道門閂，緊接著試圖打開第二道，手肘卻不慎撞上一旁的陶瓷傘架。傘架底座在大理石地板上發出響亮的刮擦聲。

「你要去哪裡？」

一個警覺而冷淡的聲音突然響起，害我握著門閂的手打滑。我轉過腳跟。是達內，但是年輕的達內，不是老達內。眞是太好了。

「我要走了。」

「走去哪裡？我們再一個鐘頭開飯，德哈維蘭一向都會留下來吃晚餐。」

「不了。」

「你還不能走，」他說：「就算你不餓，我父親還是想趁你回去前見你一面。」

我搖搖頭。

「你**不舒服**嗎？」

我半張著嘴想回些什麼，一時卻找不到任何藉口，於是我再度轉向大門，使盡全力旋轉門閂。門閂沒抵抗多久便旋開了，我緊接著繼續開第三道。

「看在老天分上，讓女僕幫你送晚餐吧。我父親晚點會來結清款項，**到那時**你就可以離開。」門閂咯噠一聲滑開。他的影子落在我身上，同時我感覺到他把手放上我的肩膀。我想也沒想便轉身揮出一拳，擊中了他的肋骨。他腳下一晃，但隨即緊抓住我。

「你……冷靜……我只是要——」他呼出的氣息充滿甜膩酒氣。我一時難以呼吸，掙扎著想擺脫他的掌控。他的臉孔在我眼前變得模糊，與奈兒記憶中的畫面交疊：他向來對她視而不見，不曾出手相助……

他扯住我的提包，拉斷了肩帶，而我則向前摔倒，膝蓋著地。提包連同包裡的東西灑了一地。奈兒的頁紙散落四處，猶如一團白色羽毛緩緩飄落地面。在一片寂靜之中，屋裡某處的門砰地被甩上。

他早我一步動了起來，先是環顧四周，鬼鬼祟祟地東張西望，彷彿害怕有人聽見剛才的動靜，然後他站起身，動作有些粗魯地收集起散落的頁紙。「拜託，」他說：「你也幫忙一下，好嗎？」但是等到我撐著膝蓋起身，他已經撿起最後幾張落在邊桌上的頁紙，並連同其他紙張一併塞入包內。我以為他收好後會把提包交給我，沒想到他卻直接轉身。

「你可以在書房等，來吧。」他沒有回頭，一路沿著我剛才的路線往回走，而我別無選擇，只能跟隨在後。他全身汗流浹背，垂在後頸的髮絲黏成一團，衣領也顯得油膩膩的，上緣因汗濕而透明。

我跟著他走進書房。他將提包放在木桌上，幾張頁紙的邊角探出包口，已經被凹摺得糊爛。他瞥了一眼時鐘，默默幫我倒了一杯雪利酒。雖然心底略微遲疑，但我最後還是接過酒杯。他望著我啜飲，接著也幫自己倒了些白蘭地。

「進行得……還順利嗎？」

我沒有回答。

他一口氣乾掉白蘭地，站在原地盯著我，漫不經心地撫摸酒瓶頸。「你們這些裝幀師，」他的聲音裡帶著一種前所未聞、近乎友好的語氣，彷彿他是主人，而我是他的客人。「眞的讓我感到毛骨悚然。闖進別人的腦袋是什麼感覺？對方是如此赤裸裸、孤立無援，你則近到可以品嚐他們痛苦的滋味？這感覺肯定很像遵照指令拿錢做愛吧？」他並沒等我回答，逕自接著說下去：「然後你再對像我父親這樣的男人卑躬屈膝，求他們多給你一點工作。」

空氣裡一片死寂，爐火發出嗶嗶剝剝的細小聲音。

「假貨市場交易愈來愈猖獗，這你也知道吧。你們會擔心嗎？」他頓了下，對於我默不作聲似乎不感訝異。「我從沒見過假書，至少據我所知是沒有。不過我挺好奇，眞的分得出差異嗎？他們稱之爲**小說**，製作成本肯定更低廉。因爲小說是可以複製的，同一個故事反覆印刷，只要販賣時謹慎一點，就不會惹禍上身。不過這些故事都是由誰操刀實在讓人納悶。我猜八成是喜歡想像別人深陷苦難的人，不然就是即便說謊也不會良心不安的人吧，那種成日編造冗長又悲傷的謊言也不會發瘋的人。」他用指甲輕輕彈著酒瓶，就像是在用敲擊聲爲自己說的話下標點符號。「當然，說到這個，我父親可是行家。是不是**小說**，他說他一眼就能分辨得出來。他說眞貨，一本眞正的書，無疑會散發出一種氣息……呃，他說這叫『眞相』，或是『生命力』，不過我猜他想說的應該是『絕望』。」

窗邊的牆面上，掛著一幅裱著精美畫框的暗色風景畫，畫中有山巒、泛著白沫的大瀑布和爬滿藤蔓的頹圮斷橋。我專注地盯著那幅畫，恨不得自己身在畫中，佇立在爬滿裂縫的矮石牆上，好讓瀑布的水聲淹沒路西安輕柔的聲音。

「可是呢，」他說：「這又讓我不禁納悶，對你們這些裝幀師而言，竊取別人的靈魂是什麼樣的感覺？將悲慘的記憶取出，然後……讓人不再傷痛？治癒對方的傷口，好讓他們像第一次受傷那樣，再次受到折磨？」

「那不是——」

「你們對外宣稱這是助人的行爲，能爲對方抹去傷痛，消除難受的記憶……多讓人肅然起敬。你們去探望傷心的寡婦、神經質的老處女，撫平她們的氾濫情緒……」他搖搖頭：「即使走到無計可施的地步，只要你們一出現，日子又能變得好過，是這樣的嗎？」

「我——」

他大笑出聲，又突然停下，沉默猶如回音般懸在半空中。「不，」半晌他又開口：「你們只是拿這種說法當擋箭牌。你們才沒那麼偉大……」他咬牙切齒地倒抽一口氣。「德哈維蘭總是裝幀同樣那幾位僕人。我父親有**好幾櫃**的藏書。」他一指指向空中。「瑪麗被裝幀了五年，瑪莉安三年。艾比蓋兒、艾比蓋兒、艾比蓋兒……我已經數不清多少回，因爲她是他的最愛。莎拉兩次，現在換奈兒，然後奈兒會被反覆裝幀，直到她老到不合他胃口爲止。年復一年，你會回來裝幀她，每年故事都重複上演，而我父親也會繼續對此沾沾自喜——對他來說這是一種雙重享受，他可以從她的角度閱讀她腦海中的故事，然後好像不曾玷汙她似的再次染指她。」

「**不會的**。」

「**就是會**，法莫。」他的語氣如銳利的解剖刀般迅速地劃向我，過了幾秒我才眞正感覺到痛。「不然你以爲他憑什麼提供你們這麼優渥的酬勞？這是他的惡習，他玩弄小聰明的惡習。等到她們能離開這裡時，早已被榨個精光，經過最後一次裝幀，她們什麼都不會記得。她們會否認自己曾被他碰過，只會告訴所有人他是個親切的好人，而要是有人試圖阻止他……他只會**一笑置之**。你懂嗎？**一笑置之**，因爲沒人動得了他。當我發現眞相時，他立刻送我離開，還說是我走狗屎運，才沒被送去瘋人院。而你……你，法莫，你的同夥，德哈維蘭和他的朋友，都是幫兇，讓他可以爲所欲爲。你們就是他的護身符，協助他幹這些齷齪的骯髒事。」

「不，」我說：「不，裝幀不是一直如此，**本意**不應該是這樣的。」

「你們讓我噁心，我眞希望你們全部去死，眞希望我現在有膽量殺了你。」

我的目光和他交會，那瞬間我認出他來了：他現在的臉色、望著我的表情，就跟我在瑟芮狄絲的工作坊看到的一模一樣，充滿恨意，彷彿怨恨就是他唯一能做的事。在那一剎那，我似乎看見他背後出現高窗，還有沼澤地的充裕光線，險些無法呼吸。

我大可告訴他眞相。我很想這麼做，甚至希望瑟芮狄絲化作幽靈糾纏他。她曾經幫過他，而現在他聽到她的死訊卻只會樂得叫好。我想要親眼見到他的表情從輕蔑轉爲驚懼，我希望他感到羞愧。他理應知道眞相。我正要開口，然而腦中卻忽然浮現瑟芮狄絲的身影。我想起她死前一手緊握著脖子上掛著的那把鑰匙，說什麼都不肯交出去的模樣。想到這裡，我什麼話都說不出口，無論我多想讓他難堪都辦不到。我轉過身。

「我是說眞的，」他說：「要不是我太軟弱，我一定會殺了你。」

將熄的餘火在爐篦上窸窣低喃，牆上一盞煤氣燈火光搖曳，讓房內頓時盈滿神祕氣息。火焰平息後，一切都感覺好不眞實，就連站在那裡瞪著我的達內似乎也不是眞實的。我突然覺得好累。「我知道，我想也是。」我說。一時也想不到其他能接的話。我拿起他擺在木桌上的提包。

「你要去哪？」

「我要走了。」

「你不能走，你得先見我父親一面。」他伸出了一隻胳臂，好像以爲這樣就能阻攔我。他的腳步搖晃，鏈扣鬆開的袖口也隨之翻動，猶如髒黑的羽翼。

我低頭看向他端在手裡的玻璃杯，杯子傾斜的角度正好讓最後幾滴白蘭地聚集在杯緣，然後我望著他的臉。黑暗在我的視線中閃動。「要是你願意的話，可以代爲轉達，我人不太舒服。」

「他會生氣的——」他打斷自己說到一半的話。「聽著，你得聽從我的指令。你今天是受雇前來，所以身分是僕人。」

我差點沒出手揍他，同時卻也想當他是孩子般，幫他扣起袖口。「有怨言就去找德哈維蘭吧。」我說，然後越過他的身旁走向門口。

「等等，我叫你**等等**。現在馬上給我回來。」

我在門前停下腳步。他伸手觸碰我的肩膀，不過我早已做好心理準備，於是猛然轉身將他甩開。他腳步不穩，幾滴白蘭地灑在壁紙上。

「拜託。」他說，眼神明亮而專注，比我預期的更鎮靜。

「我得先走一步了。抱歉了，路西安。」

他眨眼。「你說什麼？」

「我說……無所謂。晚安。」我動手解開門閂，路西安卻越過我，砰地一聲壓上門。我不知道他的動作竟能如此敏捷。

「我叫你**等等**。」他厲聲道。雖然他面紅耳赤，全身散發著白蘭地的酒味，可是卻是極爲清醒地說著這句話。他瞇起兩眼。「你剛才叫我**路西安**？你以爲你是誰？我**朋友**？」

「不，當然不是。」

「我也希望不是，你可要記清楚自己的身分。你只是我父親的皮條客，這點你還記得吧？你**什麼都不是**。」他整個人站直。「你怎麼敢用這種口氣對我說話？等我去告訴德哈維蘭——」

「你去啊，我不在乎。」

「到時你會流落街頭，我父親可是說到做到。你這個自以爲是——**傲慢無禮**的——」他頓了頓，似乎差點喘不過氣呼吸困難。「像你這種男人——男孩……」

我的語氣盡可能保持平靜，說：「這就是你的名字，不是嗎？不過是個名字。」

「我跟你可不是同類，法莫。或者我應該叫你……」他啞口無言，似乎此刻才錯愕地發現自己並不知道我的名字。

「要是你願意，可以直接叫我艾墨特，」我說：「可是我根本不在乎你怎麼叫我。還有我們當然不是同類，你自以爲好過我，但如果你知道——」我頓時停下，因爲他的表情變得十分奇怪。

「艾墨特……」他說：「艾墨特．法莫。」他死瞪著我的臉，蹙起眉頭，好像正努力回想起什麼。

我感到一陣心驚。

他轉過身，走向木桌上那一大箱書，接著俯身將書一本本挑出來擺在旁邊。他的動作不疾不徐，近乎優雅，彷彿所有東西之中他最不缺的就是時間。最後他拿起他先前盯著看了好一陣子的那本書——全皮裝幀、奶油白的書封上嵌著紅金色斑點，看起來像是散落的餘燼燒穿了書皮。這本書看起來……破損得很嚴重。我幾乎能感覺到路西安的手指撫摸著小牛皮的觸感。

「艾墨特・法莫。」他冷淡的聲音裡帶著幾分好奇。「我就知道在哪裡見過你的名字。」他將書翻到背面，兩手輕輕滑過淡色皮革，然後轉過書脊讓我瞧。

我一動也不動。他的眼神依舊平靜，挑釁地等待我的反應。

艾墨特・法莫。

我其實早就隱約察覺，內心某處總是因爲失落感而隱隱作痛的原因。在德哈維蘭抵達之前那一晚，我內心想要找到的就是這本書，**我自己**的書。我在找的不是路西安，而是我自己。

裝幀師熱。那些夢魘和恐懼，也就是德哈維蘭口中的裝幀師詛咒。剎那間，這個病名完全說得通了。因爲我本身就是裝幀師，所以瑟芮狄絲的裝幀並未完全對我起作用，而這正是我陷入癲狂的主因。這也是爲什麼我現在仍有那種感覺，爲什麼路西安的手指觸摸書封時我會渾身打顫。

「把書交給我。」我仍然喘不過氣。

「我想你應該知道這本書已經是我父親的東西了吧，這是德哈維蘭說好要給他的。」

「不！」我飛撲上去，手指碰到書本邊緣，感覺卻像被灼傷似地，耳中一陣嗡嗡作響。他及時拽開了書，笑著退向壁爐，並將書藏在身後。但即使看不見，我仍能清楚地感覺到書就在那裡，就好像它是我身體的一部分。

「要玩遊戲是吧，」他說：「還眞有趣。」

我再次撲了上去，這回他已做好準備，但我當然也是如此。書房在我們四周旋轉，他一拳揍得我無法呼吸，可是我知道自己就快要贏了，他已經被我逼至壁爐前方。憤怒讓我絲毫不在乎他剛才那拳打得有多重，我雙手環繞著他，下一秒以膝蓋擊向他的鼠蹊部。他鬆開了雙臂，彎下身乾嘔。我趁機衝上前，從他的手中奪走書。書頁在我狼狽地搶過時霍然翻開，可是文字卻模糊不清，讓人覺得像是正隔著一片濃煙觀看。我瞇起眼想要看個仔細，任何文字、任何內容都好，然而視線卻像是無法聚焦。

他大口喘著氣。「你這該死的——」接著伸手拉鈴。

老達內休想得到這本書。什麼都行，就是這本書不行。我發狂似地環顧四周，卻找不到可以藏起書、讓他們拿不到的地方。他們會從我手中奪走這本書的——

於是我踹開壁爐前的鐵屏，把書扔進爐火中。

一時之間，書只是靜靜地躺在一團火焰之中，完整無缺。我聽見耳中的嗡鳴聲，還聽見路西安模糊且失真的驚呼。時間恍若靜止，只有火舌像倒入水中的油，緩緩地朝半空燒竄。

火光在書的周圍躍動，接著整本書便熊熊燃燒起來。

第二部

「我需要遺忘。」

12

我們不該去那裡的，尤其不該在那天午後，在那個銀灰色的冬日傍晚，當太陽發出垂死紅光，隱沒在樹木後方的時候。雖說即使是其他時候我們也不該去。我們根本不該走到湖水對岸的樹林，畢竟，那裡有逮捕盜獵者的大坑和陷阱。然而陷阱已然陳舊、生鏽鬆脫，就算踩到，它們也只會動也不動地直接陷入樹葉堆。更何況那是回家最快的途徑，而當天天氣又冷到不行，我只想趕快回家。我們花了大半天在高地上拚命架設刺籬，但是進展相當緩慢，因爲犁完田後才開始動工，時機已經太晚，即使土壤還沒凍得結塊，冰霜也足以使地面變得厚重濕黏。不管多努力工作，我的身體都感覺不到絲毫暖意。汗水使衣領變得濕冷，也讓吹過頸子的風彷如一把冷冽的利刃，加劇了每次鐵鍬落地傳來的震動和疼痛。山楂幼樹處理起來很棘手，莖上的荊棘沾在我的外套上頭，而我又太笨手笨腳，沒辦法順利撥掉，最後反而還弄掉了兩顆鈕釦，不得不在剛翻好的溝渠裡扒找。天氣好時毫不費工夫的事，遇上這種氣候就變得十分吃力。等到我們終於架好，冷入骨髓的雪正好開始落下，爸沒怎麼停下來檢查剛架好的深色刺籬，就急急忙忙收起工具、拋上馬車後頭。

「快點，」他說：「我本來還想挖點蕪菁，但這種天氣是不可能了。這場雪下不了多久的，最好還是回家等它停吧。是說，我應該會去瞧瞧那台播種機。」

「我早就說過是因爲鏈子，不知怎麼撞得變形了。」我隨手將鏟子扔進馬車後頭，落在其他工具上方。

「我想你可能得親自去找鐵匠。」

「好吧，我會檢查看看是不是你說的那樣。」他爬上馬車。「上來吧。」

我瞥向天空，雲朵錯落，偶有幾處露出一小塊較明亮的天空。距離太陽下山還有好幾個鐘頭，也還不到餵豬的時間。天氣雖冷，但再過一會兒雪就會停，風也會減弱。這整個冬天還會有很多窩在屋內油燈旁的時候，既然現在刺籬已經完成，我不禁有些興奮，想好好把握這天剩下的時間。「要是這裡的工作結束了，弗萊德．庫柏要帶雪貂去城堡丘陵地狩獵，他說如果我也想去……」

爸將圈著臉的圍巾拉得更緊，聳聳肩，眼底卻閃過一道了然於心的光芒。「好吧，」他說：「反正你也沒別的事能做，獵幾隻兔子，你媽應該也不會有意見。」

「太好了。」接著我便快步下山，來到山谷小徑，享受這意外的自由。爸在我身後對馬咂了下舌，馬車便隆隆離去。

我找到弗萊德．庫柏時，他已探查過較低處的兔洞，但無功而返。不過，當我們沿著亞契波爵士的土地邊界前進時，很快就在第二個洞穴裡找到一整窩兔子。太陽逐漸下山，弗萊德便驅趕雪貂回籠，我們見到一個女孩朝這裡跑來，火紅的雲彩映出她的剪影。有一瞬間，我的心臟猛然跳動，暗自希望那是帕蘭諾．庫柏，可是接著就發現那是艾塔。她對我揮手呼喊，聲音卻被強勁的冷風吹散。

「……真的沒辦法……」跑到我聽得見的範圍時，她大口喘著氣，迅速對弗萊德行了個親切的屈膝禮。「所以媽說，只要我家事做完就可以來幫你扛兔子回家。」

「小鬼，三隻兔子還用不著你幫忙。」

她咧嘴一笑，轉向弗萊德，將被風吹得滿臉的髮絲撥開。「嘿弗萊德，你好嗎？那些雞腳疥蟲怎麼樣了？」

「好多了，多謝關心，你老媽做的藥膏還真是厲害。」他注意到我在看，於是解釋：「是帕蘭諾的母雞長了疥蟲，不是我。」

「走吧，塔莉[1]。」我勾住艾塔的手肘，帶她朝下坡走去。「我們最好回家了。謝啦弗萊德，我們週日見？」

「我會把你的愛傳達給帕蘭諾的。」他用兩手圈起嘴巴對我喊著，並趁我還來不及回話，哈哈大笑著跑走。

我們小心揀路下山，步入樹林。「懶蟲，」我說：「你還是沒幫我補上衣。」

艾塔轉過頭，對我露出半是承認、半是不服的微笑。不過她只回道：「入侵者。」並朝著我剛才帶她穿越的某道毀損籬笆抬了抬下巴。

我聳聳肩。亞契波爵士就和他設下的陷阱一樣沒用，謠言說他正躲在紐豪斯的某個房間，一整個冬天都被風濕病折磨得哀號連連。再說了，這塊土地本該是我們的，至少七十年前都還是我們家的地盤。所以，要是他連道圍籬都懶得豎，我就不打算因爲一小段腐朽的籬笆而不敢踏進來。只要我們走在不會被看到的小路上，就沒有人會發現。而要是因爲丘陵地隆起、覆蓋的邊界處正好有兔子洞，造成他的兔子又被盜獵（嚴格來說是這樣沒錯）……我只能說，畢竟這裡沒有獵場看守人，而其他人也不在乎。我現在就想回家了。傍晚的冷冽空氣像是咬人的利齒，讓我不禁用外套將自己裹得更緊。

「快點，動作快，不要偏離小路，這附近也有抓人的陷阱。」

她點點頭，拉起裙襬，在我身後從容地漫步。但當我們沿著小徑一路蜿蜒而上、穿越樹林，再沒多久就要到家時，她卻突然跑開，匆匆奔下樹林邊緣。我聽見她嘎扎踩過樹林和古老城堡之間野草深長的邊坡，接著是鞋釘在冰上刮擦的金屬聲響。等我轉頭查看，她已走到結了冰的護城河中央，每走一步就稍滑一下，還一面咯咯笑著，伸開雙臂保持平衡。在她面前，高塔廢墟漆黑而杳無人煙，抵著如同著火的天空。

「艾塔！快點回來！」

「一下就好！」

我低聲咒罵。寒風凜冽，我露出的每一寸肌膚都冷得不禁發疼。天色很快就要黑了。小時候，每逢春夏我們都會對彼此下戰帖，看誰敢進廢墟裡試試膽量。我還記得蔓生的雜草、被陽光照得綠意盎然的高牆，還有積滿淤泥的護城河猶如散發玉石色澤的綢緞，而空氣中則瀰漫靜謐柔和的寂靜氛圍，一直到我們爆笑出聲，假裝害怕發出尖叫，才得以劃破那片寧靜。此刻，我再次望著周遭聳立的高牆，在冬季光景中更顯貧瘠破敗，我幾乎要打心底相信此處**當真**鬧了鬼。

艾塔及時剎住腳步，東倒西歪地越過結冰的護城河、爬到對岸，稍微停下來對我揮手，緊接著又邁步衝上坡，攀過草地，箭步衝過一道歷經風吹雨打的舊門。

「該死的，艾塔……」我深深呼吸，冰冷的空氣讓我的喉嚨深處也刺痛起來。我開始邁步跨過結冰的河面，動作比艾塔更加穩重謹慎。今年冰霜結得早，而且才剛結不久，由於護城河水淺，好幾世紀都沒清理淤泥，所以最早結凍。至於村莊另一端的磨坊水槽和運河甚至都還沒開始結凍。不過，冰層只是喀啦作響，倒沒被我踩破，而我安全抵達對岸。上岸後，仍不見她的蹤影：無消無息、寂靜無聲，光禿的樹木猶如繪於夕陽之上的單色繪畫。「艾塔！」我直覺認爲不該大聲嚷嚷。我緩緩爬上對岸，並沿著邊坡行走，希望能瞥見她的身影。最後，我穿過低矮圍籬間的狹窄空隙，發現自己佇立在廢墟高塔前那塊圓形的平坦草皮上，正中央有個廢棄多年的偌大水井，如今已成爲一座石頭柱基，上方歪斜地立著一座人形雕刻，模樣像極了墳墓。在左側有一道石階，通往一扇稀疏藤蔓垂掩的門，頭頂上高塔的窗外飄著有如血紅窗簾的雲朵。

她到底在哪兒？我清了清喉嚨，說：「艾塔！別鬧了！」然而聲音卻如此沙啞而微弱。

沒有回應。遠處有隻鳥兒嘎嘎啼叫，周遭隨即又陷入沉默。我緩緩轉身，感到脖子一陣刺痛，彷

1 艾塔的小名。

佛有人正注視著我，而無論我轉往哪個方向，這種感覺都沒有消失。眼前只見空白一片的冰霜，空蕩的窗，空蕩的門。萬物彷彿都在靜靜等候著。

最後，我轉了回來，面對著雜草叢生的圓形草地和井口。井口上方的人形雕像動了。

我的心臟活像卡住的鎖。我不禁踉蹌後退，想要抓住根本不存在的支撐物。最後一道陽光彷彿突然加大了火力，照得我睜不開眼，更將護城河和空地上零星的碎雪染上一抹猩紅。我眨著眼，等到視線終於清晰，那個人形已經坐了起來，兜帽將陰影投射在他的臉上，夕陽則染紅了他的斗篷和石頭柱基。

「你這是擅闖民宅。」他說。

我退後一步，兩手插進口袋，感覺臉頰因血液奔流而微微刺痛。微風在高窗中唱著彷如譏笑的音符。

「我只是想找我妹妹。」我嚥了口口水，嗓音嘶啞而破碎。

「那她也是擅闖民宅。」

「硬要說的話，你不也是？」

「你又知道了？」他跳下石座、朝我步步逼近。他和我差不多高，卻不及我。那人往後揭開兜帽，我總算看清他的臉孔：瘦得見骨，有著深色眼珠。「搞不好這裡本來就是我的地盤——不像你們。」

我瞪著他。周遭的薄暮逐漸轉濃，有如在水裡擴散開來的墨汁。那身深色斗篷使他和周遭環境融為一體，彷彿此地的鬼魂活了起來——但也可能還是死的，畢竟那樣削瘦慘白的臉大概只能在墳墓裡看到了。我深吸一口氣，幾乎得用上所有意志力才有辦法邁步繞過他，往遠處的陰影裡尋覓艾塔的蹤跡。「我很快就走了。」我說。

「你叫什麼名字？」

我沒有回答。四周悄無聲息，此時，原本清晰的樹木輪廓逐漸模糊成一片濃密的黑影。我睜大眼睛尋找著任何一絲動靜，或是她的衣服一閃而過的蹤跡。

「讓我猜猜。你一臉就寫著……史密斯？不是？那波切？法莫？」我忍不住瞥向他。他從唇齒間吹出哨音，咧嘴一笑。「法莫啊，真被我猜到了？」

我轉身背對他。日光消逝，護城河也從原本的銀色褪為如白鑞般的暗沉光澤。在遙遠邊坡錯綜複雜、密集叢生的杜鵑樹叢後方，有個東西在灌木叢裡窸窣作響。可是過了一會兒卻只有隻狐狸溜上草坪，又一溜煙地跑走了。

「說到盜獵，那是誰的兔子？你應該知道盜獵會受到流放懲處吧？」

「聽好——」我回過身，有些後知後覺地想起披掛在肩上的癱軟屍體。

「艾墨特！」艾塔的聲音在各個牆面間迴盪，因此我一時無法確定聲音是從哪個方向傳來的。但下一刻，我奔向她，十分慶幸可以遠離這個傢伙。我穿越拱門，來到一道小石堤旁。

她在護城河對面揮著手。「我找到了蘋果，」她大喊著：「放久了，可是還是很甜哦……你旁邊那個人是誰呀？」

他竟然一路尾隨我。我瞥了他一眼，說：「什麼人也不是。你**現在**就給我過來。」

她藉著昏暗光線看向這裡。「哈囉，什麼人也不是，」她說：「我叫艾塔。」

「路西安·達內。」他向她深深一鞠躬，動作刻意做得又慢又誇張，簡直像花了一個鐘頭那麼久。然而她卻像是沒察覺到他的嘲諷之意似的，臉上露出了笑容，也回以屈膝禮。

「**快點**，艾塔，我要冷死了。我們不該來這裡的。」

「好啦好啦！我要過去了，我只是想——」

「我要走了。」我轉過身，邁步走回這個小島的彼端，踏上通往家的小路。

「我說了我**要過去了**。」我繼續走，艾塔的聲音逐漸消逝。我一路撥開蘆葦，用一腳測試冰層厚度。眼前雖有一塊猶如凝蠟的冰霜，但我刻意繞過它，只踩在如石膏般平滑乳白的結冰表面上。我深吸一口氣，停下來等待。等我轉過頭，只能勉強辨認出她站在護城河對岸的身影，幾乎被薄暮吞噬，就像林間一道黑色人形，達內則在我們之間。

艾塔剛才是不是說了什麼？我不太確定，但也可能只是其他聲響，例如鳥啼，或吹拂著灌木的沙沙風聲。可是一會兒後，她側著走到冰層邊緣，一隻胳膊彎成不自然的角度，努力捧著臂彎裡的蘋果，來到護城河中央。可是她並沒有直接走過護城河，不是穿越河水冰面、經過達內朝我走來，而是斜往旁邊走，來到河面最寬闊的地帶，而那裡的冰層應該最——

結冰的表面猶如一張大嘴，瞬間在她腳下裂開。她錯愕地發出叫喊，聲音卻直接被截斷，根本還來不及變成尖叫，她的身影就這麼消失。

我拔腿衝過阻擋我前進的冰冷空氣，靴底卻在枯萎凋零的草地上打滑，害我一時失去平衡。我無法呼吸，彷彿墜入冰中的不是艾塔，而是我自己。

「沒事的！待在那裡！」他率先來到她身旁。她拚命想爬起身，劇烈地喘息著，黑水深及她的腰部。他脫下斗篷當成繩索讓她抓住、爬上堅實的地面，接著又抖開斗篷，緊緊包裹住她的身體。艾塔只露出一張臉，整個人像團黑布。當我趕到她身邊時，他站了起來，拉她起身。「你們住在哪裡？距離這裡多遠？」

「不遠，走路十分鐘——」

「我先送她回去吧，不然她會得重感冒的。」

「我們沒事了，謝謝你。」然而她不斷喘氣，發出破損風箱似的嚇人嘶嘶聲。我對她伸出手，忍不住拉大了聲音。「艾塔，我的老天，你究竟在想什麼？你知道這樣很可能——」

「騎馬會比較快，我的馬就在橋對面，艾塔可以幫我指路。你可以嗎？艾塔？」

她邊咳嗽邊點頭。「拜託，艾墨特——我好冷——」

我開口回絕。「走路身體就會暖起來。」但她正在發抖，冰冷的河水已浸濕達內的斗篷。「好吧，那你們快點出發，」我轉過頭對達內說：「你最好平安地把她送回去，否則——」

但他早已向著橋的方向奔去，艾塔則步履蹣跚地跟在他身後。我望著他們走上小徑，身影漸漸消失在樹林中。薄暮中，杜鵑樹叢在他們進去後似乎挨得更緊密，彷彿截斷了他們身後的小徑。沒有多久，我已看不見他們的背影，不過，冷冽的風將達內的說話聲和騎馬離開的馬蹄聲送來我的耳邊。這裡頓時只剩我一個人，肩頭的兔子似乎更重了，毛皮如黴菌那樣柔軟。我不由自主地打了個冷顫，感覺似乎比先前更難受了。

我轉過身，踏著疲憊的步伐回家。

回到家時根本沒人注意到我。我站在廚房樓梯底下抬頭望，聽見媽在臥房忙東忙西的聲音、她生火時從壁爐裡傳出的說話回音，還有艾塔沙啞的回話。樓梯最上頭（他們只要低頭，就能從那裡看見我），爸正在和達內交談。爸駝著肩膀的模樣彷彿正和學校校長說話，也像正和偶爾來村裡拜訪哥哥的塞津小吏談笑。達內說了什麼，爸哈哈大笑，還做了個諂媚的手勢。達內微笑，把額上的瀏海撥往一旁。他正穿著我最好的那件襯衫，袖口已有磨損，衣領因歷經歲月而泛黃。

我本來想躲進廚房等他離開，但最後還是決定大步上樓，經過他們身邊，走進艾塔的房間。她有如歌謠中的女主角般倚在一排枕頭上，臉色已恢復紅潤，看起來好很多了。因此當她啞著聲音說話，聽起來簡直像是裝出來的。

「哈囉，艾墨特。」

我停下腳步，俯視著她。「你這個小白痴，我不是早就告訴你不要偏離小徑嗎？」艾塔沒有回話，頭轉到另一邊望著爐火。她嘴角掛著一抹笑意，一個神神祕祕的淺笑，彷彿身旁半個人也沒有。

「艾塔！你有聽見我說話嗎？」

媽抬起了頭，眉頭深鎖。「你當初怎麼沒制止她呢？艾墨特？你明明比她更清楚，要不是幸好河水很淺——」

「沒事啦，媽，」艾塔說：「幸好路西安救了我。不是嗎？」

「話是這樣說沒錯。謝天謝地，不過……」艾塔開始咳嗽，媽連忙上前，俯身探看她的情況。

「噢，小寶貝，呼吸不要太急，盡量慢點。你看，這樣不是好多了嗎？」

「可以幫我弄點喝的嗎？」

「當然可以。」媽匆匆走過我身邊時斜眼瞪了我一下，讓我清楚知道她還沒原諒我。

媽離開房間後，艾塔倒回枕頭上，閉起眼睛。她的臉頰因爲咳嗽而脹得深紅。

「眞是謝謝你了，艾塔。現在他們覺得全是我的錯。」我吸了一口氣。「說眞的，你到底在想什麼？」

她睜開眼。「對不起嘛，阿墨——」

「你是眞的很對不起我！」

「——但我就是忍不住。」

「你應該好好注意腳下到底踩在哪裡。但你打從一開始就不該踏到冰上，我明明警告過你……」

「是，我知道。」但我能從聲音聽出她根本心不在焉，彷彿聆聽著沒人聽得見的樂音。她垂下頭，一指沿著棉被上的圖案移動。

「所以……」但其實我已經不曉得還能說些什麼了。我俯身想看清楚她的臉。「艾塔？」

「我都已經說對不起了嘛。」她抬起頭，嘆了口氣。「阿墨，可不可以讓我靜一靜？我生病了——我覺得我感冒了。」

「你倒是說說看這都是誰的錯？」

「你爲什麼就不能對我好一點呢？一次就好？」我還來不及插話，她就繼續說：「我只想休息，我今天差點**死掉**耶，艾墨特。」

「一點也沒錯！所以現在我才會——」

「所以不要再刁難我了好嗎？我需要時間想一下。」她在那堆枕頭山上翻身，換了個姿勢，讓我只能看見她的後腦杓。她的辮子鬆開了。

「好。」我大步走向房門。「很好，你就躺在那裡好好想想自己有多蠢——」

「我才不蠢！我覺得他會來救我，然後他——」

一片死寂。

我說：「等等，**你說什麼**？」她沒有答腔。我跨出兩大步橫過房間，來到她床前，一把抓住她的肩膀將她翻過來——動作一點也不溫柔。「你是**故意**掉進水裡的？故意讓他來救你？」

她甩開我的手。「艾墨特，噓——他還在樓下——」

「我才不管！你故意踩到脆弱的薄冰上，好讓某個你從沒見過、目中無人的蠢小子把你從水裡拖上來？而且你根本不確定他**真的會**把你拖上來？你怎麼可以做出這種事？要是你死了怎麼辦？要是——」

「噓。」她慌張地跳起來，跪在床上，睜大了雙眼。「拜託，阿墨，拜託你別再說了。」

我深吸一口氣。「我眞希望你做一大堆溺水的惡夢，」我說：「我希望你一邊尖叫一邊嗆咳著醒來。以後**別再**冒這種風險了，聽見沒？不然我會先宰了你。」

「你又不懂，你只是嫉妒。因爲帕蘭諾·庫柏才不會爲了**你**跳入結冰的河裡！」

我對上她的眼神，氣氛有一瞬凝滯，接著她臉上再次悄然浮現那抹笑意，注意力又回到我聽不見的神祕樂音。我側過身，稍微將窗簾往旁邊拉開，望向後院。院裡一片漆黑，沒有什麼能看的風景，然而我聽見了乳牛在牛棚裡焦躁不安的聲音。當然了，艾塔今天沒去幫牠們擠奶。一小片繁星在穀倉的三角牆上空閃動著冷光。等我確定自己能夠冷靜地說話，才開口道：「你放心，我不會告訴爸媽的。」

我放下窗簾，大步走向房門。

「艾墨特？你要去哪裡？」

我走到樓梯口，一把關上門，將她的聲音一併隔絕在外。怒氣猶如一束束絲線緊緊打出個偌大的結，讓我甚至必須用雙手扶著牆才能站穩。在腦海中，我看見她踏上冰層，下一秒便墜入冰中，而達內迅速衝過我身邊，深黑斗篷隨風飄盪。即使是現在，我人站在樓梯轉角，溫暖的油燈光線灑落階梯，媽則在走廊盡頭翻著毛毯櫃，我卻依舊覺得自己被當時的冰冷空間包圍：石牆、雲朵錯落的豔紅天空……我眨了眨眼。在我對面的牆上，姑婆芙芮亞的刺繡作品彷彿在對我提出忠告：**看那純真之女，她柔和的容顏多麼美麗**。

媽抱著滿懷的毛毯朝我喊道：「你在做什麼？你放艾塔自己一個人嗎？」

「她好得很。」我大聲地踩著樓梯下樓，走進廚房，卻突然剎住腳步。達內正獨自站在火爐旁，悠哉地看著牆上的一幅畫。我吞了吞口水，注視著他，心中燃起一陣連自己都不禁感到錯愕的熊熊怒火。可是我壓抑不了自己，腦海中不斷浮現艾塔墜入冰中，以及當時我奔上前卻滑倒的畫面。這全是他的錯。但他卻想也沒想就直接帶她上馬，彷彿她是他的所有物？她很可能會**死**的。

他轉過身，一看到是我，臉上的表情立刻冷了下來，速度之快讓我猜不出原本會是什麼樣的表情。我努力壓下聲音中的怒火，開口問道：「你還在這裡做什麼？」

「你父親去幫我找斗篷，我的衣服都濕透了。」

「那是我的襯衫。」

「你母親說我可以借穿，因為你父親的襯衫可能會長到我的膝蓋。」看見我繼續瞪著他，他便聳聳肩，又轉向火爐。他的身材比我想得還要纖細，在他身上，我的襯衫領子顯得鬆鬆垮垮，甚至能看到脊椎的最上方。他動了動，彷彿能感覺到我的注視。

「你連我的長褲也拿來穿了。」

他轉過身，頰上有一抹淡淡的緋紅，雙眼卻平靜無波。「是你母親給我的，她說你不會介意，但或許你希望我脫下來還你？」

「當然不是。」

「如果你真的很不情願——」他突然將襯衫拉過頭脫下。我見到他稍微從腰帶上方露出的臀部隆起，膚色白皙如骨。

「別鬧了！」我不禁別過臉。「你這怪傢伙！」

「謝了。」一陣子後，我聽見布料的沙沙聲。「你放心，我會盡快歸還襯衫。」

我等了一會兒，心想應該可以再轉回去看他了。他的頭髮潮濕凌亂，滿臉通紅。這件襯衫比我想得還要破舊：肋骨處已經磨薄，光線能輕易穿透襯衫。這也是我第一次注意到那件衣服的肩膀有塊皺起的縫線，是艾塔之前縫補的部位。這讓他看起來活像是穿上了什麼華麗服飾。

我深呼吸一口氣。「謝謝你救了我妹妹——」

「不用客氣。」

「——不過我覺得你該走了。」

「你父親還在幫我找斗篷。」

「現在就走。」

他對著我眨眼，皺起眉，然後低下頭扯著破損的袖口。我正等著他移向門口，他卻不動如山，只是用食指和拇指捲起鬆脫的線頭。「你似乎對於我把你妹妹送回家這件事不太高興。」

我緩緩吐氣。「我已經說謝謝你了。」

他搖頭。「我不是要你謝我。」

「不然你要什麼？」

「什麼都不要！就這麼簡單，我不過是送她回家而已，」他又說道：「再說艾塔也沒有——」

「艾塔怎樣？」我努力不去想像她剛才的表情：臉紅嬌羞，雙眼明亮，因爲這個男人救了她一命而自顧自地傻笑。

他嘲笑她。

「嗯……」他稍微有點遲疑，然後偏著腦袋，眼中閃著光芒。「她也沒有……推開我啊。」

我猛然撲向他，他則踉蹌往後、背撞上牆。我用前臂壓著他的喉嚨，而他雙眼睜大，不停喘著氣企圖掙脫，但我用上全身力氣壓住了他的喉頭，直到他狂咳。「你是在——」

「不准你用那種口氣講我妹妹！」我的臉逼近他，近得只有一隻手掌的距離，能感覺到他吐在我嘴上的氣息。「她只是個孩子，你懂嗎？她只是個笨孩子。」

「我又沒說——」

「我知道你是怎麼看她的。」

「放開我！」

「給我聽好。」我減弱壓在他喉嚨上的力道，但當他試圖脫離我的箝制時，我又抓住他的肩膀，一把將他壓回去，讓他的腦袋咚地一聲敲在牆上。「你最好把今天發生的事情忘記，知道了沒？要是被我發現你出現在艾塔、我父母或是我周圍兩公里內的地方，我就把你宰了，或幹出更狠的事，聽懂了嗎？」

「我想我懂你的意思了。」

慢慢地，我鬆開了手，他則將衣領撫平——**我的**衣領。雖然他仍目不轉睛地瞪著我，手指卻不住顫抖。我感到十分滿意。

「很好，那你最好離開了。」我說。

「你應該希望衣服物歸原主吧。」

「不用。」如果媽聽到我這麼說肯定會氣瘋——但我**不想**拿回這套衣服。至少現在不想。「留著吧，燒掉也行。」我再次望著他的眼睛，賭他會露出吃驚的神情。

他將頭歪向一邊，像是在某種程度上認輸了，接著又朝我鞠躬，且動作過分有禮，讓我覺得自己活像個鄉巴佬。

然後他踏入冷冽的黑夜，頭也不回地揚長而去。

13

隔天清晨，艾塔昏倒在樓梯口，我們扶她回床上時，她還一路胡言亂語，堅持說地板要裂開了。可是我和爸根本沒心思去擔心她，因爲大雪來勢洶洶，而羊群卻還在低地。我對那天的印象只剩一片白雪蒼茫、風聲颯颯。我們想方設法要把羊趕到有遮蔽的地方，整段路程強風都將針一般的冰霜吹在我臉上，冰寒的空氣灼痛我的喉嚨，而血液則在眼窩鼓動。風雪相當狂暴，我們說話時不得不扯開嗓子，才能夠聽見彼此。等我們總算把羊群趕到安全處，拖著腳回到屋內、倒在廚房地上時，我耳中還能聽見蕭瑟刺耳的風聲，額頭和臉頰則一陣熱燙，能感覺到血液正慢慢回流至皮膚表面。爸也在低聲咒罵，不過這只是因爲他鬆了一口氣，而這也說明了先前他有多麼憂慮。可是我們並不得閒，只短暫休息了幾分鐘暖暖身子、補充熱量。畢竟接下來還有工作要做，更別說艾塔現在病倒，我們還得一肩擔起她分內的家事。

隔天晚上，就在黎明之前，柴房已經腐朽的角落被沉重的大雪壓垮。我餵了農場的所有動物、擠完牛乳、洗好牛奶鍋後，一整個寒冷的上午都在修理柴房，忍受著融化的雪水順著袖子一路滴下後頸。修繕完畢後，又是千篇一律的單調雜務，像是打掃豬舍和馬廄、砍柴……等等不得不做的瑣事。然而，在寒冷及深雪之中，每個動作都顯得格外艱難吃力。最糟的是，有隻只剪過一次毛的母羊死了，爸怎樣都不肯將病死的母羊賣給肉販艾弗烈．史蒂芬斯，我只得搶在艾弗烈大發脾氣前擋在他們中間。所有人都在崩潰的邊緣，就連媽也對我沒好臉色。還有一回，在等待醫生來幫艾塔聽診時，我發現媽眼中含著氣惱的淚水，因爲她烤種子蛋糕[2]時錯把鹽巴當成了糖。

在這一片混亂中，我其實也沒什麼時間去想達內的事情，然而，我偶爾還是會停下手邊的工作，思索起有關他的一切：他現在在哪裡、住在什麼地方、穿著他那件——我那件薄襯衫回家是不是感冒了。他把我的話聽了進去，並未歸還我的襯衫，於是我只好和弗萊德·庫柏以物易物換來一件襯衫，並暗自希望不會被媽發現那不是同一件。我很高興這證明了他並沒有那副裝出來的騎士精神，更値得高興的是，我警告他不許接近艾塔，他也乖乖聽話。與此同時，我卻感到有些焦躁，像是自己缺少了什麼，像是正在等待某件事發生。

至少過了一、兩週，艾塔的病情才逐漸好轉，也總算有力氣問起他。這一天又是如此——天色似乎遲遲不轉暗，然而天亮的時間又不足以讓我完成所有工作，我精疲力竭、全身痠痛不已，陽光照得雪地發亮，讓我的視線裡出現許多閃爍星星。晚餐過後的夜晚時分，我本該回房去睡，可是艾塔的臥室裡正燒著柴火，我的房間卻冰冷黑暗，讓人不想靠近。於是，我躡手躡腳地走進她房間，癱在床邊的椅子上。房內很溫暖，只點了爐火和一盞油燈，金黃而幽暗的光芒讓氛圍變得柔和，一切事物披上一層舒緩而沉靜的迷濛感：艾塔的睡臉、棉被上精緻的心形、菱形圖案褪成鏽粉色、破舊的窗簾、照在鐵製床架上的微光……我望著爐火，想了很多，卻也什麼都沒想。像是冰冰什麼時候會生下小狗？我能不能邀請帕蘭諾·庫柏參加更年節晚宴？林地會不會更適合羊群遮風避雪？爸堅持要買的公羊是不是眞的値得投資？可是在這一切的陰影中卻躲著一道人影，一個身形纖細、眼眸深沉，一臉挑釁地注視著我的人。

「路西安有來看我嗎？」

2種子蛋糕（seed cake）為傳統英式蛋糕，加入香料植物的種子製成。

我嚇了一跳。「什麼？」

艾塔翻身，撥開額上濕黏的瀏海，又問了一遍。「路西安有來看我嗎？媽說我一直發高燒，什麼都不記得了。」

「沒有。」

「一次都沒來？」

「對。」

我彷彿能看見她頸側的脈搏正紊亂地跳動著。「他明明說會來的。」

「是喔。可是他沒有來。」

「那他的衣服怎麼辦？」

我聳聳肩。那天媽才驚愕地倒抽一口氣，說：「噢，我的老天，他沒回來拿他的襯衫！還有那件昂貴的斗篷……他一定會認為我們是小偷。」

而我只是偷溜到外頭的馬廄，搬了一堆超出馬兒所需的水，讓自己忙得汗流浹背。

「但那樣很不好，」艾塔說：「他會以為我們偷他衣服。」

「他可能也不想要了吧。」

「他一定會想要回衣服的。而且他說了會來看我，我不懂為什麼他沒來。」

「我猜他已經忘了你的存在。」

她皺起眉，縮成一團坐著，把棉被披在肩上。她只是動了動就咳了起來。我伸手握住她的手，輕輕地、穩穩地施壓，直到她的呼吸恢復平順。「你這個笨小孩，」我說：「你看你，簡直像老詹森那台卡住的打穀機那樣到處亂咳亂噴。」

她翻了翻白眼。「又不是我自己想生病。」

「還不都是你自找的。」我盡可能輕輕帶過這句話。「而且你還白費了工夫，全為了一個根本不關心你過得好不好的男生。他很可能早就回到自己老家了。」

「他是亞契波爵士的姪子。」

「什麼？」

艾塔皺起眉，從我手中把她的手抽回來。我剛剛一定猛力掐了她一下。「這是希熙・庫柏告訴我的。他來自塞津，家財萬貫，目前跟亞契波爵士同住，幫忙他打理莊園的事——這是希熙說的。是亞契波爵士的管家告訴她爺爺的朋友，他又告訴希熙的父親，然後——」

我說：「所以說他住在紐豪斯？他會在這裡待多久？」

「沒人知道，可能一輩子吧。也許等亞契波爵士死了，他就會繼承家產。」

我站起身，可是這房間很小，沒其他地方能去。我在壁爐前蹲下，把撥火棒深深戳進爐火中央，試圖把木柴堆弄開。

「他說他會來看我，還說會帶塞津的水果給我。」

「這樣啊，我想他很顯然只是隨口說說。」我用撥火棒弄斷了最大的那根木柴，讓它一下子塌倒在亂竄的火舌上。

「你到底是哪根筋不對？艾墨特？你爲什麼那麼討厭他？」

我將重心往後挪，坐在自己的腳踝上。風將木柴外緣的一小塊樹皮吹起，火焰在樹皮邊緣蔓開，接著，樹皮往上飛竄打轉，猶如一片灰色雪花。「你還是別和他扯上關係比較好，」我說：「他才不——我們這種人不會——你不能……你懂我的意思，所以還是忘了他吧。」

「不，我**不懂**你意思。」我瞥了她一眼，她正往前傾身，雙頰通紅。「你對他根本一無所知，爲什麼他就不能關心我？」

「他**關心**你？艾塔——你只是某個他從水池拖出來的小孩，只是這樣而已。你就別再去**想**他的事了！」我們氣呼呼地看著彼此。「不管究竟是怎樣，」我緩緩說道：「就像你自己說的，他說會回來看你，最後卻沒來，所以究竟是怎樣呢？你自己想清楚吧。」

一片靜默。灰燼先是閃著紅光，然後化爲灰白。要是我不小心點，爐火可能就會完全熄滅。我把撥火棒放回去，接著站起身。

「你對他說了什麼？」

「什麼？」

她瞇起雙眼。「你對他說了什麼對吧？」

「我什麼都沒說，我根本不用說。他絕對不會回來看你，艾塔。」

「艾墨特，你這野蠻人！」她歪歪倒倒地爬下床朝我撲來。我怕傷到她，只能盡量放輕阻擋她的力道，最後，她只是往我肩膀猛力打了下，接著手掌在我耳邊揮了個空。

「艾塔，拜託你，快住手！」

「你在說謊！**你**——**到**——**底**——**說**——**了**——**什**——**麼**？」她每說一個字，就重重捶我一下。

最後，我扣住她的手腕，稍微用了點力將她甩回床上。好一會兒，我們扭打在一起，就像又回到小時候，接著她無力地倒回枕頭上，開始猛咳，臉頰像個小孩那樣通紅而濡濕，頭髮陰森森地黏在頰上。

我坐到她身邊的床上，將離我最近的那條被子撫平，等她慢慢停止咳嗽。「好啦，」我說：「對，我是有叫他別來。」

「爲什麼？」

「因爲我怕——」

「你怎麼可以這麼做？」她坐直身子看著我，眼神凌厲，吐出的每一字一句都彷彿刮著喉嚨。「艾墨特，你怎麼**可以**這麼做？我不懂。他本來可能會來看我的，他**本來**會的，然後……」

「嗯，**然後**怎樣？」

她靜靜望著我，然後把棉被拉高，遮住了臉。

「艾塔。」

她悶在棉被裡說道：「你毀掉了一切！全毀了，我這一輩子。」

我翻了個白眼。「別說傻話了。」

「你又不懂！」她從被單下露出臉來。「阿墨，這是**眞愛**。打從我見到他的那一刻就知道了，我愛他。」

一片死寂。我等著她發出咯咯傻笑，自己先忍不住別過了臉。可是她沒有笑。我從未見過她臉上出現這種表情：堅定、熱情、興奮。我的胃一陣不適，彷彿緊緊打了個結。「別傻了，你又不認識他，怎麼能說出這種話？」

「我就是知道，」她說：「我見到他的當下就曉得。那是一見鍾情。」

「艾塔，那只是童話故事。你要先認識一個人才可能愛上對方。」

「可是我覺得我已經認識他一輩子了！我看見他的時候——你聽我說，希熙告訴我……」她坐起身，眼神熾熱。「希熙說，有時女巫會在夜裡來訪——不，阿墨，你先**聽我說**。她說女巫會留給你一堆黃金，只是醒來你的記憶都會不見。要是我早就認識他，我們**其實**早就墜入愛河，我卻忘了呢？這說不定可以解釋——」

「胡說八道，」我說：「第一，要是你眞的突然失憶，你覺得其他人不會發現嗎？」

「她說這是她二表妹的親身經歷，就是因爲這樣她的腦袋才有點怪怪的。」

「你的腦袋**還沒有**怪到那個程度。」

「艾墨特，我是認眞的！」

「那給我看黃金啊。」我往後倒回椅背，雙手抱在胸前。「你沒有嗎？這不就對了？別再說蠢話了。」

「**你**最好是很懂愛情。」她忽然翻過身，臉埋進枕頭開始啜泣。

我站了起來，又忍不住坐下，伸手去碰她的肩膀。但她奮力甩開我的手，繼續抽泣。我不禁咬牙，努力擠出所有意志力讓自己起身離去，最終卻還是無法留她獨自一人心碎痛哭。「好啦。對不起，別再哭了。好了啦，塔莉……我答應會補償你的。不過是個男生，村裡還有很多人啊。」**但我只想要他**，她在我腦海中反駁。「拜託你別這樣……別鬧了好嗎？艾塔，別再哭了，你聽我說。」我試著把她轉過來，好看著她的臉，可是我一碰到她，她就全身僵住，讓我只能投降。「對不起嘛，我只是擔心你。」

她的聲音蒙在棉被裡，模模糊糊。「你覺得對不起？」

「對，我不是故意要害你難過，我只是——」

「那你可以寫信給他嗎？就是跟他道歉？」

看我猶豫，她又開始哭，只是比較小聲。我安慰自己她只是一時胡鬧，可是她的哭聲中帶著某種絕望與哀戚，讓我無奈地往後倒回椅背，最後只能咬牙切齒地說：「如果一定要的話，我可以寫。」

「叫他遵守承諾回來看我？」

「我——他不會來的，艾塔，這我很確定。」

她翻過身，臉脹得通紅，眼中閃著淚光。「那你拜託他來。」

我懊惱地用兩手抓抓頭髮。「好啦，」我說：「你別再哭了就是。」

「謝謝。」她舉起手，用手腕抹了下臉頰，顫抖著深吸一口氣。「阿墨，很抱歉我剛才對你大吼大叫。」

「你明明知道我不喜歡被叫阿墨。」

「對不起，**艾墨特**。」她含著淚，對我咧嘴一笑，嬉鬧似的捶了下我的手臂。在我邪惡的內心深處突然冒出一個念頭，想更用力地出拳回捶。「你最好了。」

「謝啦，小鬼頭。」我伸長一手，扯了扯她的辮子，直到她把辮子甩到一旁，讓我抓不到。最後我站起身。「你現在最好再睡會兒，明天見了。」

「你明天一大早就要出發？」

我點點頭。

「那就晚安了。」她又舒舒服服地縮進被窩，把棉被往上拉到蓋住脖子。我走到房門口時，她睡眼惺忪地說：「艾墨特？」

「怎麼了？」

「我要嫁給他。」

通往紐豪斯的馬車道深埋雪中，令人難以通行，放眼望去盡是一片白茫，且安靜無聲。這天的天色十分陰沉，彷彿預示著另一場大雪即將降臨。我是騎馬過來的，這樣任務一結束我就能盡快回家。不時有落雪從樹梢墜下，落在小徑上，或者有鳥兒在灌木叢間竄跳。然而這片靜謐和光亮卻讓我不由得勒緊了轡繩，因不敢發出太多聲響而感到焦慮。

那棟房子掩在樹林之後時，看起來死氣沉沉，可是當我走到屋前雪白而寬敞的空地，卻發現煙囪正徐徐吐出煙霧，而且台階上的積雪也掃得很乾淨。沙岩的顏色到了夏天就會像蜂蜜般溫潤，但此時在冬季的陰冷日光下，卻和周遭的一切同樣灰暗。我向窗戶掃視，想確認屋內有沒有什麼動靜，然而屋外的倒影卻密實地掩映住玻璃表面，除了蒼白的天空之外什麼都看不見。我跳下馬背，手中握著以線繩綑紮、裝了達內衣物的牛皮紙袋，跨越屋前的開闊空地，來到偌大的前門。設有城垛的高塔俯視著我，使我不禁像當時在廢墟那樣，沒來由地感到一陣不祥的微顫。但我只要把包裹放在某個顯眼處等人發現就行了。我的信件就塞在打結處後頭，而且信件指名給他，所以發現包裹的人一定知道該把東西交給誰。我遲疑片刻，不確定該怎麼做比較好。

我愈是猶豫不決，撞見他的可能性就愈高。於是，我不讓自己有太多思考的時間，迅速地用力拉了下門鈴，然後轉身貼著門廊冰冷的牆面躲到一旁。有隻鳥兒降落在我正上方的屋簷，啪啪振翅，爪子抓了抓，接著幾撮碎雪從我面前落下。大門比我預期得更快就開了。是他。

他瞇起眼睛，彷彿想說些什麼，卻什麼也沒說。

「我是來還你衣服的。」

他的視線先是落在我手中的牛皮紙袋，又移回我的臉上。

「拿去。」我把牛皮紙袋往他面前推，他卻踩著腳跟往後一退，我這才發現他以爲我要出手揍他。最後他接過紙袋。

「你的衣服還在我這裡，」他說：「我本來打算騎馬過去還，可是後來想到，有人不歡迎我。」

「衣服就別在意了。」

「謝謝。」他用手指勾住繩子，抬頭望著我。「你明明就不想來，很不情願吧。」

他故意說得很無辜，嘲諷的語氣卻藏不住，就像一碗清水中的一片碎玻璃。「我沒想到會見到你，」我說：「我以爲會有管家。」

「噢，那是當然的，」他說：「誠如你所見，這棟房子就像一部油上得很足的機器。事實上，我眞不知道你何不直接把東西交給看門人就好。」

看門人小屋分明已成廢墟，屋頂還穿了孔、窗子一半不見。我騎馬行經小屋時還聽見什麼東西竄過石頭地板的聲音。我不禁咬牙，轉身打算離開。

「這是什麼？」我回頭發現他正抽出繩結後方那張摺起來的紙。

「是道歉信，艾塔要我——」我驟然停步，逼自己開口。「我不應該那樣對你說話。」

「對我說話？你的意思是攻擊我吧？」

我轉過身，直勾勾地望著他的雙眼，說：「你別得寸進尺。」

一陣靜默中，我們瞪著彼此，感覺很像站在一條架在峽谷上的窄橋，只消輕輕一推，兩人就會失足摔落谷底。

最後，他聳起一邊肩膀，露出似笑非笑的古怪表情。「好吧，」他說：「那我現在該怎麼辦？給你六便士當小費嗎？」

我眼睛眨都沒眨一下。當他嗤笑了一聲，並別過臉時，我不由得感到一絲滿足。「要是你可以來看看我妹，她會很開心的。」

「去看她？你認真的？」他眯起雙眼。「這是發生什麼事了？難不成有人發現了我是皮爾斯·達內的兒子兼繼承人？」

我深吸一口氣。「她想親自感謝你。」

「但我記得你好像不希望我再去打擾你的家人。」

「聽好，對於我說的話……我很抱歉。」這句話差點讓我窒息。「她想見你，我們家也很歡迎你來，就這樣。」

他緩緩點頭，將信封翻到背面。

「你不用現在讀。」我不禁伸手去拿信。

他的動作卻比我想得還迅速，一下子就將信抽了回去，不讓我碰。「這應該要由我決定吧？」

我努力壓下想奪回那封信的衝動，不敢貿然開口。我大步穿越雪地，同時意識到他的視線一直跟著我。當我動作流暢地躍上馬背時，心中不禁感到小小的勝利。

我本來打算一騎上馬背就頭也不回地離去，最後卻還是在進入馬車道前停了下來，回頭望向他。儘管刺骨寒風吹得屋頂的石板喀喀作響，他卻仍然佇立在門口，高高舉起那隻握著道歉信的手。「代我向你父母問好。」在被雪覆蓋的靜謐之中，他的聲音清晰且沒有起伏。「也幫我向你妹妹轉達，我很快就會去看她。」

兩天後，我踏入後院，發現他的馬就繫在門柱邊。我一直沒機會好好端詳一下他的馬：那是隻栗色母馬，性格穩重溫馴，是怕摔下馬的人會選的坐騎。但眞正透露出蛛絲馬跡的是馬鞍的質感，我就是從馬鞍發現那是他的馬的。村裡沒人會爲坐騎安裝這種馬鞍，就算我們買得起，也絕對捨不得拿出來用。

我將一籃引火用的木頭扔在柴堆旁。天色逐漸暗下，我差點被一塊落在腳邊的木柴絆倒，忍不住一邊扶著棚屋新搭的柱子，一邊低聲咒罵起來。

「艾墨特？」

是艾塔。馬廄的門頓時敞開，油燈光線灑在鵝卵石上。我眨了眨眼，用手掩住眼睛以避開一瞬間過亮的光線。「你應該在床上休息的，」我說：「外面很冷。」

「冰冰剛生小寶寶，你快來看。」

我跳過裝滿柴火的籃子，快步尾隨她衝進馬廄。馬兒身上散發的熱氣和乾草堆使空氣變得十分暖和。海夫特對我嘶叫著打招呼，然而我只是輕拍了牠的鼻子一下，便快步經過牠身邊。「牠生了幾隻？」

「只有兩隻，但是都活著。」

我走到盡頭那間刻意空下的馬廄隔間，望向稻草堆。冰冰正忙碌著，用身體擋住小狗，但接著牠焦躁地走到另一個角落。這時，我瞥見兩個小小的身軀和猶如鞭子的尾巴，一黑一白。我知道自己正忍不住咧嘴大笑。

「牠們都有好好喝奶，爸檢查過了，兩隻都很健康，而且好**可愛**。」確實。我站在隔間外圍向前傾身，冰冰看見我便開始猛搖尾巴，但我對牠伸手時牠卻不理會，又繞回小狗身邊。小狗開始喝奶，尚未睜眼的小臉緊挨著冰冰的腹部，我發誓我能聽見牠們把奶吞下喉嚨的聲音。

「牠們好小。」

達內冷漠而平淡的聲音打破了美好時刻，也害我差點摔倒。他正站在我背後。「對。」我扶著旁邊一根豎立的木柴以穩住重心。「眞的很小。」

他從陰影中往前跨出一步，看著馬廄隔間。他穿著之前那件昂貴的深色衣服，翻領上黏著一條稻草。在燈光照耀下，稻草猶如一條上好金鍊。他用好奇的眼神打量小狗，彷彿在思考該怎麼將牠們製成手套。「好像毛茸茸的小蛞蝓，」他說：「不過有尾巴。」

「對啊，」艾塔說：「是不是超可愛？艾墨特，讓開一下。」她將雙腳踏在隔間柵欄兩塊木板間的縫隙，撐起身體占據我旁邊的位置，把我擠到一旁，好讓達內也能看見小狗。「噢，**快看**……」

「黑色那隻以後一定很會捕老鼠，」我說：「我跟你打賭。」

「爸也是這樣說！」艾塔對我皺起鼻子。黑色小狗張開嘴，緊閉著眼，打了個初到世上的呵欠，接著又安穩地躺回稻草堆之中。「你們是怎麼看出來的？只是瞎猜的吧？」

「牠看起來……意志堅定。」我和艾塔對看一眼，不禁笑了出來。「牠**真的**是這樣！這不是我胡扯的。」

「隨便啦，爸說那隻他要留著，還說我們養不起另一隻母狗。」

「所以白色那隻要送給艾弗烈．卡特嗎？」

「不，他改變心意了。卡特太太說他們已經養太多狗，我們得幫牠找個家。」一股冰冷空氣鑽進我的衣領後頭。

「你們會賣掉牠嗎？」達內問。

我越過艾塔的腦袋瞥向他，又撇開目光。「牠是梗犬，」我說：「不是拉車犬或獵犬。」

「所以……？」

「所以要是沒人要牠，就沒人養牠。」

「別這樣說，阿墨，」艾塔說：「我想米勒家會有人收養牠的，或者，要是今年吉普賽人回來……他們永遠都想要更多狗，不是嗎？」但她語調裡的開朗是硬裝出來的。

狗兒小小的身軀抽動幾下，又繼續安穩地熟睡。「沒錯，」我說：「我們會幫牠找到家的。」

達內皺起眉。「要是找不到呢？」

我迅速瞥了艾塔一眼，她正低頭望著小狗，假裝什麼都沒聽到，然而眼底的喜悅已蕩然無存。我說：「這不用你擔心，達內。」

「牠會怎麼樣？」

我不禁猶豫起來。艾塔先抬起眼神，又立刻低了下去。她拾起一束稻草開始把玩，不停用手指來回扯個沒完，達內也在看著她。

我回答道：「要是找不到主人，爸會淹死牠。」在那瞬間鴉雀無聲，空氣裡只剩稻草的窸窣和某匹馬撒尿的嘶嘶聲。

「不過你們當然——」

「你問了，達內，我也告訴你答案了。」

「我懂了。」

「你眞的懂嗎？畢竟我們沒有餘力爲動物掉眼淚。」

艾塔說：「阿墨，別再說了。我拜託你別——」

達內在同一刻脫口道：「那我可以養牠嗎？」

艾塔扭過身，一手勾住隔間柵欄的上緣，我們都注視著他。最後我問道：「你說什麼？」

「我可不可以……？我可以出錢買下牠，照顧牠。我從來沒有——也許我不是什麼農夫，但我會努力照顧好牠的。」

「你說小狗嗎？」

「啊？對啊，不然你以爲我在說誰？」

「你爲什麼要養隻梗犬？」

「我只是……」他深吸一口氣，眼裡有什麼一閃而逝。「這很重要嗎？我保證我會好好照顧牠的。」

「噢，太好了，實在太感謝你了！這樣牠就能有個安穩的家了，對吧，阿墨？爸一定會很高興的。謝謝你，路西安！」艾塔跳下隔間柵欄時，達內越過我伸出手，示意她扶上來。在那一瞬間，她有些遲疑，手並沒有眞的碰到他，但整張臉都亮了起來。達內低頭對她微笑，她也回他一笑。艾塔沒看向我，只是說道：「阿墨，他人是不是很好？」

「我們可以再找其他主人。」當我看見達內轉過身、臉上的笑容消失，內心不禁得意起來。

「別說傻話了！路西安，你當然可以養牠。畢竟是你救了我，現在你還救了牠一命。」她朝他上前一步，手指微微蜷起，彷彿能感受到方才差點碰到他的觸感。

那一刻，他望進我的眼睛，那份平靜難以解讀。無論幾乎要浮現在他臉上的是什麼情緒，現在都已經重新藏好了。接著，他轉過頭對艾塔說：「謝謝你。」

「那我立刻去告訴爸。」艾塔離去，雙眼亮晶晶的，馬廏門在她背後應聲關上，我聽見她在冰冷的空氣裡咳嗽，接著周遭又陷入寂靜。

達內望著馬廏隔間，動也不動，而我也瞪著他看，直到他將目光轉向我。「至少要等到牠三個月大，你才能帶牠回去。」

他點點頭，臉龐在油燈光線照耀下渲染上金黃色，猶如古時受敬拜的偶像。一陣風吹來，使幾根稻草在地板上打轉，我感覺到一陣輕顫竄上背脊，於是努力咬緊牙關，說什麼也不能讓他看見我發抖的模樣。

「可是我想來看牠，這樣牠才會認得我。」

我本來正打算離開，聞言卻不禁踉蹌停下。鞋釘刮地的聲音十分響亮，嚇得海夫特不安地挪動腳步、從嘴巴大口噴氣。達內一臉坦蕩眞誠的模樣。我的目光望向他的白色翻領與上頭的那根稻草，再一路移向他晶亮的黑色靴子。他分明走過了農地，靴子居然還能那麼乾淨。

我向他伸出手。「還眞高招。」

「什麼意思？」

「這就是你想要的，不是嗎？找個合情合理的理由，固定來拜訪我們家？」

他低頭看著我伸長的手，但在他握住之前，我就把手收了回來，不想給他利用握手這動作讓我感到自慚形穢的機會。

「我只是正好一直想養狗。」

「那當然了。」

「而且你父親打算淹死牠，不然——」

我咬牙切齒地回道：「怎樣都好，反正是你贏了。」

「聽著，我不知道你到底覺得我們是在爭什麼——」

「你不必努力對**我**展現魅力，反正其他人已經拜倒在你腳下了。」

他望著我，眉間出現一條淡淡的紋路，這個表情使得一股熱氣在我體內流竄，猶如高燒的前奏。門砰地一聲打開，艾塔說：「路西安，爸很高興哦，我早就料到了。我先把牠抱出馬廄隔間，你可以抱抱牠，但只能一下下，因爲冰冰會不開心的。不過至少可以先讓牠聞聞你的氣味，然後——等一下，你們兩個是怎麼回事？」艾塔的目光從我的臉移到路西安，又回到我臉上。「艾墨特，你怎麼一臉好像便祕一樣的表情。」

「艾塔，別在外面待太久。」

我轉身離開，留下他們兩人獨處。

14

我期盼著達內能改變心意，但沒想到當我發現他隔天沒來，卻反而感到極其失望，就像是我正打算跟某個傢伙吵架，對方卻先向我道歉認錯似的。隔週的天候盡是一片單調白茫，儘管沒有下雪，天色卻近乎與積雪連成一片，讓我的雙眼難以判斷遠近。我努力不去思考達內的事，但是一不注意就很容易神遊他方，眼神飄向四周那些陌生而柔和的輪廓，比方說那片平緩的田野本來不該是這個形狀的……曾有一次，我步履艱難地穿過高地凹處最深的一處積雪，不慎被埋在雪裡的石頭絆倒，整個人往前飛出去。等到我終於喘過氣來，居然一時分不清自己身在何方。最後是在我狼狽地站起來，扶著牆穩定重心時，才終於認出那面牆就是我幾個月來一直想修理的牆面。我不禁甩了甩頭，不敢相信哪怕只有那麼一瞬間，我竟然會在**自己的地盤**迷失方向。那晚我輾轉難眠，隔日一整天都心神不寧、焦躁不安，沒一件事順遂。我不小心踢翻了一桶牛奶；由於沒上好門閂，一隻豬趁機溜進製酪場；穀倉的屋頂看起來搖搖欲墜，彷彿隨時會崩塌；一頭母羊被狐狸咬死了。爸的心情跟我一樣跌落谷底，可是媽沒有時間擔心我們，只在去餵雞、完成艾塔分內的家事時才對我說話，吩咐我去打洗衣服的井水。最後，我的手指還差點被蕪菁切割機剁斷，在千鈞一髮之際才總算回過神來。晚些我趁著媽轉過身時，鬼鬼祟祟地摸走一塊麵包布丁，溜到馬廄裡，一邊看冰冰餵奶一邊吃。然而就連小狗都令我心煩意亂，至於原因是什麼，我也摸不著頭緒。後來才突然想到，是因爲小狗會讓我想起他用什麼眼神看著我，即使他不在場，他流露出的那股輕蔑神情仍然**徘徊不去**……

「路西安！」

我不曉得艾塔已經這麼喊了多久。我把最後一口麵包塞進嘴裡，步出馬廄、走進後院。她正在窗前興奮地招手，而院子後方的道路上則傳來逐漸接近的馬蹄聲，但積雪讓所有的聲響都變得朦朧不清，直到他行經圍牆、在我面前下馬時，我才措手不及地發現他正在眼前。我們互看彼此一眼。最後，他對我點了個頭，有些防備地打了個招呼，接著又過分謹慎地爬下馬背。他風塵僕僕地騎馬前來，外套上散發著一股馬的味道，高筒靴亦沾得泥濘斑斑。但我也工作了一整天，我知道自己全身上下都飄散著汗臭味，而且還沾滿了塵土、蜘蛛網和羊糞。我們狼狽的程度本應不相上下，但我卻刻意轉身不看他，同時感覺到自己的雙頰脹紅發熱。我看見劈柴底座旁有一把斧頭，便愣愣地伸出手去拿，就好像到前一秒爲止都在忙著劈柴那樣。我撿起離自己最近的一塊木頭，往中心砍下，一聲悶響隨之響起。

在那片刻的停頓中，他本來似乎打算開口說點什麼，然而艾塔這時正好也來到門口。「快點進來看小狗。」她喊著。我聽見路西安走向她，腳步卻好像略顯遲疑。難不成他在等我向他打招呼？我才懶得理會呢。於是，我一連劈了三塊木頭，才總算隨他們走進馬廄。

「以後牠身上會長出一大塊黑色斑點，你瞧。」艾塔說，她溫柔地將小狗攬在胸前。「來，換你抱牠。」

「要是我沒抱好怎麼辦？」

「不會的，」艾塔說：「這樣不就好了。牠是不是很可愛？你打算幫牠取什麼名字？」

「我還沒想過，」他笨拙地舉起小狗：「你說得沒錯，牠看起來真的很像有人不小心潑了什麼在牠身上，很像墨漬。或許我們可以幫牠取名叫——」

「你不會想叫牠墨漬吧。」我說。

他向四周環顧，大概是這時才突然察覺我也在場。「我沒說要叫牠墨漬。斑斑怎麼樣？或者墨墨？」

「點點。」艾塔說。小狗張嘴打呵欠，彷彿在回應。艾塔咯咯笑了起來。「你瞧？就是這個，點點。」

就這麼決定叫牠點點了，達內似乎也不以為意，或者該說只有艾塔笑了他才會跟著笑，像是無論她說了什麼都很好似的。他對待小狗有如對待嬰兒，一切都小心翼翼，什麼都交由艾塔決定。我實在看不慣他這種模樣。畢竟他的意圖再明顯不過：每個淺笑、每次輕拍小狗鼻子，一切的一切，都是為了討艾塔歡心。每當他來到農場（後來他每隔兩天就來一次）都是為了見艾塔，而不是小狗。後來，她的咳嗽開始惡化，又得躺回床上休息一週，他就好幾個鐘頭都待在她的床邊，陪她玩、逗她笑，讓她大啖他從塞津買來的巧克力。

起初我不想蹚這渾水，即使他眞要來，我也不想看他們在一起的畫面。但是過了約莫一週，有次我經過食具室，媽鬼鬼祟祟地把我拉進去，咯噠一聲關上門。「艾墨特？我有話要跟你說。」

「什麼？在這裡嗎？很冷耶。」

「不會太久的。是艾塔，還有——達內先生的事。」

達內**先生**。我的情緒肯定全寫在臉上，因為媽搶在我開口前就急著發話。

「你聽我說，艾墨特。我知道你不喜歡他，不用露出那種表情，你以為我們都沒有發現嗎？可是你總得為艾塔想想。」

「我**就是**為艾塔想才會——」

「這對她來說可能是個好機會，要是他愛上她——」

「太扯了！不可能的。」

「我知道機會不大，但是阿墨，你得替她的將來著想啊。如果他娶了她……這是有可能的！我知道這種事情不常發生，但是你妹妹長得漂亮，他還是**有可能**愛上她的。他家境富裕，英俊又迷人，她不會有其他好機會，你別搞砸了。」

「所以說你想用高價把她賣給別人。」

媽使勁掐著我的耳垂，直到指甲在我耳朵上留下一小塊半月形的紅痕。最後她說道：「我不指望你明白。你太天眞了，艾墨特，甚至比艾塔還要天眞。但無論如何，我都需要你幫忙。」

「**幫忙**？我該怎麼做？在他面前歌頌艾塔有多好嗎？告訴他她一定會是個好——」

「你說話**小心點**！」

片刻沉默後，我兩手插進口袋，深吸一口氣。「你要我怎麼做？」

「和你想的正好相反。」她說，聲音裡帶著幾分緊繃。「我們很愛艾塔，也不希望她受到傷害。雖然我眞心期望達內先生能改變她的一生，但如果他不行，我也不希望艾塔的名聲被毀掉。我們想要知道她絕對不會……無論她的感受如何，都不會忍不住……墮落。」

「她覺得自己是愛他的，」我說：「所以當然會忍不住**墮落**。」

「如果是這樣，我們只需要你……幫忙看著這兩人，確保她不會眞的這麼做。」

「你要我當他們的**監護人**？媽，我還有工作要忙，可不是一整天只要閒坐著織東西就好！」

「艾墨特，別傻了，我知道你很忙，所以也沒有要你整天看著他們，只要你有空去看一下他們獨處的狀況就行了，我們得保護好她。」

我收在口袋裡的手緊握成拳，注視著她背後的一罐醃漬山楂子，學校同學都叫這種植物**裂屁股**。那東西非得要等到腐爛了才咬得下去。

「媽……她最後一定會心碎的。」

「沒人會因爲心碎而死。」

「她還是個小孩。」

「當初我嫁給你爸時只比她現在大一歲，而且這是非常棒的機會，艾墨特。難道你看不出來嗎？

要是有人願意給**你**一個更好的人生，你會怎麼辦呢？」

「如果那人是達內，我會叫他去……」聞言，媽瞇起雙眼，我只好及時改口：「我會拒絕。」

媽嘆了口氣，挑揀了兩罐罐頭，擠過我身邊，語氣略爲尖刻地說道：「總之，你只要讓他們知道你不時會走進房間就好，艾墨特。拜託幫幫忙，好嗎？」

「好啦。」我說，但她早已離開。

我表面上雖然乖乖聽話，心裡其實很不情願，一開始眞的是硬著頭皮去做的。每次上樓進艾塔房間前，我都早早便惋惜起不得不浪費在他們身上的時間。人們都以爲冬天是農場淡季，但要是你不趁春天降臨前做完維修和整理的工作，到時就只能罵自己了——或是等爸來罵我。達內的來訪之所以讓我不滿，當然還有其他原因：他看著我的表情，總能讓我意識到自己的上衣沾了豬屎、油臭或汗味，並因此感到羞愧。他總有辦法讓我的胃部一陣翻攪。就算他抵達時我沒有撞見他，卻總能感覺到他在我家。我曾暗中期望能逮到他的一些小辮子，然後理所當然地叫他滾蛋，再也不要回來。可是他從未露出帶著罪惡感或心懷不軌的模樣。還有另一點讓我起疑的是，他最多只會拉拉艾塔的辮子，或用手指輕彈她的臉頰，除此之外並沒有任何踰矩的動作。他的動作實在**太像個**哥哥，像是對他來說她還只是孩子。

可是，隨著一天天過去，我發現自己和他們相處的時間愈來愈長，畢竟有些雜事我是可以帶進屋子裡做的。白日變得愈來愈短，能坐在油燈下敲敲打打、修修補補，或是和爸促膝討論牛毛草和貓尾草的最佳比例、專心研究種子，我其實也挺開心的。由於天氣冰寒刺骨，我把冰冰和小狗帶進屋內，並將牠們的箱子擺在爐火旁。不過艾塔仍在休養，因此房裡的壁爐總是盈滿溫暖的火光。有時，監視他們甚至挺愉快的：在暖和的房間裡，艾塔和達內時而低聲談話，時而默默不語，沉浸在遊戲之中，達內會用口哨吹出輕柔的旋律，艾塔的刺繡則刺得亂七八糟。有時候，儘管發生過那些事情，我依舊得咬緊牙關以免自己因爲達內說的某些話笑出來，偶爾甚至得將指甲掐入掌心，提醒自己不要也受他的魅力迷惑。

有天傍晚，夕陽餘暉已近消逝，而這一整天艾塔的心情都不太好。雖然她盡可能不在達內面前表現出來，我還是注意到了她的小動作：她的手指不斷捲繞著一絡髮絲。突然間，她瞪著我。「艾墨特，你就沒其他事好做了嗎？」

「什麼？」我一直專心看著達內在她棉被上擺出的接龍遊戲，他錯過了那張本來能讓整排牌都釋出的紅心J，讓人不禁咋舌。

「你爲什麼不去找點有用的事做？要是你覺得無聊，大可不必待在這裡。」

「我很好，多謝關心。」

「你坐在那裡亂瞪人。」

我能感覺到溫熱的血液瞬間衝上臉頰。達內放下了手中的牌，目光從艾塔身上移到我臉上，眉間微微皺起。這幾週來，我明明已經很努力壓抑自己，盡量不要表現出對他的厭惡。「少囉唆，艾塔。」

「沒人逼你坐在那裡，路西安是家教好，才不跟你計較，可是——」

「艾塔，」達內把撲克牌湊成整齊的一疊，說道：「我沒事的。」

「你只是太客氣了。阿墨，要是你不知道怎麼當個文明人，爲什麼不乾脆**走開**算了？」

「我住在這裡好嗎，」我說：「我有權——」

「路西安，你不要動！我不准你走。艾墨特，你爲什麼就是不能——」

「艾塔，你不必爲了我叫誰離開。」達內對上我的目光。「我很抱歉。」

我回瞪著他。「抱歉什麼？」

「我只是——我的意思是……」他輕輕吐出一口氣，陷入沉默。他沒有抬頭，只是逕自將撲克牌聚攏，整理成完整的一副牌。「聽我說，艾塔，現在天色暗了，我明天再過來。」

「不要！」她揪著他的衣袖，抬起水汪汪的雙眼望著他。「拜託別這麼快就離開。」

他看了我一眼，而我只是聳聳肩，然後他有些唐突地把那副撲克牌推到我面前。「你幫忙洗牌吧？」他坐下來，倚向艾塔，溫柔地用兩手捧著她的臉，讓她直視著他。「沒禮貌的人不是艾墨特，是你，」他說：「別鬧了。」

「什——什麼？」

「我很好，艾墨特也很好，要是你再不乖，我們兩個都要走了。」

她對著他眨眼，似乎感到非常迷惘，接著出乎我意料地，她微微笑了笑，有些慌亂地眨著睫毛。「你說得對，」她說：「我很抱歉，路西安。」

「沒關係。」他也笑了出來，用食指輕點她的鼻頭。「好了，」他說：「現在我來幫你算命，看看你未來的命運。」他取來撲克牌，在棉被上依序排出四張牌卡。當他擺出牌卡，我看見她輕撫著臉頰，彷彿仍能感受到他的觸碰。他抬起頭：「黑桃 2、紅心 2、黑桃 J、黑桃10。嗯，有意思。」

「這幾張牌不好嗎？」

「不，」他說：「一點也不會，完全不會。」他指著紅心 2。「這張牌象徵愛情。至於出現在它之前的黑桃 2 則表示著……我不是很確定，也許代表你得爭取，或一開始沒發現那是真愛。再來是黑桃 J……這張牌象徵憂鬱的年輕男子。你會愛上一個憂鬱的年輕男子，他也會愛上你。你覺得怎麼樣？」

她深吸一口氣，凝視著他。她沒有笑。有一瞬間，我似乎瞥見了她將來變成成熟女性的模樣。

「然後呢？」她問。

「然後……」他將那四張牌收回，重新洗進牌堆。「目前為止就是這樣了。」他輕輕說道，並對她露出燦笑。「我猜你之後會過著幸福快樂的日子。好了，你該躺下來休息了，你可以好好思考未來的命運。我明天再回來，看能不能順便帶些你愛吃的蜜餞過來，好嗎？」他站了起來。

她點點頭。臉上依舊是那副古怪的成熟表情，好像有一道白光正照耀著她的臉龐似的。他伸出手撥亂她的頭髮，說：「還有，不許再亂發脾氣了。」

她望著他離去的背影。如果他轉過頭，就會看見她望著他的眼神。可是他卻完全沒有這麼做，只是像個上完最後一節課的小學生那樣衝下樓梯，一副因為總算能夠脫逃而滿心感激的模樣。

我跟上他時，他人正好在廚房。我透過半掩的房門看見他蹲在地上。我一走上前他就起身，胸前抱著小狗。「我等等就離開，」他說：「我只是想看看點點。」我沒有答腔。一會兒後，他皺起眉頭，問道：「怎樣？你為什麼用那種眼神看我？」

我關起身後的門。「達內，你在耍什麼花招？」

他再次謹慎地蹲下，將點點放回箱子，卻沒有立刻起身，而是跪在地上抬眼望著我，並伸出手指讓點點輕咬著。「你說什麼？」

我緩緩吸了一口氣。「你說艾塔會遇見一個憂鬱又帥氣的陌生人，而這人將會愛上她，是嗎？」

他不置可否地聳聳肩。「聽著，那不是——那不過是——」

「不過是什麼？一個玩笑？一場遊戲？你胡扯這些的時候難道沒想過她可能會——」

他揚起一邊眉毛。「你憑什麼覺得我是在胡扯？」

「因為……」我猶豫著，然後壓低聲音。「那麼我想這一切只是巧合，你只是正好說了她想聽的話。」

某種情緒忽然在他的臉上一閃而過。「我以為每一個小女孩的夢想都是遇見某個高大憂鬱的陌生人。」

「該死的，達內！」我在他面前蹲下，好細細打量他的表情。「你少在那裡假惺惺了，你**怎麼敢**對她說你愛她？」

他顯然愣了一下，把手從點點面前收回。「我從沒說過這種話。」

「最好是，你最好是對她腦袋裡想什麼一無所知！」

「別開玩笑了。」他站了起來。「我不知道你究竟在暗示什麼，但要是你以爲我意圖染指艾塔……」

「你一定覺得我很蠢吧。」

「這個嘛……」他上下打量我。「我不確定該怎麼回答這個問題。」

我朝他挺起胸膛，心跳如雷。一股想揍他的衝動——不對，是**需要**——不斷湧上，簡直就要讓我發瘋，偏偏我心知肚明自己沒這種膽量。「你爲什麼不能放過她？」

一陣沉默。他雙臂環胸，緊盯著我，最後才開口道：「好吧，我承認。」

「什麼？」

「你說得沒錯，我確實是想引誘艾塔。我的意思是，雖然我知道她還只是個孩子，但這樣不是更刺激嗎？然後我再甩掉她。而要是她想懷我的孩子，那就更好了，我可以輕易地毀掉她的一生，連同你和你父母的人生一起。這不過是因爲我想這麼做罷了，我就喜歡幹這種事。」

我怒瞪著他。他的雙眼像是兩顆黑玉，毫無生氣、沒有人性。我的喉嚨變得緊繃，幾乎讓我不能呼吸。「你——眞的……」

「不！」他轉過身，從我身旁走開幾步。「**不是的**，不是**這樣**！我的老天，你到底把我看成什麼人了？我救了你妹妹一命，我送她回家，她病了我還來探病，帶禮物來逗她開心，我認養一隻小狗，讓牠不必被殺掉，你卻老是用一副我是個殺人犯的模樣看著我，這究竟是爲什麼？」

「因爲你讓我覺得毛骨悚然！」

一片死寂。

「至少你很誠實。」他聽起來相當疲倦。他從牆上的掛鉤取下斗篷，穿在身上。「你不用擔心艾塔，她不會有事的。」

我低下頭轉身，聽見門吱嘎敞開又闔上的聲音，然後是他穿過門廳的腳步聲。風吹得屋頂磚瓦咯咯作響，外頭應該很冷，不過既然他能頂著冰天雪地騎馬過來，騎回家應該也沒問題的。

我走到小狗的箱子看看裡頭。小狗已經睡著了，只有冰冰抬起頭對我搖尾巴。要不是達內，點點早就不在了。

但他**還是**有些不對勁，而我知道這並不只是我的幻想。

我將手朝爐火最燙的地方伸去，想看看自己有沒有足夠的膽量去碰觸火焰。

接下來幾天我都刻意迴避他們兩人。不久前，我曾答應艾弗烈會幫他修小木屋的煙囪，於是，儘管現在天寒地凍，不是修煙囪的好時機（因爲得確保冰霜不會滲進泥漿），我還是堅持要幫他修理。當我告訴爸媽我會在麥田區忙一陣子的時候，他們交換了個眼神。不過我前一天已經修理好曬穀場的籬笆，所以吃派吃到一半的爸只是抬頭看了我一眼，而媽則是回答道：「很好，親愛的，那艾塔的家事就由我來做。」便又繼續吃早餐。我低頭藏起臉，將麵包愈撕愈碎。

但沒幾天這工作就完成了，我又回來幫忙農場的雜事。由於更年節迫在眉睫，又到了屠宰豬隻、把木柴和綠色植物搬進來的時候。通常來說我是很享受準備過程的，可是現在我每次轉身，都覺得彷彿瞥見達內來來去去的身影。我和媽將用微火去毛的豬隻帶回來時，達內剛好騎馬抵達後院。當他經過我身邊，我能感覺到媽停留在我身上的視線，而我衣服上豬鬃燒焦的臭味和血腥味則突然濃烈得令人窒息。我抹去額頭上的汗珠，吃力地將獨輪推車推進敞開的門內。雖然我一眼也沒看向達內，耳朵卻清楚聽見他下馬時靴子踏在鵝卵石上的聲音。放下獨輪推車後，我立刻走向水泵、打出冰水，洗了把臉。我花了好幾個鐘頭屠宰豬隻，然後在後院搭起煙燻爐。直到傍晚夜幕低垂，我才洗去一身的汙泥，上樓走進艾塔的房間。踏進房門的那一刻，我的心臟怦怦狂跳，可是達內只是冷淡地對我點了個頭，彷彿早已忘了我那天對他說的話。「哈囉，法莫。」他說。

「達內。」我說。

他稍微歪著頭，算是致意，接著又回來繼續和艾塔玩遊戲。房內一片靜默，只偶爾穿插骰子滾動的聲音、達內的輕聲咒罵和艾塔的咯咯笑聲。我低下頭，笨拙地處理著我帶上來修理的挽具，過了好一會兒手指才終於不再顫抖。

在那之後我們就像是休戰似的，若非必要，絕不會多看彼此一眼。假使需要交談，也僅是以冷漠的、不摻雜任何情感的語氣對話，就像兩個素未謀面的陌生人。我很擔心艾塔會發現我們有別於以往的行為舉止，例如當他輕扯著她的辮子時，我不再瞪著他們，他也不再用嘲諷而客套的態度對待我。幸好，只要有達內在，她的眼裡也容不下其他人、看不見其他事物。我從沒見過她如此快樂，而思及此卻讓我心痛不已。這種情況是不可能維持下去的，她遲早會發現達內根本不愛她。

然而日子還是這麼一天天過去。某天午後，我突然發現再過兩天就是更年節了。放眼望去，到處都是常綠植物編成的花環、閃亮的金色紙星星、紅色的裝飾小球，廚房則飄散著肉桂和融化奶油的香氣。艾塔上週都在趕工製作常春藤花環，不過手上雖忙個不停，人卻心不在焉，好像一秒都無法從達內身上移開視線似的。而現在我和達內則負責掛花環，艾塔正坐在沙發上，全身裹著毛毯指揮著我們。她發亮的眼中滿是掩飾不住的興奮，達內則不斷回頭看她，對著她微笑。「不對，歪了，你要釘在中間的位置。」她說。

「沒問題，女士。」他仍抓著花環的一邊，對她鞠躬，然後盡可能地歪過身子，傾斜的程度讓他腳下的椅子甚至都搖晃起來。「這裡嗎？」

我低頭看著那堆已經開始失去光澤的深綠色葉子。「我去找釘子。」我說。

「好主意。噢拜託，艾塔，難道不**完美**就不行嗎？」

我走進廚房，開始搜刮碗櫥抽屜，看裡面有沒有釘子。媽正在餐桌上揉麵團，身上稍微有點麵粉，臉頰和艾塔一樣紅。「噢——艾墨特，可以幫我拿那個罐子下來嗎？也順便替火爐添個煤炭？再幫我量一磅糖煮成焦糖？你爸上哪去了？他答應我要幫忙拔鵝毛的。」

等到我總算回到客廳，竟看見他們在接吻。

我在門口僵住腳步。不對，他們是在跳舞。她在達內懷裡，但他正拉著她轉圈，然後流暢地帶著她一邊跳舞一邊穿梭過傢俱之間，兩人的頭輕靠在一起。達內正在哼歌，是某種輕柔的旋律，唱到最後變成像是氣音的「一、二、三」，然後是：「滑步，兩腳一起。很好——哎呀，不好意思。」接著又唱了起來：「啦啦啦——對，就是這樣——**啦**。」他哼著調子，艾塔則咯咯笑著。「停下來，我不會……這絕對是**你的**錯。」他們慢慢停下，大笑出聲。

「我們再試一遍。」

「你不准嫌煩喔。」

「我才不會。」她衝著他露出燦笑，呼吸變得急促。她看起來……很美，他擺在她後腰的手優雅又有紳士風範——那隻從未做過苦工、也永遠不需要幹活兒的手。

「哎，**我**倒是膩了。」達內輕輕撥開她額頭上的瀏海，鬆開擁著她的手，動作一氣呵成。「其他花環怎麼辦？你哥不是去找釘子了嗎？」他望向門口，看見了我。

「艾墨特！」艾塔喊著，蹦蹦跳跳地來到到我面前，腳步輕快得好像仍在跳舞。「路西安在教我跳華爾滋。」

「我看到了。」我放下那盒釘子，專心地撬開盒蓋。

「我們跳得好不好？」

「看得出達內很知道自己在做什麼。」

「那是因爲我之前沒跳過嘛，阿墨。你不能期望我馬上就跳得好，我只是得多練習。」

她朝達內伸出手，他卻笑著搖搖頭。「抱歉，我不像你那麼精力充沛。」

「好吧，那你教艾墨特跳，等你下次回來我就會變厲害了。」

我說：「艾塔，你才剛能下床不久。」

「我想我差不多該走了。」達內同時也說。

「噢，不要！**拜託嘛**，路西安，再多留幾分鐘，明天就是更年節前夜了，你要對我好一點才對。」

他露出淺淺笑意，咬著嘴唇，然後與我四目相接。「艾塔，何不換你教他呢？反正你現在已經會跳了。」

「好吧，我來教他。可是你要留下來，我要是教錯了你要糾正我哦。」她粗魯地把我的身體轉向一側，讓我們面對相同方向。「照我的動作做。先往前踏一步，往旁邊，兩腳併攏，就像這樣——懂了嗎？一、二、三……」

我努力按照她的示範做出動作，達內則一臉拚命忍笑的表情。

「不是，要這樣跳——噢，你動作太慢了啦！」

達內說：「艾塔，給他個機會。」我停下來看著他，卻發現他正盯著我的腳。「別催他，你也沒比他快多少呀。」

艾塔嘆口氣，扯了下我的手肘。「懂了嗎？好，如果我站這邊，你站那邊。你的兩手要這樣擺。」她把我當成人偶似的折來折去。「現在換你來帶，一、二、三——噢，我拜託你！」

「我做錯什麼了？我覺得我跳對了呀。」

「你應該要**領舞**，不是讓**我**推著**你**動，這跟路西安跳的不一樣。」
「我想也是。」我用小得幾乎聽不見的音量回道。
「路西安，你來示範。」她攫住路西安的胳膊，把他拖向我這邊。「向他示範要怎麼跳。」
我結巴地說道：「我不——」
同時，達內也說道：「我覺得不——」然後我們兩人便陷入沉默，面面相覷。達內露出有些防備的表情，兩頰微紅。「我覺得你哥不會想要我教他的，」他說：「尤其是華爾滋。」
「別說傻話了，」艾塔說：「你示範給他看就對了。」
達內一動也不動地等待著，我過了一會兒才愣愣地發現他在等什麼。「沒差。」我的聲音既陌生又緊繃。「示範給我看吧。」
「你要我跟你一起跳嗎？」
我深呼吸一口氣。「如果你想的話，如果艾塔想的話。」
他凝望著我許久，表情難以解讀。「你不是會……會覺得毛骨悚然嗎？」
「不會的。」我盡可能讓語氣保持平穩。「我想應該不會的。」
他瞇起眼看著我，就像將我當成他考慮要買下的動物似的，我感到血液逐漸衝上兩頰，體溫愈來愈高。我別開了眼神。
他笑了出來，發出一種同時帶著戒備與愉悅的古怪笑聲，就好似自己雖然勝出，卻不太知道箇中原因。「坦白說，我覺得你跳得不錯了，」他說：「你的腳步滿好的，只是需要適應一下而已。」他伸出手，卻又遲疑了下。「你確定嗎？」
「**示範**就對了！這種小事也要婆婆媽媽，」艾塔說：「拜託，你們是**男生**耶。」
達內朝我跨出一步，我略微往後縮了下，同時也能感覺到他的退卻。於是我不讓自己有時間多想，直接伸出手，像艾塔牽我那樣牽起他的手。他的手比我想像得更溫暖而潮濕，似乎沒什麼不尋常，甚至可說相當友善，就跟媽或帕蘭諾·庫柏的手一樣。「就來吧，」我說：「反正也逃不掉。」

「準備好了嗎？一、二、三。一、二、三，一、二、三……」

他比我預想得更有力氣。我們在房內跳起華爾滋。剎那間，我終於理解艾塔的意思：我幾乎什麼都不用做，只要讓人帶著，然而這感覺起來卻像是擁抱，近得令人不適，近得讓我幾乎無法呼吸。一、二、三……

我踉蹌了下，他立刻鬆手。「好了，現在你可以帶艾塔跳舞了。」

「好。」我眨著眼，努力想讓眼前的客廳不再旋轉，可是那股後勁沒放過我，我才往旁邊踏出一步，就立刻感到另一陣暈眩。達內扶著我的手肘，穩住我的重心。他手上的溫度像水一樣滲透過我的襯衫。我立刻笨拙地將手抽回，而他也往後退開，臉色頓時凝結。「謝了，達內。」我說，然而聲音聽起來卻如此薄弱。

「艾塔！」媽站在門口。「你在做什麼？我說了你如果不待在沙發上就不可以下床的！」

「噢——我剛剛——」

「快回去床上。失陪了，達內先生，祝你更年節快樂。」媽把沙發上的那堆毛毯抱在懷裡，對艾塔招招手。艾塔嘆口氣，急匆匆地對達內露出一抹親暱的微笑，尾隨著媽離去。

現在只剩我和達內獨處。他看著我，一副欲言又止的表情，但他唐突地拾起斗篷，走向門廳。我稍稍遲疑了下，望著那堆遭人遺忘、孤伶伶的常春藤花環，最後還是勉強自己跟了上去。

他已到了後院，門外細雪正紛飛落下。他看見我，卻沒有停下戴手套的動作，好像我只是雪景的一部分似的。

「你打算回塞津過節嗎？」

「沒有。」他將手套調整好，瞥了我一眼，像是不確定我還杵在那裡做什麼。「我叔叔會用他自己的方式慶祝更年節，這是大廚說的。我們會吃鹿腰腿肉、香檳、乾紅酒、波特酒……共七道菜，用鍍金的瓷器和上好銀器盛裝。然後在大得跟穀倉沒兩樣的餐廳裡，只會有我們兩人乾瞪眼。」

「這樣啊。」

「會很好玩的。在第二道菜上桌前他就會醉到不省人事，然後我就可以坐在那裡，看他醉倒在自己餐盤上的模樣。」他把外套衣領拉高到下巴處。「我會有好幾天都不會再來這裡，如果你是要問這個。」

「來這裡吃晚餐吧。」

「什麼？」

他在逐漸暗下的暮色裡注視著我，雪花沾在他的眉毛上。我吞了一口口水。「爸媽會希望你來的，艾塔當然一定也是。家裡食物還夠，我們通常會邀請工人和他們的家人一起來，多一個人沒差。」

「你是在邀我參加更年節晚宴嗎？」

我聳了聳肩，可是他繼續盯著我看，直到我囁囁著說：「是。」

他的表情變了。「不了。」然後又說：「謝謝你。」

「可是——」

「你其實不希望我來吧？」他對我露出個歪斜的笑容，好像我剛講了一個很難笑的笑話。

「我不是——」

「願你的黑暗噤聲，光明儘早降臨。」他唸出古時正式的更年節祝賀詞，接著便躍上馬鞍，留下我獨自站在雪中，顫抖不已。

15

今年的春天似乎來得比往年早。更年節後，只有零星幾場暴風雪降臨，等到第二次滿月時，雪地已開始變得如蕾絲花邊般坑坑疤疤，融化成一堆堆邊緣呈棕褐色的泥雪。在積雪完全消失前，你所踏出的每一步都會陷入高至腳踝的泥濘；樹木會在一夜之間甦醒，吸光土地裡的水分，空氣中則飄散著清新氣息，生氣盎然。我一直最愛初春的頭幾日，感覺就像是冬季囚房的大門登時敞開。可是今年卻好似發現了一個未知的國度，透過達內那雙在城鎮長大的眼睛觀看，一切都像是前所未見。艾塔已經康復了，必須分擔家務，因此他不會天天造訪，就算來了也只會待上幾個鐘頭。但他仍舊持續過來，並開始融入農家生活，甚至成爲這裡的一分子。無論做什麼差事一旁都有他的身影，雖然不至於礙手礙腳，卻很難忽視他的存在。他會跟在艾塔身邊，陪她登上高地，送午餐給正在播種的農夫。在艾弗烈觀測到即將下雨時，他也照他所說，嗅聞著風的氣息。經過爸和我浸漬了小麥種子催芽的穀倉時，他被濃重的尿味熏得不禁淚水直冒，退避三舍。我待在牧羊人小屋準備迎接小羊誕生的那幾週，艾塔晚上都會來送晚餐，他不只一次隨她前來。飯後，我們會靜靜坐上一段時間，喝著茶，看星星變得愈來愈亮。有一回，一隻小羊出生時他正好在場，生完後，他跪在淤泥糞土中用稻草擦著小羊的口鼻，月光照亮他半邊臉，油燈的光則打亮他臉的另一邊。他的襯衫上沾滿了血液和黏液，他卻似乎渾然未覺，只是一味將身子偎向小羊，全神貫注地望著牠，最後帶著不可置信的笑容抬頭看我。我對他說：「看吧，一點也不難。」他便搖頭輕笑。

當然還有點點。我們總愛拿牠第一次聞到兔子氣味的興奮模樣開玩笑，忘不了牠在發現自己的四肢能奔馳得多快時那副沉醉的樣子，同時也不禁想像牠鼻腔裡濃郁的草木馨香和泥土氣息。某晚，我們在田裡翻完堆肥後走路回家（達內只負責指揮，因爲他才和我們一起工作了十分鐘就受不了），艾塔說：「**真希望**我聞起來能像點點一樣。」我戲謔地笑著說道：「臭小孩，其實你聞起來就像牠一樣。」不過我知道她想表達的意思是想要像點點那樣嗅聞。

那時大家都忙著工作，沒人有空監視達內。所以，若他眞的心懷不軌，大可趁這時偷溜上艾塔的床。不過他並沒有這麼做。他從來不跟她獨處太久，反而盡量挑我和爸也在院子的時候抵達，主動詢問需不需要幫忙。有時他會跟點點玩拋接，或試著把牠從兔子洞前引開。我總會看著他，在內心對自己說，其實我們都誤會他了，他只是想要點點和一些陪伴，住在叔叔家肯定很孤單，而他也從來沒提過其他家人。也許，他對我們的友情很淡薄，不過是出於無聊才跟我們來往。然而當我望著艾塔，胃部便又不住翻攪起來。因爲，假如他並不是眞的喜歡她，她的期望就會落空。但是每當我聽見他騎著馬、開心地吹著口哨抵達後院，或在他親吻艾塔的手背做爲問候時與他對上眼神，我再也無法欺騙自己：他就跟她一樣快樂，彷彿能夠跟她在一起他已心滿意足。至少，目前是這樣沒錯。

點點長大了，到了可以離開冰冰的年紀。我曾想叫達內把牠帶回家後就別再過來，但每次話到嘴邊我又默默吞下，盤算著也許可以再等一個鐘頭或是一天，畢竟我無法忍受點點永遠不回來。達內付了點點的伙食費，但除此之外，牠更像是**我們的**小狗，不是他的。由於冰冰已經成年很久了，我幾乎快要忘記幼犬是什麼模樣，也不記得當初我們只要一有空，就會跟牠搶玩具或玩拋接，或幫牠綁繩結當磨牙玩具。點點背上那顆深棕色的斑點已經轉黑，尾巴也剪短了，但是牠的體型依舊嬌小。每當牠玩累了，我就會把牠裝進偶爾用來裝獵物的帆布袋，牠則會將頭探出袋口。然後艾塔會走在我身旁，小小聲地說：「有兔子！」點點便會立刻豎起耳朵，逗得艾塔咯咯笑。有一次，達內開玩笑地對著空氣表示：「艾墨特女士在此爲您展示首都的最新時尚。請看他肩上的手提袋有多麼時髦，這條毛茸茸的披肩有多麼亢奮……」

不過，幾天後，我到高地上的山坡修剪刺籬，沒帶上那只提袋，達內只好一路抱著點點回去。還沒走到半途，他便對牠低聲說：「你這被寵壞的小肉球，眞不敢相信居然還要我抱你。再過不久你就會想坐轎子了吧。」可是我主動提議要抱牠時，他卻搖搖頭說：「不用，沒事的，牠不重。」

「那你抱怨什麼？」

「我很喜歡抱牠。」他咧嘴一笑。

我翻了個白眼，但他的好心情彷彿具有感染力。在友好的安靜氣氛中，我們並肩走在小巷，艾塔則在後方悠閒漫步，低聲哼著歌曲。我率先走到達內前方，打開坡田的入口柵門。目前是休耕期，而這條路正好是回家的捷徑。可是，就在我們穿越捷徑時，點點開始坐立不安，發出低沉的嗚嗚聲。達內低聲罵了幾句，努力不讓牠從懷裡溜走。「牠聞到什麼東西的味道。點點，別鬧。**不行**。」但牠沒有因此安靜下來，等我們來到坡田的盡頭，在後院高牆與樹籬的交接處，點點又再次拚命掙扎了起來。「點點，你這隻笨狗，**冷靜點**！」達內邊說邊艱難地用手肘頂開嵌在牆內的門。接著他又換了個語氣說道：「可惡，牠尿在我的襯衫上了。」

艾塔忍不住發出豬叫似的笑聲，然後才努力想轉爲不失禮又淑女的笑聲。

達內一把點點放到地上，牠便一溜煙衝向穀倉旁某個常有老鼠出現的角落。「噢，眞要命。」他低頭看著自己的胸口。「我濕透了，而且好臭。」

「你最好把這件衣服換下來。」艾塔說。

「沒事的，我可以這樣騎馬回家，幸好今天不會太冷。」

「別傻了，」我說：「艾塔，可以麻煩你幫我拿件襯衫來嗎？」我沒有等她回答，便立刻說道：「先進廚房吧，達內。」

他跟著我走進廚房。我在爐火上放了碗水煮熱，從眼角餘光發現他仍遲疑地站在門口。

「法莫……」

「什麼事？」

「你不用借我衣服的。」

我轉過身。「什麼？」

他難得語塞。「如果你不想——我是說，我知道你不喜歡借我衣服。」

「你究竟在胡說什麼？」

他猶豫片刻，又用不像在開玩笑的玩笑語氣說道：「上回你借我襯衫時簡直就要掐死我了。」

我感覺到血液衝上臉頰。「要是我沒記錯，」我說：「是**你**說要脫掉你的衣服的。」

「嚴格來說那是**你的**衣服。」

「不然我答應絕對不會掐你，你也答應我不要脫**任何人**的衣服？」

「那這件被尿濕的襯衫呢？總可以脫吧？」

「關門。要是艾塔不小心看見你的裸體，搞不好會興奮到暈過去。」

「這樣的話你也該迴避一下了。」

我實在憋不住，咧嘴笑了出來。

「先把身體擦乾淨吧，達內。」

他裝出一副乖順的模樣點點頭，關上廚房門。我溜進食具室，摸出一塊新的肥皂，等我出來，他已經脫了上衣。他沒有上回見到時那麼瘦弱了，雖然算不上魁梧，但長時間走路再加上呼吸新鮮空氣，讓他的肋骨和胸膛上長滿了結實的肌肉，腹部也十分平坦，但還不至於凹陷。「謝了。」他說，伸手接過肥皂。

我轉過身。撇開那些玩笑話，看他像個工人般洗去一日髒汙仍然令我不太自在，特別是此刻我的衣服還穿得整整齊齊，雖然我也不曉得這會有什麼差異。

一陣敲門聲傳來。我稍微把門拉開，露出一條縫隙，從艾塔手中奪過我的乾淨襯衫，便立刻關上門。她說：「我拿的是那件上面沒有該死的——」

「啊，」達內邊將上衣套進頭邊說：「謝謝。」雖然他的肩膀不及我的寬，襯衫卻相當合身。

「等等——這就是**上次那件**讓你火大得要死的襯衫嗎？」

「不是。」我完全來不及阻止自己。「少囉唆，達內。」

他笑了，笑聲聽起來自在而得意。他調整了一下袖口。現在我不再在意我的襯衫是不是破舊不堪了，他似乎也從沒留意過我的衣服有多老舊或骯髒。

「我可以進去了嗎？」艾塔說：「你們兩個在裡面做什麼？」

「再等一下。」我說，接著聽見她嘆了口氣，不耐煩地用指甲輕叩著門。

達內已經著裝完畢，他把濕透的襯衫揉成一團，擱在廚房餐桌上。我沒有點燈，室內昏暗的光線讓那件蒼白的上衣乍看恍若玫瑰。達內站在原地沒動，注視著我，最後才靜靜地開口：「怎麼了？」

「我很抱歉。」我說。因爲講得太快，每個字都像是擠在一起。「我真是個白痴，很抱歉。」

「沒關係的。」

「不，我是說——一直以來……」

「沒關係的，法莫。」

「留下來跟我們一起吃晚餐吧。晚餐的菜色大概沒什麼了不起，可能就只是派餅之類的，但我知道媽不會介意——」

「我很樂意，謝了。」

「再說，這次我邀請你不是爲了——噢，那太好了。」

我們看著彼此，但房內太昏暗，我看不清他臉上的表情，只能看見他白皙臉孔的輪廓。剎那間，他身後的一切——漆黑而巨大的爐子、好幾排的閃亮銅鍋、刷得光潔的石頭地板、牆上褪色的版畫，看起來竟如此陌生。食具室的門微微敞開，裡頭的罐子猶如經過拋光的玉石般散發著幽微的光亮。

「我就……」我胡亂比了個手勢。「上樓一下，不會太久的。」我轉身走進門廳。「達內要留下來吃晚餐。」經過艾塔身邊時，我對她說。

「什麼？**你**邀了他嗎？爲什麼？」她猛地抓住我的手肘，害我差點失去平衡。

「不可以嗎？」

她抬眼看著我。春夜的藍色微光灑入走廊，使得她洋裝上的粉紅斑點變得暗沉，轉爲淡紫色，她身後的牆壁則像是覆上了重重陰影。窗戶敞開著，西風拂過田野，吹入窗中，將後院的酸味沖散。空氣中帶有嫩草的香甜氣息，雖無暖意，卻在在承諾著溫暖即將來臨。我佇立原地，突然**感覺到**春天來臨，手臂上的寒毛豎起，彷彿也有所呼應。我甩掉艾塔的手，笑了出來。

「發生什麼事了？艾墨特？等等，你們兩個變**朋友**了嗎？」

她似乎一時感到五味雜陳，語氣聽起來如釋重負卻又滿腹狐疑，還隱隱帶著某種不自在。我勾著樓梯中柱盪了個圈，一步兩階地爬上樓梯。她又喊了我一次，語調帶著一絲憂愁。可是我已經上了樓梯轉角，沒再回頭。

自從那次之後，我們似乎就成爲朋友了。然而風平浪靜的表面下，彷彿一直藏著一股暗流，猶如衝下堰堤的水流那樣變化莫測，威脅著要將我捲入水底。幸而每當我感覺到它在蠢蠢欲動時，總能順利脫身。過沒多久，我便能輕易地無視它的存在。而在達內闖進我們人生的那天，我所感覺過的危險，以及令人寒毛直豎的強烈不安，如今看來其實也沒什麼，不過是無來由的厭惡。既然我現在已經更加了解他，就可以放心了。

對艾塔來說，這就像是親眼見證最後一道阻礙倒下。雖然我沒說出口，但如果他向艾塔求婚，現在的我可以答應把她嫁給他（也不是說**我**答不答應有什麼重要）。然而她似乎也感受到我的認可，就像奮不顧身跳下懸崖一樣陷入熱戀：幸福使她整個人飄飄然，散發著耀眼光芒，彷彿成爲達內太太的那個嶄新而閃亮的世界不再遙不可及，而且時機就要成熟。當然，她終究是個孩子，就和其他孩子一樣，最在乎的莫過於身外之物，像是結婚當天的禮服、兩人一起生活的房子，還有他會送她的結婚戒指。有一回，她和希熙．庫柏坐在柵門前，我經過她們身邊，聽見艾塔說：「……還要有一條長面紗！蕾絲鑲邊，你知道的，就是那種繡上珍珠、有花卉圖騰的面紗——」而她們一看見我便咯咯笑個不停，簡直就要喘不過氣。不過我並不擔心這件事，眞正令我夜不成眠的是其他的時刻——我已經能從她臉上看見十年後她將蛻變而成的樣貌，也從那副神情中瞥見了她對他的強烈渴望。她的姿態已逐漸改變，舉止同時兼備輕盈與慵懶。她會用手指輕輕拂過物品的表面，就像是初次了發現觸覺。她的食欲不再旺盛，連臉孔的輪廓都變了，雙唇變得更寬闊，顴骨也更爲突出。

可是達內對待她的態度始終如一：總是嬉鬧著逗弄她，像是兄妹相處般的輕鬆自在，也許是因爲他很篤定她的心意吧。又或者是另一種可能。有次我驚恐地心想，也許那是輕視……可是我心知肚明事實並非如此，達內對她的溫柔從未改變，能讓他表面上裝出詭異的親切態度、內心深處卻藐視不已的，可能只有我而已。

一直想著這些事情很可能會讓人失去理智，所以我並沒有這麼做，畢竟要考慮的事情太多了。春天正加快腳步，花園和田野裡的作物紛紛抽芽，樹木的樹液也變多了。所有工作結束後，媽會吩咐我們去採野蒜，或者好幾加侖用來釀酒的蒲公英。當我們走在亞契波爵士的森林，來到藍鈴花田畔，心曠神怡的美景讓我不禁開懷大笑：怪不得艾塔會墜入愛河，現在正是戀愛的季節。我差點以爲自己也戀愛了。

那一週大家都情緒亢奮，因爲覺醒市集將於週日登場。自從上次跟攤販買書讓爸氣得發瘋之後，我就再也沒有參加過覺醒市集。但今年，我企盼著這天的到來，而且不只是因爲這天放假。我跟達內、點點、艾塔並肩走著，我的父母掉隊走在後頭，手勾著手，就像回到年輕時代一樣。直到現在，我才能用嶄新的目光看待覺醒市集。市集裡四處林立著帳篷、掛著線繩串連的旗幟，空氣中則瀰漫著爐火煮食的煙味。目光所到之處，人們都穿上他們最好的衣服，打扮得五顏六色，臉龐也因興奮而顯得紅潤；四處都是笑聲、交易時錢幣的叮噹聲，還有淺淺的陽光映在泡沫溢出的啤酒杯上。在我身旁的達內突然停下腳步，輕輕吹了聲口哨，半是因爲覺得有意思，半是被這場面震懾住。我不禁笑出聲。「快走吧，」我說：「你不餓嗎？」

「我確實是餓了，不如我去幫你們買個派餅吧。」他說。

「我可以自己買，達內，我們又不是窮人。」

「好吧，我只是——當我沒說。」點點正興奮地在狗繩另一端扭動，不停發出嗚咽聲。我們直奔最近的攤位買了派餅，點點兩大口就吃光，吃完後還舔著嘴巴，滿懷期待地抬起頭望著我們。接著我們踏進一條較狹窄的道路，漫無目的地在一排排帳篷和擱板桌之間閒逛。艾塔停下腳步，痴痴地望著一整桌首飾，達內則順著她的目光看去，同時一手探入口袋，問道：「這串藍色珠子怎麼賣？」

「噢——謝謝，路西安，可是你眞的不需要花錢。」

達內轉過身，不以爲意地揮揮手，要她不用客氣。在那一刻，我實在是忍不住討厭起他來，因爲他表現得就像個好善樂施的年輕貴族。可是他注意到我的目光後卻只是對我眨了眨眼，又在下一攤買了三顆木製彩繪蛋，把其中一顆扔向我。我差點反應不及漏接，幾乎要把蛋摔在地上。「達內，」他把另一顆丟給艾塔時，我說：「這些蛋是有象徵意義的，應該要送給你喜愛的人。」

「我是啊。」他邊說邊讓我看他留給自己的那顆蛋。「老天，法莫。不過是顆蛋，別用那副我要收買你靈魂的眼神看我。」

我硬擠出一個笑，把蛋塞進口袋。此時某處傳來鐘響，艾塔拉著我往前跑。「快點，我要遲到了。」

「你不會遲到，小女孩會先上場，接著才輪到你。是彩帶舞。」我對著一臉疑惑的達內說明：「在一根高高立著的柱子綁上彩帶，女孩們繞著柱子跳舞，最後在柱子上打個死結。」

「那很美，」艾塔說：「帕蘭諾．庫柏可是覺醒女王，艾墨特——你絕對不會想錯過**那畫面**。」

艾塔對著一群正等在綠色植物之間的女孩揮手，又對達內輕輕笑了下，便衝上前加入她們。她們全穿著自己最漂亮的洋裝，臉龐白皙猶如報春花，頭頂戴的花冠上綴著漸漸變得乾燥的花朵。多數人任由頭髮如瀑布般傾瀉，唯獨艾塔將兩條細辮從前額往後綁，像是想要顯得與眾不同。當艾塔加入其他女孩的行列時，她們全都摀著嘴偷笑，轉過頭盯著我們。希熙．庫柏用手指著達內，又努力把手勢轉為淑女一點的招手，接著便笑得花枝亂顫。

「我覺得自己就像糕餅店櫥窗裡的一塊蛋糕。」達內說。

我噗哧一聲笑了出來。她們都用飢餓、嫉妒又渴望的眼神上下打量他，只有艾塔除外，因為她知道這塊蛋糕早就是她的了。

達內若無其事地轉過身，舉起一隻手遮住了臉。他臉紅了。「你一定要看彩帶舞嗎？還是我們可以……就這麼偷偷溜走？」

「我們走吧。」我說。

「謝了。」我沒說出口的是，他絕對沒辦法「偷偷」溜走，尤其是在這裡，每個女孩都盯著他看。不過我還是任由他帶著我穿梭洶湧人潮，不理會在背後喊他的艾塔。一走到人潮稀少處，我們便拔腿狂奔，直到抵達市集的盡頭，周遭只剩猶如廢棄棚屋般不起眼的攤位。「謝天謝地，」他兩手撐在膝蓋上喘著氣，說：「一堆那個年紀的女孩子聚在一起眞是可怕，對不對？」

「簡直是狼群。」我說。

「女巫集會才對。」

我咧嘴一笑。「所以你沒有姊妹？」

「其實我有兩個姊姊，希西莉和黎瑟。」

「真的嗎？我都不知道你有姊姊。」說來奇怪，我對達內的認識少得可憐，更別說他也從未提及自己的父母。我正打算這麼說時，他的臉色卻突然一變，讓我忍不住轉過頭去看他發現了什麼。

是書攤。書攤跟其他攤販的擱板桌隔了一段距離，半掩在及膝的野草中，旁邊有部空了一半的手推車，地面則留有手推車的車轍軌跡。他很可能就是數年前賣給我書的那個男人，只是眼前這人更蒼白、更瘦弱、也更鬼祟。不過也可能不是他。但這不重要，書依然是書。色彩斑斕、有著黃金圖騰的皮革書脊層層疊疊，裡頭也有幾本比較樸實無華的書，而其中一、兩本以碩大的金屬夾固定，書頁邊緣爬滿了黴菌斑點……我往攤位上前一步，毫無來由地心跳加速。

達內使勁捉住我的手臂，力道大得我差點哀號出聲。「你這是在幹麼？法莫？」

「沒什麼，我只是——」我眨眨眼。

「你不知道那是什麼嗎？」

「我只是想看一眼。」

他瞇起眼睛，二話不說便直接轉身，快步離開。他硬是拖著點點走，狗繩勒得點點差點喘不過氣。我猶豫地站在原地，彩帶舞的風笛旋律在我耳中迴盪，高亢而尖銳，在襲來的強風中忽隱忽現。顧攤的男人正望著另一個方向，帽子下的頭髮油膩，攤位則搭得歪斜不穩，一副隨時會倒塌的模樣。可是在明快的春日陽光下，書卻閃爍著光芒，折射出深藍、豔紅和帶著燙金的灰綠色調……

像是一條絲線應聲斷裂似的，我掙扎了一會兒，便追上達內。「喂！等等！拜託你——」但我跑得氣喘吁吁，沒辦法繼續呼喊。我知道他能聽見我的聲音，然而他卻刻意加快腳步，穿過濃密的野草走下了山谷。我在林中穿梭，最後總算跟上他的步伐，正好看見一根低矮的樹枝掃過他的前額。「到底怎麼回事？」

他轉過頭，彷彿我們已經吵了很久的架似的，不屑地說道：「你很喜歡書是吧？你是不是在哪裡也有祕密的藏書處，好讓你在冬夜裡看書取暖？看著別人最羞愧的事情毫無保留地攤在書頁上，讓你能一讀再讀，卻不——」

「什麼？」

「你應該感到羞恥。」

「你到底在胡扯什麼？」

「你覺得這沒什麼大不了的，是嗎？看著別人的人生在市集變成拿來販賣的商品，讓低俗的粗人在漫長的冬夜讀得眉開眼笑？」他咬著牙吐出長長的一口氣，無力地靠在一棵樹上。剛剛掃過他前額的樹枝在他的眉毛上方留下了一條細紅印子。過了一會兒，他抬起眼與我對望，專注地看著我。我不曉得他究竟想看出什麼，但最後他別開了眼神。當他再次開口時，聲音已經平靜下來，彷彿我通過了某項測試。「你真的不知道我在說什麼？」

「我不知道。」

他來回撫摸著額頭上的刮傷，然後說道：「法莫，那些書都是別人的人生，他們的回憶遭到竊取、被徹底榨乾。那裡面全是他們這輩子最可怕的遭遇。」

「什麼？」我注視著他。「你是說，人們把記憶寫成——」

「寫？不對！是被裝幀成書，這樣他們就會忘記一切。」他皺起眉頭。「這——我猜算是某種魔術，一種齷齪又低級的魔術。人們還假裝這是一件很光采的事，或是一種**善舉**，但根本不是這樣。『可憐的艾比蓋兒，她的遭遇真是教人心痛，要是移除記憶，她的日子會好過得多，對吧？』然後你剛剛看見的人會取得那本書，轉賣給其他人，讓他們……」他忽地停下。「這你應該知道吧，你一定知道。」

我搖搖頭。「我大概知道那好像有哪裡……不太對勁，但怎麼可能是這樣子，我不相信。」其實我是相信的。就是因爲這樣，我父母才會一提到書就臉色難看，也是因爲如此，他們才從未向我們提起書。腦海中，那個戰役前夕的軍營再次浮現，我看見爸極其憤怒，就要痛揍我一頓。也許我該慶幸當初沒有讀完剩下的內容。

「但你肯定見過書，」他說：「就連學校裡的裝幀書都是眞實的記憶。老師沒教你們嗎？」

「我們在學校都是用石板教學，還有刺繡和信件。」儘管肩膀緊繃又疼痛，我還是聳了聳肩。「我們從來不用書來上課，這裡的人也不讀書。」

他臉上又浮現出以前那個緊繃而冷淡的表情。等到他終於點了點頭，彷彿已過去好幾個鐘頭。

「你說得對，」他說：「你不太可能知道書這種東西。離這裡最近的裝幀師是個老巫婆，住在好幾公里外的沼澤地，你當然不可能認識她了。這是我叔叔告訴我的，說起來，除了酒精，他關心的東西其實也不多。」

周遭一片靜默。點點正嗅著某樣東西，將狗繩拉得緊緊的，達內則依舊動也不動。他垂下了眼神，但是腳邊除了踩扁的野草和一堆樹葉，以及從地表突出的盤結樹根之外，空無一物。一陣吵鬧的鳥啼忽地響起，冷風將泥土芬香的氣味吹來，我將一手插進口袋，握住達內剛才送我的彩繪蛋。

「達內……」

「怎樣？」

我也不曉得自己想說什麼。一會兒後，他又直起身，從我身邊走過，踏上通往山脊的小徑。樹木的間距很密，讓我們無法並肩前進，我便跟在他身後，同時暗自慶幸他看不見我的表情。我不希望他瞥見我想起那本書和爸震怒的神情時，臉上油然浮現的那一絲羞愧。點點發出亢奮的嗚咽，猛地往一旁衝去，害達內差點被牠絆倒。但他沒有笑出來，反而一把將點點拽回來，讓牠不得不放棄剛剛找到的東西。

最後，他在小丘頂端停下，這裡已是樹林盡頭。從這個地方能看見矗立於地平線、幾乎被新綠樹林淹沒的紐豪斯大屋，還有山谷下方的城堡廢墟和波光粼粼的護城河。灰色的暴風雨正步步逼近。在層疊密布的烏雲之間，太陽射出最後一道耀眼火光，將萬物暈染得金黃，接著烏雲再度闔上了縫隙。

「你願意當我的祕書嗎？」達內問。

我慢了半拍才聽懂達內在說什麼。「什麼？」

「我需要一名祕書，待遇當然會很優渥，工作內容不會太困難，大概是寫寫信、為我提供建議等等。**你先別拒絕**，」他猛然扭過頭，又說道：「拜託，就這麼一次，你先聽我說完。我需要你——我需要一個人幫我，而且要一個思緒清晰、不容易動搖的人。對，這是有給薪的工作，但我不是要你當我的僕人，再說，如果你不滿意，隨時可以走人。」

我轉過頭，望著即將來臨的暴風雨。灰黑的烏雲猶如牡蠣殼般，邊緣鑲著一圈珍珠灰的色澤。他**正是**想找僕人。有那麼一刻，我想像著自己管理他的莊園會是什麼樣子：負責打理那座森林和農地，在紐豪斯擁有一間辦公室，而爸媽可以用我的薪水來……

「我已經有工作了，」我回答：「你大概也注意到了吧。」

「我知道，但你應該不會想一輩子都在你父親的農場裡工作吧？」

我蜷緊靴子裡的腳趾，感覺到腳下的泥濘有一瞬間被抓了起來。「等他老了農場就會是**我的**。」

「對，可是——」

「可是**什麼**？可是這樣還不夠？」我轉過臉面對著他，努力挺直身體，盡量拉近我們之間的高度落差。「你的意思就是，如果可以選擇，大家都寧可選擇變成你，而不是我，對不對？」

「夠了！」他搖頭。「我不是這個意思，我只是提供你另一個選擇，只是這樣而已。」

「我不需要其他選擇。」

一陣安靜。我踢著一團隆起的草，直到它被我踏扁，沾滿泥濘。我很清楚自己會怎麼運用達內的莊園。爸沒辦法跟我吵，也沒辦法再說我年紀太輕、不知道自己在說什麼。我可以讓農場的產量增加兩倍，多到甚至有盜獵者也**無所謂**……我瞥向達內，他正盯著我，眼睛和嘴唇周圍看起來有些緊繃，像是正努力不讓自己的心思暴露。

他說：「你會想試試看嗎？」

我咬緊了牙。我不確定自己能否忍受必須聽令於他，而且要是到時他和艾塔結婚……

「要是我不想，」我問：「你會找其他人嗎？」

「我要的人是你，要是你不願意，我寧可誰都不請。」他的表情變了。「我剛剛不是就說了嗎？」

「我不要。」我說。

「艾墨特——」

「**我不要**。」

他閉上眼睛，露出挫敗的表情，接著嘆了口氣，開始走下山坡、進入田野，朝家的方向前進。

「就爲了你那該死的自尊。」他無力地說。

「自尊？**我**？」

他沒有回應，讓我難以確定他有沒有聽見。我跟在他身後，泥濘再次堆上靴子，讓人舉步維艱。

我開口打破沉默：「你叔叔不是無論如何都會挑個人給你嗎？」

「這跟我叔叔無關。等我回到塞津，我會幫我爸工作，經營工廠。」

「等等，」我停下腳步，說道：「我以爲你……你要回塞津？」

「等我父親認爲我被懲罰夠了，就會讓我回去。」他也停下腳步，回頭望著我。「怎麼？不然你以爲這是怎麼一回事？我是來這裡受罰的：叔叔家或瘋人院，二選一。我不會一直待在這裡，也是因爲這樣我才想要你——算了，我不會有事的。」

我將鞋跟踩進泥中用力磨輾，能感覺到雜草在鞋底碎裂，泥土推擠上鞋面。「那艾塔怎麼辦？」

「這跟她有什麼關係？我要的是**你**。」他又突然邁開步伐，我只得努力跟上前，差點沒滑倒。雲朵已經聚成一團烏黑，讓周遭染上一層灰色。山谷另一頭，灰白的雨幕正橫掃過紐豪斯和整片廢墟。

我們抵達了山丘腳下，那裡有張供人跨過圍欄的踏腳椅凳，達內一語不發地爬上去，仍然背對著我，站在上頭等我跟上。這裡已經沒有藍鈴花了，最後一片泥濘斜坡上平鋪著一層褪色的樹葉。有隻渡鴉嘎嘎叫了聲，隨後又陷入靜默。

我能聽見他的呼吸聲。他的髮上沾了一小塊樹皮，很接近他的髮色，後頸則有片毛茸茸的綠苔。我說：「你做了什麼事？」

「什麼？」

「你是因爲什麼才來這裡受罰？」

他扭過頭，遲疑了下。雙眼微微瞠大，顯得若有所思。也許是想告訴我，卻又說不出口……不然就是可以告訴我卻不想說……「不重要了，」他說：「反正我再也不會重蹈覆轍。」

開始下冰雹了，我們兩人不假思索便躲往最近的一棵樹下。然而春天才剛到，樹葉還很稀疏，不怎麼能遮風避雨。點點蜷在達內的膝上顫抖，冰雹敲打在我的頭和肩膀上，接著融成冰冷的小水流。

「我們最好趕快回去，」我在冰雹的劈啪聲中說：「之後可以喝點熱的——」

「你回去吧，我要回家了。」

「達內——」

「讓我靜一靜，我不會有事的。」

他沒有給我時間回答。在我來得及反駁他以前，他就已經躍過小溪、穿越一片田野。他的腳在泥濘裡打滑，衣服則早就濕透，不斷滴水。也許我應該跟上去的。然而時機難以捉摸，若不是太早就是太晚，好像從來沒有恰好的時候。

16

達內沒再提起過回塞津的事。有時我會納悶，那天我是不是會錯意了，也許他的意思是**偶爾回去一下**或是**一次回去個幾天**。他在這裡待了那麼久，不可能眞的是懲罰吧？我試著想像達內的父親會是什麼樣子，可是腦海中的他就像遊樂園裡臉部挖空的那些人形立牌：我能想像他的打扮，比如說戴著金錶外加大禮帽，但五官卻是一片空白。我也不禁猜想達內到底做了什麼，他父親才會威脅要送他去瘋人院。這就像忍不住去摳結痂一樣，明知會痛，卻令人難以抗拒。在種蕪菁、清石子和滾草堆時，這念頭對我糾纏不休，甚至連入睡時都在夢境一角蠢蠢欲動。有時我會想是否應該告訴艾塔，可是我要對她說什麼呢？告訴她達內不太對勁，卻又說不出個所以然？這樣還不如什麼都別說。要是她皺眉問我爲什麼一臉心事重重，我只要用呆滯無神的表情看著她就好。

唯一的解藥是我眞的和達內在一起的時候。當我們在一起時，一切都變得無關緊要，眞正重要的就只有點點學會的新把戲，還有我示範給他看怎麼修籬笆，再來就是看看回家的路上是否能獵到幾隻鴿子。出乎意料的是，達內竟然從未開過槍，而且槍法不怎麼樣。看見亂竄的子彈時，他忍不住自嘲起來，最後把槍塞進我手中。「拿去吧，法莫，我知道你想對我示範一下。」當鴿子砰咚一聲墜入矮樹叢時，艾塔不禁爲牠們默哀，接著卻津津有味地大啖起鴿肉派，絲毫不管達內那晚是否也和我們一同用餐。

季節逐漸由春天邁入盛夏，恍若一條河水從清澈的激流轉爲和緩的綠川。小牛斷奶後，艾塔就變得更加忙碌，她得製作奶油和乳酪，還要修剪羊毛——先幫我們農場的羊剪毛，接著去霍姆農場及葛雷茲農場，所以好幾天來我們只匆匆在達內來探望點點時碰到他。然而，羊毛剃完的那天，爸毫無預警地在我餵豬時靠在我旁邊的豬舍牆上，說：「這幾天辛苦了，孩子，如果今天你想休息一下就去吧。我會請艾弗烈來做你的工作。」他拿細樹枝搔了下母豬的後背。「你最好出去等達內小少爺，免得他在這裡礙手礙腳。」

仲夏時節竟然無緣無故得到休假，還眞是史上頭一遭，不過我沒多說什麼。他沒看向我，又補了句：「記得帶上你妹妹。」我才忽然明白這都是爲了艾塔——他們擔心達內會對她失去興趣。無所謂，沒什麼大不了。那天午後，我們漫步穿越亞契波爵士的森林（照理說其實是我們的森林）、行經紐豪斯，我感到前所未有的自由。只要聽見呼喚聲，點點就會跑回來，所以我們並沒有替牠綁上狗鍊。但我們好一陣子都忘了要喊牠，而艾塔問著「點點在哪裡？點——點！」的時候，牠已經跑到遠得聽不見我們的地方了。一開始我們並不擔心，畢竟點點可是隻聰明絕頂的狗，達內總說牠比其他狗聰明**多了**，肯定知道自己在哪裡。但是，將近一個鐘頭都沒看見點點身影，我不禁感到胸口發緊，愈來愈焦慮。儘管這裡設置的陷阱已經被棄置好幾世紀，早就生鏽鬆脫，失去了獵捕的作用，但是點點還是很可能夾到腳或割傷，甚至可能被困在某處、深陷狐狸洞中，又或者是碰上暴躁的獾……

「乾脆分頭找吧。」艾塔說：「我們去小溪那邊。半個鐘頭後見，艾墨特。」她像個女演員般特意掏出達內在更年節時送她的時髦小懷錶，彷彿這麼做只是爲了向達內表現她的感謝。

「好主意，你走那裡，艾塔。」我沒等達內回應，便直接抓著他的手肘將他整個人轉過來。「我們上山丘找。我們速度比較快，可以找的範圍更廣。」

我們離開時，達內斜睨我一眼，眼底閃著光芒，卻沒有多說什麼。「點點會沒事的，法莫，別擔心。」

「我沒有在擔心。」

我們艱難地爬上森林邊坡，發現我們正站在通往紐豪斯的馬車道外緣，面對著看守人小屋。這裡的野草長得比先前更猖狂了，帷幕般厚重的常春藤虛掩著門，然而門微微開了一條縫。這裡簡直就是抓老鼠的完美地點，也很容易讓小狗受困，掉進木地板下孤立無援地哀號求救。「來吧。」我邊說邊推開門。

地板上積著厚厚一層灰，踩過時腳下會發出沙沙聲。屋子正中央有一張桌子、兩張椅子，其中一張的坐墊已經塌陷，一旁還有一堆腐爛得難以辨認的帆布，以及被雨水侵蝕得變形的老舊木板和木箱。即使時值盛夏，這裡的空氣依然飄著潮濕的氣味，但是能看見陽光自天花板上的破洞灑落，一陣溫暖的微風則從破窗吹了進來。我豎起耳朵左顧右盼，但是一切都安靜無聲。地板是石頭做的，不是會讓人掉下去的木地板。

「要不要去樓上巡一巡？」達內說。

樓梯走起來雖然搖搖晃晃，但整體保存得還算完整。我們走到樓上時，看見木地板有如無牙大嘴般裂開一個大洞，刺眼的陽光則從正上方屋頂的破洞灑落，像是有某個龐然大物一路從屋頂摔至一樓。我稍微往前走了幾步，高喊著：「點點！」沒有回應。「我覺得牠不在這裡。」

達內繞過我身邊，大步走過布滿塵埃的木地板，皺著臉說：「牠就是喜歡這種地方，我很確定剛才有聽見聲音。」

「可能只是老鼠吧。」

「點點！快出來！」沒有動靜，只有一團灰塵冉冉升起，在陽光下輕盈地旋轉。他小心翼翼繞過洞口，走到二樓另一端的角落，陰影裡隱約可見有一座高大的立鐘。「點點！」

我腳步慎重地跟上他。「搞不好艾塔已經找到牠了。」我說。

「但要是牠被困在這裡呢？」

「這裡沒有牠會被困住的地方。」我環顧四周，二樓只有一座立鐘和幾幅發霉的畫像，角落裡則擺著一個櫥櫃，可是櫃門和抽屜早已不見。要是點點眞的在這裡，我們絕對不可能沒看到。

達內輕咬著下唇，最後總算說：「好吧。」一時半刻，我還以爲他又要說什麼，不過他只是一連打了三個噴嚏。「我們走吧。」

我們沿著原路折返，繞過洞旁時，我感覺到腳下的木板好像有下陷的跡象，便伸手抓住窗台，穩住自己。達內伸出一手，但沒有碰到我，只是懸在半空以備不時之需。「小心。」

「我**很小心**。」

「我只是好心提醒——」他突然靜了下來。我回頭看他，發現他正盯著窗外。

我問：「牠在外面嗎？」可是我問題還沒問完，他就一把抓著我往後退，側身躲進角落。「怎麼——」

「安靜！」他使勁將我壓在牆上，害我的頭撞上立鐘側面，耳邊迴盪著木頭和生鏽鐘擺的輕微鳴響。達內隨即也鑽進我身旁的空隙。「是我叔叔，」他說：「他要進來了，別動。」

我不禁皺眉。他指指我掛在身上的槍，然後往喉嚨比劃了下。我往後靠，心臟怦怦狂跳。只要我們不亂動……只要他不上樓……

大門開了又關。我努力壓低呼吸聲，也想藉此壓下驚慌。此時，下方傳來腳步聲，在那驚悚的一瞬間，我還以爲他打算上樓，不過幸好沒有，他只是在樓下來回踱步。他在做什麼？菸斗冒出的煙飄上二樓，室內充斥著一股甜膩難聞的氣味。我吞了口口水，壓下想咳嗽的衝動。我感覺得到達內正盯著我，於是輕輕對他點個頭：**我沒事**。

門再次打開，是另一個人。我咬緊了牙，努力抵擋著想要傾身一探究竟的衝動。來人腳步輕盈，聽起來像是女性。

「逮到你了。你剛剛在盜獵，是不是？」

我的心跳一時彷彿停止。

「噢，先生，恐怕是這樣沒錯。」有個聲音說。

我不禁癱靠在牆上，渾身汗濕，鬆了一口氣。那人不是艾塔，而是……我眨了眨眼，在瞬間認出她輕快的語調。帕蘭諾．庫柏。可是——怎麼會是**帕蘭諾**？她做了什麼？盜獵嗎？若說是她哥哥盜獵還比較有說服力，帕蘭諾從來不進森林，她感興趣的只有男孩和時尚版畫[3]，甚至打算盡快搬到塞津。這不合理。

「我看到你了，」亞契波爵士說：「你的袋子裡有一頭碩大、肥美又多汁的**野雞**。」

帕蘭諾獵野雞？我瞟了達內一眼，可是他正對著地板皺眉。

「噢，先生。」她又開口，口音比平時更重，聽起來就和她的祖母沒兩樣。「被你逮到了，你實在是太聰明，我瞞不過你。」

「就是這樣，你這調皮搗蛋的女孩。」

「對不起，先生。」她的聲音帶著一絲輕顫。

「快說！」

「噢，先生，我是個調皮搗蛋的女孩。」

「你應該知道，像你這樣調皮搗蛋的小女孩會有什麼下場，對不對？」

「噢……」她吐出一口氣，順帶打了個嗝。「噢，求你不要這樣，亞契波爵士，我只是個調皮的小盜獵者，我保證今後再也不會——」

「裙子掀起來，彎下腰。」

一陣尷尬猶如滾燙熱水般竄過全身，但過了一會兒我又忍不住想狂笑。我表情扭曲，拚命憋住大

3時尚版畫（fashion plate）為十九世紀時以流行的服裝打扮為主題製成的版畫，類似現代的時尚雜誌。

笑，身旁的達內則用兩手摀嘴，一邊抖著身體，一邊深吸了一口氣。要是他看到我的眼神……我的腳趾扣著地板，握緊了拳頭。要是我們發出任何聲響……

唰。皮帶打在赤裸的肌膚上，接著帕蘭諾聲音平板地「噢」了一聲。

我差點爆笑出聲，誰想得到帕蘭諾的演技那麼蹩腳？我克制著自己，盡可能不要瞟向達內，這是此刻最重要的事。不過我能感覺到他全身都在顫抖，拚命壓抑著自己不要發出聲音。只要我們對上眼神，肯定會立刻笑倒在地上。

「就打你六下做為懲罰，小姑娘！」

唰。「噢。」**唰**。「噢。」**唰**，她似乎有些心不在焉，反應慢了半拍——「噢，求求你，先生！」

「好了，你學乖了沒？」一陣安靜，接著傳來布料沙沙聲，他發出豬叫一般的長長呻吟，有什麼東西規律地嘎吱響著，帕蘭諾呻吟著，稍微落了半拍。

達內挪動了一下。「才打四下。」他喃喃地說道，聲音低得我幾乎聽不見。

我不禁嗤笑出聲，他隨即迅速地摀住我的嘴。我能感覺到他的手碰到了我的牙齒。「噓，」他說：「會被他們聽見的。」我咬了他，但不是故意的。他抽回了手。我們肩並著肩站在原地，兩人都一抽一頓地呼吸，拚命壓抑想大笑的衝動。

「乖女孩，」亞契波爵士說：「乖女孩——不對，應該是**壞**女孩。」

「沒錯。噢，先生，這眞是太棒了。對不起，我以後絕對不會再犯了。」

現在他們只發出聲音，不再說話。這樣比較好，至少沒那麼好笑，更像是動物。桌子的嘎吱聲愈來愈響，還出現另一種木頭與光裸石板相磨的聲音……我正打算向前傾身，達內卻搶先我一步，側著頭彎身窺看，視線穿越地板上的大洞。**嘎——吱——嘰——嘎——**「啊！」——**吱——嘰——**

他又將我推回牆面，呼吸急促，全身大半的重量都壓在我身上。有那麼一會兒，我們僵在原地不敢動，因為剛剛不小心發出的動靜而害怕不已。可是樓下除了持續不斷的碰撞聲外一切如常。達內低聲說：「桌子移了位置，他們就在我們正下方，只要一抬頭就會看見我們。」

我咬緊牙關，能感覺到立鐘的外殼陷進了我的後背，正好在肩胛之間。達內的手正按在我的胸口上，不讓我輕舉妄動。我們的臉靠得很近，令人難以呼吸。他的肋骨緊貼著我的，身上散發的熱氣讓我感到頭昏腦脹。我想推開他，卻不敢這麼做。**嘎——吱——嘰**，樓下繼續傳來陣陣騷動。「啊——哦——」

現在連帕蘭諾也開始喘息了。我閉上眼睛，努力對那聲音充耳不聞。但是突然之間，我卻極度清晰地在腦海中見到她漸漸達到高潮，幾乎難以辨別眞假。我立刻睜開雙眼，試圖想點別的，什麼都好。

然而我無處可逃。以這種姿勢站在這裡，達內呼出的氣息噴在我的脖子上，汗珠在髮中流竄……我能感覺到他體內的躁動與緊繃。隔著我的襯衫，他的手在我心臟上方滾滾發燙。今晚回家脫下上衣，胸口肯定會留下他的手印。不，這麼想實在太蠢了。我努力想些冰冰涼涼的東西，例如冷水、冰塊。然而即使我死死地盯著天花板，依然只能看見達內額上微亮的薄汗和他濕透的衣領。此時帕蘭諾的胸口一定濕得一塌糊塗，大腿之間也是一樣——

我用力將指甲刺入掌心，繼續盯著天花板。我想著剝落的灰泥、如羊皮紙般垂墜的一卷卷畫軸，接著開始數算牆沿上缺了角的玫瑰嵌飾。一朵、兩朵、三朵——四五六朵——

但這麼做完全沒用。我仍能感覺到鼠蹊部逐漸聚集的熱氣，還有胃底那股熟悉且愉悅的刺痛感。我咬住舌尖，直到嘴裡嚐到血的鹹味，然而脈搏卻跳得愈來愈快、愈來愈強烈，直到我全身發顫、膝蓋無力。無論我怎麼做，身體都會背叛我。我吞了口口水，吞嚥聲卻比預期的響亮，達內不由得挪動身體，看了我一下。我並沒有看他，只是默默希望他能後退點，別那麼靠近我。

或許他根本沒注意到。

我不禁臉紅，感覺頰面熱燙得像是曬傷。要是他能別再**盯著**我就好了。

他側身靠向我，嘴唇輕輕刷過我的耳垂。「你興奮了嗎，法莫？」

此時此刻，我只想立刻死在這裡。我希望地板崩塌，一口氣殺死我們四個。我將眼神釘在天花板，假裝什麼也沒聽見。

「如果你忍不住，」他小聲說道，聲音近得就像是從我腦袋裡響起的一樣。「你就……呃……自己處理沒關係，不要發出聲音就好。」

「閉嘴。」

「要我幫忙嗎？」

「你去死，達內。」

雖然這麼說著，我卻望向了他。他正將額頭抵在牆上，無聲地發笑。過了一會兒，他對上我的目光，眨了眨眼。我不禁抓住他一邊肩膀，慢慢用力捏緊，直到感覺指頭壓進了他骨頭間的空隙。他扭身甩開我，但依然咧著嘴對我笑，繼續嘲弄著我、挑釁著我——他想要我**怎樣**？要是現在出手揍他，可能就會太大聲了。

「噢——乖女孩——太棒了——啊，嗯啊，**哦**——」

緊接在高潮之後是一陣空白，我們僵在那兒，聽著室內的一舉一動，最後才聽見布料沙沙響、皮帶扣起、錢幣落入錢包那輕巧的叮噹聲。帕蘭諾說：「謝謝，亞契波爵士。」剛才的口音神奇消失，現在的她說起話來就像是我和艾塔。「下週同樣這個時間？」

「沒錯，小姑娘。」

幾聲輕盈的腳步聲後傳來門被甩上的聲音。我和達內面面相覷，原地不動地靜靜等待：太快鬆懈恐怕是不智之舉。但幾分鐘後——待他打完呵欠、啪擦點亮火柴，吞雲吐霧一會兒、任由一團青色煙雲冉冉飄過地板破洞——門再一次打開又關起。達內小心翼翼地走到窗邊，向外探看。

他放下警戒，長長吐出一口氣，感覺彷彿有永遠那麼久。「怎麼說呢，」他說：「我叔叔確實常把一定要嚴厲懲罰盜獵者這種話掛在嘴邊。」
我們同時爆笑出聲。總算可以肆無忌憚地大笑，感覺眞不錯。我們彎著腰，一邊大笑一邊抽搐，幾乎要喘不過氣，過了好一陣子才稍微冷靜下來，慢慢跨過巨洞走到地板較寬的那一側。達內停下腳步，搖著頭說：「眞不敢相信剛剛發生了那種事。」他邊咯咯笑著邊說，結果不愼噴出口水，那幾滴口水還飛進了從屋頂照入的那道陽光中。看到他這副模樣我又忍不住笑出來。我們就像醉漢一樣歪歪倒倒地走著，抱著肚子大笑。「我眞的差點忍不住打噴嚏。」

「小心別掉進洞裡了——」我伸手抓住達內的手臂。我們一起腳步不穩地走下搖搖欲墜的樓梯，踏入從葉隙篩落的日光之中。

「你一定很慶幸我不會這樣對付盜獵者。」

我搖了搖頭，差點又笑得喘不過氣。「夠了喔。」

他比我更快冷靜下來。等我終於恢復鎭定，他正回頭望著小屋，嘴上仍掛著笑意。「那是誰？就是那個女孩？」

「帕蘭諾．庫柏。」他望向我的目光難以解讀。我又補了句：「我之前不曉得她是個賤貨。」

「帕蘭諾．庫柏？你——你喜歡她對不對？」

我詫異地回想起自己對她曾有過的好感。「已經是過去的事了。」

「是嗎？那麼……」他不自然地對我笑了一下，似乎覺得我在撒謊。

「我的意思是，我沒有喜歡她很久，自從……」我停下來。「話說回來，你是怎麼知道的？」

「艾塔提過一次。」他聳著一邊肩膀，轉過身。「我只是剛好對這個名字有印象。」

「最好是。」他的後頸濕濕的，襯衫背後有兩道長如刀片般的摺痕在脊椎兩側。我把玩著槍帶，恨不得能想出回應他的話。

他突然轉過腳跟。「——點點！我們最好繼續找，我完全——眞不敢相信我們竟然——」

「沒問題，我們走吧。」

他邁開步伐，衝進樹林，直到那身襯衫化爲蔥鬱之中一道白晃晃的影子。我不禁遲疑了下。我知道自己必須快點追上，不然一定會跟丟。可是內心卻有個什麼糾纏著我不放，而這種無所適從的感受既像是一場感冒的開端，也像是自己不小心遺漏了什麼。

我聽見點點在遠方吠叫，便努力壓下那股感受，直到它消失無蹤，然後朝著牠聲音的方向奔去。

那天之後，達內不再來訪。

起初我們以爲——至少我們是這樣告訴彼此的——沒什麼大不了，他只是這天沒空，隔天就會來。可是時間一天天過去，過了一週達內依舊毫無音訊，連封信件或訊息都沒有。於是艾塔央求我陪她去紐豪斯，看看他是否在那裡。那天我正在幫乳牛水池的周圍重鋪碎石，能有靜靜散個步的機會，讓微風稍微吹乾我汗濕的襯衫，我還滿高興的。可是，當我們踏上馬車道前往紐豪斯，在那棟房子門口拉響門鈴時，卻無人回應，甚至沒有管家出現草草將我們趕走。艾塔轉身望著我，看起來像是一朵被凍得乾枯皺縮的花。「阿墨，要是他**死了**怎麼辦？」

「別傻了，如果是這樣，我們早就聽說了。」

「要是——」

「**別說了**！」

我們沉默地走回家。很顯然他就這麼不告而別，沒留下隻字片語便回塞津去了……但我無法對艾塔說出事實眞相。他應該不可能那麼無情吧？但是他確實不再來訪。家裡氣氛凝重，緊繃的情緒一觸即發。爸媽惡言相向，艾塔在製酪場鬧脾氣，白白讓兩天份的生乳就這麼酸掉。只要有馬兒經過門口，點點便會豎起耳朵發出哀鳴。我在夏日高溫下埋頭苦幹，每晚回家時都頭痛欲裂。儘管如此，我卻依舊夜不成眠，晚上只能坐在窗邊，把額頭貼在玻璃窗上降溫。咒罵和盼望在腦中混成一團，我已分不清哪個是哪個。

接著便到了仲夏節前夜。因爲艾塔拒絕出席村莊舉辦的篝火大會，我們大吵一架。我罵她是個得開始找新對象、被寵壞的小公主。道歉時又吵了一架，因爲她賞了我一耳光。最後我們還是參加了篝火大會，不過一點意思也沒有，每一口啤酒嚐起來都苦澀無比。爸喝多了，差點和馬丁·庫柏大打出手。我不想插手，便轉身離去，讓媽去把他們拉開。然而我望向另一頭時，卻發現艾塔跟其他女孩保持著一段距離。那些女孩全穿著最漂亮的洋裝，像去覺醒市集那天一樣精心打扮，在脖子和手腕上掛著夏季花卉編成的花圈。與當時不同的是，在覺醒市集上艾塔是眾所矚目的焦點，全身洋溢著幸福，其他女孩則對她投以妒忌目光。現在，卻是希熙·庫柏嚷嚷著：「艾塔你快來，聽說葛蒂訂婚了耶。」而葛蒂則驕傲地甩甩頭髮說：「艾塔，別煩惱，你很快就會找到新對象的。」語氣裡盡是掩不住的沾沾自喜，讓我好想賞她們一巴掌。但我知道艾塔的自尊心絕對不會允許我牽著她的手帶她回家。我也一樣，爸媽也是。於是我們留下來，跟眾人一起唱歌歡笑，直到清晨時分才像毫髮無傷的敗戰士兵那樣走回家，試圖假裝我們並未戰敗。

我那天很晚才睡，一直把臉頰貼在窗戶上——或者該說很早，因爲陽光已經從後院柵門斜斜地照進來了。艾塔那張因哀傷而憔悴的臉龐在腦海中揮之不去。這都是我的錯。雖然說不上來爲什麼，但我知道都是我的錯，要是我……然而我不也知道自己能改變什麼，雖然如此，這依舊是我的錯。這個念頭盤旋不去，簡直快要讓我發狂，但至少能讓我不再去想其他的事，例如達內。

有什麼東西敲著我臉正貼著的玻璃窗，我不禁猛地坐起。玻璃窗再次震動，我打開窗戶看往外頭，眨了眨眼睛。已經快要中午了，能感受到太陽帶來的高溫。

「法莫，」達內對我喊著：「大家都上哪去了？」

「今天是仲夏節，」我說：「我們都在睡覺。是說你到底**上哪去了**？」

「你可以下來一下嗎？」他彎下身，輕輕拍著腳邊興奮得直轉圈的點點。

我慢吞吞地套上衣服，抹去下巴乾掉的口水痕。我在艾塔房門前停下腳步。雖然很想回敬她打我的那一巴掌，最後還是逼自己敲了門。「艾塔！達內回來了。」我說，然後便聽見她彈起身時床墊彈簧發出的嘎吱聲。

「你跟他說我不想見他。」她的腳步聲在房裡啪啪響，停在她最漂亮的睡衣所在的櫃子前。

我快步衝下樓，走進後院，邊走邊將腳擠進鞋子裡。達內轉過身時忍不住笑了出來。「你看起來還眞……眞隨興啊。」他說。

「篝火大會到天亮才結束，」我說：「我們回家餵動物吃點東西，然後就一路睡到中午，爸也一樣。今天是假日。」

「噢，抱歉，我是不是打——」

「不會。」我連忙打斷他。「完全不會，我很高興看到你。」

一片寂靜。達內彎下腰，輕扯著點點的耳朵。

「艾塔不想跟你說話。」我說。

「眞可惜。」

「我覺得她希望你還是堅持要見她，求她原諒。你懂的。」

「那**你**想跟我說話嗎？」

「這不是很明顯嗎？」

「那就好了。來吧。」他對點點彈了下手指，沒等我綁好鞋帶就逕自步出柵門。

「達內。」我追上他。「你到底跑去哪裡了？我們都以爲——艾塔以爲——我是說，我們都很擔心你。」

「我在想事情。」他說。

「想事情？想了一整個禮拜？」

「我想事情本來就比較慢。」

我聽得出他是想逗我笑，而他也成功了。在我們繼續往前走時，我才發現他其實是想迴避問題，於是又問：「我們要去哪裡？」

「帶點點散步。」我不假思索地跟著他走上一條森林小徑，看見日光從樹葉間篩落，成為一片炫目的斑斕金綠，不由得感到十分開心。走到森林盡頭時，他停下了腳步，我這才發現他帶著我走到了什麼地方。在我們腳邊是一大片沉靜的河水，水面湛藍，比天空略深，而正對面則是城堡廢墟。一直以來，我們都刻意迴避這座廢墟，像是害怕想起相遇的那一天。然而此刻外牆滿是紫藤花垂墜、倒影在護城河面輕顫的古老城堡，與那個冬日午後紅黑交錯、彷彿鬧鬼般的模樣簡直有著天壤之別。我深吸一口氣，嗅到從河對岸飄來一陣香甜濃郁的丁香氣味。

我們繞著護城河走，然後漫步過橋，點點則興奮地跑在我們前方。我走進小中庭，倚著井口，仰起頭感受曬在臉頰上的太陽。陽光照得我睜不開眼，而我努力想睜開時，卻只見到高塔和城牆模糊成一片沙色岩石，還有粼粼波光、綠葉、鮮明的青空。我突然感到呼吸困難、頭暈目眩，就像是貧血一樣，讓我不禁懷疑自己的宿醉是否仍未消退。我揉著眼抹去如細沙般擾人的睡意，然後一手蓋著臉遮蔽太陽，卻仍能感覺到黑影在眼前閃爍。

達內停下腳步，低頭望著河水，專注得像是能從底下的淤泥讀出些什麼似的。最後他說：「我想問你一個問題，法莫。」

「問吧。」

「是有關艾塔的事。」

「她只是在生悶氣，」我說：「你只要去敲敲她的房門，拜託她出來見你就好。如果你用對方法，只要幾盒蜜餞她就會原諒你的。」

「我想問的不是這件事。」

我深吸一口氣，感覺陽光似乎在突然間變得太過熱燙。要是昨晚沒喝得這麼醉就好了。

「她會沒事的，」我說：「她才十五歲，她會看開的。達內，你只要對她溫柔點就好。她其實沒有表面那麼堅強——」

「可以拜託你先**閉嘴**嗎！」他一手抹著臉。有一瞬間，彷彿他才是那個徹夜未眠的人。他停頓了好一陣子，久得簡直像是故意在吊人胃口，然後才說道：「我在想，我是不是該向她求婚。」

17

我盯著他。印象中我好像從來沒有仔細看過他的臉。他的眼珠是深色的，但在陽光照射下，其中一眼的虹膜似乎帶著些許琥珀色和赭色；他顴骨位置的皮膚紅了起來，上面的雀斑很淡，幾乎看不見。他咬著嘴唇，我注意到他的牙齒有些不整齊，但十分白皙。然而我什麼感覺都沒有。這麼久以來，這麼多個月以來，我們都在等他說出類似的話，而此刻他總算開口，我們的生活終於可以繼續下去了。我低下了頭，用腳踢著水井石壁上的一顆石頭。燦爛陽光扎痛我的雙眼，溫暖的空氣中飄著淡淡花香，像是放久的玫瑰水。

「好。」我說。

他持續用毫無遮掩的坦然眼神直視著我，讓我不禁覺得他好像在等著其他的回應。

「你會不會……」我清清喉嚨。「我們只是農夫，你的父母會不會——你的父親——」

「他沒辦法阻止我的。我們可以祕密結婚，然後……」他的目光先是移開，之後又回到我的臉上。「我會照顧她，一切都會很好的。」

「那麼……很好啊，」我說：「艾塔一定會很開心的。」

他點點頭。我轉身透過拱門看向殘破的老舊走廊，陽光從垂著紫藤花的窗戶斜斜灑落，在草地上照出明亮的綠色方塊。我忽然感到一陣頭痛。

「我以為你會很高興。」

「我很高興啊。」我逼著自己轉頭，對他擠出笑容。「我當然高興，我們都很期待這一天。」

他並沒有回以笑容。「是嗎？」

「這是當然的啊。我是說……沒錯。」**這是當然**，聽起來好像我們覬覦著他的財富。可是如果他很窮，爸媽絕對不會……我將指節壓進拱門上的石縫，整個人靠上了拱門。「我會祝福你們今後過得幸福快樂。」

一片安靜。一隻鴿子在我頭上的樹叢中發出啼叫，聲音宏亮如鐘。

「就這樣？沒有眞心的感動和喜悅？沒有要爲了表示友誼握個手？」

「我**說了**我很高興。再說我也不是主角吧？等艾塔知道之後，她的反應一定可以彌補我的失禮。」

「我不是這個意思。」他用鞋子來回蹭著石壁，井水表面舞動的陽光從下方照亮他的臉，讓光影在他的眼底閃爍。「法莫，你是怎麼回事？還是說，你覺得我可能會傷她的心？」

「不是。」我是眞心的。不知從什麼時候開始，我慢慢變得能夠信任他。

「難道你還是很討厭我？沒關係的，你可以告訴我眞相。」

「少蠢了。」

「不然是怎樣？我眞的很在乎她，我不會讓你失望的。」

我更用力地將指節扣進邊緣銳利的石縫之中。等我再次縮回手時，便看見手上冒出了一顆顆細小的血珠。他說得沒錯，我是應該高興，應該感到鬆一口氣。艾塔總算能戴上以珍珠鑲邊的長面紗，住進塞津的房子，擁有女僕，還有達內，按著上述順序得到夢寐以求的一切。雖然內心深處曉得這並不公平，但我不在乎。

「問**我**幹麼？」我說：「去問我爸媽啊，去問艾塔。我怎麼想很重要嗎？」

「因爲——」可是我沒等他回答就穿越拱門，走進失去屋頂的高挑走廊，站在最遠的一端盡可能慢慢呼吸，努力將注意力轉向眼前的一切：牆面上垂墜的玫瑰、鵝卵石上的一大圈苔蘚、低矮的野草……我突然察覺這塊地是有人在照料的，這裡其實是座花園，不是廢墟。眞有意思，亞契波爵士明明就任由城堡的其他部分漸漸荒蕪。

「艾墨特，跟我說話，到底怎麼回事？如果你不想……」

「拜託不要娶她。」我雙手掩面說道。

「好。」

我聽見了自己說的話，但是卻找不到半點道理。「抱歉。」我逼著自己將字句從疼痛難耐的喉嚨中擠出來。「不對，你當然要娶她。我只是、這實在是——我也不知道我爲什麼會那麼說，眞是太蠢了。我昨晚沒怎麼睡，只是這樣。剛才的話當我沒說吧，我不是那個意思——」

他拉住我的手，將我轉過來面對他。

然後他吻了我。

六點的鐘聲敲響了。我知道鐘聲來自約二公里外的紐豪斯馬廄，可是溫暖的空氣如此凝滯，讓聲音聽起來像是從護城河對岸傳來的。沒多久鐘聲便再度響起，又敲了六下，而時間彷彿暫停，我的內心從未感到如此平靜。周遭的一切都靜止著，唯有如鏡的水面微顫，在魚兒游動時顯現一絲波紋。鳥兒不時引吭高歌，隨即又再度陷入靜默。太陽隱沒在山坡上的樹梢後方，天空卻依舊明亮。這是白晝最長的一日，還要等好幾個鐘頭天才會黑。

「艾墨特？」

我打量四周，看見達內正站在半塌的門口。他的襯衫釦子都扣錯了，下襬變得一邊低一邊高。我張開嘴巴想說點什麼，最後卻只是露出了微笑。

「你還好嗎？」

「還好。」

「那好。」他指指我身旁的草地。「介意我坐下嗎？」

「不會。」他轉過身，我的心臟一陣緊縮。「我說我不介意。」

他遲疑了下才坐到我身旁，我忍不住瞄了他一眼。此時的這份平靜，上頭似乎還覆蓋著一些別的什麼，感覺就像自己正坐在某個陌生人身邊，像是我不認識這個達內——這個聲音、這張毫無掩飾的坦然面孔。但我明明認識，我對這個達內的認識甚至遠遠超過另一個。這就是我一直以來認識的他，自從第一眼就認識的那個人。我縮起雙膝，緊緊抱在胸前，努力抵擋一路竄下脊椎的寒意。

「你會冷嗎？」

「天氣變涼了。」

「到陽光下會比較溫暖。」

「這裡很好。」我們相視笑了下，又別開了臉。

一會兒後，他又問道：「你餓了嗎？」

「不餓。你呢？」

「我也不是很餓。」

又是一陣無語。點點突然狂吠起來，然後發出嗚咽。我們不由得望向牆上的縫隙。「是青蛙，」達內說：「幸好把牠綁起來了。」

「真的。」

一隻野鴿用睏倦的叫聲呼喊配偶時，我們的眼前正好有條魚從水中躍起，又落了回去，在綠水之上殘留飛箭般的明亮軌跡。我試圖喚回不久前心中空無一物的寧靜，卻再也找不回來了。只要有他坐在我身旁就不可能。

「聽我說，艾墨特。」

「怎樣？」這話沒頭沒腦地衝口而出，語氣恍若責難。我們看著彼此，兩個人都僵住了。

「我想讓你知道，」他說得小心翼翼，彷彿正唸著聽寫測驗的題目。「如果你想假裝這一切都沒發生……」

我發現指甲縫裡卡著泥土，開始專心地把泥沙挖出來。「這是你想要的嗎？」

「由你決定。」

「我問的是**你**想要怎麼樣。」我本來不打算看他，卻還是忍不住。「你不用擔心我的感受，達內。農人的欲望向來粗俗又原始，他們很容易滿足的。」

「夠了！」他彷彿要擋開什麼攻擊似的揮動一手。「你到底是怎麼回事？我不過是說——」

「——說你想逃跑，說**這一切**沒有任何意義。」我竟然就這麼大聲說出來了，我不禁恨起了自己。

「少蠢了。」他望著我的眼睛，我則咬緊牙關，也努力回瞪他。如果我讓他看出我眞正的感受，那就會成爲對我最大的羞辱。

我不知道自己是不是洩漏了什麼，但我知道自己失敗了。他的表情瞬間亮起，露出了一個大而燦爛的釋懷笑容。「所以說你也**不想**那樣，對吧？」他說：「很好，因爲我也不想。」

我覺得像是有一口氣哽在喉嚨，然後隨著無聲的一震，我的內心有個東西崩解了，像個數年前就裂了，卻不知何故仍保持原形的陶罐，一直到某個人輕輕一推，才碎裂一地。我也笑了起來。

過了許久，他伸手用指節輕撫著我的臉頰。那動作使我的心臟劇烈跳動，一如這個午後他的一舉一動。

之後——是仲夏節的白日漸漸轉爲黑夜的時候嗎？在我們如醉漢般踉蹌著走回家，在夜幕中的十字路口吻別時？我仍清楚地記得那一吻，大膽、無畏，而且令人窒息。我們對彼此的渴望是如此濃烈，不想就這麼輕易鬆手，甚至在彼此身上留下瘀痕。又或者是另一個**之後**？是在隔晚，我悄悄潛入夏夜與他私會時？時間都模糊了，變得猶如蜂蜜般濃稠。仲夏夜後，艾塔仍在生悶氣的那幾日像是融在了一塊兒，耀眼而令人難忘。一切都沒有變，或者該說一切都改變了：日子照樣過著，只是滿溢著甜蜜，既平凡卻又極爲不平凡。我工作時他會來幫我，打著赤膊一起工作，兩人都渾身熱汗。當我們稍作休息，享用著媽爲我們準備的薑汁汽水時，他喝得太急，險些嗆到，然後用手背抹了一下嘴，抬頭看著我咧嘴一笑。之後、之後、數不清的之後……某一天的薄暮時分——又或是夜暮？還是黎明？在那之前或之後？我不記得了。我只記得達內牽起我，手指與我交纏。一會兒後，我在星空下親吻他的額頭，心跳不禁加速。眞好笑，我們明明什麼都做過了，我還是忍不住擔心他會躲開我。他從牆上的陰影處摘下一朵玫瑰，塞進我的翻領釦眼。在我因爲刺痛而皺眉時，他便彎身舔去荊棘在我身上刮出的小小血痕。在某個炎熱的傍晚（那是不是艾塔原諒他前，我們共度的最後一天呢？）我們偷到了一個鐘頭的時間，在廢墟中私會。他轉過頭，以一種前所未有、令我渾身輕顫的溫柔嗓音說：「也許現在你可以叫我路西安了。」

「我以爲我是這麼叫的。」

「不是，你一直叫我達內，這讓我覺得……很怪。」他露出燦笑。「每次聽到你一句話裡同時出現『達內』和『請』，都給我這種感覺。」

「閉嘴，達——路西安。」我用手肘撞了一下他的肋骨。他笑了出來。「艾塔怎麼辦？她一定會發現的，還會追問我們到底是什麼時候開始直呼對方名字的。」

「這很重要嗎？」

「**很重要**。」我不由得坐直。「我們不能告訴她——」

「當然不能，你這傻瓜。我不是那個意思。」他撐起身體，轉過來看著我的臉。「這件事誰都不能說。」

「我知道！所以我才說——」

「好吧，那你就繼續叫我達內吧。」他站起身離去。

我想張開嘴說：「你又不是什麼領主，**路西安**。」但一陣悶響及時阻止了我。他正一次又一次地用拳頭捶著石拱門。我慢慢起身走向他，心臟狂跳著，然後輕輕將雙手放在他肩上，等著他將我推開或是轉換話題。可是他沒有。

「路西安，」我說：「不會有人發現的。」

「我好恨現在這樣，我眞的恨死了這樣。」

「我知道。」我不知道還能說什麼。他微微往後靠，我則垂下頭，額頭抵著他的後腦杓。他的頭髮聞起來盡是青草和夏日泥土的氣息。

一會兒後他笑了，但笑聲苦澀，像是倒抽一口氣那樣。他將手探進口袋，拿出某樣東西遞往身旁，讓我接過。那個小東西正閃閃發光。

「這是什麼？」

「訂婚戒指，我在塞津買的。」

我不禁咬牙，一時眞想把他推開，一把將戒指扔進護城河。然而最後我還是接過戒指，在指間翻看。那是一枚樣式簡單的銀戒，鑲嵌著一顆深色寶石，能看見一道道隨著光芒或閃爍或消失的暗影，極爲美麗。「艾塔想要的是有紅寶石和珍珠的金色花環。」

「我知道。」他轉過來與我對望，再次笑了出來。這次他是眞的笑了。「你也知道艾塔，她給提示從來不會害羞的。」

「那爲什麼——」

「收下吧。」

「什麼？我？爲什麼？」

「反正我也不會把它送給艾塔，不是嗎？」

「你可以拿去典當，或是拿去店裡退換，這價值一定——」

「戴在脖子上吧，拜託你。」他合起我的手掌並慢慢握緊，直到戒指陷入我的掌心。「我會再幫你買條鍊子之類的。」

「好吧。」雖然依舊不太理解，我還是這麼說道。「我可以用靴子的鞋帶。」

他慢慢晃到護城河畔，一隻腳踏入水中。我將戒指微微傾斜，觀察著寶石的色澤變化：翠鳥藍、紫色、青苔色……

「等等，」我說：「如果你早就知道艾塔想要的是別的……」

「我順從自己的心意。」他說話的同時並未轉身。

「你的意思是……」我不禁頓住。雖然只能微微看見他的側臉，但我看得出他正在微笑。「你早就知道，」我慢慢地說道：「你早就知道了，所以這本來就是要買給我的。」

「是早就希望才對。」

「你這心機重又自大的混蛋，你早就計畫好了。」

「嘿，」他說：「只要你是**對的**就不能算是自大。」

我一把抓住他，他則試圖把我絆倒，但隨即被我拉得失去平衡。我們扭打成一團，差點就掉進了護城河。我能感覺到他大笑時的陣陣顫動，彷彿能一路傳到我的骨髓之中。「你少那麼理所當然了，」我說：「我可不是你的僕人。」我一邊說著也一邊大笑。然而笑聲隨即停下，我們隔著一小段距離凝望著對方。

「我不會的，」他說：「我答應你，我永遠不會。」

當艾塔表示下回願意聽路西安道歉時，是否能從我的表情看出異狀？我希望沒有，然而在一切天翻地覆之時她很難不起疑。尤其是艾塔對我瞭若指掌，有時我甚至會納悶她怎麼可能**沒**注意到，我體內的每一絲肌肉與肌腱都恍如新生……當她說「至少他沒有**強迫**我和他發生關係」時，我不得不別過臉。我本來可能會笑出來，現在則可能會忍不住流淚。我們又回到了往常的距離，我再也不能碰觸他，也不能喊他路西安。我不敢**看**他，擔心她從我的表情讀出蛛絲馬跡。我無法忍受，卻不得不忍受。

隔天我簡直對他恨之入骨。他表現得輕鬆自若，每個微笑都只爲了艾塔一人，每個笑話都是爲她而說，每個望向她的眼角餘光都令她紅著臉低下頭。我覺得心臟像是時鐘發條一般愈轉愈緊，而且發條彈簧已經瀕臨斷裂。那天，我們駕車去找石匠，看他們有沒有刻錯字的碑石可以讓我們用來替換製酪場的架子。我們三人並肩坐在一起，他和艾塔不斷嬉鬧調情，一副已經訂婚似的模樣。雖然我不斷想著要是我自己一個人來就好了，但我心知肚明，要是錯過與他近距離相處的機會，一定只會覺得更加難受——即使他一次也沒有與我對上視線也無所謂。我們將最後一塊石板搬上馬車後方時，他抬頭往上瞥了一眼，我還以爲他在看我，隨後卻見他扶艾塔上車，還拿大理石上雕刻的字句逗弄她，問她會不會把每一塊奶油標上「準備赴死」之類的文字。難道這只是我一個人的幻想嗎？還是說，他是想讓我知道我不過是他的玩物？有一次，我們停下馬車讓艾塔找個樹叢小解時，他把手放上了我的後頸，我想轉頭看他，他卻用手指壓進我的皮肉，牢牢固定住我，不讓我轉過頭。而我的每一條神經都像是緊緊連接在他與我肌膚相碰的位置上。由於艾塔仍待在聽力所及的範圍之內，我們只能像這樣靜靜坐著，直到她捧著一束花回來，努力維持她其實並不需要小便的假象。

當晚我吃不下也睡不著，趁著夜半時分溜出房間。我非見到他不可。如果他不在十字路口等我，我就一路走到紐豪斯。我步出臥房並關上了門，走道立刻陷入一片漆黑。我一手摸索著牆面前進，能清楚地聽見手指擦過灰泥牆每一處凹凸起伏時發出的窸窣聲；同時另一手拎著靴子，赤腳踩在木地板上走著，幾乎沒有發出任何聲響。

然而，當我經過艾塔的房間時，她卻輕輕喊道：「艾墨特？是你嗎？」

我被嚇得差點跌倒，花了點時間才緩過氣來。「我想要去看看點點。」

艾塔很快便拉開了房門，由此可見她剛才應該沒有躺在床上。她在月光下成為一道剪影，臉孔掩在陰影之中。「牠還好嗎？你聽見什麼了嗎？」

「沒有，沒什麼事。快回去睡吧，小毛頭。」

「那你坐在旁邊陪我。我睡不著。」

我緊咬著牙。如果再不去見路西安，我恐怕會發瘋。但是艾塔沒睡著，一定會豎直了耳朵聽我有沒有回到房間，我不能冒險。我任由她拉著我走進盈滿月光的房間，室內的一切都像被洗褪了顏色，她被子上的愛心荊棘花紋變成黑白單色，垂在窗邊的常春藤則黑炭似地閃閃發亮。眼前的畫面感覺起來好陌生，就像是正從一面鏡子觀看整個房間。

艾塔爬回床上躺著，我則坐在她身旁，等她入睡。但我可以從她的呼吸聲聽出她一直沒有睡著。她的手掌濕濕的，不肯放開我。我努力不去想上回別人的汗水沾在我身上是什麼情況。

「阿墨？」

「快睡。」

她把枕頭拍鬆，接著翻過身。有那麼一刻，整個房間一片靜默。然後她邊嘆氣邊坐了起來，背抵著牆。「我沒辦法，我不想睡。艾墨特……」

「怎麼了？」

「你覺得路西安愛我嗎？」

我像根被撥動的琴弦那樣全身抽了一下，但接著我緩緩地無聲吐氣，試著讓每一絲肌肉慢慢放鬆。我的心跳劇烈，心跳聲恐怕大得連艾塔都能聽見。「別說傻話了。」

她挪動了下，雙眼在微弱的月光中顯得幽暗。我本以爲艾塔會出言抗議，她卻只是絞著手指，問道：「這爲什麼是傻話？」

「因爲他——因爲你……」我不禁停下，聳了聳肩。

她輕輕笑了起來。「算了。」她仍帶著些許笑意地說道，同時縮起了雙腳，雙手抱著膝蓋。「他每天都到我們家來，艾墨特，他早就可以直接把點點帶走，然後一去不回，可是他沒有這麼做。」

我清了清喉嚨。「他可能只是無聊吧。」

「不是，我知道這是命中註定的，艾墨特。我**就是知道**。」她俯身抓住我的手腕。即使我不這麼想，卻依然有些被打動。「這除非是你親身經歷過，不然是不會明白的。但這天總是會來的，阿墨。」她深吸一口氣。「我第一次見到路西安時……世界全變了樣。我已經等了一輩子，現在再也不可能回到原狀了。」

我沒有答腔。外頭有什麼東西發出了沙沙聲，在院子裡撲騰。

艾塔沒再說話，依舊牢牢抓著我的手腕。我倒回椅子，閉上眼睛，盡量什麼都不要想。月光灑了一地，而隨著我每多看一眼，周遭事物的陰影便逐漸愈來愈低、愈來愈長。我一邊等著艾塔放手，一邊打起了盹，不過到最後我似乎比她先睡著了，因爲等我醒來，天色已經大亮，我們都睡過了頭。我聽見乳牛在屋外騷動的聲音，於是沒叫醒艾塔，逕自溜出房間幫乳牛擠奶。我不知道爲什麼，只知道自己想要獨處。我在製酪場倒出牛奶、給鍋子做標記，接著又去照顧其他動物。我因爲心中的沮喪與不安感到難受。我們傷透了艾塔的心，我們兩人都是，只是此刻的她還被蒙在鼓裡。她和路西安相處的每一天，都以爲他很愛她……而我和他們在一起的每一天，都痛苦地期待著他的一句話或一個眼神，卻終無所穫……但這不是我的錯，這不**公平**。一定會有個能夠簡單俐落地擺脫她的方法……我絞盡了腦汁，並試圖不去理會在胃中翻攪的羞愧。這樣的痛苦我連一天也無法再忍受了。

路西安騎著馬抵達時，輕輕鬆鬆就從馬背上跳了下來，一副前一晚睡得又香又甜的樣子。而艾塔只穿著褲襪到處亂竄，手上抓著一隻靴子，嚷嚷著說：「路西安，我馬上就來！」然後大吼道：「**阿墨**！我另一隻靴子上哪去了？昨天還在這裡的呀！」

「可能是被某隻狗叼走了。」我望著她蹦跳著在不同房間穿進穿出。「不用穿鞋，我要去檢查一下休耕田是不是可以鬆土了。就算你像個小乞丐，達內也不會在意。」

「等我！我一定可以找到靴子。」

「那你找到再跟上來。」我下樓時，她正彎下腰檢查床底。不過她找不到的，那隻靴子在閣樓，藏在最後一排蘋果箱後面。我若無其事地瞥向路西安。「她找不到靴子，應該會耗上一段時間，我們先走吧？」

「好吧。」他拉高嗓門說：「艾塔，晚點見！」然後我們同時轉過身，小跑步衝向柵門，爭著第一個打開門閂，手肘撞在一起。柵門一在身後關上，我們就立刻全速衝刺，像孩子般咯咯笑著。「這樣也太壞了。」他上氣不接下氣地說道。

「的確。你想回去嗎？」

「不想。」我們交換了一個眼神，然後加速狂奔。點點跟在我們背後跑著，像是所有人正在賽跑似興奮吠叫。

接著我們衝進拱廊，來到廢墟最幽閉、最隱密的角落。在這裡，我們總算能觸碰彼此。許久許久，除了他緊貼著我的嘴唇、雙手與肌膚外，其餘一切一概不存在。

之後，當我們終於冷靜下來時，他忽然問道：「你之前為什麼那麼討厭我？」

「因為你一副……**領主**的模樣。」

他放聲大笑起來。他仰躺著，用手臂遮在臉上擋住陽光，最後，他將頭轉到一邊注視我的雙眼，仍咧著嘴笑。「抱歉，我只是從沒聽過有人說這兩個字時口氣這麼不屑。」

「你懂我的意思，你站在那裡——」我懶得動，只是抬了下肩膀示意庭院的方向。「一副這裡是你的地盤的樣子。」

「這裡**確實**是我的地盤啊。呃，差不多算是吧。」

我撐起身體，背靠著牆。我的腿邊有一朵雛菊，於是我摘下一片片花瓣，學艾塔玩起那個**有點喜歡**、**很喜歡**、**超喜歡**、**瘋狂喜歡**的遊戲。「你祖父騙了我的祖父才搶到這塊地，」我說：「你知道嗎？你說我去『盜獵』的森林……以前本來是我們的，是你的祖父聘了幾名律師，一口咬定這裡一直以來都是屬於紐豪斯的一部分。」

待在外頭的點點突然發出一陣狂吠，我們不禁稍微分開一些。我開始摸索著襯衫鈕子，但很快地點點又安靜了下來。路西安往後仰頭，躺回了地上。「是青蛙。」他說：「我不知道這件事。」

「然後你立即擄獲了艾塔的芳心，像是擁有所謂的**初夜權**[4]一樣，更別說我一回家就看見我爸對你鞠躬哈腰的樣子。」

「那是因為我剛救了艾塔一命！」

「我明明也在啊，就算你不在那裡**我**也能救得了她。」

「要是我不在，」路西安說：「她就不會跳進冰裡。」

4初夜權（droit du seigneur）。中世紀時，領主擁有得到中下階級女性初夜的權利。

「你知道了？」

「她告訴我的。」

我用拇指壓碎光禿的雛菊花蕊。艾塔啊，她還以爲自己有多成熟世故，結果居然把這種事告訴他了。

「她不該這麼做。」

「艾墨特……」他向我伸出手，但我一動也不動。「你應該知道我不會傷害她的，對吧？」

「你覺得要是她發現了這一切，我們會怎麼樣呢？」

「你明明知道我是認眞的。只要你一句話，」他輕輕地說：「我就娶她。」

我抹著臉，彷彿臉上有道能夠擦去的汙痕。

他翻過身，注視著黏在牆底的厚實青苔。正好有隻螞蟻爬過有青苔的那塊壁石，他便伸出手指，讓那隻螞蟻爬過指節。

「當我祕書的事你可以重新考慮嗎？先別管薪水的事了，就把那些錢當作艾塔的嫁妝吧。」

我沒有回答。他用手肘撐起身體，將螞蟻撣到草地上。

「拜託你，艾墨特，考慮一下吧。我知道你一定能勝任——畢竟你有那些農人的狡猾本能——好啦，好啦！」他任由我玩笑似地將他壓倒在地，舉起一手順過我的頭髮，眼神卻不與我對視。「今晚來紐豪斯跟我過夜吧。你回家時可以告訴你的父母，我想找你來面試這個職位。」

我放開他。

「什麼？」

「一晚就好，或者幾晚吧。拜託，我會寫信向他們解釋的。」

「我不能去，你知道我不能去的。我還有工作，要是我不在……」

「你也沒有那麼重要吧。」

我坐起身。此時太陽已經高掛天空，時間比我以爲的更晚。「路西安，那是農場，工作是不等人的。」

「艾塔先前不是也病了好幾週嗎？農場幾天沒有你不會有事的。拜託啦，艾墨特。」

我掙扎著爬起來，跪在地上手忙腳亂地扣著襯衫釦子。「我得走了。」

他捉住我的手腕。「我眞的再也受不了了，明明同時跟你和艾塔在一起，卻得假裝我眼裡只有**她**。」

我不禁望向他，又別開了目光。我們頭頂上的紫藤花叢中不知有什麼東西在亂竄，讓幾片邊緣枯褐的乳白色花瓣飄了下來。野鴿在河水對岸鳴叫，聲音慵懶而愉悅。我還聽見綿羊的叫聲與敲響的鐘聲自遠方傳來。

「好吧。」我說。儘管不情願，我仍任由他將我拉了過去，最後躺在他身邊。

他咧嘴一笑。我想我永遠也不會忘記這個瞬間的他。他因爲陽光而瞇起了眼睛，有片草葉正黏在他的額際。

「我知道你之前爲什麼討厭我了，」他說：「因爲你想要我，而你害怕這樣的自己。」

路西安在紐豪斯的房間位於主屋頂樓，空間狹小，天花板傾斜，只有一座小小的鐵製壁爐，還有一扇平開窗，望出去就是露台和下方的城堡廢墟。「這裡以前是女僕的臥室，」我正好奇地東張西望時，他說：「我只想離我叔叔愈遠愈好。」我不由得望向房門口，他卻靠在牆上，雙臂撐在我的頭兩側，將我整個人圈住，笑著說道：「沒事的，他都睡在獎盃陳列室，因爲痛風的關係，他不喜歡樓梯。再說他總是讓自己喝得爛醉如泥，所以你要發出什麼聲音都可以。」

「我為什麼要發出聲音？」他傾身咬了我的耳朵。我不禁笑了出來，但隨即便感覺到一口氣哽在喉中，必須全心專注才能呼吸，否則我就會立刻窒息。

時光時而延展為永恆，時而濃縮成片刻。隨著愉悅而來的痙攣、天花板的日光、他深陷入我肩膀的指尖、昏沉的光影、比我們歷經更多歲月的陳年葡萄酒濃烈的氣味。他送的戒指鍊子掛在頸上的重量。他趴在我身上，啣起那枚戒指，然後吻了我。我能感覺到金屬摩擦牙齒的觸感，嚐到鹹味、寶石、他的唾液。在夜半時分聽見自馬廄傳來的鐘聲而驚醒，看著他坐在窗沿，月光照出他的剪影。月亮懸在花格窗外頭，恍若包覆在網中的一顆珍珠。我再也不知道自己是誰了。我恍若新生，我像個陌生人，我是屬於路西安的。

我從來沒有這麼快樂過。從不知道有這個可能。當我在早上醒來，就只是這麼躺著，幾乎要被這難以置信的感受淹沒，接著便像遭遇船難的人那樣抓緊了床沿。我應該在家裡工作，可是那感覺就像是另一個人，不再是我自己的人生。無論我在不在農場，工作都能完成。然而，能像這樣靜靜躺著、聆聽鳥叫，心知肚明自己是在逃避責任，卻一點也不在乎，簡直太奢侈了。時候不早了，太陽悄悄從床鋪一側爬上皺巴巴的床單和路西安的腿。他的睡姿像是被拋到床上，一手遮著頭，手腕的血管在皮膚底下透出青藍。睡夢中的他輪廓似乎更柔和，嘴唇也似乎更寬闊。我看著他許久，想像著他幼年和老年的模樣。最後，我不得不起床，一部分是因為看著他所感受到的幸福近乎於疼痛，一部分是因為我得去小便。

我在夏日密實的靜謐中沿著走廊悄聲前進，每當木地板發出嘎吱聲響，總讓我不禁皺起了臉。但我不敢擅自打開任何一扇門，以免撞見管家，或者更糟——撞見路西安的叔叔。最後，我走上一道狹窄階梯，打開最上方的一扇窗，對著底下的花圃解放。我以為自己知道怎麼走回路西安的房間，可是我已經跑得太遠，失去了方向感。我發現自己正身處一條昏暗的長廊，兩側都是緊閉的房門，而且每扇門都長得一模一樣，毫無特色可言，讓人不由得焦躁起來。最後，我盡可能謹慎而緩慢地推開一扇門，希望能瞥見一扇窗以及窗外的世界，這樣至少能認出自己在房屋的哪一側。可是，當我從門邊偷偷看進房內時，卻發現這份小心根本是多餘的。那不過是一間有著斜天花板的儲藏室，盡頭則是一扇布滿灰塵的窗戶，窗戶俯瞰著馬車道，後方則是森林。被太陽曬熱的灰塵氣味撲鼻而來，令人感覺溫暖得像是在洗熱水澡。

我打了個呵欠，走進儲藏室。裡頭擺著好幾口箱子和一些老舊傢俱零件，排放得密密實實，難以通行。有個長方形物品斜倚在牆上，上頭蓋著一塊骯髒的天鵝絨布。我將絨布扯了下來，發現底下是一幅肖像畫，畫中的女人膚色蒼白、有著深色眼珠和一頭長鬈髮，她看起來無精打采，虛弱地立於一片花海前方，而畫框下則寫著一行文字：**伊莉莎白．莎森．達內**。這是路西安的母親嗎？不對，這張肖像畫年代久遠，肯定是他的祖母。我湊近了些，想從她的五官看出他的神韻。奇怪的是，她的眼神中有著一股空洞的哀愁，全然不見他的聰明伶俐。但說不定額頭形狀有點像……我退後一步想看個仔細，卻笨手笨腳地撞上錫製行李箱。這時正好有什麼搔得我鼻子發癢，害我不但打了個噴嚏，還不慎往行李箱上坐下，險些壓碎了裝著蝴蝶標本的玻璃匣。

正前方還有另一口箱子，我便順手將箱子拉過來打開。

是書。

我差點一把推開箱子。畢竟，現在我已經知道書究竟是什麼樣的東西了，便不敢輕易觸碰書本，就像它們是某種髒東西似的。不過壞事是不會發生在我身上的——至少此時此刻，在這暖和而靜謐的閣樓，路西安正在同一個屋簷下呼呼大睡，我是不會有事的。我拾起擱在最上面的那本書，翻開了書頁。這本書並不像記憶中那本在覺醒市集買到的書，閱讀時並未出現令人頭暈目眩的噁心感，書頁的文字不過是……單純的文字。**那時是我人生之中的二月，我仍年幼無知，恍若冰霜般蒼白顯眼的童稚痕跡依然殘留在身上，屬於少女年華的花蕊則尚未綻放，而初次與男性接觸讓我的處子純真留下了瘀傷。**我繼續往下翻，文字全都平淡無奇，偶爾則引經據典，一下子提到維納斯，一下子又換成普利亞波斯[5]。**他那雄壯威武的武器並非對準我愉悅花園的門扉，而是更世俗的領域……**我不禁笑了出來。

「你在做什麼？」

我轉過身，看見路西安衣衫不整地半倚在門口，髮絲垂落臉龐。他穿著我的襯衫，只扣了一顆鈕釦。他正微笑著朝我走來，整個人看起來十分放鬆。我還以爲他要親我，但他卻在一瞬間全身僵住。

「那是什麼？」

「書，我剛剛找到的，但這不是——這沒有——」

「我眞不敢相信你眞的**讀了**這種東西。」他從我手中把書抽走，手勢像是打算把書扔到角落，但是又忽然停了下來，轉而翻開書頁。「喔。」

「怎麼了？」

「我想這應該是假的。是本小說。一定是因爲這樣才會出現在這裡，而不是收藏在我爸的……你看。」他把書在我面前打開，指著書封內側印在花紋襯紙上的商標。「這不可能是索爾利的眞品。首先，他們把『夫人』寫成了『伕人』。」

「我不懂你在說什麼。」

「就是索爾利夫人啊？一百年前首屈一指的情色裝幀師。等等，還是你要問的是**小說**？」他帶著一絲嘲弄語氣說道。「那不是眞的書，是人寫出來的，就像雜誌，不是眞人眞事或眞實記憶，只是編造出來的東西……算了。」他闔上書、搖著頭，臉上一副似笑非笑的表情。「眞不敢相信你居然這麼單純。」

「沒人跟我說過，我怎麼可能知道這種事？」

「當然了，畢竟你父母這麼單純。別擔心，這樣滿可愛的。」

「去死啦，達內。」

「不是，我是認眞的，我喜歡這樣，」他傾身，嘴唇貼著我的面頰，喃喃地說道：「而且我是指所有方面。沒看過書、不曾跟女生——或男生——上床，除了我以外。」我打算往他的腦門打一記時，他燦爛地笑著閃了過去，隨即逮住我的手，然而臉上的笑容卻忽然消失不見。我們望著彼此。

樓下傳來一陣模糊的敲門聲。他側耳傾聽。「剛剛有人敲門嗎？」

「我不確定，但是你的管家不會去應門嗎？」剎那間，夏日密實的靜謐似乎變得不堪一擊，但我連一秒都不想讓外面的世界進來干擾我們。

「如果你說的是廚子……她只有晚上會來。」

「那你叔叔呢？」

「很難說，我想我得下樓一趟。」他站起身，開始扣起襯衫鈕釦。

「是嗎？」我伸出手，一一將他剛扣好的釦子解開。「可是要是有人不讓你穿衣服呢？說不定你應該這樣下樓。」

「艾墨特，這不好笑，」可是他卻笑了：「也許是麵包師傅派來的小弟。」

「我們就餓著吧，我不在乎。」然而敲門聲卻愈來愈急促，然後戛然而止。「你瞧？問題解決了。」

「好吧。」他坐了回去，任憑我將襯衫拉過他的頭脫下。我看見幾滴汗水積在他鎖骨的凹陷處。然而就在我俯身之時，他用微乎其微的動作閃過我的嘴唇。

「怎麼了？」

「那本書，」他說：「你怎麼曉得那是假書？你知道對吧？」

「我不知道，只是……那本書不知怎麼不會令我著迷。這很重要嗎？」

5普利亞波斯（Priapus），希臘神話中的生殖之神，酒神與愛神之子。

「不重要，但是令人刮目相看。我爸一定會很喜歡你。」他眼底閃過一絲帶著諷刺的冷光，讓我渾身不自在。「你真是個謎，艾墨特，如此純真，卻又……」

「可以別再提那該死的**單純**了嗎？」

「好好好。」他咧嘴一笑。「只要你願意讓我把那份單純毀掉就好。」

敲響四下的鐘聲從馬廄傳來時，我們已經餓得前胸貼後背了。「真不敢相信我們剛在我**祖母**面前做了那種事。」路西安說。我跟著他爬出我們在箱子間挪出的空位，然後輕手輕腳地經過獎盃陳列室下樓，踏進光線昏暗的大廚房。在我們狼吞虎嚥地吃下冷掉的派餅、罐裝肉、葡萄酒蛋糕時，我才真正體會到我們真的好一段時間都沒吃任何東西了。最後，廚房餐桌一片狼籍，到處都是碎屑殘骸和甜酸醬的痕跡，可是就在我開始動手整理時，路西安搖搖頭說：「放著吧，畢竟這是她的工作。」

「可是——」換作在家裡，要是我敢就這麼離開廚房，媽絕對會殺了我。

路西安拾起最後一小塊派餅。「走吧。」他滿口的食物。「我不想被人看見我們在這裡。」接著他便步出廚房。我遲疑了下，還是迅速地把餐盤疊好擱進水槽，草草擦了擦桌面，然後才快步跟了出去。

等我追上他，他已站在門廳的窗座前讀著某個東西。他抬起頭。「抱歉，」他說：「艾墨特，真的很抱歉。」

我的心抽了一下，像是一條繩索末端被人猛地一拽。「怎麼了？」

「沒什麼，你不用怕，只是我父親捎來了訊息。」他手中拿著一張藍色的信紙朝我晃了下。「我得去一趟塞津。」

「現在嗎？有那麼緊急嗎？」

「眞的很抱歉。」

「你可以假裝沒收到信，畢竟信件有時會寄丟啊。」

「艾墨特，你不曉得他這個人。」他緩緩彎下身，撿起剛才拆封後掉在地毯上的藍色信封。「要是我不聽話，他會想盡辦法讓我感到後悔莫及。」

「拜託，路西安，你連偷娶艾塔都不怕了，對他的**電報**視而不見有什麼好怕的？」他沒有立刻回答，我不禁深吸了一口氣。「還是你之前那麼說只是在騙我？」

「不！當然不是。」他沒有看我，只是把信紙捲成一根扎實的紙棒。「可是我——也許我的確沒有考慮太多……很抱歉，我就是個膽小鬼。」

「他沒那麼可怕吧，而且你母親一定……」

「你根本不了解他！他——他做了很多事情。」他反覆摺起那張紙，直到信紙變成小小一方藍色。「我母親只能任他爲所欲爲，眼不見爲淨，總好過每次都得被他抹去記憶。」

一陣沉默。我注視著他，他繃緊了臉，變回了以往那副漠然神情。我總算明白他爲什麼從來不提起自己的家人。

我說：「那你最好快點走了。」

「艾墨特——我眞的很抱歉。」

「我也要回家了，但先讓我去找靴子。」

「你不用現在就回去的。」

「你要我幫你打包嗎？」看見他皺起了眉，讓我感到十分滿意。我轉身奔上樓，砰砰登上一道又一道的樓梯，旋即抵達他位於頂樓的悶熱小臥室，房內充斥著汗水和我們喝酒留下的氣味。內心一部分的我很想留下，凝視著這張凌亂的床、小小的壁爐、窗外的景致，直到這一切深深烙印在記憶裡，永不磨滅。但我仍一把撈起靴子，在身後關上了門。

回到大廳時，路西安正站在窗邊眺望屋外。他回過頭，臉上沒有笑容。「我一回來就會立刻去找你。」

「好。」

「好好照顧點點。」

「好。」

我們陷入沉默。我朝他踏出一步，同一時間，他也往我的方向靠來，結果兩人沒站穩，差點撞在一起。我用雙手捧起了他的臉，然後我們以恍若能讓地球停止轉動的態勢親吻，彷彿我倆既是敵人，也是戀人，彷彿今後再也無法相見。

我知道自己有話想說，卻逼著自己把那句話吞下，接著一語不發地離開他身邊。

我回到家時後院空無一人，猶如一幅農場畫般靜靜晾在陽光之下，穀倉裡沒人在幫翻草機上潤滑油，也沒人打掃豬舍。當我打開門時，冰冰和灰灰好像想要些什麼似的朝我狂吠。看見牠們的狗碗空蕩蕩的，我便重新在碗裡注滿了水，接著也餵點點喝些水，再就著水泵用冰水洗著臉和脖子。我的頭好痛，眼睛也因爲疲倦而發癢，但如果我動作快一點，就能補上我漏掉沒做的工作，那麼也許就不會有人在意我昨晚的缺席。我想起某次艾弗烈沒請假就曠職兩天時爸的反應，胃部不適地一陣翻攪。不過當時正好時值乾草製備期，他卻跑到塞津的貧民區喝得酩酊大醉。我只是在別人屋簷下過了一夜，現在已回到了家中，準備開工。

我走到穀倉取出草耙。然而這片死寂實在凝重得不尋常，讓我不禁貼著豬舍牆壁側耳傾聽。這感覺就像是有人生病，周遭散發著一種有如困在水底、沉悶而凝滯的氛圍。我穿過後院、走進屋裡，發現家裡也一樣。我躡手躡腳地走向樓梯，感覺心臟劇烈跳動的聲音似乎在牆面之間迴盪。接著，我聽見有人壓低聲音說話，於是旋過了腳跟。那聲音是從客廳傳來的。太奇怪了，除非有客人，否則平常不會有人在那裡。客廳的門微微敞開，我悄悄走上前，往裡頭一瞥。

媽正垂著頭坐在長椅上，爸則站在壁爐旁。

我推開門。媽抬起頭看見了我。她正在哭。

「艾墨特。」爸說。我發現他也淚流滿面。

18

他們一語不發地望著我。塵埃在空氣中飛舞，慵懶地在日光下飄進飄出，上一秒還看得見，下一秒就消失。光束照不到的地方漆黑如墨，所有的東西似乎都褪去了一層顏色，壁紙看起來色如黃疸，牆上的掛畫也變得汙穢難辨。櫥櫃上方的鐘罩裡，灰塵不知怎麼鑽進了玻璃底下，讓上了蠟的水果表面沾上了一層粉灰，而更年節時用來掛常春藤花環的天花板角落則黏著一片枯葉。

自從喬．泰納在偷偷潛入馬廄時被馬踹死的那件事之後，媽就沒再哭過。而在那之前，應該是在嬌小的菲萊雅．史密斯被捲入碾磨機輪下那時。印象中我從沒見過爸流淚，然而此時他的臉卻因為反覆拭淚而變得紅通通的，雙眼也充血發紅，濕潤的嘴則微微張著，看起來竟如同裸體或生肉似的，令人覺得有些不得體。

艾塔出事了。

一旦領悟這件事，房內的空氣就像是瞬間被抽光，我甚至覺得自己立刻就要倒下。我說不出半句話，也無法承受此刻彷彿沒有盡頭的沉默。然而打破沉默或許只會更糟。

媽說：「坐下。」

不久前我只覺得全身軟弱無力，好像隨時都有往前倒下的危險，但是突然之間，我竟然連彎起關節都辦不到了。「發生什麼事了？」

「孩子，你覺得呢？」爸的聲音十分疲倦，極為虛弱。

「她在哪裡？」媽深吸了一口氣。我的胃一陣翻攪。「艾塔出事了對吧？她還好嗎？告訴我發生了什麼事！」

「艾塔？」爸蹙起眉頭。「她在樓上。」

「現在才想起你妹妹有點太遲了，不是嗎？艾墨特？」

沉默在空氣中蔓延。媽的臉色冷若冰霜，平靜、蒼白，看不見半分原諒，使我感到難以呼吸。我將眼神從媽移向爸，又再次移回媽身上，最後總算懂了。

「我——」我痛恨自己的聲音竟如此虛弱，顫抖不止。「我，我不——」

「我不知道該對你說什麼。」爸說。在此之前，我從來不曾覺得爸蒼老，現在他卻緊緊抓著壁爐邊角，彷彿一放手就會跌倒。「兒子，我們一直以爲你是個好孩子，而且深深以你爲傲。」

那片沉默再次蔓延，將我包圍，直到我開始害怕自己會因此窒息。「我沒有，」我說：「我只是……」我像是重新開始學認字似的，就連最簡單的字詞都棄我而去。

「你**怎麼可以**？」那一刻，媽的聲音跟艾塔如出一轍，只不過那是成年的艾塔，長大成人、失去希望的艾塔。「我不明白，艾墨特。告訴我爲什麼。」

「爲什麼——什麼意思？」

「你爲什麼要摧毀艾塔的未來？爲什麼對我們撒謊？爲什麼將我們教你的一切拋到腦後？」

「我沒有做那種事！」終於，空氣灌進了我的肺部深處，我總算能夠開口說話。「我從來沒有說謊！我只是——我從沒想過要傷害艾塔。」

「你怎麼敢這麼說！」媽向前傾身，模樣像是稍有不慎就會窒息。「你明明知道艾塔是怎麼想的，也知道我們怎麼想、抱著什麼樣的希望……」她嚥下一口口水。「我們讓你不用工作，跟他們獨處，是因爲我們信任你，但是你竟然就這麼毀了一切。你怎麼可以做出這種事？」

「因爲我——」我不禁停下，感覺到膝蓋正在顫抖，彷彿在草地上有條蝰蛇，而我在千鈞一髮之際發現了牠。我說：「這跟艾塔無關，也跟你們無關。」

爸走了幾步，來到客廳正中央。「不准這麼說，」他說：「你不是會不顧家人感受的孩子，無論你跟那個——那個男孩做了什麼……都不是眞心的，你不是那種人。」

我望著他。他希望這一切是出於惡意、嫉妒或者憤恨；他**希望**我是因爲仇恨而這麼做，否則我眞的就是**那樣的人**了……陣陣顫抖自雙腿往上蔓延，如地震般撼動著我。我只想要路西安，任何其他的人我都不想要，而這會讓我變成怎樣的人呢？「拜託，」我說：「事情不是你們想的那樣，我不是——不是玩玩而已，我們——我們是眞心在乎彼此。」

媽深吸一口氣。「別說了。」

「拜託。」我再次開口，聽見自己的聲音沙啞破碎。

「你給我閉嘴！」爸在客廳一側來回踱步。

我死死盯著黏在天花板上的常春藤枯葉。我還記得更年節前路西安站在椅子上，搖搖晃晃地想辦法釘上花環的模樣，還有那天我們跳著華爾滋，他的身體緊貼著我，讓我感到難以呼吸的情景。這段回憶來得猝不及防，讓我不禁用力咬住自己的臉頰內側，專注地感受著那股疼痛。

「事情都做了，」爸說：「以後我們也不會再提。但是艾墨特，要是你再做出那種事，我們就得把你趕出去，就是這樣，你懂了嗎？」

我緩緩地說道：「那種事？」

「如果你再去……**碰**……另一個男孩……或男人；如果你讓男人碰你，或是我們聽到任何風聲——八卦、不堪入耳的傳言——**任何那樣的消息**。」他頓了頓。「聽清楚了嗎？」

我無法承受爸看我的眼光，彷彿我是個陌生人。如果我回答聽清楚了，他們確實會原諒我，一切又能恢復原狀，我們可以假裝一切從未發生……

「拜託，」我說：「請聽我說。拜託……媽。」我轉向她，逼迫自己別去在意她的表情。「你希望我和艾塔過上好日子對吧？他要給我塞津的工作，我可以幫他做事。」

「你到底在說什麼？」

我的聲音愈來愈高亢，語速愈來愈快。我無法克制自己。「爲什麼只有艾塔能逃離這種生活？你希望他來拯救她，爲什麼不能換成拯救我？我可以離開這裡、當他的祕書……」

爸說：「你的意思是當他的玩物。」

房內頓時悄然無聲，像是不小心摔破某樣易碎物之後的死寂。

「羅伯特。」媽出言制止。

「事實就是這樣不是嗎？」

我不知道爲什麼，但在那一刻，我的聲音變得冷靜。「你們希望艾塔嫁給他，」我說：「她還是可以。如果我要他娶她，他就會求婚。這樣你們開心了嗎？」

媽站起來。「告訴我，」她說：「你是認眞的嗎？」

我猶豫了。

「你在考慮了。」媽的語調依然如原先那樣平穩。「你不會天眞地以爲在你和他發生那種關係後，艾塔還會嫁給他吧？經過這一切……你以爲我們會讓那種男人碰自己的女兒嗎？你以爲某個男人在**你**的請求下和艾塔結婚，對艾塔是好事嗎？」

「要是她還想嫁給他——」

「你怎麼能說出這種話？你憑什麼覺得你能爲所欲爲，讓艾塔接收你的爛攤子？你**怎麼敢**覺得她會心甘情願承受這一切？」

「我不是那個意思！」

「夠了！」爸跨出一大步，擋在我們之間。「夠了，希爾妲，我不想再聽下去了。艾墨特，回你的房間。明天起，我們就當這件事沒發生過，現在我沒辦法直視你的臉。」

「讓我解釋——」我不禁脫口道，卻不知道自己該對著誰說話。

媽朝我靠近，舉起了一隻手。我因爲害怕而笨拙地向後退縮，但她只是將手放在我的臉上，極其輕柔地撫摸著我，彷彿我還只是孩子。「你還不明白嗎，艾墨特？我們會原諒你的，我們給你第二次的機會，你就接受吧。」她聲音發顫地說道，接著清了清喉嚨。「這是再給你一次機會當我們的好兒子。」

我踉蹌地走上樓，像是忘記了該如何擺動四肢。當我的腳趾踢到了最後一階樓梯，還有我的手肘撞到欄杆時，我除了隱約知道自己好像撞上了東西，什麼感覺也沒有，彷彿這一切都發生在遠方。

艾塔的房門緊閉著。我經過時並沒有停下腳步，但是某種動靜卻讓我忍不住回頭張望。房門底下有道陰影在動，我知道她就站在那裡。

「艾塔？」沒有回應。但這不會改變她站在那裡的事實。那道陰影無聲無息地滑至一側，模樣像是她正從門前退開。

我一把拉開了門，讓她不禁訝異地倒抽一口氣。我還來不及開口，她便已經恢復冷靜，挺直了身體，然後賞了我一耳光。

整個世界頓時嘶嘶作響。我眼冒金星，看見黑紅斑點不斷在眼前舞動。我的耳朵遭受陣陣嗡鳴衝擊，猶如下一刻就要粉碎的玻璃酒杯。

艾塔對著我大吼。**該死的**，我聽見她說，**噁心的混蛋**、**骯髒的人渣**……以及許許多多我不知道她從哪裡學來的字眼。這些話也許現在還傷不到我，卻會在之後像扎進皮肉裡的木屑那樣帶來潰爛與刺痛。

我回了她一巴掌。

這讓她閉上了嘴。艾塔瞪大雙眼看著我，頰面浮出血色，我看見自己在她顴骨上留下的指痕。這是我人生中第一次不在乎自己傷害了她，也不在乎自己對這一切有多不在乎。

我聽見自己問道：「他們怎麼知道的？」

「我跟蹤你。有次你回家時襯衫上有朵玫瑰，我一看就知道你去了廢墟，也知道了該去哪裡找你。然後我就看見你們兩個。」她吞了口口水，注視著我，我從沒見過她用這種眼神望著任何人。恨意，加上痛苦，使她的面孔輕顫著，但她卻露出一臉與大人無異、陌生且漠然的表情，讓我難以真正看出她的感受。「你想聽我親口說出來嗎？」她說：「我看到你們兩個，在做愛。」

我閉上了眼睛。

「我知道你偷偷藏起我的靴子，艾墨特，我知道你是故意把我丟下的。我四處找了很久都找不到，最後乾脆穿上心愛的舞鞋去找你們，因爲我想見路西安。」她吞了一口口水。「可是我找到你們的時候，我聽見了你們的對話，你們在討論我，還說我一點也不重要。」

「我**從來沒有**說——」

「他說他再也受不了假裝愛上我了。」

「艾塔。」

「怎樣都無所謂了，反正你也不在乎，不是嗎？你還跟他一起**笑**。」她拉高了音量，聲音變得沙啞，但過了一會兒又繼續說道：「所以我就自己回家了。我本來不打算告訴爸媽，但後來你在那裡待了整整一夜——我實在沒辦法**不**告訴他們。」

我努力讓自己不去想像當時她可能會是什麼感受。無論如何，艾塔都無權那麼做，她很清楚要是告訴了爸媽，我會有什麼下場。

「他們本來以爲是我弄錯了，可是我告訴他們，你一直把路西安在覺醒市集買給你的彩繪蛋留著——」

「你擅自翻我的東西？」

「然後我告訴他們，他背上有雀斑，還有我看見你們做了什麼。」又是一陣沉默。她聲音中隱約流露出的勝利感只是我的想像嗎？她抬起下巴說道：「然後他們就相信我了。」

我用兩手遮住了臉，希望自己立刻從這個世界上消失。

「爸寫信通知了路西安在塞津的家人，因爲他希望能讓你以後再也見不到他。」

「你不該向他們告密。」我的聲音聽起來好陌生。「這與你無關，艾塔。」

「我**愛**他。」她頓了頓。「我——**曾經愛過**他。」

當然，我還有最後一張王牌，只要**我**說出口……我不讓自己有半點遲疑的機會，直勾勾地盯著她的雙眼，用我所能做到最輕蔑的語氣說道：「眞可惜你告訴了爸媽，」我說：「要是你沒這麼做，他本來會娶你的。」

她瞪著我。「你騙人。」

「反正現在也沒差了，不是嗎？」看著她的臉色愈來愈蒼白，我的心底不禁油然浮現一種殘忍且病態的滿足感——直到她眨了眨眼，任由淚水滑落臉頰。那簇愉悅的火花轉瞬熄滅，一切都化爲灰燼。

我轉身離開。房間角落有樣東西吸引了我的目光，是艾塔的舞鞋。這雙象牙白的絲質淺口便鞋，是她最大的驕傲和喜悅，然而這雙鞋現在卻靠在牆邊，模樣像是被她毫不在意地踹到了一旁。我還記得她在大前年的生日那天，拆開包裝紙時臉上瞬間亮起的表情，還有在去年的豐收晚宴上，她穿著這雙鞋時有多麼小題大作——爲了不讓鞋子弄髒，她要求我揹著她走過泥巴路。後來有人對她說：「你穿著那雙舞鞋跳舞時看起來就像精靈。」我推了她一下，小聲地說：「比較像醜妖精吧。」然後我們笑得無法自已，不得不到外頭去。即使是在那時，她都先要求我把斗篷鋪在地上讓她走。然而，如今這雙鞋上卻沾滿了雜草和斑斑泥濘。

「對不起，」我說：「我不是故意要傷害你的。」

「你走吧，艾墨特。」

我不禁感到遲疑。不知怎地，我希望她的態度能軟化，就像小時候發脾氣時那樣，然而她只是凝視著我，直到我離開。

我不知道自己是怎麼回到房裡的。我蜷縮在床上，像是只要把自己縮得愈小，感受到的痛苦就能愈少。好一段時間裡，我唯一能做到的事情只有反覆地吸氣吐氣，盡量什麼都不去想，直到聽見點點對某個騎馬經過的路人吠叫，才終於忍不住放聲大哭。

我很想念路西安，對他的思念逐漸變成一道疼痛的傷口。我能感覺到思念的輪廓，伴隨著灼熱不已的痛楚從胸骨一路蔓延到鼠蹊，而只要我輕輕動一下或者開口說話，甚至只是稍微用力地呼吸，疼痛就會變得更加劇烈。我從沒想過自己會有想死的念頭，但現在的感覺就像一遍又一遍地溺水，跟死亡的差別只在於最後的黑暗始終不會降臨。

路西安已經走了。只要能看上他一眼，或者再次聽見他的聲音，我什麼都願意做。可是現在他卻不在我的身邊。這是我唯一知道的事，也是我唯一還在乎的事。然而慢慢地，其他念頭也逐漸成形：爸媽永遠不會原諒我，艾塔恨我，我毀了他們和自己的人生。艾塔目睹我們在一起的畫面，看著我們的一舉一動。

再來是路西安。他的父親也發現我們的事了。要是路西安因此受罰，就是我的錯。這念頭令我喘不過氣，全身緊繃。路西安會因為我而受苦，最後也會跟艾塔一樣恨我……我緊緊抓著那些屬於我們的回憶不放，反覆回想著我們一起開懷大笑的模樣、碰觸彼此的感覺、我們之間的每一句對話……然而，這一切卻隨著每一次心跳漸漸淡去。記起它們變得愈來愈困難，甚至連是否眞的發生過也愈來愈難以確定。他現在若不是對我恨之入骨，就是比恨我還要更糟——說不定他其實從沒在乎過我？要是他根本一點也不想我呢？要是他覺得終於擺脫了我，反而鬆了口氣呢？

我感覺不到餓，也不再會了。唯一還能讓我走出房門的只有在後院哀鳴的點點，可是起身餵牠讓我感到頭昏眼花，一餵完又立刻倒回床上。不久，我聽見牠用前爪拚命抓著我的房門。雖然平時小狗不被允許上樓，但我也不會變得比現在更慘了，便開門讓牠進來。牠四處嗅聞，最後窩在我身旁，於是我伸手環抱著牠。牠的體溫無法塡補我空虛的心，但是牠沉靜的呼吸和靠在我肩膀上的重量卻似乎能讓陣陣疼痛緩解。最後，我疲憊地打起盹來。

驀然驚醒時，天色已近全黑。點點跳下了床，在地板上蹦蹦跳跳，牠的狗爪輕快地踩在木板上，而我則像是做了場惡夢般心臟狂跳。然而讓我醒來的其實是如鞭擊般殘忍的現實世界。我撥開幾縷貼在臉上的汗濕頭髮，一邊發著抖一邊坐起身。

客廳的門是關著的。接著，我聽見踩過木地板的腳步聲和一個模糊的說話聲。是男人的聲音，但不是爸。幾秒後傳來爸低聲的回應，語氣似乎畢恭畢敬的。

我抱著點點下樓，將牠放進了後院。相較於我房間裡的滯悶霉味，傍晚的空氣聞起來既溫暖又甜美，但我依然再次關上了前門，沿著走廊來到客廳門前。那個聲音……我不由得停下腳步偷聽。

「我明白你有多失望，法莫先生。」

在那一瞬間，我以爲自己聽見了路西安的聲音，全身爲之震顫。然而等到我耳中的嗡鳴消退，便立刻明白那並不是他。雖然對方的口音跟他一樣，聲音卻更低沉而空洞，聽不出任何情緒。

「好，」爸說：「我去叫他下來。」我踉蹌著直往後退，但動作還是太慢了，而爸才拉開門就看見我，兩眼立刻瞇了起來。但他只說：「你最好進來一下，孩子。」

我跟著他步入客廳，看見有個男人正坐在扶手椅上，蹺著腳，頭懶洋洋地靠著椅背。他看起來年紀很大，蓄著濃密的棕色絡腮鬍，但沒有留小鬍子，讓位於中間的那張嘴看起來就像熟透的水果似的。他上下打量著我，然後咧開了嘴，露出一個如飽滿果實般紅潤的笑容。

他知道那件事，單從他打量我的表情就能知道。「艾墨特？」

「我是。」我的襯衫皺巴巴的，散發著汗臭味和小狗的氣味。「你又是哪位？」

「我叫雅克雷，是達內先生的員工——我是指**老**達內先生。」他在最後補充道，彷彿擔心有誰真會以爲他指的是路西安。「請坐。」

「這裡不是你家。」

「艾墨特，坐吧。」爸站在油燈旁邊，髮際線附近因汗水而微微發亮。

我坐了下來，腳踝卻不住發抖。我只好更用力地把腳踩在地板上，拚命想讓這陣顫抖停下。

「謝謝，法莫先生。」雅克雷說。他抬頭對著爸微笑，同時舉起一手指向門口。爸吞了口口水，又看了我一眼，然後一語不發地轉身離去。

「艾墨特，」雅克雷說：「這實在是相當可惜，對吧？我懂你的感受。路西安很擅長魅惑人心，卻總是不想想後果。你現在應該覺得很受傷吧，但我是來幫助你的。」

我咬著舌尖，悶不吭聲。

「我明白你可能會對於我突然介入覺得反感，畢竟像這樣不請自來，一定讓人覺得很失禮。但請你務必明白，我們處理這種……問題的經驗已經十分豐富了，我們是站在你這邊的。路西安是個好孩子，問題在於他太年輕氣盛，總在出事之後留個爛攤子讓人收拾，所以——」

「爛攤子？」

「他深深傷害了你和你妹妹。我看得出你們正遭受著什麼樣的折磨，不——」他搖搖頭，又說：「我沒有要你把一切告訴我，我很清楚你一定……感到備受冒犯，但我希望你明白，我同情你們，而我來這裡就是爲了提供一個很好的解決方法。」

我心中忽然燃起了一簇希望之火。「什麼？」

「我很抱歉，艾墨特，這種事根本就不該發生。路西安眞是太殘酷了，絲毫不爲別人著想，像這樣誤導了你……」他清了清喉嚨，繼續說道：「我唯一能做的就是讓你忘了這件事，恢復原本的生活——回到以往。在認識他之前，你的生活應該十分愜意吧？」

我有些猶豫地說道：「大概是吧。」

「很好，那麼，讓我提供你一個方法：我們會送你去找裝幀師，全額負擔車馬費等等的開銷，爲了聊表歉意，我們也會提供你和你的家人一小筆慰問金。我們明白這種事情往往令人難受，但受害者的親屬若能從這些錯誤中得到些許好處，情況就會很不一樣。」

「等一下。」我試著讓自己集中精神思考。他渾厚的嗓音非常有說服力，像是唱著一首催人入眠的搖籃曲。「你希望我去找裝幀師？把我的記憶裝幀成書，然後忘掉這一切？」我似乎聽見覺醒市集的微弱樂音在耳畔隱隱躍動。

「艾墨特，很多人都對裝幀抱持偏見，在此請容我向你保證：裝幀是安全而且無痛的過程，可以讓你回歸原本的生活。你將不會再擁有任何關於路西安的記憶，也不會記得你家人有多麼失望，更不會想起這些心碎的日子，就像——」他微微傾身，伸出肥胖的一手做出猶如乞求的手勢。「再一次變得**完整**一樣。」

「而你們要幫我付這個錢？爲什麼？」

「因爲路西安是我們的責任。每當他利用了像你這樣容易受影響的人，我們便無法坐視不管，不忍心讓這些人的人生就這麼被毀掉。就像你，還有你的家人。」

「你剛剛說……」我吞了口口水。「**每當**他這麼做，你的意思是說……？」

他忽然挪了挪身體，像是扶手椅一瞬間變得太小似的。「你知道的，艾墨特，有時我們以爲自己認識某個人，到頭來卻發現不是那麼一回事。路西安很有魅力，我想他或許讓你以爲自己是他的唯一，對吧？雖然他可能也不算……說了謊。」

「不算說謊？」但我彷彿能聽見他的聲音。**對不起，我就是個膽小鬼。**

「他對風流之事相當熱中，你眞的以爲自己是第一個嗎？」

我別過了頭，但無論眼前看到什麼都變得模糊一片。

「他之所以被送離塞津，就是因爲他和一個不恰當的對象過從甚密，一個有點……呃，**太年輕**的洗碗女工。也許他就是因爲這樣才挑中你而不是你妹妹。但千萬別覺得自己愚蠢，某方面來說，他確實很冷酷無情，單純把這種事當成一種狩獵，並以追捕獵物爲樂。」

「你說的不是眞的。」

「啊，無所謂，總之也不重要了。我們還是展望未來吧。不如明早我和馬車一起過來，帶你前往沼澤地的裝幀所吧。這種事還是低調爲上，事成之後，我會給你父親二十幾尼，看你們想要黃金或鈔票都行。這樣你能接受嗎？」

我的心臟狂跳不止，甚至開始能感覺到路西安送我的戒指在胸骨上碰撞。

我說：「不能。」

他的臉色一變，又是一陣沉默。

「我懂了。」最後，他總算開口道：「你想要多少？」

「什麼？」

「既然二十幾尼不夠，那麼你覺得多少才夠？」

「這跟錢沒有關係。」

「所有的事永遠都跟錢有關係。你開個價吧。三十？五十？」

「不，」我站起身。「你根本不懂對吧？我不在乎路西安是不是有其他愛人。」說出那兩個字時，我的聲音不禁顫抖，但我不在乎。「我想要記得他，我現在只剩下回憶了。」

「一個傲慢自大、蠱惑人心的騙子對你來說是美好回憶？」

「沒錯。」

「艾墨特。」他說著我的名字時聽起來格外沉重，像是一種警告。「講點道理，重新考慮一下。要不從七十五幾尼起跳怎麼樣？這樣已經非常大方了。」

「我寧願**去死**。」

「說話要當心點。」

我怒瞪著他，開始痛恨起他那張圓胖而猥瑣的面孔。最後，他聳了聳肩，然後站起身來。「好吧，」他說：「太可惜了，我們完全是爲了你著想。」他把手探入了外套的袖子。那件過大的衣服鬆垮垮地掛在他身上，以夏天的傍晚來說似乎顯得過於厚重。他掏出一包東西。「這應該是你的吧，你借他的襯衫。他不希望你有任何再接近他的理由。」

我接過了襯衫。

「如果你需要協助，」他說：「你父親知道要上哪兒找我。如果今晚你躺在床上，希望這份痛苦能夠消逝……改變心意也不是什麼可恥的事。」

「我不會改變心意的。」

他不怎麼友善地對我匆匆一笑，鞠了個躬後便離去。

我抬起頭時，媽正好站在門口。我手裡抱著雅克雷給我的襯衫——這是我的襯衫，她沒有收走的理由。媽什麼也沒說。

「我不會去。」我說。

她緩緩地眨了一下眼睛，彷彿眼皮沉重得光是睜眼就讓她耗盡全身的力氣。「那筆錢可以當作艾塔的嫁妝。」

「媽……」

「我們這麼努力不讓你接觸書，接觸那種黑暗魔法……但達內先生——你的朋友還是告訴你了，是不是？我早該知道的，我們早該看出他是哪一種人。」

「你的意思是——」

「我們以爲自己將你保護得好好的，一直以來都那麼小心翼翼……」她倚在門口，慢慢將身上那件圍裙扭出一個結。「我母親總說那是一種邪惡又違反自然的魔法，會吸光一個人所有恥辱、痛苦、憂愁的記憶……她說某些裝幀師之所以長壽，就是因爲吸取了人們的每一滴生命力。」她低頭望著裙子上的麵粉和煤煙汙漬，卻似乎沒有眞正看進去。「可是，如果你能回到原來的模樣……」

我的喉嚨一陣緊縮。「媽，聽我說，我和路西安是——」

「你去吧，」她說：「我拜託你就去吧，反正你也做不出比那更羞辱我們的事了。」

我走過她身邊，上樓回到自己的房間。心跳聲在耳中隆隆作響，全身則止不住地發顫。我坐在床上，緊緊抱著那件舊襯衫，強忍著喉中的痛楚。我低下頭，將臉埋進亞麻布料裡。我願意不計一切代價交換路西安環抱我的雙臂，只要能再次嗅著他散發淡淡薰衣草水香氣的肌膚。

布料之中有個東西窸窣作響。

是一張縫在衣領內的字條。我用刀尖挑開了縫線，感覺彷如歷經永恆，才總算能將字條攤開。

黎明時分請到沼澤和利特瓦德路的十字路口與我會合。

我愛你。

19

那一晚，要是我和任何人交談，對方一定會發現我的異狀。我能感覺到肌膚熱燙，猶如微醺，並十分慶幸自己錯過了晚餐，可以單獨留在房中。我一直沒有入睡，只是靜靜懷抱著幸福的感受。

有一回我下樓喝水，在回房間的路上碰巧在樓梯間遇到了艾塔。經過她身邊時，我們四目相接。月光從樓梯轉角那扇房門的門縫灑落，將上半段的階梯斜分成亮暗兩角，然而在我們所站立的下半段階梯，光線卻昏暗迷離，猶如蛛網般照在她的臉頰和額際。她的容貌一時看起來難以判斷年紀，既可能是少女，也可能是母親或老嫗，然而不論何者，依然能從那雙堅定而深邃的眼睛認出是她。

「艾墨特？」她說。

她語氣裡有一分柔軟，令我內心燃起熊熊希望：她原諒我了，因爲她從未眞正愛過他——

「什麼事？」

「對不起。」她說。

貓頭鷹的啼叫聲由遠而近傳來，有隻動物則匆匆奔過後院角落。我想像著貓頭鷹在天空盤旋，靜靜等候著獵物的一雙小眼亮起，或是一陣尾巴的擺動。倘若遇上像這樣的死神，你絕對不可能聽見祂索命的腳步聲。

「我也是，對不起。」

我往下走了一階樓梯，想要走近她身旁。但是她卻迅速轉過身，喃喃說道：「我得去一趟廁所。

女生的事情。」然後就立刻跑進了後院。我回過頭，看著她快步跑過鵝卵石路面、半途又爲了不被乾草堆絆住而拉起了斗篷衣角的模樣。

我大可在這時出聲喊住她，但我並沒有這麼做。我只是默默回到房裡，靜靜等待午夜降臨。

在天空再次顯現蔚藍之前，我早已換好衣服，準備就緒。當我悄聲走下樓梯、步出大門時，月亮已經西沉，而繁星依舊高懸在空中。我感到呼吸困難，無法將空氣吸入肺部深處。一等走到大路上，我就立刻朝著十字路口拔腿狂奔。

起先，我在黎明前的昏暗微光裡只能看見油燈的閃爍光芒和一片深濃的黑，然而隨著我愈來愈靠近，便漸漸能看出馬兒和馬車的形體。我想要大喊出聲，卻害怕會打破如咒語般蟄伏四面的寂靜。我能看見寒風之中渾身包裹得密實的路西安，帽兜蓋住了他的臉，而他正不耐煩地在馬頭旁跺著腳。我能感覺到自己臉上綻開燦爛的傻笑，瘋了似地跑了起來。「路西安！**路西安！**」

當我對他伸出手，而他轉過了頭時，我的心臟狂跳不已。

但那不是他。

我立刻明白這是怎麼回事，就像內心深處早就知道會變成這個局面一樣。站在馬兒身旁的人是雅克雷，用帽兜半掩著臉；另一個人則斜臥在馬車後座，正在打呵欠，那副漫不經心又懶洋洋的態度令我背脊發毛，還有一個人是——

艾塔。

她正熟睡著。不，她額上覆著一道黑痕，乍一看像是影子，卻並非如此；她一隻眼睛腫了起來，口鼻之間有著已經乾涸的血痕。我張開嘴想要說話，卻只能發出如風箱被壓動般倒抽一口氣的乾癟聲音。

「照我說的做，她就不會有事。」雅克雷掀起了帽兜。有好長一段時間，我和他誰也沒動，然後我才注意到他正指著馬車，示意我進去。僵持到最後，他說：「小鬼，別把局面搞得太難看。」

「路西安在哪裡？」

他嗤之以鼻。「路西安？你腦袋不太靈光對吧？」

我早該知道的。我早該猜到的。

我用出奇冷靜的語氣問道：「那麼你是怎麼抓到艾塔的？」

「當然是同一招，她甚至比你還要心急呢。」

另一個人發出尖銳的訕笑聲，讓我不由得暴跳如雷。「她還只是個少女不是嗎？等到她長大一定更難對付。」

「不准你這樣講她。」

雅克雷彈了下手指。「夠了吧，」他說：「可以麻煩你上車嗎？路途可遠著呢。」

我看著艾塔，逼自己回瞪他。他只是在嚇唬人，他們才不敢動她一根寒毛。侮辱人是一回事，可是再更過分就是犯罪了。「我才不跟你走。」

「小子，你已經沒得商量了。」

「我**哪裡都不去**。」

「萊特，麻煩你把袋子拿來好嗎？謝謝。」雅克雷探進馬車，舉起了一個麻布袋，讓我的腸胃一陣翻攪。「我很懂得要給人第二次機會，現在就讓你見識一下我有多認眞。不過我也很善良，所以暫且還不會對你妹妹下手，你懂了嗎？」

那個袋子正在扭動。雅克雷把它舉高，讓我看清楚粗麻布袋裡頭不斷扒抓的爪子和狗鼻，牠發出了哀鳴——狽犬孤單絕望的哀鳴。

「不要，」我說：「求求你不要！」

「我從沒想過會看到達內家的人真心喜歡什麼，但畢竟都是長得太大的捕鼠畜生，果然會對同類惺惺相惜。」雅克雷說：「昨天這個小畜牲咬了萊特的腳踝，他就趁勢逮住這傢伙。牠叫什麼來著？顛顛？」

「**不要**。」

「不要？你現在怎麼求都沒用了。萊特，請你動手。」

「你不能這麼做……求你不要……**拜託你**。」

他把麻布袋扔在馬車底部，袋子落下時發出了撞擊的悶聲與小狗的哀號。我奮力撲向前，但還來不及衝過去，雅克雷便已逮住了我，將我的雙手箝制在背後。「動手。」他對另一個男人說。

「不要……點點，**不要**——」

那個叫萊特的男人站起身，模樣恍若巨人。他拾起擺在身旁的一根棍棒，掂了掂重量後便調整好姿勢，露出一抹笑容。他像準備開始演奏樂曲的音樂家般對雅克雷點了下頭，然後揮動棍棒重擊袋子。一下，兩下，三下。

我大聲嘶吼，奮力掙扎，雅克雷差點捉不住我的胳膊。但他咬牙發出嘶聲，使勁將我拽了回來。接著我便雙膝跪地，忍不住開始乾嘔，而腦中除了一片空白，只能感覺到肩膀的劇烈灼痛。等到那股灼痛感消逝，一切已歸於寂靜：棍棒不再揮擊，小狗不再哀鳴，只剩下微風的微弱細語。我的臉濕了一片，嘴邊淌著唾液與胃酸。

「給我站起來。」雅克雷一腳踹來，踢中我的肋骨，讓我頓時無法呼吸。好一陣子我只是扒抓著地面，彷彿這樣就能恢復呼吸似的，直到感覺肺部又再次開始運作，我才慢慢爬起身。雅克雷朝著馬車點了一下頭。「上去。」

我伸手攙扶著車輪，有些麻木地看著自己的雙腿正劇烈地發著抖，而全身也止不住地打顫，像是我正駕著馬車駛過顛簸的道路。我往馬車後座邁出幾步，看見萊特已放下腳踏板，便爬進車內，倒在座椅上。要是我將頭轉向一旁，就會看見那個染血的粗麻布袋。袋子一動也不動，幾乎要讓我以爲他們剛才只是在嚇唬我，然而我剛才確確實實聽見了牠的吠叫聲，還有牠認出我時撕心裂肺的哀號。

我每眨一次眼，眼前的世界就模糊成一片，能感覺到淚水滾落下巴、浸濕衣領。可是這感覺起來並不像是哭泣，更像是整個人從裡而外地瓦解消散。

「好了。」雅克雷說，然後像是覺得最糟的部分終於結束那樣，嘆了一口氣。「我們現在要駕著馬車去找裝幀師，等我們抵達，你要告訴她你想把關於路西安．達內的一切都忘掉。之後我們會再帶你回來，你和你妹妹都能毫髮無傷，日後再也不會受人打擾。你覺得怎樣？」

坐在對面的萊特對我露出了一個令人毛骨悚然的稚氣笑容，拍了艾塔的膝蓋一下。

「好。」我說。

「她要是問起，你就說這是**你自己**的決定，懂了嗎？要是敢提起我們或是達內家，那麼……會怎麼樣就不用我說了。」

「我知道了。」

他似乎還想說些什麼，卻只是拉了下馬轠，直接出發。

太陽已經升起了，位於東方的天空耀眼得令人難以直視。我低下頭，凝視著搖晃的影子，看見一道鮮紅在地上蔓延開來，並且愈來愈靠近我的腳邊。我盯著那道鮮血，不禁思忖今後我是否還會記得點點……還是說，有關牠的記憶也會和其餘的一切一併消失？

而那些其餘的一切，所有關於路西安的記憶，都將離我而去。他每次微笑望著我、每次的嬉鬧和玩笑、每一次碰觸、他身上每個細節，他那雙纖長而秀氣的手，他的胸膛、他的後頸、他背脊尾端的模樣，以及他說過的每一句話……**你興奮了嗎？法莫？……我不會讓你失望……相信我……就讓我……沒錯**。

我愛你。但那不是眞心話。

我緊緊閉上了眼睛。如果在見到裝幀師前不斷回想這些記憶……或許就能保留下其中一部分，某些記憶或許就不會磨滅，回憶也不會完全消失。拜託，不需要全部，只要讓我記得他第一次或最後一次吻我，或者他對我說的最後一句話，這樣就好……拜託，我願意不計代價留下那段記憶。要是我能夠記得，至少能在腦海中再次回到過去，即使永遠見不到他，擁有支離破碎的記憶也比沒有要好。

「振作一點，」萊特說：「馬車都要淹水了。」

「沒關係，」前座的雅克雷說：「要是他看起來痛苦又沮喪，她就不會問太多問題。」

我從嘴巴深吸一口氣，感覺舌頭上嚐到了血的鹹味。一小束青草黏在馬車底板那道血跡上，就位在一枚腳印和一根釘壞的鐵釘之間。鮮血流進了兩塊木板間的縫隙，我能想像紅色的血滴像一串珠子那樣掉落到路面上。周遭的空氣聞起來已然改變，瀰漫著沼澤濃重的濕氣。一隻鳥發出了一聲尖銳的哀鳴，除此之外僅有轆轆車聲和疾行的馬蹄聲。

也許我可以撒謊，或假裝，也許會有方法能保存我的記憶，能夠把我的心當成一本以肌肉與鮮血製成的祕密之書，而且不會有任何人知道。

要是我多知道一點關於裝幀的事就好了。一想到裝幀，我只覺得那像是某種死亡。只要走過那扇門，就無法預料等在另一端的會是什麼。唯一跟我提過裝幀的人只有路西安。

他知道他們會這麼對我。路西安一定知情。

我不禁哽住了呼吸。他之所以痛恨書，全是因爲……我想原因應該是……這想法太過衝擊，令我作嘔——因爲每個他勾引過的對象都會落得這個下場。那個字眼死盯著我不肯離去。對，勾引，他勾引了我。他知道今天這種局面遲早會發生，而他不願意去思考這件事。可是對此他確實早就**知情**，他已對這個可能的結果做好心理準備。

我瞇起眼，望著天空中最燦爛耀眼之處，雙眼不由得發痛，視線也變得模糊，但是一切都沒有改變。當我別過頭時，視線前方出現了一圈黑影，讓我看不清艾塔的面容。

我將手伸進口袋摸索著那張字條。然而，即使我眨眼就能消除太陽的黑色殘影，也沒有必要再去讀那張字條了。那句話早已烙印在我的記憶裡。**我愛你**。這句話並非出自眞心，卻可能**真的是**路西安親手寫下。我將握著字條的手往馬車一側伸出去，然而風已止息。當我鬆手時，字條只是直直墜落，卡在道路旁的蘆葦叢中。

當我們轉過最後一個彎、瞥見裝幀所時，房子的模樣猶如正熊熊燃燒著。太陽在我們身後落下，讓每扇窗都映著靜靜燃燒的紅棕色火焰。雖然它們過於安定而不像眞正的火焰，卻足以令我的後頸爬上一陣不適，彷彿我即將步入煉獄。我緊咬著牙不願再看，轉而望向整個人蜷縮在角落、緊閉著雙眼的艾塔。幾個鐘頭前她昏昏沉沉地醒來，問了我們身在何處、要去哪裡，可是當他們告訴她眞相時，不知道是出於疼痛還是害怕，她竟沒有抗議或試圖逃跑。萊特遞水給她，她便接過喝了幾口，刻意迴避著我的目光。又過了許久，她才低聲問道：「阿墨？你還好嗎？或許這才是最好的做法……」我沒有答腔，沒告訴她腳邊那個沾血的麻布袋裡裝著什麼，而她也沒過問。

馬車駛離大馬路，沿著一條小徑前進。微風將熱氣吹向我的臉龐，還夾雜著些許爛泥的臭氣。我緊抓著馬車邊緣，感覺到木刺扎進了掌心，而隨著馬車每一次顛簸，路西安送我的戒指都在襯衫底下輕敲著胸膛。我可以像個蹣跚步入陽光中的礦工那樣踏出隧道盡頭。重新開始、愛上別的人。我會再次變得單純，一切都將再回到第一次。

馬車戛然停下。一團濃稠的膽汁湧上了喉頭。我艱難地吞下，強忍著嘔吐的衝動。

「去吧。」

我動彈不得。我無法思考。

「快去拉門鈴，」雅克雷勉強耐著性子說：「告訴她你需要接受裝幀，她會問你是不是眞的確定、需要忘卻什麼。這時你得告訴她路西安的事，不會很難。」他從口袋裡挖出一張名片，遞給我。「要是她跟你收費，就把這張名片交給她。」

我不知怎麼收下了那張名片。**皮爾斯．達內，達內工廠廠主**。我盯著自己正緊扣著馬車的另一手，不知該如何將手鬆開。

「阿墨……？求求你。」

我瞥向艾塔，看見萊特將一隻手指掐進了她的頸側，再次對我露出燦爛而稚氣的微笑。

我站起身。我知道自己必須一步一步慢慢地思考。如果那麼做，也許就能辦到。我不斷對自己說，下一步我還有機會改變心意，下一步，然後再下一步……

等我反應過來時，自己已經站上門階，拉動了鈴索，接著便聽見走調的門鈴聲響起。大門過了許久才打開。「有什麼事？」前來應門的女人年紀很大，看起來像個女巫。

「我想要接受裝幀。」我的語氣僵硬得像在朗誦課文。我看見她身後鑲著深色牆板的門廳、一道樓梯，以及幾扇通往不同房間的門。屋內光線晦暗，僅有一道從窗格灑落地板的血紅日光閃耀著光芒。那正是火焰的色彩，使老屋的舊木頭彷彿上了一層火焰般的亮光漆，看起來牢固而光滑……我一直注視著那道光，因爲我不想看著她的臉。「我需要遺忘。」

「你確定嗎？孩子，你叫什麼名字？」

我回答了她。這必定是眞實的答案，因爲話語未經思考便脫口而出。照在木地板上的光芒閃爍著。屋外是太陽、天空和日落——我像攀著浮木般緊緊抓住了這些念頭。

我不知道時間過了多久，只知道她拉著我的手臂帶我走上走廊，進入工作坊。我失魂落魄地跟著她走，彷彿從頭到腳都失去了知覺。她用鑰匙打開一扇門，門後是個幽靜的房間，殘存的最後一絲日光正灑落在空無一物的木桌上。她指向一張椅子，我便靜靜坐下。她的臉上寫滿了同情，彷彿我什麼都可以對她傾訴，而她也將會理解。

「先等一下。」她說。我們等了很長一段時間，直到日光悄悄爬上另一側牆面，照在木地板紋路上的光芒變得更加稀薄、更加豔紅——直到我的心跳漸緩，倦意逐漸解開長久以來讓我不致潰散的絲線。最後，她伸手輕碰我的衣袖，而我並沒有抽開手。她說：「告訴我吧。」

「路西安，」我說：「那座廢墟，我們不該去那裡的。」

黑暗不知從何處襲來，讓我整個人四分五裂。

第三部

人們會在風中聽見歌聲，

因為我們總是想從毫無意義的事物中尋求意義。

20

艾墨特．法莫雙眼暴突，雙膝跪地。記憶正灌入他的體內，而他看起來就像一個被強行灌水，直至胃部爆裂的人。

焚燒皮革的氣味嗆鼻難聞，濃煙不斷從壁爐內湧出，熏得人眼睛刺痛。我的手指從鈴繩上滑落，已經不記得自己剛才到底有沒有拉鈴。我從未見過這種場面，一時竟動彈不得。他的臉孔看起來腫脹扭曲，雙手則徒勞地抓著空氣，猶如溺水小貓般一邊嗆咳，一邊口吐白沫。

我並不同情他，畢竟這是他自己的錯，不是嗎？把書丟進火裡的人是他，並不是我，他肯定早就料到會發生這種事。而現在他四肢伏地，又是抓扒又是乾嘔，毀了我父親的波斯地毯。但那是他自己的問題，是他自找的。然而我的目光卻無法從他身上移開。

「路西安。」他說——他是這麼說的嗎？他咕噥著什麼，然而猙獰的表情卻讓說出的話變得含糊不清。也許是我聽錯了，以爲聽見了自己的名字，就像人們會在風中聽見歌聲那樣，因爲我們總是想從毫無意義的事物中尋求意義。

再不然他就是在求救，可是我也幫不了他。即使我能夠勉強自己去碰觸他，也依然對這個情況無可奈何。再說，要是他需要幫忙，應該叫我達內才是，最好尊稱我爲達內**先生**。他以爲自己是誰，居然敢直呼我路西安？還帶著那種眼神跟我說**對不起**？我寧可看他這樣掙扎。

他再次呼喊著我的名字，這次絕對錯不了了。他搖晃不穩地跪著，朝我伸出了顫抖的手——他哪裡來的膽子?這個舉動眞令人作嘔，像個乞丐似的。可是他這身打扮甚至比乞丐更不如。他活像是德哈維蘭，一個紈袴子弟、懦弱病夫。不對，根據他剛剛在走廊上與我搶袋子的氣勢，他一點也不弱。那麼可能是意志力薄弱吧。他望著我時眼神閃爍，彷彿恐懼著什麼。懦夫。

我刻意往後退了一步，心臟狂跳得像是隆隆作響的引擎。他要是再敢碰我，我就要像踹狗一樣踹他。煙霧仍持續從壁爐中湧出。

他咳了起來——不對，他是在啜泣。他的臉一片濡濕，唾液從他張開的嘴巴淌下。他正低著頭，全身不斷地抽搐，直到嘔出的膽汁全噴在我父親的地毯上。我匆忙地閃向一旁。你這蠢蛋，給我站好啊。

那本書已經快被火焰完全吞沒。火勢燒得比想像中更快，像是整本書的紙頁只有一半是眞的。然而煙霧愈來愈漆黑濃烈，我不由得也吸到了幾口，喉嚨因而灼痛不已。我不斷嚥著口水，用鬆開的襯衫袖口擦臉，一拿開就看見袖口的亞麻布料變得又濕又髒。我不由得感到怒火中燒。他們沒有資格——艾墨特・法莫沒有資格用那種骯髒的魔法玷汙我……他是裝幀師，活該得到這個下場。可是我是完全無辜的，這跟我一點關係也沒有。無論他流露出的痛苦與悲傷如何影響著我，像是濕熱的灰燼般使我呼吸困難，那些全都不是我的感受。我才不希望艾墨特・法莫的任何一絲回憶殘留在我身上。

那本書在最後一簇火焰中熊熊燃燒，最後化爲一堆灰燼。化爲粉末的書頁看起來灰敗得猶如蘑菇的菌褶，散落在發光的煤塊上。書封的皮革被燒得捲曲，變成脆弱的碎布，而煙霧則漸漸開始消散。

「路西安。」艾墨特・法莫再次喊著我的名字。他試圖站起身，伸手想扶著桌子站起，手卻不慎撲空，而他的眼皮則如痙攣般狂跳不止。「拜託，路西安——」

他的眼睛往上翻，有一瞬間只看得到眼白，而下一秒他就整個人向前仆倒。他的下巴撞上了地板，嘴裡則汨汨滲出唾液。不過既然還有呼吸，那就表示他還沒死。

一片死寂。

我該怎麼做？現在法莫變得一動也不動了，要碰觸他也就不再那麼令人難以忍受。我大可上前檢查他的脈搏，但我看得出來他的胸膛還有在起伏。再不然，我可以將他翻過來，以免他被嘔吐物嗆到。但是他的臉已經朝著下方了，而且似乎也不再痙攣。我單膝跪在他身旁，試探地伸出手、輕觸他的肩膀。我實在不知道下一步該怎麼做，也許該先確認他是不是眞的昏過去了吧。然而我的指節才剛拂過他的衣服，就突然感到渾身發燙，顫抖不止。我立刻退開。

我得在其他人來之前振作起精神。

我腳步踉蹌地站起身，將最後一點白蘭地倒進酒杯中。酒瓶碰到杯緣時，發出了猶如牙齒打顫般的清脆聲響。我一口灌下了白蘭地，不愼將酒灑上衣領，酒液沿著頸子滑落，最後與胸前的冷汗混在一起。壁紙上的紅花猶如血盆大口，在盤旋不去的煙霧後方不斷脹大。父親要是看見我抖成這副德性肯定會大肆嘲笑我一番。我一定得振作。

我有個愈來愈常使用的小伎倆：我會在腦海中想像著周圍升起一堵灰牆。這面巨牆毫無特徵，光滑得能夠騙過我的一切感官。我閉上眼睛，佇立在牆的前方，想像它正高高升起，漸漸彎曲並相接爲一體，將我包裹在一個無邊無際的灰色泡泡裡頭。只有我獨自一人。沒有任何東西傷得了我，也沒有任何事物能闖進來。

當我再次睜開眼，那陣顫抖已然停止，書房的景象重新聚焦，靜謐而華麗。天鵝絨、皮革、黑檀木；古董老爺鐘、壁爐架上的陶瓷小狗、珍奇物品展示櫃。一如畫報呈現的畫面，這是一間紳士的書房——除了躺在壁爐旁的軀體外。

我朝畫著不知名山脈的深色油畫走去，望著畫框的玻璃表面。我的倒影看起來十分狼狽，但至少還能注視著自己的眼睛。我撥開臉上汗濕的髮絲，調正領帶，拉緊領結，盡量遮住衣領上濕答答的痕跡。我渾身散發著白蘭地的酒氣，不過這也沒什麼稀奇的。

最後，我拉了呼鈴，在壁爐前的皮革扶手椅坐下，放鬆地蹺起腳。我的神情泰然自若，彷彿一切都在我掌控之中。當貝蒂來問我需要什麼時，我會用鏗鏘有力的聲音吩咐她再幫我送上白蘭地，然後客氣地要求她將這名裝幀師從壁爐前的地毯上弄走，進行恰當的處理。其實我也不知道怎麼處理能算是恰當，不過要是她問我，我大概會聳聳肩，請她去問別人。

我下定決心絕不去看躺在地上的法莫。我抬起眼神，聚焦在父親當書桌使用的橢圓形桌子。法莫幫他送來的書本散得到處都是，明顯能看出我曾爲了找某樣東西翻動過。我不曉得父親是否會爲此大發雷霆。父親就是這點可怕，脾氣總是難以捉摸，要是他眞的發火——

我深吸一口氣，又開始想像著那道圍繞著我的灰牆。牆面毫無特徵。空無一物。

房門被打開了。如果不是正好身在灰牆之中，我一定會被嚇得跳腳。我清了清嗓子。「麻煩你清理一下，可以嗎？」

我沒聽見回應，只聽見一陣腳步聲。但不是貝蒂。

灰牆瞬間瓦解，使我再次暴露在這尖銳而令人暈眩的世界。我轉過扶手椅，掙扎著站起身，一時感到頭昏眼花。我不禁咬住舌頭，努力集中精神。這眞是太可悲了。

父親對我露出似笑非笑的表情，跟他不熟的人可能只會覺得他看起來漫不經心。我說：「抱歉，我以爲是僕人。」

「成與敗，」他輕輕嘆息，「往往只在於一字之差。當心點，蠢材。」

我感到臉頰發燙，緊咬著牙。

父親繞過噴濺一地的深色嘔吐物，用腳輕輕推了下艾墨特・法莫。「簡直就像是屠殺現場，希望罪魁禍首不是你。」

「不是！我——」看見他豎起一根手指，我立刻安靜下來。

「簡單說明一下重點就可以了。」

我吞了口口水，一時詞窮，不知該從何說明起。我所謂**簡單的重點**，就是法莫倒地前的模樣、喊我名字的口氣，以及我親眼目睹一個人硬是被灌下一部分人生記憶的恐怖畫面，可是這不是父親想聽的。他揚起一邊眉毛。「慢慢來。」然而他是在說反話。

「他昏倒了。」我瞥了眼壁爐中的爐火，書已經燒光，或者該說差不多在熊熊燃燒的木柴堆裡徹底消失了。不過我爲什麼不想向父親提起這件事呢？

他用一根指頭在半空中劃著圈，意思是要我繼續。

「我不知道發生什麼事。當時他正準備離開，下一秒就吐在你的地毯上。」

「眞是精闢。就只有這樣？」

他知道不只有這樣。我移開視線、聳了聳肩，因爲要是和他對上眼神，他就會發現我正在心中以某種懦弱的方式違抗他。可是我不確定自己還能忍受這陣沉默多久。要是有人來把法莫抬走就好了。

這時傳來一陣輕巧的腳步聲。「噢，我很抱歉，先生。我沒想到會——」當我回過頭時，貝蒂正在對父親行屈膝禮，手忙腳亂地撥開從帽緣溜出的一綹散髮。如果換作是我，她就不會這麼做。「我是不是該……？」她將目光轉向地上那具軀體，勉強壓下一聲驚叫。她很顯然以爲法莫死了。

父親連看她一眼都懶。「把他送回德哈維蘭的工作坊，他們會照料他。」

「遵命，先生。」她不明白到底發生了什麼事，卻因爲太怕父親而不敢違抗。她又行了一次屈膝禮便匆匆步出書房。我們聽著她在走廊上奔跑，在離開我們聽力範圍的瞬間叫喊了起來。

我們沉默地佇立在原地，直到渾身飄著菸草味和馬兒氣味的車伕和門房走進來。他們見到我父親時，在門檻前刹住了腳步。父親朝他們招手，示意他們進來，接著兩人便合力抬起法莫。車伕讓他癱軟地搭在自己肩上，而他呻吟了一聲，又朝地上嘔出酸水來。我沒有表現出任何反應，因爲無論露出作嘔或憐憫的表情都會顯得沒有男子氣概。父親低聲向門房吩咐了些什麼，接著門房便從桌上拿起那個裝有紙張的袋子，最後他們搖搖晃晃地走出書房。

出乎意料的是，父親居然笑了出來。他往壁爐前的椅子坐下，兩腿朝前伸直。「天啊，我的天啊。他剛來的時候看起來還那麼乾淨俐落，甚至能算得上是帶著粗獷感的俊俏小子了。我有注意到你一直看著他。」

我沒有回應他。他說得沒錯，法莫**確實**好看，但那是在他變成這副德性之前。

「這些裝幀師還眞是柔弱啊。德哈維蘭也沒好到哪裡去，我本來還對這位寄予厚望，不過現在看來他們都是物以類聚。」

我什麼都沒說，只想變成隱形人。

「這些人實在是太嬌生慣養了。」他朝我做了個手勢，示意我再替爐火添塊木柴。「結果就是養成那種嬌弱的性格，好像軟弱等同什麼榮譽獎章似的，一群沒骨氣的傢伙。德哈維蘭自詡爲藝術家，但說到底，裝幀師不過是把一堆屎塑造成不同的形狀罷了。」他往前傾身，想看看桌上攤開的書，無奈離得太遠，他一本也拿不到，而他也不打算站起來。

我稍微往擺放著酒瓶的餐具櫃移動一小步。他連看都不看我一眼，只是語氣銳利如鞭地說道：「你喝得夠多了，坐下。」

我吞下喉中那股急需用酒精緩解的焦渴，轉而想像起一片變得愈來愈濃密的灰霧，一面拉開桌邊椅子拖到書房中央。我坐了下來。這就是所謂的服從嗎？還是我只是在試圖激怒他？

一片死寂。「至少他在倒下前完成了該做的事。」

「該做的事？」

「奈兒。」父親邊微笑邊望著我。「親愛的路西安，別老是綳著一張臉，好歹假裝你喜歡老爸陪著你啊。」

「如果你這麼厭惡他們——」我不由得停下。

「你說什麼？噯，看在老天的分上，放輕鬆點。你看起來像是手剛被風扇皮帶捲進去似的。」說完他哈哈大笑。每隔幾個月，工廠員工就會遇上一次這種狀況，最後不但丟了手臂，連工作也跟著丟了。

「那些裝幀師。」今晚發生的一切彷彿釋放了我心中的恨意，就像是喉頭湧上一口亟需咳出的痰。「如果你眞的認爲他們是寄生蟲，爲什麼要付錢聘請他們？如果他們眞的如此汙穢，你爲什麼還要收藏他們的糞屎作品？」

即使我那麼怕他，卻依然忍不住想激怒他。要是他眞的動怒就算是讓我得逞了。可是他沒有。

「你說得沒錯，小子。我用這種方式比喻是有些太刻薄了。」他靠上了椅背，將雙臂放在後腦杓，視線則停在窗邊的展示櫃。對於不認識他的人來說，大概會以爲他正對著鴕鳥蛋和小巧的象牙雕刻露出溫和微笑。

我倏地轉頭去看壁爐。火焰即將熄滅，僅能看見厚厚的灰燼覆蓋著餘火。一塊捲曲燒焦的皮革落在壁爐底部，火焰燒去了上頭的大半文字，可是仍有幾個字清晰可見。**墨**和**莫**。兩個鐘頭前，我還沒聽過艾墨特・法莫這個人，此時他殘缺不全的名字卻令我渾身發顫。我在胸前抱起雙臂。

父親在椅子上挪了挪。我不用看也知道他已將目光轉向我。

我說：「這回又是爲什麼？」

他的笑容絲毫未變。

「是奈兒的記憶吧。告訴我，你換**犯罪手法**了嗎？有的時候引誘，偶爾換成恐嚇和強暴？」我的聲音破碎。我居然可以輕易地想像出他用了哪些手段、竟能輕易地看穿他，這是否代表我與他根本沒什麼差別？

「路西安，你知道的，你可以在我的圖書室中隨心所欲，只要你覺得好奇……」

他樂在其中。我的知情令他心滿意足。

煤氣燈的火焰燒得燦亮，讓天花板的灰泥繩紋浮雕看起來有如隨著光影搖曳、輕顫。而等到火焰回復平靜，房內似乎變得比先前更昏暗、更窄小了。

報時的鐘聲敲響，時間比我預想得要早。父親伸展了下，將頭後仰轉了一圈。而我站起身時，他只是不發一語地望著我。

「晚安。」

「晚安。」他打了個呵欠。「噢……路西安。」

「是？」

「如果你看見奈兒，告訴她找一天把這塊地毯清乾淨，否則我就從她的工資裡扣錢。」

早已有人幫我點好臥室的燈，壁爐也已經生好火了。我盡可能站近壁爐。一開始我還渾身打顫，卻在突然間感到過於熱燙、汗水直流，不由得往後退開。我轉向窗戶，將窗簾拉開。一陣冷風吹乾了我額上的汗水，雨水拍打在窗上的態勢則有如亟欲闖進屋內。我的倒影映在玻璃上，窗外盡是一片漆黑模糊，僅有大門左右兩盞燈在雨幕裡透出微光。

我轉頭走回房間。這裡的裝潢跟父親的書房不同，幾乎四壁徒然，只有床鋪、椅子、化妝台和衣櫃。但在油燈照耀下，赤裸的白牆色澤看起來猶如沙岩，質地也因爲陰影而顯得柔和，其餘的一切則都被燈光染上火焰的顏色。傢俱邊緣疊著黑影，而我的床罩正如絲綢一般散發光澤。如果有任何地方能讓我覺得安全，就是這裡了。

我再次感到一股冷意襲來，便用晨袍裹住自己，並且把椅子拉向壁爐旁。我坐在那裡好一陣子，凝視著爐火，但安靜不了多久，便又站起身去翻床腳下的櫃子。我在抽屜裡的毯子底下騰出了一個祕密小隔間，裡頭藏著半瓶白蘭地，只是我要找的不是這個。我取出另一包東西，坐回椅子上，拆開了包裝。

布料滑落地面。由於距離油燈太遠，我讀不清書頁上的文字，可是又懶得起身。不過這也無所謂，畢竟我早就把這本書背得滾瓜爛熟了。

威廉·連蘭仕紳的童年回憶錄。

這是我十二歲生日時父親送我的禮物，也是我第一本從頭讀到尾的書。我之前當然看過書。學校裡有書，老師也再三告訴我們書本是一種無價的寶物，我有個朋友還因為將墨漬滴到書上而挨了一頓揍。可是書本的主角都是些垂垂老矣的年邁學者，只想趁死前多賺一點錢。誰會在乎一輩子教幾何學、拿三稜鏡做實驗或養蜂的人呢？至於圖書館，那是玩捉迷藏和躲起來大哭的好地方，而等到年紀再大一點，圖書館就能成為匆匆相見的幽會地點，根本不會有人去那裡**看書**。在穿過圖書館大門的瞬間，你就會聽見架上書本發出細語，要你少管閒事。它們在那裡的原因是為了要讓家長讚揚，就像學校裡的彩繪玻璃窗和新建的板球館。

可是威廉·連蘭不一樣。那天……母親每年都會熱心十足地幫我們辦生日會，但那股熱情十分脆弱，可能在轉眼間就會轉為冷漠。送我們禮物的人向來是她，不是父親。那一年，我收到了板球棒——又或是西洋劍，或者其他我忘了是什麼的禮物，總之我極盡所能地向她表達了我的感激。我已吃過生日午茶，吞下得先刮掉有毒綠色裝飾才能吃的蛋糕。現場有穿著蛋糕裙的女孩，還有其他跟我一樣身著狩獵裝的男孩。這些孩子的保母當然也在場，而滿屋子的保母讓母親感到厭惡，嘴唇抿成一直線。由於吃了太多甜食，我的頭不禁痛了起來。當其他孩子逐漸離開時，我打算偷溜到院子的草坪去，卻被母親喊進屋裡。「你父親要你去他書房。」只要一講起父親，她的語調總是如此空洞、如此冷淡。我還以為自己做錯了什麼，可是去見他時，他卻揉亂了我的頭髮，將一個包裹塞進我手中。

他看著我拆開包裹。那張深藍色的包裝紙上蓋了一枚金色印章。我撕開了包裝紙，什麼也沒說，不知道該做出什麼反應。最後我說了聲「謝謝」，便迅速翻開書皮，急著移開與父親對視的目光。

卷首是一張彩色的全頁插圖，描繪的是一幅秋季午後的森林景致。太陽低垂在覆著青苔的石牆上方，將歐洲蕨染成了金黃色。我能嗅到沁涼的土壤和潮濕矮樹叢散發出的香甜蘋果氣息，在那一瞬間，我恍如身處書中世界，而非父親的書房。

我想我大概又跟他說了一次謝謝，接著他好像特別讓我看了書名頁，以及表示連蘭授權了記憶的印章、書商的合法執照戳章，可能還告訴了我這本書的售價。不過這些都不重要。我回到樓上一口氣將這本書從頭讀到尾。我全神貫注地讀著，完全沒聽見通知晚餐的銅鑼聲，而艾比蓋兒進兒童房點燈時我也沒注意到她。那波溫柔的回憶浪潮席捲了我，把我送至另一個所在：遼闊的田野、深邃的森林。那裡有一間樹屋、一隻寵物水獺、一場廢棄採石場的歷險……身材豐腴、性格幽默的母親，懂得騎馬、擅長盜獵的父親，三名兄長，當你身陷麻煩時永遠值得倚靠的農夫之子……一直到睡覺時間，保母將書從我手中抽走，我才眨了眨眼意識到自己身在何處，想起自己到底是誰。

後來我又把這本書讀過了幾次呢？我只要閉上眼就能置身草丘上蜿蜒的陡峭小徑，向下俯瞰連蘭的村莊；能感覺到身後的雜草底下灰白泥土的細微聲響；能嗅聞到野百里香的芬芳，以及被太陽曬熱的土壤氣息。

故事將近尾聲時，他結婚了，而這一直是我最不喜歡的部分。**我摯愛的艾格尼戴著花冠對我微笑，要是能讓親愛的讀者明白我當下萬分之一的喜悅，這份犧牲就算值得……**然而現在我卻對著爐火張開一手，想像著橙花的花瓣輕輕從指縫間落下的感受。

我大概是個傻瓜，居然對那些片段熟悉得像自己的回憶一樣。但是我卻從未思考過連蘭這個人，抑或他為什麼會裝幀這本書。這些記憶真實發生的年代已經相當久遠，我猜他早就不在人世了，但這本書究竟是怎麼來的，我仍然不太明白。直到去年的那個夜晚。也就是不到一年前，我還是最受父親疼愛的孩子的時候。

時值晚秋，當時正是我參加入學考試的前一週。傍晚，天色逐漸暗下，我上完課後待在父親的書房，而雷布里博士才剛要離開。艾比蓋兒遞帽子給博士時，我還能聽見他在門廳裡的說話聲。我那時大概是正在思索剛才翻譯的文章，出神地盯著書房另一頭父親的珍奇物品展示櫃。櫃中孔雀羽毛抵著玻璃的模樣活像是生態缸裡的蕨類，而東方匕首則歪斜地掛在刀架上，一看就能猜到是某個女僕用雞毛撢子拂塵時不小心撞到了。我不禁起身檢查櫃門有沒有好好上鎖。

我突然感覺到整座櫃子向外旋轉。

在將櫃子完全轉開前，防火密封膠帶來了一瞬間的阻力，接著便能看到後方有座嵌在牆內的書架。我目不轉睛地盯著那一排排書本，多半是廉價的布面書，跟在學校見到的書完全不同。書脊上出現的名字令我有些困擾，每一個似乎都讓人感到幾分熟悉：**瑪莉安．史密斯**、**瑪麗．菲切**、**艾比蓋兒．透納**。也許當時我就應該要察覺才對，可是之前我從來不曾知道僕人的姓氏，再說，在我印象中也從沒看過女人的書。或許正是出於這些原因，我從書架取下了其中一本，接著坐在椅子的扶手上，側身調亮油燈。

我不記得自己過了多久才恍然大悟這些書究竟是什麼。

父親回到家時，我正坐在他的椅子上呆望著爐火灰燼。油燈燈芯得修剪了，這樣燈罩才不會被煤煙燻黑。

我聽見艾比蓋兒幫他開門的聲音，能想像到她取過外套時，他輕輕刷過她手臂、輕柔得猶如呼吸的碰觸。他低聲說了些什麼，逗得她開懷大笑。

步入書房時他正吹著口哨，看見我時稍微停頓了下，隨即又繼續以口哨哼著小調。他將煤氣燈點上，在剎那間亮起的火光裡回頭看著我。

「看來你發現了我的小小藏書室。」他說。

這是我第一次以爲自己鬥得過他，眞是大錯特錯。當我威脅他要告訴**塞津先驅報**時，他只是聳了聳肩，而我威脅他要告訴母親時，他則抬起一邊眉毛，說：「我親愛的兒子，你母親非常懂得什麼時候自己該睜一隻眼、閉一隻眼。不過要是你也希望她的書陳列在其他人的書旁……」

我沒去參加入學考試。三天後，我打包行囊，被送往鄉下的叔叔家。

我站起身。**威廉·連蘭仕紳的童年回憶錄**掉到地上，但我沒有將它撿起來。我不願回想起那漫長數月，孤寂腐蝕著內心的日子。白雪覆蓋的靄靄田野、幽深的森林、行走無數個鐘頭仍不見半個人影的時光。就算眞的見到人，恐怕也只是某個盜獵者，整張臉蒙住只露出眼睛，一下子就迅速自眼前溜走，讓我甚至無法確定那是不是我的幻想。我跟叔叔單獨度過更年節晚餐，而早在湯品被收走以前，他便已喝得爛醉如泥。春季陰雨霏霏，景色漸漸變得綠意盎然；夏季火傘高張，午後悠長，就如同慢吞吞爬過我房間窗戶的日光。這整整半年都浪費掉了，就跟我回到家後在行李箱底部翻出的垃圾一樣毫無價值——幾張被撕破的珠寶店購物收據、幾根雉雞羽毛，還有裂開的木製花卉彩繪蛋。

算了，反正也不重要。我彎身撿起那本書，撫平書皮。離開前，我曾對父親說要燒了這本書。我想讓他知道我跟他截然不同，可是我卻沒有眞的那麼做。我的確曾經差點就要把書扔進火中，卻始終辦不到。威廉·連蘭已不在人世，燒毀這本書對他沒有好處。可是這也不是主要原因。要是他還活著，我願意開出任何價格收購他的記憶，毫不遲疑地收藏他的童年——而這樣的我就跟父親一樣惡劣，甚至更糟。因爲連蘭肯定是被逼上了絕路，否則怎麼會選擇放棄那些回憶？

我把書擱置在窗台上，聆聽滴滴答答的雨水拍打著窗戶玻璃。我瞥見光禿的樹木後方，遠方的天空一片橙紅，塞津另一頭的工廠又發生大火了，但不是我們家的工廠，雨勢應該會撲滅火勢吧。就算不會，我們也是在有利的逆風位置。

德哈維蘭的裝幀所窗戶上也沾著一樣的煤煙。艾墨特．法莫也在某處呼吸著同樣的煙味和石頭的濕氣。

究竟有多少人被裝幀成冊？有多少回憶正靜靜躺在藏書庫，抑或深鎖在祕密書櫥裡？或者此時此刻就在被人閱讀？有多少人失去大半人生，卻渾然不覺？

我解開衣領上的鈕釦，輕輕扯著領口，能感覺到飾釘陷入了後頸。然而喉頭感覺到的緊繃卻與襯衫無關。

我轉身從窗邊退開。這個時間該睡了，但我卻另有打算。

我爬上三層樓，來到頂樓的僕從臥房外。我站在寒冷又空蕩的樓梯轉角，聽見滂沱大雨擊打著屋頂，接著便聞到一股霉味撲鼻而來。我也不知道自己來這裡幹麼，只知道自己提著油燈的手正止不住地顫抖，讓影子如跳蚤般狂跳著。「奈兒？」

沒人回應。我敲了一扇門，接著又換下一扇。

「奈兒，**奈兒！**」

我聽見床墊的金屬彈簧嘎吱作響。她打開了門，臉色極為蒼白，幾乎到了發青的程度。「來了，先生，對不起。」

「我可以進去嗎？」

她眨著眼，濕潤淺藍的雙眼看起來十分平靜。那種淺淡的藍讓我想起姊姊們畫水彩時總是喜歡用上的藍色顏料。她穿著睡袍，看得出領口內緣有些破損。

「讓我進去，一下子就好。」她後退一步，快步繞到房間另一端。窗戶上沒有窗簾，因此我的倒影回望著我，看起來就如同我本人一樣眞實。我環顧四周、尋找著可以放油燈的位置，但椅子上已經披掛著她的制服，一時之間除了地板外，這盞燈竟無處可放。這是個簡陋的狹小房間，讓我想起我在叔叔家住的那間房。只是這間房間更小，而且窗外看不到景色。

她坐在床沿，翻摺著破舊毛毯的縫邊。我清了清喉嚨。「奈兒。」

「我已經沒事了，先生，眞的。很抱歉我之前生了病。」她抬頭望著我，並未抱怨現在時間已晚，或我吵醒了她。

我的喉頭不由得一緊。

我聽見自己說：「你願意相信我嗎？奈兒？我想告訴你一件也許很難相信的事。」

「當然沒問題，先生。」

「你一定要相信我，我要你今晚打包行李、準備離開。我會給你一筆錢，你明天一大早就悄悄逃走。」

「跟你一起嗎？先生？」

「不是！」我別開了目光。風勢擊打著窗戶，雨水則由窗沿滴落。一道猶如玻璃的水流自牆上淌落，在木地板上擴散成一塊深色汙漬。「不是，不是跟我一起走，我會幫你找個安身之處先待上幾天，之後你就能回家。懂了嗎？」

「可是，先生……」她將手指埋入棉被底下。「我保證今後我不會再生病了。」

「這不是懲罰，是爲了你的安全著想。我想保護你。」我說出的每字每句都發自內心，然而在這空蕩的小房間中卻顯得如此浮誇，讓自己忍不住起了一身雞皮疙瘩。我注視著在木地板上逐漸擴大的水痕。在我身後的某處似乎也開始滲水了，而強風吹打著頭頂上的石板瓦，發出沉悶的噹啷聲。「拜託你相信我，奈兒。留在這裡你會很危險，遲早會遇到壞事，我不希望這種事發生在你身上。」

「壞事？」她捏著床墊，從條紋棉布裡拔扯出一根根麥稈。

我深吸一口氣。剛才站在她房門外時，我就應該先想清楚怎麼說明才對。而現在我就連一個字都想不出來。

房門突然敞開了。

我一時沒有聽見，還是奈兒先跳了起來，我才察覺發生了什麼事。她立刻彎下腰行屈膝禮，腳不小心撞上了床鋪。

我沒有轉頭。這陣沉默彷彿蔓延至永恆，從一次心跳至下一次，就像受皮帶抽打、灼痛降臨前的一瞬風平浪靜。

「繼續說啊，」父親說：「告訴她。」

21

強風吹入煙囪，發出了颯颯聲響。雨勢突然轉爲滂沱大雨，不久後風便逐漸靜止，雨水也慢慢不再滴落。在冬季夜晚的籠罩下，房內似乎比先前更昏暗了，看起來鄙陋而狹小，而且搖搖欲墜。

父親走過我身邊，我聞到他身上有肥皂和絲綢的味道。那個當下，我以爲他會伸手觸碰奈兒，或者在她身旁凌亂的床鋪上坐下。可是他並沒有這麼做，而是站到我的面前，選了一個可以同時觀察我們兩人的位置。

奈兒將目光從我身上移向了父親。她知道無論發生什麼事，會被怪罪的一定是她。我閉上了雙眼，卻彷彿依然能看見她的面容。

「告訴她啊。」父親用輕柔的聲調重複。小時候，他每次打完我都會變得特別溫柔，讓人覺得被痛打也值得。「沒關係的，路西安。別因爲我而停下，告訴她我做了什麼。」

「我——」然而我的聲音背叛了我。我艱難地吞嚥著，幾乎能嚐到舌根上的煤煙味和酒味。

「拜託，達內先生，我沒有……路西安先生想進來，他才來一會兒而已。我**發誓**，先生！」

「別擔心，奈兒。路西安，你愈早開口，這件事就可以愈早結束。」

我不曉得他在玩什麼把戲，但是總隱隱覺得自己一定會輸。

「奈兒。」我逼自己看向她，可是她卻咬著下唇，沒有抬眼看我。她知道，最好的應對方式就是別把自己看得太重要，這是我跟父親之間的角力。「聽我說，今天下午，有個裝幀師來幫你……裝幀。你知道那是什麼意思嗎？」

「不是，先生，不是那樣的。我洗了地板，然後整個人就突然開始發抖——」

「顯然你不記得了，因爲你的記憶已經遭到抹除。」

「可是——」她停了下來。我希望這是因爲她願意相信我。她咬著嘴角的乾皮，接著開始用手去剝。她的眼神依舊死死地盯著地板，手指則不斷撕扯著皮膚上的碎屑。她身後那面牆壁上的灰泥也正在剝落，就像她的嘴唇一樣滿是粗糙的疙瘩。

「而你忘記的那些事跟我父親有關……」我能清楚地感覺到他與我靠得有多近。

「繼續說，路西安。」

我清清喉嚨。「我父親……」但我卻說不出其餘的話。這感覺就像噁心想吐，最後卻只能乾嘔。此時他坐到了奈兒身旁。奈兒抬頭望著他，像是覺得他能把她從我手上救走。他微笑著，撥開她臉上的一撮頭髮。她的嘴唇正在滲血，一滴血猶如暗紅花瓣般沾在下唇。「奈兒，我占有了你。」他的語氣無比溫柔。「我每天夜裡都來這個地方對你爲所欲爲——不只這裡，還有避暑小屋、我的書房、黎瑟的房間……而且我什麼都做，你曾經哭著求我停手。」他絲毫未動，只是將目光轉向我，與我對上了視線。「奈兒，我可憐的寶貝……還有什麼是我**沒**對你做過的呢？」

一片寂靜。

她沒有動，眼神仍注視著他的臉。

「啊，奈兒……你在生我的氣嗎？你都想起來了嗎？」

她皺眉。「想起什麼？」

有人發出了聲音……是我。父親沒有看我，嘴角卻微微抽動。「奈兒，我的小可愛，」他說：「就是我對你做的那些傷害啊，我害你流了血。不然第一次的時候呢？你總會記得**第一次**吧？要我把事情經過告訴你嗎？你靜靜地躺在那裡，好像覺得一切都是你應得的。我說，這都是你自找的，而你點點頭，淚流滿面，然後——」

「住嘴——拜託住嘴！」我差點被自己說的話嗆得窒息。

「既然我都告訴你了，你也該想起來了吧？奈兒？你有在聽嗎？」

她眨眨眼。「對不起，先生。」

「我剛剛跟你說什麼？」

她的嘴唇微張，一顆顆血珠從嘴角滾落，而她立刻拭去，在下巴留下一道粗寬的紅色血痕。她的視線左右游移。「先生，我很抱歉，我現在不太舒服，東西都看不太清楚……如果您懂……我是真的很努力要專心，我——」

「跟著我說一遍，奈兒。『達內先生占有了——』」

「**住嘴！**」我總算擠出全身的力氣放聲嘶吼，但讓我喊出聲的不是他說的話，而是她的表情：呆滯、畏懼，迫切想要理解。我在她面前跪了下來。「沒事的，奈兒，他只是在開你玩笑，不要擔心。」她迅速眨了下眼，淚水滑落面頰，破皮的嘴唇又開始滲血。我們恍若正將她撕裂。

「那是當然，」父親起身。「我只是跟你開個玩笑。那我們就不打擾你了，今晚好好睡一覺，明天你就會好起來了。噢，這倒讓我想起一件事：麻煩幫我把書房地毯上的汙漬清乾淨，不然我會讓庫克扣你工資。」

她艱難地吸著鼻子，鼻水聲清晰可聞。「遵命，先生。謝謝你，先生。」

「那就沒事了。路西安，跟我來。」

站起身時，我感到一陣暈眩，頭痛得像是有個漩渦在頭顱中旋轉。站好，別吐出來。父親領著我踏出房門，下樓時則緊緊跟在我身後，我能感覺到他的呼息噴在我的後頸上。當我們走到我的房間門口，他輕輕拍了下我的肩膀。「去我書房，路西安。」

我握著門把的手頓時僵住，掌心因汗水而感到微微刺癢。屋內十分寧靜，雨聲在地毯和窗簾的包圍下變得朦朧，感覺彷彿我和父親是世上碩果僅存的兩個人。

我並沒有回頭看他，而是直接從走廊下樓。穿越門廳時，父親的腳步聲聽起來就像是我腳步的回音。我瞥見自己映在蕨類植栽後方那面鏡子裡的倒影，而在黯淡的煤氣燈光照耀下，完全能看出我到了父親的年紀時將和他有多麼相像。

書房的門微微敞開，而壁爐的爐火則早已熄滅。他今晚根本就沒打算回書房。他要去找奈兒。進去後，父親關上了門，接著便坐上扶手椅，眼皮半闔地注視著我。我走向另一張椅子，他卻用手指在半空中畫了條線，像是正拭去玻璃窗上的汙漬。「我沒叫你坐。」

我很慶幸他這麼說了。能夠憎恨他是天大的禮物。我將兩手插在口袋，站在原地，逼自己露出笑容。我強撐著這副傲慢的姿態，彷彿這麼做就能拯救自己。

「我親愛的兒子，」他說：「也許你可以說明一下，剛才你上去那裡究竟有什麼意圖。」他指向了天花板，模樣像是剛剛只是在談論天氣。

我沒辦法繼續笑下去了。我不知道他怎麼還有辦法笑得出來。我想要做什麼難道還不夠清楚嗎？「我想警告她，想警告奈兒，免得悲劇重演。」

他對我輕輕笑了一下。希西莉給他看自己的水彩畫時，他臉上就會浮現這個表情：略帶寵溺，但顯然覺得有些無趣。「啊，你那高尚的情操。又有同情心、感情又細膩，還有那股急於保護嬌弱女性的**男子氣概**……」

「至少比你有同情心。」

「噢，路西安。」他嘆了口氣。「你什麼時候才能看清你自己？誰想得到我的兒子竟然那麼害怕眞相？你展現出來的騎士精神跟奈兒完全無關。」

「我只是想——」

「不對。」他彈了一下手指，不讓我繼續說下去。「你只是想激怒我，僅此而已。你其實跟我一樣邪惡——甚至更糟，因爲至少我還算誠實。只要能引起我的注意，你根本不在乎會對這可憐的女孩造成多少傷害。」他拾起一旁桌上的玻璃酒杯，斜著杯子欣賞杯柄上舞動的光線。一小片透明酒膜沾在深色的酒渣上。「然而你卻不願看清自己眞正的樣子。」

我試著喚來那片灰霧，卻毫無作用。我依舊身在父親的書房。那些油畫、傢俱和藝術品的輪廓過於清晰，幾乎扎痛了我的雙眼。我凝視著地毯上猶如大陸板塊的嘔吐物，看起來恍若一張不存在的世界地圖。

父親邊折著指關節邊起身。「我想我們就不必再多說了。你也親眼看見了，嘗試解除裝幀根本不會有效，以後就別再這麼做了吧。我相信你也不想再自討苦吃。」

他走到我面前。因爲我稍微比他高些，便垂下了視線，然後點了點頭。

下一秒，他賞了我一個響亮的巴掌。

我一時失去了平衡。雖然我的神智仍清晰敏銳，膝蓋卻不禁虛軟，整個人跌向一旁。我早該料到的，早該做好準備。那一刻，眼前的一切彷彿都慢了下來，地毯像是船的甲板一樣傾斜，接著我的下巴便撞上了桌緣。然而撞擊彷若閃電結束後才降臨的雷聲，等我整個人趴在地上時才感覺到。令人眼花撩亂的黑雪籠罩著我，讓我無法呼吸，視線也變得模糊。我眞是太蠢了。

「路西安？好孩子，站起來吧，趴在地上是沒用的，你這蠢孩子。」我感覺到有什麼東西抹了抹我的脖子和耳朵，旋即看見一條染紅的手帕被拿開。我看著父親的臉孔，而他則將我拽了起來，讓我倚著桌腳坐在桌邊。「路西安，你得控制一下酒量，怎麼才輕輕拍了下臉就跌倒了呢。坐好別動，讓我瞧瞧。乖孩子。」

「對不起。」無論如何，我還是希望他能愛我。

「沒有看起來那麼嚴重。感覺好點了沒？很好。」他把手帕揉成一團，扔到地上。那條有著黑白斑點的手帕就這麼靜靜躺在地毯上，能看見他名字的首字母刺繡上沾了血跡。他站起身時，膝蓋發出喀噠聲響，讓他不禁悶哼了下，最後朝我伸出了手。我突然覺得好疲憊，連掙扎的力氣都沒有了。那個瞬間，我深信父親與這隻拉我一把、溫暖而堅定的手並無不同。「上床睡覺吧，兒子。」

我步向書房門口，感覺腦袋嗡嗡作響，得集中精神才有辦法開門。

他再坐回去時，扶手椅發出了猶如嘆息的聲響。「你什麼時候會再跟歐孟德小姐見面？」

「我們約了下週二喝下午茶。」

「那你睡覺前最好去一趟廚房，拿塊牛排冰鎮一下瘀青。」他輕笑一聲。「要是她看見你這副流氓樣，恐怕會取消婚禮。」

五天後，我在辦公室裡工作——或者該說試圖要工作。我面前有份總分類帳、好幾堆帳單及郵件，整個辦公桌面都被淹沒了。但是我卻無法集中思緒。父親難得派我來檢查這些重要文件，而不只是看看價目表和進口商名冊。有個下級職員控訴上級收取賄賂，他的上級則稱這名員工挪用公款。我反覆讀著那份指控，好似讀到第三次它的字面意義就會改變一樣。我抬眼看向有著蕨類圖騰的壁紙，陰影讓深淺交錯的藍色葉片變成了銀色和紫色。窗外的天空灰濛一片，讓整個室內都籠罩在仿若哀悼的陰影中。時鐘持續走著，發出精巧而低沉的滴答聲。我的頭依然陣陣發痛，不過至少眼睛的浮腫已經消退了。

門外有輛馬車戛然停下，緊接著傳來踩過碎石子的腳步聲。一會兒後，門鈴響起，我聽見貝蒂倉皇失措地衝下樓梯，經過辦公室大門。有人驚呼了一聲，接著是一陣嘩啦水聲和物品碰撞的哐啷聲。「你這笨母豬，跪在**那裡**幹什麼？好了好了，還不快點拖**乾淨**。」她嘶聲說道。我記得稍早曾見到奈兒在刷門廳地磚。我忍不住皺起眉，用手按揉著頭皮，繼續盯著眼前爬滿紙頁、難以辨識的墨水字跡。

我起身望向窗外。那是德哈維蘭的馬車，側邊車板上有一枚精緻的盾徽：一本俗麗而花俏的紫金色書本，兩隻張牙舞爪的獅子各據左右。有片褐色樹葉正黏在車板的塗漆上。馬車的輪子鍍了金，不過顯然避震功能不佳，因爲德哈維蘭只要必須離開塞津都會改搭驛馬車或郵車。我曾聽見父親對著德哈維蘭稱讚這輛馬車，說這眞是他的「高級代步工具」。

德哈維蘭，這人肯定是來收錢的。我用指甲輕敲著玻璃，看著外頭枝葉稀疏的樹木，然而卻沒眞的看進眼底。城鎭上空烏黑一片，還摻雜著幾絲工廠黑煙，看起來像是隨時可能下雨。我聽見前門打開、貝蒂說話的聲音，接著是朝父親書房走去的腳步聲在門廳中迴盪。我不禁屏住了氣息。可是卻沒人叫喚奈兒，只聽見水桶哐噹作響，接下來就聽見她轉至另一塊地板的刷洗聲。

我倚在牆邊，強迫自己不去聽書房傳來的動靜。壁爐上方掛了一幅水中妖精的油畫，畫中處處點綴著蓮花和百合，而肌膚晶瑩剔透、眼眸翠綠的她們則像是正呼喚著我。我曾經爲之著迷，後來才明白眞正的肌膚不可能擁有象牙一般的無瑕完美。樓梯轉角處那幅以明暗法繪製的酒神畫作也一樣。我曾在夜裡閉眼想像，想像著他的嘴唇、輪廓分明的胴體，以及畫中濕潤發亮的葡萄。如今我卻爲此懊惱不已。在我答應婚事後，父親眼底閃著光芒，說要把這幅酒神畫像移至我們的新房，當作結婚禮物送我。他多少清楚……他當然曉得了。除了這種敏銳度外父親一無是處。他知道學校裡其他男孩的事，也知道城裡娼妓的事。我婉拒了。新婚當晚我可不想冒出什麼意外或小驚喜，只要有一瞬的情熱慾望，還有幾分鐘的喘息與碰撞就行了。我想我可以應付，就算對象是荷諾．歐孟德也無妨。但我不希望被油畫裡的那雙眼睛注視，那結實而美好的胸膛、肩膀、腹部，彷如煞有介事地承諾了一些超出情慾的事物。妖精靜靜凝視著我，肌膚有如孩童般滑嫩。我轉過頭不去看她們，又回到辦公桌前。

我坐下來，勉強讀了職員郵件上的一行文字。門外，德哈維蘭的車伕正爬下駕駛座，點了一根菸。煙霧飄過樹枝，猶如一條緩緩向上繞開的綳帶。我起身走進門廳，來到父親的書房門前。奈兒已退至盡頭的那扇門，留下打掃過的黑白地磚靜靜閃耀。她抬頭看著我，眼底略有遲疑，似乎一時不知道該不該起身行屈膝禮。我對她點了點頭，她便又繼續低頭刷地。

一年前的我恐怕會很瞧不起偷聽的人，此刻我卻側耳貼著門，屏住了呼吸。我的心臟狂跳，在耳中如警鐘般大響。可是隔著厚實的房門，他們的說話聲聽起來全都矇朧不清。唯一可以清楚聽見的，只有奈兒將刷子浸入水桶和拿出時水灑出的聲音。

「先生，借過。」我回過身。貝蒂正端著一只托盤，盤上擺放著一組粉紅色的茶具。她伸手越過我，逕自拉開了房門，而我立即退開，卻已經太遲。父親正站在桌旁，凝神端詳某樣物品，而貝蒂進門時他正巧抬起頭，發現了我。

「啊，路西安。」他的口吻像是等了我很久。「快點進來。德哈維蘭，想必你已經見過小犬了吧。」

「當然、當然。」德哈維蘭立刻起身，握住我的手。他的手十分柔滑，像塊香皀。「達內少爺。」

父親指指一張椅子，我便坐了下來。我能感覺到熱血湧上，臉頰有些刺癢，而眼睛上方漸消的瘀青也陣陣抽痛。貝蒂把茶具擺在壁爐邊的矮桌上。她只送來了兩個茶杯，卻沒人請她再多送一個來。我們默不作聲地等她擺好茶杯，壁爐台上的銀缽裡插著溫室玫瑰，左右則分別陳設著陶瓷長耳獵犬。那束玫瑰碩大而紊亂，花瓣是近似深紫的暗紅。

貝蒂退出了書房。父親大步走向矮桌，爲自己倒了些茶，卻沒爲另一個茶杯沏茶。接著他悠哉地回到原本站的位置，繼續讀著桌上的書。那是一本藍色的布面小書，看起來十分樸素。「海倫。」他注視著書脊。「當然了，我還眞沒想過……還眞的是海倫小姐，眞是特別。」

「達內先生，我很抱歉，我的學徒沒經過我同意就這麼指示了，如果您想要，我可以請加工師傅重做……」

「不，不了，我還滿喜歡的。你瞧，路西安。」他高高舉起那本書，朝我展示書脊上的銀色字體。「『海倫・泰勒小姐』，這名字讓她聽起來像是什麼重要人物，對吧？」

我向前傾身，往另一個茶杯裡沏茶。德哈維蘭挪動了下，好像希望我能把茶杯遞給他，但我只是盯著他，然後啜了口茶。這是紅茶，而且相當苦澀。

「我得好好讚美你一下，德哈維蘭，」父親繼續說道：「這文字實在是……太優美了，跟你平常的風格迥異，就連字跡沒那麼華麗了。哪天你眞得好好告訴我，爲什麼有些裝幀師的作品會比其他人的更令人讚嘆。」德哈維蘭露出一個面無血色的微笑，但沒有接口。「你這學徒前途無量，眞可惜他病了。」

「達內先生，我得再次向您道歉。他原本的師傅剛過世不到兩週，所以他才來我的裝幀所不久。要是我知道他是個弱不禁風的……」

「不，不。」父親像是揮蒼蠅般打發掉他的道歉。他走到我面前，將那本書遞給我。「路西安，你不這麼覺得嗎？路西安啊，」他又對著德哈維蘭說：「他其實某種程度上也算是個鑑賞家——或者該說等他累積了更多經驗，一定能變成鑑賞家的。」

「這種敏銳度通常都會遺傳到的，」德哈維蘭說：「加上他還能閱讀您的藏書，肯定和別人都不一樣。」

我吞了口口水，接過那本書。書的重量出乎預料地輕，我差點沒能拿穩。我隨意翻開書頁，用拇指和食指搓著頁紙，又抬起頭注視著銀缽中擠成一團的玫瑰。「很美。」我說。

「我想這本應該是二十幾尼吧。」父親開了一張支票，遞給德哈維蘭。德哈維蘭用女人般的纖細手指將支票收進皮夾。

「謝謝您，達內先生。我得再次致上最誠摯的歉意，我的學徒絕對不會再——」

我說：「他還好嗎？」

他們同時看向我，父親挑起了一邊的眉毛。我將茶杯輕輕放回桌上，杯子碰上茶碟時發出了清脆的聲響。我原本想站起來，最後卻換成蹺著腳往後坐，然後偏著頭，用探詢的眼神看向德哈維蘭。「就是你的學徒，他好點沒？」

「請相信我，我真的感到萬分羞愧。」他緊抓著皮夾。「如果地毯上的汙漬清不掉……」

「好，知道了。」我說：「所以他好點了嗎？」

「真的，當初要是我稍微知道他的性子──」

「我現在非常想知道他的狀況，德哈維蘭，不是他的品行。」

房內陷入片刻沉默。父親啜了口茶，放下茶杯時臉上盪開一抹淺笑。

德哈維蘭說：「噢，我懂了。啊……他發了一場高燒──我可以保證沒什麼傳染力。不過他精神錯亂了好幾天，醫師收了高達六先令又兩便士的錢，很難想像吧？說實話，我不知道該拿他怎麼辦才好，或許他在工作坊裡能派得上用場吧。您真是個大好人，竟然主動詢問他的狀況，達內少爺。」

「確實，」父親說：「你的代理師傅身體微恙，路西安也受到了牽連，這讓他不太高興。」

「這一定相當令人困擾。」

德哈維蘭將醫療費記得一毛不差，卻不曾提起艾墨特·法莫的名字。我把奈兒的書擱在一旁，走到壁爐台前，伸出一指輕撫著玫瑰。玫瑰的觸感猶如絲綢般柔軟，讓我幾乎感覺不到它的輪廓。

「希望……呃，希望您的臉──」德哈維蘭瞥見父親的臉色，便突然住了嘴，然後慌張地摸出手帕，小心翼翼地遮著嘴咳了一聲。

「不，」我說：「不是的，這是幾天前發生的意外。」

「那就好，如果跟他有關的話，就真的太讓人惶恐了……不好意思，希望我這樣提起這件事沒有太魯莽。」

「別擔心。」父親說，他也走到了壁爐台前，站在我身旁，低頭聞著玫瑰的香氣。「路西安看起來確實是一副剛在酒吧和人打過架的模樣，可是錯的是他。」他用拇指揉著我的額際，彷彿那塊瘀青不過是墨漬。「沒什麼大不了的。年輕人嘛，難免不小心喝得太多，這就是人生。德哈維蘭，你同意嗎？尤其是再十天就要結婚的年輕人？」

「那是當然、當然的。請容我致上祝賀。」德哈維蘭微微向前低下頭，模樣像是鞠了個躬。「說到這裡……」他在口袋裡摸索了一番，然後掏出名片遞給我。那張濃郁奶油色的名片上有著浮凸的花環，以及他姓名的首字母「d」和「H」。我翻到背面。**德哈維蘭，S．F．B．，塞津愛德內街十二號**。我知道愛德內街上，其中一戶掛著低調黃銅門牌的優雅宅邸正是妓院。「如果你需要我的服務……」

「我嗎？」

「雖然有些令人難以置信，不過有不少年輕愛侶認為婚前走一趟裝幀所是非常受用的事——當然，我是指分別來。」他笑了笑，歪著頭說：「您也知道，婚前裝幀真的很受歡迎，尤其是對於婚後想從零開始的年輕男子。畢竟善意的謊言可能會成為累贅，因此還是在無需隱瞞或毫無悔恨的情況下展開新生活比較好。」

我望向父親，他摘下了銀缽中的一朵玫瑰，夾在指間轉著。然後他對上了我的視線，輕輕地微笑。

我說：「不用了，謝謝。」

「我們有塞津最安全的藏書庫，就在里昂父子公司。我們的儲藏費率也非常公道。」他將目光從我身上移向了父親。「我有一長串名聲顯赫的客戶名單，他們的書永遠不會見光，因為我們會將真正的裝幀書跟交易書完全分開來處理。」

「那是自然。」父親邊說邊拔起手中那朵玫瑰的一片花瓣，讓它墜落在地毯上，像道細小傷口那樣躺在那裡。「畢竟我們都心知肚明，書中主角倘若依然在世，販賣真正的裝幀書可是違法行為。我親愛的德哈維蘭，我可以拍胸脯告訴你，這裡絕對沒有人，」他用充滿暗示的威嚇口吻說出那幾個字：「膽敢犯法。」

「當然了，但仍有某些個案屬於灰色地帶。」

「我就不用了，」我說：「謝謝。」

德哈維蘭先支吾了一陣才點點頭。「要是您改變心意……您有我的地址。或者要是歐孟德小姐有不同意見，到時我也很歡迎，榮幸之至。」他朝我傾身，低聲說道：「我保證可以安排您悄悄閱讀她的書，這又是婚前裝幀的另一個好處了。不過，一般來說也不是誰都能獲得這種優待。」

我別過臉，房內只剩爐火的低語與父親剝著玫瑰花瓣的窸窣聲。

「那好吧，」德哈維蘭說：「我得先走一步了，我和馮德亞赫太太約好要共進午餐。達內先生，感謝您寶貴的時間。要是您改變心意，」他再次轉頭對我說道：「我隨時任您差遣。祝兩位有個美好的上午。」

「你也是。」父親說。

離開後，他順手帶上了房門。我覺得口中極度乾渴，舌頭則嚐到一股酸味，便往陳列著酒瓶的餐具櫃走去。

「現在不行，路西安。」

我停下腳步，將手插進口袋，能感覺到德哈維蘭的名片邊角戳著拇指。「如果已經沒事，」我說：「我得回去工作了。」

「你非回去不可嗎？」他的語氣帶著些許揶揄，好像我還只是個小孩似的。他將拔光了花瓣的花梗扔進爐火之中。「我們親愛的德哈維蘭還真是有所不知，對吧？唯有值得信賴的裝幀師才有價值。」他慢慢走至窗前，望著德哈維蘭的馬車搖搖晃晃地駛離車道。「交易裝幀是一回事，而德哈維蘭也確實擁有執照，不過偶爾有一本沒蓋章的書……又有誰會在意呢？只要有萊特沃斯爵士這種收藏家作他的客戶……」父親漫不經心地輕敲著窗戶玻璃。屋外有隻鳥兒受到驚嚇，拍著翅膀飛走。「不過他從沒說過要讓我看眞正的裝幀書。如果他對我提出這種……」

「奈兒的書不是眞正的裝幀書嗎？」

「別裝傻了，兒子，我說的是付費客戶，跟我們同樣身分的人。」

「有頭有臉的人物？」

「正是。」他衝著我微笑。「要是醫師開始出賣病人的祕密，你覺得會怎樣呢？」

這個問題懸在半空，我過了一會兒才領悟他沒打算接著說下去。他望著那輛馬車穿過大門駛離，門上的鑄鐵字母「D」又哐啷一聲晃回原處。他打了個呵欠，拾起奈兒的書翻了起來。我想離開，但一股不祥的預感卻讓我待在原地，注視著他。

就在他翻過一頁時，某樣東西從書頁間滑落地面。

那是個輕薄廉價的信封，上頭的墨字已漸漸褪爲褐色：**路西安・達內先生**。字跡謹愼又整齊，像是日校學生的手寫字體。父親與我幾乎同時注意到這封信，一瞬間時間彷如靜止。

我衝了過去，他卻早我一步，輕輕將那只單薄信封從我面前挪開，揚起眉頭打量著這封信。「我敢說這恐怕是裝幀師偷渡進來的一封神祕**情書**……可憐的歐孟德小姐一定不會喜歡這樣的。」

我掙扎起身，耳中的心跳聲猶如擊鼓。信封上的字跡跟奈兒那本書上的相同，但是艾墨特・法莫究竟有什麼話想對我說？「我完全不曉得那是什麼。」

「那你應該不介意我留著吧。」

我說：「那是給我的。」

他用拇指指甲輕輕彈了彈信封，那聲音令我不禁咬緊了牙。「冷靜，路西安，」他說：「我只是好奇。」

「請還給我。」

他伸長了手，一邊微笑一邊翻轉著那封信。「親愛的兒子，如果你非要過這種放蕩的生活——我敢說你就是這樣的人，畢竟你是我兒子——好歹也**有點分寸**行不行？如果你玩過了頭……安排裝幀可是很費事的，更別說所費不貲。」

我不願意伸手去搶，只能深吸一口氣。「我才不會讓自己接受裝幀，我沒那麼懦弱，也那麼不坦誠。」

「我想你似乎是沒聽懂我的意思，」父親微微偏著頭，表情似笑非笑，似乎感到了一絲興味。「我絕對不會鼓勵**你**接受裝幀……不過你的觀點讓我覺得很有意思。我還以為你是瞧不起我，不是奈兒。」

「奈兒是別無選擇，然而那些自己**選擇**接受裝幀的人……」說到這裡，我突然安靜了下來。

「怎麼樣？」

我吞了口口水。只要低下頭，我就能看見艾墨特．法莫在地毯上留下的嘔吐痕跡，以及那座讓他的記憶化爲灰燼的壁爐。我能看見他乾嘔時拚命掙扎的模樣，還有淚濕的臉龐。「我不會這麼做，只是這樣而已。」我說。

「這樣啊，」父親說：「那麼我希望你能不辜負對自己的高度評價。」他像在玩牌似的彈了下信封一角，彷彿隨時都能把信變不見——也許塞進衣袖，也許藏進虛空。

「父親，」我說：「我能不能——」儘管萬般不願，我仍像個乞丐般伸出了手。

他將一隻手指滑進了信封打算撕開。他想當著我的面讀這封信。

我的心跳漏了一拍。在那一瞬間，我彷彿清楚地看見了法莫將書燒毀前的模樣：英俊，有些不善交際，頭髮散在臉上；身上的襯衫太小，最上面的鈕釦沒有扣好；當我說他是僕人時一臉想揍我一頓的表情。

我從父親手裡搶走那封信，趁他反應不及時衝向壁爐，一把推開柵欄並將信封丟進火焰之中。信封閃動著白光，沒入一團團金黃火焰中，一接觸到火舌立刻化爲烈焰，最後捲成一小塊灰色薄片。我的心底不禁燃起了一小簇勝利之光。我總算反敗爲勝了。可是隨後周遭的死寂又回到耳中，使我感到一陣反胃。他一定會讓我付出慘痛代價，我會後悔的。

他瞇起雙眼，然而最後卻只是走過我身旁，拾起撥火棒撥弄火焰，看著往上竄動的火花。「明智之舉，」他總算開口：「我想你終究會發現……光是想要滿足**一個人**就十分困難了。」

我不會妄想他原諒我，也知道對我的懲罰會在意想不到的時候才降臨。「我最好回去工作了。」

「瞧你就只會說這句話。」他做了個誇張的手勢比向門口，像是擔心我不知道門在哪裡似的。

我走到門口，回頭瞄了一眼壁爐。無論艾墨特．法莫想要告訴我什麼——是爲了毀掉地毯而道歉也好，或爲了用同情的眼神看著我而致歉也罷，那封信都已經燒得一點也不剩了。畢竟，除了表示歉意外他還有什麼好說？所以我根本不該產生現在這種感受，不該覺得自己像是被關進了一間灰暗的牢房，而我剛才親手燒毀了鑰匙。

22

我們一群人正在會客室裡享用下午茶。雖然只有五個人，卻讓人覺得會客室十分擁擠。四周的黃色牆面令我頭痛欲裂，空氣中則充斥著母親的花露水香氣，還有希西莉和黎瑟髮油的濃烈氣味，而就連茶和檸檬的味道都令我作嘔，我只能淺淺地呼吸。雖然爐火旺盛，空氣卻十分冷冽。於是我的身體一側發熱出汗，另一側卻寒冷不已。歐孟德小姐坐在我正對面，舉止端莊、交叉著腳踝，正低垂著頭，乖巧地聆聽母親說的話。然而每隔幾秒她就偷偷看向我，戴了手套的兩手也好像在翻弄著什麼。我發現她的中指上有個鼓起的東西——是她的訂婚戒指。她意識到自己不妥適的舉止後，便立刻停下了動作，又往我這裡看來，而我則刻意避開了她的目光。屋外的花園籠罩著一層薄雪，灰白的色調就像被遺留在雨中的衛生紙，顯得狼狽而淒涼。了無生氣的雜草從薄雪中探出頭，上頭滿是園丁留下的深色泥濘足跡。

母親撫平裙子，拍拍紫色的雲紋綢，讓她的戒指在黯淡日光下閃耀著光芒，接著笑盈盈地遞給歐孟德小姐一盤餅乾，而歐孟德小姐隨即將盤子再轉給了希西莉。這時，母親意有所指地輕咳了一聲，希西莉不禁臉紅，一塊餅乾都沒拿就直接將盤子轉給了我。她將手放下時，身上的束腹咯吱了一聲，她立刻東張西望，希望沒人聽見。

黎瑟傾身越過我挑了塊餅乾，偷瞄希西莉一眼，又多拿一塊。她拿著餅乾走到鋼琴前，用空著的另一手在琴鍵上隨意彈著曲調。

「百合花啊，」母親對歐孟德小姐說：「親愛的，你確定嗎？你一定要確保捧花能襯托你啊。」

「對啊，歐孟德小姐，」希西莉說：「百合太素了！香味也太濃，我可以投小蒼蘭一票嗎？要是你手中捧著小蒼蘭，肯定會非常**迷人**。」她不小心打翻了糖罐。「噢——我怎麼那麼笨手笨腳！」

黎瑟把同樣的旋律彈了兩回才停下來。「她說得沒錯，百合花莖太粗了。」

「我想**還是**避開一些……太直挺的花吧。」母親說。那一刻，她們全盯著歐孟德小姐。「我本身是很喜歡百合，畢竟家裡的溫室就種了不少，可是如果是身材太瘦長的人……我想不行，還是玫瑰更能遮掩缺陷。」

歐孟德小姐垂下了頭。「好的，你們覺得好就行了。要是那樣，我可能就會眞的很像稻草人，我一直都是這樣。」

氣氛頓時有些凝結。我本該說些安慰的話，但我卻只是看著外頭的小鳥在一片深色的刺草上蹦跳。

「怎麼會呢，」母親說：「你看起來會像個美麗嬌羞的新娘，只不過千萬別選百合。至於玫瑰嘛——希西莉，我眞的覺得**玫瑰**比較好。但最重要的還是你們起居室的擺設，我知道那是你和路西安的空間，不過你們畢竟是要住在那個地方，我實在沒辦法忍受那難看的灰綠色。就**不能**用點活潑的色調嗎？」她環顧著陽光般黃澄澄的牆面。父親總稱呼那種顏色爲「藤黃色」。「路西安？」

「你喜歡就好。」

「謝謝，親愛的。歐孟德小姐，你瞧他是多麼聽話啊。**你**應該不介意換顏色吧？」

「呃，我——當然不會，畢竟這是你們的家，我怎麼會……」

「太好了，那就這麼定了。路西安，我親愛的兒子，實在不該讓你聽見這段對話！這不是需要男人操心的事。」

黎瑟彈出一個尖銳又清脆的音符。「路西安只有在你面前才這樣，他從來不像**眞正的**男人。」

「講那什麼話。」母親靠過去拍了拍歐孟德小姐的膝蓋。「她只是在亂說。路西安在學校贏了一大堆獎，馬術啊、擊劍啊……」

黎瑟翻了個白眼。「還有朗讀、舞蹈……」

「這也算得上很有男子氣概的成就，會跳華爾滋的紳士總是更讓人覺得有魅力。」

我站起身。「媽媽，我們已經訂婚了，你沒有必要再幫我宣傳了。」

母親過了半秒才笑了出來。她俯身去拿茶壺，爲歐孟德小姐又沏了一杯茶。「親愛的，你別跟他計較，他一直都是這麼謙遜。好了，跟我說說你度假要穿的衣服吧。我在賈倫茲的店裡看到一件好漂亮的絨鼠披肩，就你的膚色……」

我站在窗邊，眺望著靄靄白雪。玻璃表面映出會客室慘白的倒影，母親和歐孟德小姐的身影就懸浮在樹下，而歐孟德小姐正舉起手，用手腕揉著額頭。

「……很迷人。」母親說：「可是到了夏天恐怕有些不利，對吧？我們家的廚子會用檸檬汁和酸奶油製作一款很棒的乳液，你或許可以試試看。誰想把自己弄得活像是掉進一桶棕色油漆裡呢。」

歐孟德小姐驟然起身，母親不禁安靜了下來。黎瑟手指滑過琴鍵，彈出一長串漸高的音符，最後踩著踏板讓最末四個音符繚繞在半空。希西莉則將偷吃到一半的餅乾藏進杯碟底下。

「不好意思，」歐孟德小姐說：「我覺得有點頭暈。」

「快坐下，親愛的。站著對頭暈可沒有幫助。」

「我想出去走一走，這裡好熱。」她直視著我。「可以請你告訴我花園在哪兒嗎？」

「當然可以。失陪了，媽媽。」我伸出手臂，她則穿過會客室朝我走來。歐孟德小姐幾乎與我身高相同，我帶她踏進走廊，走過通往花園的後門。就在我們離開會客室那個瞬間，鋼琴叮噹噹地響起結婚進行曲的前奏。

外頭冰天雪地，一片白茫茫的天空中可見光禿的樹枝交錯。她仰起頭，看著天空眨眼，接著連看我一眼也沒有，便逕自走上了一條小徑。我跟在她身後，鞋子踩在覆著薄雪的石頭上不斷打滑，而等到我總算追上她時，她已經站在一圈紫杉樹籬的中央，望著頭頂滿是白雪的邱比特雕像。她伸出手，用戴著手套的指頭觸碰邱比特的金弓。「對不起。」她說。

「你不用說對不起。」

「你母親——」

「我知道。」

她轉身與我四目相接，表情突然從懊惱的皺眉變成了另一種模樣。「你並不想娶我，對不對？」空氣頓時凝結，我幾乎能在她吐出的白煙中看見字句的形狀。「我沒想過要娶其他人。」我說。

她笑了，那是一聲爽朗而急促的笑，猶如一聲鳥囀。但是接著她又一臉嚴肅，從樹籬摘下一片葉子，任它飄落在地。我們繼續向前走，踏上通往花園盡頭、紫杉林立的狹窄林蔭道。她朝上了鎖的木門伸出手，試圖轉動門把。「這扇門通往哪裡？」

「河邊。」水流在圍牆的另一邊潺潺流動、喃喃細語。

鑰匙就藏在一個模樣精緻的大甕底下。我拾起鑰匙，立刻感覺到極爲冰冷的金屬觸感。我趕忙將鑰匙插進鎖孔、推開大門，讓歐孟德小姐通過。我們站在草木叢生的泥濘河岸，望著水流在樹根周圍打轉，一點一點地帶走冰雪。

我吐出一縷霧氣，看著它慢慢消散。「你想要嫁給我嗎？」

「和別人比起來，我更想嫁給你。」她將目光轉至一旁望著我。

「那就……眞是太好了。」

她往前走了幾步。越過濃密的野草叢時，白雪紛紛沾上了她的裙襬。河水輕扯垂落河面的楊柳枝，使柳樹輕輕地搖晃著。然後她回過身面對我，臉頰和鼻子都凍得通紅。「你不愛我，不過也沒關係。」

「我從來沒——」

「我說沒關係。但是你要答應我，你得對我……好一點。」

「我當然會的。」

她瞇起雙眼走近我，讓我不由得往後退了一步。接著她忽然用力地捉住我的手臂，說道：「我姊姊三年前嫁人，她本來是個藝術家——是畫家，而且本來要……可是現在她卻什麼也不是。她的丈夫……母親說他很體貼，但只是因爲他會給姊姊錢，讓她去買琴酒、鴉片酊、找裝幀師傅。」我從她拉著我的手中抽身退開。「每個月，書籍裝幀師都會上門一趟。你肯定聽過這種職業吧？那些人會把人們的人生製作成冊。」

「我知道裝幀是什麼。」

「我不想變得像她那樣。拜託你，路西安。我看過你們這些男人會對不合心意的人做出什麼事，你要答應我——」

「我剛剛就說了，我**當然**會。」

她愣愣地眨了眨眼，然後轉過了身。微風喃著細語穿過樹梢，將紛飛的雪花吹送而過。她小心翼翼穿過濃密的野草叢走回木門。「眞的很冷對不對？不知道還會不會再下雪。」

我清了下嗓子，同時感覺到冰寒的空氣灌進了肺部，凍得人胸口發痛。「歐孟德小姐……荷諾——」這是我第一次喊她的名字。

「也許我們該回去了，我不希望你母親覺得我太失禮。」

她穿越木門，提起下襬早已濕透的裙子，沒有等我就步上了小徑。她的頭髮盤成了閃著光澤的精緻髮髻，色澤有點像是拋過光的木頭，髮髻下方的後頸則白皙而纖細，生了幾顆痣。她的背很窄，挺得很直。而她並沒有回頭看我。

我不禁快步跟上她。當我們走到草坪邊緣，貝蒂正好從後門走出來，對我行了個屈膝禮。「路西安先生？」

「什麼事？」荷諾在我前方停下腳步，等著貝蒂讓開。

「有位先生想見您。」

「他有給你名片嗎？」

「沒有，」她猶豫著說：「他說您知道他要來。」

「如果是艾斯畢蘭派來的人，請你轉告他灰色沒問題。」

「是裴幀師，先生，上次來見奈兒的那位。」

荷諾回過頭，意味深長地看了我一眼，接著便繞過貝蒂，逕自回到屋內。

「我想你的意思應該是他要找父親。」我說。

「先生，他特別指名要找路西安．達內先生。我應該跟他說您不在家嗎？」

後門砰地一聲關起。我從會客室的窗戶看見荷諾坐了下來，小心翼翼地將下襬濕答答的裙子收攏，母親則微笑著比手畫腳，無疑又講起了衣服。荷諾面無表情，並未瞥向窗外。

「不了，謝謝你，貝蒂。我親自去見他一面，看看他有什麼事。」

「我請他在辦公室等您了，先生。」她退到一旁。

直到穿越門廳中央時，我才突然發覺自己的心臟跳得有多猛烈。我站在鏡前，望著自己在蕨類植栽後方的倒影。雖然葉子遮住了部分鏡面，但已經足以讓我就著倒影拉齊領口並撫平頭髮。然而眼中炙熱而焦慮的神情卻無論怎麼拚命眨眼都無法消去。

我推開辦公室大門時，艾墨特．法莫正望著那幅水中妖精的油畫。他穿了一件寬鬆的厚褲和無領棕色上衣，蓬亂的頭髮顯然未加梳理，也沒刮鬍子。聽到開門聲時，他踩著腳跟轉過身，臉色慘白，與那些水中妖精無異，眼下則掛著黑眼圈。

「法莫先生。」他沒有應聲，我揚起眉毛。「請問有什麼事？」

「路西安——達內。」他說，聲音似乎有些哽咽。接著他嚥了一口口水。

「是，你有什麼事？」

「我想見你，」他支吾著說：「我的意思是——」

時鐘發出一陣警示鐘聲即將敲響的刮擦聲，讓法莫嚇了一跳，向四周環顧。接著一連串鐘聲流瀉而出，塡滿了整間辦公室。等到鐘聲漸漸消散，我便走到窗前，望著外頭斑白的草坪。城鎮上空雲朵低垂，光線逐漸消失。「無論你有什麼事，如果能長話短說，我會非常感激。我正在等裁縫師來。」

「裁縫師？」我無法確定他這是哪裡的腔調，但無疑是塞津郊區的鄉下，口音和我叔叔的廚子很像。

「對，裁縫師。我再過一個星期左右就要結婚了，他還沒做好我的西裝。」我也不懂自己爲什麼還要向他解釋。我決定不再說下去，於是抱著雙臂等他開口。然而他卻不發一語，只是伸手扶著壁爐邊角，彷彿地板就要崩裂。「如果你是爲了之前那封信而來，我只能告訴你我沒讀。」

他注視著我，眼下猶如瘀傷般青黑。最後他開口問道：「爲什麼不讀？」

我聳聳肩。

「你要結婚了？」他的聲音一時變得沙啞，於是他清了清喉嚨。「我都不知道。」

「有什麼必要告訴你嗎？」我從窗簾上挑起一條鬆脫的銀線。

「對不起。」

「什麼？」

「沒什麼。」他搖搖頭，轉過身不讓我看見他的臉。而等到他再回過頭時，雙眼已然淚濕。我別過了眼神。

我又挑起窗簾上的另一條線，結果上頭的刺繡竟因此翹了起來。「法莫，你到底有什麼事情要說？我眞的沒有時間。」他沒有回答。「是和奈兒的書有關嗎？」

「不，不算是。我眞的很希望你讀了我的信……現在我也不知道了。」他的表情像是苦笑。

「你的信裡有什麼很重要的事嗎？」

「有。」他做了個手勢，像是能看見某樣我看不到的東西。我本已朝著房門走去，卻忍不住停下腳步。他伸出的那隻手寬闊結實、指節粗獷，是可以把刀磨利或築起牆的手。「我有件事得告訴你。」

「你說吧。」我掀開懷錶蓋，緊盯著錶。

「我在沼澤地當學徒時——就是還沒到德哈維蘭的裝幀所之前……」突然間，他的聲音變得奇異而遙遠，朦朧不清，就像有人自水底大聲呼喚。可是這情況只維持了一秒，接著我又能聽得清楚。一陣沉默在周遭蔓延。他注視著我，說：「你曾接受過裝幀，我見過你的書。」

「少胡扯了。」

「不，這沒關係的，你聽我說——」

我試圖把懷錶塞回口袋，卻一直放不進去，還差點就讓懷錶摔到地上。「你騙人，你爲什麼要說謊？你是在玩什麼花招？」

他朝我走來。我能看見他的嘴巴仍然動著，但是整個房間卻突然傾斜、光影閃爍，灰藍色的簾幕也散發銀光。我的呼吸聲極爲響亮，在耳裡隆隆作響。地板正在我的腳下瓦解，猶如被海浪捲走的細沙。我扶著椅背，穩住重心，可是整個世界仍不斷搖晃，感覺就像是喝醉酒一樣。「路西安？」他碰了碰我的手腕。

我猛地抽回手。「不要碰我！」

他深深吸了一口氣。「不。」感覺像是回應某個問題的答案。「你沒聽說過對不對？而就算你有試著去讀那封信，可能也讀不了。該死，我早該知道的。」

「沒聽說什麼？」但他才要開口，我立刻打斷他。「給我滾出去。」

「什麼？」

「給我滾出去，現在就滾，不然我就拉鈴請僕人趕你出去。」

「可是——你應該明白吧？在某個地方有本書藏著你的記憶。我不能告訴你忘記的是什麼回憶，可是你要相信我說的話。」

「我爲什麼要相信你？眞是夠了，扯謊也別太過分。」

「我有什麼理由騙你？」一陣沉默。風灌進了煙囪，嗚嗚低鳴，旋即吹亂了辦公桌上的紙。我嗅到了一絲灰塵的嗆鼻氣味。

「我怎麼知道，」我說：「你還是沒說你究竟想要什麼，你想勒索我嗎？」

他注視著我，最後說：「不是這樣。」他吐出一口氣。「我以爲……我也不知道自己想要什麼。」

「你現在最好就離開。」

他回過頭，表情悵然若失。「那麼，再見了。」

「午安了，法莫。」

他在門前停下腳步，回過身。「你愛她嗎？」

「什麼？」

「你要娶的女孩。」

我眨了眨眼。房內一片昏黑，唯一的光源是最後一道折射自白雪、穿透了窗戶的藍光。法莫的衣服融入了這片黑暗，臉龐則映著陰影，只能看清輪廓。

我伸手拉鈴，感覺鈴繩摸起來冰冷而潮濕。「你要是敢再多問一個無禮的問題，」我說：「我一定會讓你後悔莫及。」

「什麼？」

「我不曉得你以爲自己在搞什麼，竟然大老遠跑來這裡威脅我——」

「我不是——我沒有。」

「——你現在是在玩火，要是我父親聽見你剛才說的話……」

我沒把話說完，反正也不必再多說了。他瞪著我。即使在一片黑暗之中，我都能看見他的眼睛睜得有多大。我拉了呼鈴。

遠處傳來的鈴聲消散後，他在一片靜默中低下了頭。「你不必找人趕我走，」他說：「我會自己走。」他行了禮，姿勢古怪而僵硬，接著便跨出房門。「我很抱歉，路西安。」他說這句話時並沒有回頭看我。

「如果你敢靠近我或我的家人……」我大聲對著他的背影嚷嚷。他穿越門廳時，在半途停下了腳步。我很確定自己聽見了他的笑聲。他一動也不動地站了好久，久到我幾乎要以爲是自己弄錯、其實他早已離去——然後他才走向了前門。「噢，對了……」他說，音量正好足以讓我聽見。「恭喜你。」

門廳擺滿了百合花，而花朵不僅成串地懸掛在牆上，還淹沒了每一座長椅。目光所及之處盡是硬邦邦的綠葉和蠟白的花朵，每一朵都大張著它們的星形花嘴。花粉在空中四處飄散，有幾顆沾到了我的襯衫上。我揮手拂去花粉，卻在乾淨的亞麻衣料上留下了一道又粗又寬的赭色痕跡。

身後傳來竊竊私語和雜沓人聲。那是整整兩百個人試圖保持安靜的聲音，是一百件漿挺襯衫的刮擦聲，以及一百件鯨骨製胸衣在穿著者轉身時發出的尖銳聲響。

我動彈不得，只能呆望著閃閃發亮的百合花海。花香太過甜膩，讓人幾乎無法呼吸。我試著深呼吸，然而濃烈的香氣就像一顆搗在臉上的枕頭，讓人不禁要掙扎，卻在剎那間陷入窒息與恐慌。

我睜開雙眼，猛然吸入一大口空氣。我正躺著，前方是一幅深灰色的窗景，正好是黎明前夕的灰濛色調。我人還在床上，還沒結婚。不是今天，不是現在，所以這一切並不是眞的。婚前症候群，大家都是這麼開玩笑。

我持續深呼吸，直到全身漸漸放鬆才坐了起來，抹去臉上黏膩的濕氣，然後在毯子裡縮起了身體。然而只要一閉上眼，夢中的感受就會再次湧上心頭。那不斷增加、無以名狀的恐懼，還有那些花。一年前，我會伸手去拿**威廉．連蘭仕紳的童年回憶錄**，讓那本書帶我回到睡夢中，喚來長滿綠草的丘陵高地、夏季暑氣中高低起伏的灰白小徑和百里香的芬芳。可是現在這麼做也不會有用了，這本書早已喪失原有的魔力。它只會讓我想起連蘭爲此可能付出了什麼代價，想起奈兒和我父親，還有艾墨特．法莫的事。

我不相信他。我憑什麼相信？他來到我們家，看見我們有多富裕，內心必定暗忖著也許值得一試。不過這些手法都是老把戲了。就像某年在仲夏節市集上，有個算命師突然倒抽一口氣，一把抓住了母親的手，接著便驚呼道：「太太，你受到了詛咒，一定得讓我親手爲你解決它！」我還沒那麼蠢，不至於受騙上當。就算法莫看起來坦率、誠實，而且流露出不安，也只能證明他眞的是詐騙高手。再說，要是他外表俊美——**這**只是表示我更應該小心提防，不能輕信此人。

那不是眞話……但如果是眞的呢？我將膝蓋抱在胸前，閉上了眼睛。有什麼事情會糟糕到讓我想裝幀在書裡？但是，如果眞的能將我的人生一筆勾消，我一定會這麼做。父親的祕密。我臉上的瘀傷。荷諾睜大眼睛望著我，那彷彿認清現實的眼神。在女僕進屋時，母親刻意轉開的視線。我的過往，和校內其他男孩笨拙而下流的行爲，還有鎭上的女人。那股汙穢的慾望，以及絕不示弱的冷酷決心。和妓女一完事便揚長而去，連聲謝謝都沒有。在白鹿酒吧碰見以前的學院院長時，我只是面無表情地看著他，像是全然不記得學期最後一天我任由他親吻自己的事。自從發現父親藏書的那夜，以及在叔叔家孤寂且腐蝕人心的幾個月之後，我甚至無法自腦海中喚起任何一張能夠隨幻想起舞的面孔，只能看見一些殘缺的片段，殘缺的肉體、孔洞、淫詞穢語。關於我的一切都不值得保留，只有一件事值得記住：無論我有多扭曲、多變態，都不曾侵犯過任何人。父親幹的那些骯髒事我一件都沒做過。

至少在我印象中沒有。

我爬下床，套上一件晨袍後便走下樓。屋內一片死寂。現在的時間太早，我的家人都還沒醒來，只有僕人房的門後傳出了聲響。我走進辦公室，將早早準備在壁爐裡的柴火生起，再拉鈴請人送茶過來。

我拉開窗簾，眺望著屋外。冰雪已經融化了，此時細雨紛飛，猶如一層薄紗般拂過了車道。眼前盡是一片灰濛。而我只想將這片灰色一飲而盡，直到它將我的血液全化為水、腦袋化為虛無。

「早安，先生。」

我本以為來的會是貝蒂，沒想到看見的卻是奈兒。她就和我心中的感受一模一樣：眼睛紅腫、一臉陰鬱，彷彿夢魘仍棲在肩頭。

我要了茶。等她退出辦公室後，我便走到窗邊。先前鬆脫線頭被我扯下的那枚銀色刺繡依舊在窗簾上微微皺起。這意味著我當時真的站在這裡，而艾墨特．法莫也在場，這一切全都真實發生過。我不由得咬緊了牙。要不然呢？難道我以為這一切也全都只是一場夢嗎？

我走到辦公桌前，低頭望著一疊疊信件和總帳，反覆將嵌入桌面的墨水瓶蓋開了又關。昨天艾墨特．法莫離開後，我又若無其事地回到會客室，坐在荷諾身旁，繼續閒聊著婚禮準備事宜、談論艾斯畢蘭會不會準時送來我的西裝。當我聽見自己開口說話的聲音時，不禁暗暗讚嘆起自己的冷靜。有一回，我低下了頭，看見自己的手正壓在心窩處，彷彿想為傷口止血似的。我想，如果自己真的曾被裝幀成書，我一定會知道的吧？內心某處絕對會有個窟窿。試著思考這件事就像是將眼睛往後轉，努力看進自己的腦袋裡頭。無奈那裡空無一物，只有一片灰，就像現在窗外的灰濛一樣，朦朧溫和，傷不了任何人。

「需要我幫您倒茶嗎，先生？」

奈兒的聲音讓我嚇了一跳。墨水瓶蓋上的墨汁滑落，弄髒了我的晨袍前襟。我起身走到一旁，徒勞地用吸墨紙擦著墨漬。「麻煩了，謝謝。」

她似乎想說什麼，卻在正要開口時打住。瓷杯在她擺放茶具時發出了清脆的聲響。我則繼續按壓著墨漬，儘管早已沒有必要。

「路西安先生。」這時，奈兒已經將茶具整齊地擺好，抬頭望著我。她的眼皮紅紅的，嘴巴則似乎腫了起來。她好像猶豫著什麼。

「怎麼了，奈兒？有什麼問題嗎？」

她撥弄著茶杯，差點將杯子從桌上翻落。但隨即她又僵直地站在原地，好像以為我會賞她一巴掌似的。「我想跟您說謝謝。」

「謝什麼？」

「您之前警告過我。」她深吸了一口氣。「您想幫我。」

「就當我沒說過吧。」我的本意是想安慰她，可是一說出口卻反而讓她退開了幾步。「我是說……算了吧。你就……退下吧。」

她垂下頭，拾起了托盤。她身上過大的洋裝衣領敞開，能看見頸側似乎有一道陰影或瘀青。

「等等。」我摸索著背心口袋，卻頓時發現身上穿的是沒有口袋的晨袍。於是我走回辦公桌旁，拉開抽屜開始翻找，過了許久才總算翻出一枚錢幣。這段時間實在是太漫長，讓人尷尬得頭皮發麻，而我其實不需要這麼做的。我將錢幣遞給她，卻晚一步才發現那是一枚半幾尼的錢幣。在漆黑的抽屜深處找到它時，我還以為那是半克朗[1]。

她盯著錢幣。

「奈兒，你是個好女孩。」我把錢幣推向她，隨即爲自己沏了一杯茶，過程中始終沒有抬起頭。「先生，謝謝。」她的聲調毫無起伏。她知不知道這等於她半年的薪資？她大可拿了這筆錢遠走高飛。

「不客氣。」我轉過頭。

「還有其他吩咐嗎，先生？」

「沒事了，你可以走了。」

她離開了辦公室。房門被輕柔地關上了。我坐在辦公桌前，開始重讀昨天的郵件，卻始終無法集中精神。我誰都不想見，卻也不想獨處。愚蠢至極。

我反覆揉著額際，直至皮膚變得灼熱發紅。百合花的香氣仍逗留在我身上，甜膩而濃郁。再過不到一週……我闔上眼睛，想像一堵灰牆旋繞著將我包起。這裡只有我，我會沒事的。只有我獨自一人。沒有任何東西傷得了我

門外忽然傳來一陣東西墜落的聲響。我不禁抬起頭。

屋內悄然無聲。我喝了一口茶，可是茶已經差不多變冷了。我靜靜等待、細細聆聽，屋裡卻毫無動靜。時鐘滴答響著，將每一秒鐘擲入空中，猶如錢幣落入乞丐的缽。我將最靠近的那封信挪到面前，手肘撐著桌子。這時門廳裡迴盪著貝蒂的聲音，然後是她走向父親書房的輕快腳步聲，之後又恢復一片寂靜。

我才垂下眼神，就聽見她放聲尖叫。

---

1 半克朗（half-crown）價值等同二先令又六便士，半幾尼（half-guinea）則等同十先令又六便士。

父親的書房大門敞開。我不給自己時間思考——「發生什麼事了？」

奈兒吊在珍奇物品展示櫃上，頭歪向一側。尿液刺鼻的騷味哽住了我的喉頭。

貝蒂站在書房正中央，兩手摀嘴，劇烈地抽泣。我環視房內，因爲這一切看起來如此眞實而略感詫異——閃著耀眼光澤、翻倒在地的木椅腳，死水般的尿液中細緻的倒影；一片乾枯的玫瑰花瓣落在地上，像塊疥癬般蜷曲，顏色與壁紙如出一轍。時鐘的滴答聲漸漸慢下，直到周遭只剩死寂。最後我終於發現那不是時鐘，而是奈兒濕掉的裙子在滴水。我深吸一口氣，感覺空氣在瞬間充滿了胸腔，接著上前一步。「出去。」

貝蒂猛然一顫，彷彿我剛才對她動粗似的。「她——我——她——」

「叫鞋童去找醫生。**馬上去**。」

我環顧著書房，想找到能切斷繩索的東西，比如拆信刀或者袖珍摺刀之類的。可是這裡收拾得乾乾淨淨，黑檀木桌空無一物，猶如一面深色鏡子。

恐慌席捲而來，讓我無法思考。我完全是在浪費時間，如果奈兒還活著……

我踉踉蹌蹌地走向展示櫃，看見自己的倒影出現在奈兒和孔雀羽毛、鍍金象牙後方的玻璃上。我與自己對視，接著一拳揍向玻璃。

玻璃應聲碎裂，邊緣猶如刀刃的碎片散落在櫃中，在珍奇收藏品間反射著光芒。我從玻璃框上扳下一塊碎片，而在使勁拔起的瞬間，一陣劇痛也同時竄上手臂。我扶正翻倒的木椅、站了上去，不看向奈兒的臉，立刻用尖銳的玻璃鋸斷繩索——那其實不是繩索，而是一塊布，類似某種飾帶或皮帶。

布料一被割斷，奈兒便整個人向前仆倒。我試著要撐住她，卻無法負荷她全身的重量，腳下一時不穩，差點就從椅子上摔下，而椅腳也跟著搖搖晃晃。我勉強讓自己一腳踏地，卻在落地時膝蓋發軟，狼狽地滑了下來。奈兒則像一袋癱軟且不成形狀的棉花廢料那樣倒下。

我跪了下來，無意間看見她的臉，忍不住閉上了眼睛。我得檢查她的脈搏，然而一股強烈的寒意竄過全身，讓我不禁擔心自己會吐得她滿身都是。睜開眼後，我努力將視線集中在對面的壁紙上，彎身將手塞進緊勒住她脖子的飾帶內側。她的皮膚摸起來有些軟黏，還有微溫，卻沒有絲毫脈搏。「求求你，奈兒。」有人這麼說道，聲音聽起來善良而理智。「求求你快點醒醒，拜託。」

她一動也不動。我拉扯著飾帶的繩結，可是它並未就此鬆脫，讓我只好用發顫的手指嘗試解開。要是能將這個結解開，我就什麼都能解決。過程中，我不斷對她說話。「奈兒，你不會想要這樣的，拜託，別這樣，我拜託你。」最後，繩結總算解開。我從她下巴把那塊布抽開，她的頭歪向一側，而雙眼……

我想站起來，卻覺得一陣天旋地轉，只能蜷縮在地，忍著不要吐出來。

「起來，孩子。」

我拚命喘著氣，那聲音聽起來卻像是在笑一樣。

「我叫你**起來**。」父親抓住我的手臂，將我整個人拉了起來。我踉蹌著走向最近的一張椅子，靠在上面。「這是什麼時候發生的？」

「大約一個鐘頭前，她還有送茶給我。」

他低頭望著她。「她尿了一地。」

「我想她死了。」這句話聽起來好怪異，感覺就像是我從未將那個字說出口過。

「這是當然，你看看她的眼睛。眞是個愚蠢的小婊子。不過桑頓也不會多問什麼。」

一片死寂。他伸長一手去拉呼鈴。「她是上吊自殺的吧？這血是哪裡來的？」他瞟了我一眼，臉色忽然一變。「該死，小子，你幹了什麼傻事？」

我垂下眼，看見血液正從手腕淌落，浸濕了晨袍袖口。書房到處都是血，奈兒則一副被人割了喉嚨的模樣。我的掌心有道深深的傷口，卻沒有預期中那麼痛。「我沒事，只是小傷。」

「我們會請桑頓幫你治療，畢竟你是爲了放她下來才割到手，他不會怎麼樣的。啊，貝蒂。」貝蒂全身發著抖，臉龐淚濕，而父親卻只是對著奈兒的遺體彈了彈指頭，彷彿那不過是一灘他剛吐出來的東西。「去叫車伕來搬走，派馬僮去找桑頓醫師。」

「遵命，先生。」

「噢，也幫路西安送繃帶來。」

我望著汩汩湧出的血。他說得沒錯，要是有人問起奈兒爲什麼做了……**那種事**，這對他十分有利。他可以指著我的傷口說：看，我們是多疼愛她啊。

我將手微微傾斜，讓血滴落到木桌上，在一片靜默中滴答、滴答。真希望有人把那時鐘弄壞，不然它發出的滴答聲就要和我滴下的血一樣了。我望著桌上那灘血逐漸擴大。某個女僕得想辦法清掉深色木頭上的血漬，而那人不會是啃爛了指甲、指節突出又破了皮的奈兒。

「你又來了，是不是？」

父親不禁頓住，然後緩緩轉過身面對我。「你說什麼？」

我沒有重複，也不需要再說一次。我可以從他的眼中看見答案。

「你休想。」他的語調輕柔，幾乎與呢喃無異。「你休想再提起這件事。」

我抬起下巴。他再也不能取笑我了。要是我說出去，別人一定會相信我。現在我說的話將會成爲證詞。

他大步走了過來，站在我面前。

「你以爲自己很聰明，是不是？小子？我看她自殺你應該很高興吧，總算有人可能會聽你說話了。」

我搖搖頭。

「你難道沒想過我的祕密就是你的祕密嗎？要是我失敗——要是我的事業毀於一旦、我的名聲掃地……你的人生也會一樣。你以為歐孟德家還會願意跟你有任何瓜葛？以為還會有人接受你嗎？」

「我願意承擔這個風險。」

「噢，路西安，你以為自己和我完全不一樣是吧？認為自己是好人。我是個老無賴，而你年輕又純潔。」他嘆口氣。「你忘掉的事情可不少，你知道嗎？」

我的心臟像是遭受外物衝擊般震了下。我握緊拳頭，鮮血從指間迸出。「你這話是什麼意思？」

「你自己的書啊，路西安。你被裝幀的書。」他傾身靠近我。「看看奈兒，你以為是我殺了她，你以為自己不可能也做出這種事。」

世界瞬間變得一片死寂。我順著父親的話，愣愣地看向了奈兒。她的眼睛半開，眼白上滿是斑點，色澤暗沉。躺在那裡的已經不是她了，那不再是個人。她的舌頭吐出，而我滴落在她暗紫臉頰上的血則逐漸凝結。我感覺到胃部一陣翻騰，猛然移開了視線，同時艱難地吞下一口口水。眼前的壁紙一片模糊，成為一團紛雜的粉紅及暗紅色。

「我的書，」我聽見自己說：「你這是什麼意思？」

房門被人打開。「謝謝，貝蒂，你放著就好。」父親望著她離去，然後將一塊亞麻方巾浸入水盆、擰乾。「讓我瞧瞧你受傷的地方。」

脈搏在指尖跳動著，接著陣陣搏動逐漸蔓延至手臂。「不用了。」我握緊了拳頭，彷彿想要將痛楚當作一件物品緊緊抓住。

他嘆了口氣。「別孩子氣了。」

書房的門再度打開。這次來的是車伕和馬伕。他們小心翼翼地踩著沾滿泥濘的靴子進門。當車伕瞥見地上的奈兒時，不由得嚇得直往後退，但他仍舊聽從著父親的指示，與馬伕兩人合力抬起她，把遺體搬了出去。又是一具躺在壁爐旁的軀體，差別在於，這次是真的鬧出了人命，不僅僅是昏死過去而已。我想像著他們將奈兒擺在廚房餐桌上，她的雙腳開著，濕裙上的尿液漸漸滲進木頭的紋理之中。我沒辦法繼續這麼站著，於是拉了把椅子坐下。

父親握起我的手，扳開我的手指。他用濕布擦拭著掌心上模糊的血跡，直到那道割傷變得清晰可見。他在白瓷碗中擰乾濕布，一團粉紅在水中漾開。「可憐的孩子，」他說：「痛嗎？」

我沒有回答，只是渾身顫抖，任由他握著我的手。

「現在你應該不會再做其他傻事了吧？我親愛的兒子？」

除了濺潑的水聲外，房內一片鴉雀無聲。最後，他取過一塊乾布摺成縱長形，當作紗布使用。「你是兩個多月前接受裝幀的。」他說。「不必露出那種表情，這件事和我一點關係都沒有。要是我早點知道，絕對不會讓你接受裝幀。」

「那麼——」我停了下來，耳中響起彷若來自遠方的嗡鳴，讓人難以集中精神思考。

「還記得你之前說過什麼嗎：『選擇遺忘的人都是懦夫』，不過要是考慮到……」他把那塊布壓在我的傷口上，拿了條長布塊固定包起。

我抬眼與他對視。

「對，我知道你想遺忘的是什麼，」他說：「但我不知道你去找的是哪位裝幀師，誰都有可能。」他打好了結，再將多出的布條兩端反摺，整齊地塞到那個結底下。

「我——」可是我的腦袋無法思考。那個人不是我，我不可能做出這種事。

「讓我給你一點忠告，親愛的兒子。」他摸著我的臉頰。「最好還是放手吧。」

我從他身邊退開。「什麼？」

「你就把這次發生的不幸事件當成教訓。」他指了指展示櫃的弧頂上那塊仍懸在半空中的破布。「別做傻事，你現在可是比任何時候都更需要我的保護。你在這裡很安全，千萬別搞砸了。」

「你是指我的書。」

「你知道的，我不能告訴你書裡的內容。」他揉著眼睛。「我不曉得該不該告訴你，要是你知道……」

我閉上眼睛，空氣中不知怎地竟瀰漫著百合花香。「那件事，」我說：「很糟糕是嗎？」

他在椅子上挪了挪，似乎過了好一段時間，才總算開口回答道：「路西安，我很抱歉，恐怕是眞的很糟。」

我站起身。展示櫃被打碎的玻璃櫃門如血盆大口般對著我咧開，而地板上則滿是血跡與尿液。地毯上有幾枚我留下的血紅腳印，而之前留下的汙漬也依然清晰可見。這塊地毯顯然沒得救了，父親大概會乾脆扔了它吧。

「也許這樣是最好的，你可以和歐孟德小姐展開新生活。」

我轉頭瞥向他，而他就坐在和當初威脅我時相同的位置。當時，他告訴我，下次要是還敢違抗他，他就要送我進瘋人院。可是此時的他看起來卻和我一樣疲倦。

「我明白了。」我說。沒什麼好說的了。我只能上樓，換一件襯衫，等正午一到就能喝杯酒。然後在腦海中再次築起那道灰牆，試著讓自己不致失去理智。

我離開時，他又補了一句。「那本書不會落入有心人手裡的。」

23

愛德內街比我印象中還要來得更長。昨晚下過雪，整條街上狹長的白色房屋、欄杆、人行道，全都積了深雪，而整條街上的每一扇門旁也都掛著一塊黃銅門牌。等我總算找到上頭寫著十二號的門牌時，雙腳早已凍得發疼，雙眼也因爲炫目的日光而刺痛不已。我在門階前停下腳步，一位服喪中的婦人正好從門中走出，而她一注意到我看向她的眼神，便立刻拉下面紗蓋住了臉。

我低下帽簷朝她致意，便繼續沿著大街前行。等到她漸漸緩步走遠，我才回過頭拉了門鈴。

前來應門的是一位打扮樸素的纖瘦女人，能看得出並不是女僕。她穿著一件淡紫與鵝黃相間的棉紗洋裝，透過一副夾鼻眼鏡仔細打量著我。「午安，請問有什麼事嗎？」

「我要找艾墨特．法莫。」

「誰？」

「艾墨特．法莫。」冷空氣灌進了喉嚨，讓我忍不住咳了起來。她微微動了下，將目光移向我的後方，同時手指輕敲著門框，有些不耐地等著我停止咳嗽。「他是德哈維蘭的學徒，淺棕色頭髮、沒有留鬍子，個子滿高的。」

她對著我揚起眉毛。「噢，那個新來的男孩。」

「對，是個年輕人。」

「他恐怕不在這裡。」

「他什麼時候會回來？」

「他不會回來了。」

我瞪著她。「你說什麼？」

她將頭微微抬高，使得陽光映在夾鼻眼鏡上，讓人看不清她的眼睛。「可以請問有什麼事嗎？如果你想見德哈維蘭先生，請事先預約。」

「不好意思。」我走上前一步，而她則在打了個輕顫後，立刻伸長了一手阻擋我的去路。淺紫色布料隨著她的動作而發出了一陣沙沙聲，接著樟腦混雜著紫羅蘭水的氣味便撲鼻而來。我盡可能語氣平穩地說：「請讓我進去，麻煩你了。」

「預約要等兩週。」

我一把將她推開，讓她不禁憤怒地驚叫出聲。然而我早已頭也不回地走進了屋內。「德哈維蘭？」看見左側有扇半開的門，我便直接推門闖入。在匆匆瞥過房內藍綠色的淺色牆面、細腳椅和蘭花後，我發現房間盡頭還有另一扇門，上面的門牌寫著：**諮詢室**。「德哈維蘭！」

德哈維蘭猛然將盡頭的那扇房門打開。「怎麼回事，這麼鬧哄哄的？伯瑞丁罕小姐，我不是說了別打擾我嗎？」他的視線掃向我，接著拉了下領巾，上頭的鑽石別針閃閃發亮。「原來是親愛的達內先生啊，真是萬萬沒料到……這可真是意外的驚喜。請問需要我提供什麼服務呢？」

「我是來找艾墨特．法莫的。」

一片寂靜。德哈維蘭的視線忽然越過我，不知對誰搖了搖頭。當我回過身查看時，伯瑞丁罕小姐正走入門廳對面的另一個房間，一身鮮豔炫目的色彩在陰影中轉暗，變成了粉紫和奶油色。德哈維蘭垂下了嘴角，說道：「達內先生，實在萬分抱歉。很不幸的，艾墨特．法莫已經離開了。或許可以由我代勞？」

「他去哪了？」

他清了清嗓子，然後指向一張椅子。見我不肯坐下，他臉上又閃過一絲笑意，順了順自己的小鬍子。「我的公司信譽優良、水準高超，所以我絕不雇用有一絲一毫……瑕疵的人。」他正在順鬍子的手指忽然停下，也許是因爲看見我的臉色變了。「我不得不請他走路。」

「那他現在人在哪裡？」

「我眞的不曉得。」他對我偏著頭。「我是否能問您爲什麼特別要見他？我本人倒是很樂意爲您提供協助。」

我揉著額頭，感覺雪的炫光仍在眼前跳躍。「是關於一本書。」我說。

「請說。」

房內太熱了，讓人覺得有些噁心想吐。我試著深呼吸，往前走了幾步，能感覺到襯衫緊黏在肋骨上。「是我的書。很顯然我……」一只擺在石座上的花瓶近在眼前，我伸出手觸摸盛開的奶油色蘭花，這才發現花瓣是蠟製的。我轉過頭對他說：「我曾接受過裝幀，艾墨特．法莫說——他說他來你這裡之前曾經在另一間裝幀所當學徒。關於我的書，不曉得你是否知情？」

他扯了扯身上的背心，將領口往下拉了點。「不……不，我恐怕並不知情，」他說：「我怎麼可能曉得呢？」

「可是艾墨特．法莫曉得。我得找出那本書，我馬上就要結婚了。」這件事德哈維蘭當然知道。我焦躁不安地撥弄著手套。

「我眞的幫不了您的忙，達內先生。我也很希望能幫上忙。可惜您當初不是找我裝幀……」他歪著頭，露出遺憾的表情。

「我得找到他。他去哪裡了？」

「噢。」德哈維蘭緩緩吸了口氣，彎下腰整理著矮桌上畫著插圖的雜誌。這似乎得花他不少時間，彷彿在這世上最重要的事，就是思忖畫著**帕那索斯山**的寶藍色書封究竟該擺在**畫中獵人**還是**紳士**

雜誌旁。最後，他又挺直腰桿，回望著我。「達內先生……我奉勸您別浪費時間了，許多年輕男人都犯過小錯——不是，請您先聽我說完。您現在已經不可能找回那本書了。重點在於，這本書究竟存不存在我們也不知道，艾墨特．法莫是個騙子，還是個小偷，所以就請您接受我的忠告，忘了這件事吧。您還有大好前途，這件事就當沒發生過吧。」

「這本書確實存在，我父親——」我突然打住。「德哈維蘭，如果你願意幫忙我眞的感激不盡——萬分的感激。這本書對我而言非常重要，我願意出價五十幾尼——甚至一百幾尼。」

他迅速眨了兩下眼睛，悔恨神情在他臉上一閃而逝，速度快得讓人幾乎難以察覺。「很遺憾，我眞的幫不上忙。」他從背心口袋掏出懷錶。「不好意思，我得失陪了。我現在得去拜訪一個重要客戶。」

我抓住他的手肘。「他是什麼時候離開的？」

「前天，大半夜。」

「你眞的不知道他去哪裡？」

他輕輕拂了下衣袖，確認我沒在上頭留下印子，又撣掉一顆看不見的灰塵，最後才總算抬頭看著我。「眞的很抱歉，達內先生。」他說：「不過說實話，即使他在路邊凍死，我也懶得理會。」

我走上大街時，街上的陰影全成了淡藍色，讓雪地上的腳印輪廓變得更加明顯，猶如小小的懸崖和冰河。空氣冷冽，而一輛二輪小馬車嘎吱作響地緩緩駛過時，馬兒噴出的熱氣就像是一陣轉瞬即逝的大霧。有個路人差點滑跤，趕忙伸長了兩手穩住自己的重心。然而除此之外，街上空無一人。

我深吸一口冰冷空氣，寒意立刻燒灼著喉頭。即便戴著手套，用手握上欄杆尖頂時，仍能感覺到金屬冰涼的觸感。我低下了頭，更加使勁地緊握住欄杆尖頂，直到割傷的劇痛從掌心一路竄上手臂。

我不用抬頭就知道有人拉開了等候室窗戶的蕾絲窗簾。德哈維蘭正在窗內偷看，等著我離去。

我走下門階，原路折返。當我來到轉角時，正好碰上了一條小巷。小巷兩側牆壁高聳，覆著一層煤煙。我踏入陰影之中，一路走到巷底，發現前方是另一條狹窄的泥巴巷，巷內盡是雜亂的披棚、柵欄，以及沒有圍牆的後院。大約走到半途，眼前便出現一棟看起來搖搖欲墜、稍比其他建物高些的木造建築。我站在那棟屋子的正前方，瞇眼望入窗中。汙黑的窗格後有幾個男人正在工作台前埋頭做事，其中一人敲敲打打，一人對著某樣東西彎身，而另一人抬起眼神看見了我，在他手中的書閃著紅金色光芒。

我敲了下窗格，指指旁邊，然後一直注視著他，直到他放棄似地聳聳肩，最後放下手裡的書，不見了身影。一會兒後，他拉開通往泥巴巷的後門，看著我問道：「有什麼事？」

「這裡是德哈維蘭的裝幀所嗎？」

「請走愛德內街的正門。」

「我在找艾墨特・法莫——就是那個學徒。」

「他已經被開除了。」話一說完，他便想順手將門關上。

我立刻將手伸進口袋，他則有些遲疑地停下了關門的動作。「這我知道。」我說，然後讓他看到那枚夾在拇指和食指間的半英鎊。「他去哪裡了？」

男人清了清喉嚨，隨意地朝地板啐了一口。「我不知道。」

「他回家了嗎？他是從哪裡來的？」

「大概是某個鄉下地方吧，另一間裝幀所。」他打量著那枚錢幣。「你怎麼不去問德哈維蘭？」

「他有說過要去哪裡嗎？」

「聽好了。」他搖搖頭。「他在大半夜被踢出門，而我那時還在呼呼大睡，怎麼可能知道他幹了什麼好事，又或者他去了哪裡、是不是還活著？我看他現在八成跟其他沒工作的人一樣死在水溝裡吧。」

我往前傾身，近得能嗅到他身上的菸草味。「拜託，我非找到他不可。」

「要是我在外頭亂講裝幀所的事，怕不是等著被掃地出門。」語畢，他隨即甩上了門。儘管能聽見他逐漸離去的腳步聲，我還是繼續不停敲門，直到他終於打開工作坊的窗戶，側身探出了頭。「他走的時候什麼都沒帶，」他說：「外套和行李袋都還在樓上，大家什麼都不知道。你再不滾我要叫警察了。」

他拉起窗戶並立刻上鎖，而我則透過髒黑的窗戶看見他回到工作崗位。我知道這人說的是實話。天氣實在是太冷了，讓人費盡了力氣才有辦法挪動腳步。我一路緩步穿過結滿冰霜的車轍來到巷尾，又接著拐了兩個彎。我無處可去，卻走個不停，像是正被自己的絕望追趕著，而它始終落後了幾步。最後，我迷路了。我肯定是在兜圈子，因爲每次停下腳步時，總會發現自己站在愛德內街一間豪華酒吧門外。我抬頭盯著希臘式的華麗廊柱和襯在黑底上的金漆字體：**公主殿酒吧**。也許我是故意繞過來的吧，誰曉得？反正也不重要了。

酒吧內，煤氣燈的光線映照在拋了光的黃銅、深色木頭與雕花玻璃上，暖和的空氣撲面而來，混雜著濃濁體味和溢出杯外的酒水氣味。一跨過門檻，我被冷風颳得通紅的臉頰便頓時開始隱隱發痛。我在吧檯上放下一先令，一口氣乾掉一杯琴酒，接著又點了一杯。最後我找了個角落的座位坐下，閉上了眼睛。

艾墨特·法莫消失了。就算他還活著，還留在塞津，我也不可能找到他了。唯一能確定的就是德哈維蘭說他離開裝幀所時還活得好好的。

灌下第二杯琴酒後，我再次起身，想走回吧檯。然而眼前卻突然模糊起來，讓我不得不停下動作、嘗試集中視線。我伸手撐著大理石柱，感覺一切事物的輪廓變得朦朧，黃銅的反光也更柔和了，整個世界不再那麼俗豔。我覺得好多了，便將手伸進口袋裡摸出更多錢幣。這時，酒吧大門正好敞開，一陣刺骨寒風吹向我的腳踝，有個揉皺的紙團掃過腳邊地磚，最後靠在我的鞋旁。我彎下腰，拾起紙團，在吧檯上將紙撫平。

那是一張印有抬頭的信紙。最上方有一枚金色徽章，還有一句拉丁文格言：**真相能將你解放**，其下則寫著**優良裝幀師席姆斯及艾芙琳**。信紙其餘部分滿是歪扭而隨興的字跡，可見上頭的說明是：**請來愛德內街八十九號的哈特勒夫人商店，指名珀爾小姐提供專業協助。每次諮詢至少需要兩個鐘頭，然其後立刻接受裝幀。若因不徹底坦白、飲酒過量或其他原因造成記憶清除不全，可依照比例折價，依約總額不得超過十先令。**

吧檯調酒師瞥了我一眼，收走我的錢，在我面前放下另一杯酒。「先生，如果我是您，絕對不會那麼做。」他說。在那一刻，我還以為他是在講琴酒，接著便看見他對那張信紙努了努下巴。「我聽說有的人在那之後就發瘋了。那些裝幀師啊，最會說大話了，不過，要是有人在你完全痊癒前告訴你這件事，你最後還是會知道自己被裝幀了。他們說這是最可怕的，因爲你根本不知道自己遺忘的是什麼。」我把那張紙揉成一團扔往一旁。「這樣不就解決了，」我說：「謝謝。」

他點點頭，表示明白我的意思，接著拿起一塊布開始擦拭那排閃亮的酒塞。

可是那張信紙彷彿仍在我眼前浮動。我知道哈特勒夫人商店在哪裡，相對來說，那裡已算是比較雅緻的地方了。但我聽說過珀爾小姐和她的……偏好。我不由得想像起那位讀著信中指示的女孩。我並不認識比黎瑟年輕的女子，卻能夠想像她的容貌：缺牙、頭髮紮成辮子。在我腦海中，我看見她步上門前台階，拉了拉鈴索。女孩走投無路，卻十分勇敢。可是她不曉得自己在做什麼。她單純得令人心疼，更讓人心疼的是，當那扇大門拉開，在門後等著她的是……我不禁搖搖頭，想要甩去腦中的畫面，卻毫無作用。我可以清晰地看見她的容貌，但她看起來並不像奈兒，反而更像法莫，就連偏著頭的模樣也是那麼勇敢，有著同樣坦率的眼神。如果那女孩是像這樣的呢？

「嘿。」我抓住調酒師的袖子。「是不是有人——你有沒有看見……？」我感到有些頭暈，心急如焚且渾身乏力。這並不合理，然而我的胃部卻一陣翻攪，彷彿無論他們對她做了什麼都是我的錯。

「先生，怎麼了？」

「那個女孩……」我吞了一口口水。她不是眞的。「我是說，你有看見丟下這張紙的人嗎？」

「沒有，先生，我沒印象。」他將手抽了回去。「您在找誰嗎？」

「不是，我是說——是。」我強迫自己坐回椅子上。我到底在幹麼？我一定是瘋了，她根本不存在。「當我沒問。」

他看著我好一陣子，最後開口道：「您的心上人把自己裝幀成一本精采好書了是不是？如果我可以給您一個忠告……天底下的好女孩多得是，先生。」

「什麼？不，我不是那個意思。」其實我感到極爲不適，完全無法思考。彷彿這個女孩、奈兒、父親以及我的書，全都是同一件事的不同片段。恐懼猶如玻璃般在我體內碎裂。我究竟做了什麼？

調酒師用抹布擦拭著吧檯，在上頭留下一層彩虹般的油膩光澤。「那些裝幀師啊，」他朝痰盂吐出一口痰。「您看到圖書館街外大排長龍的隊伍了嗎？他們在趕人，因爲天氣太冷，而救濟所又已經人滿爲患。求他們還不如求一個正直的妓女。」

「的確。」我垂下頭。我再也無法忍受了。在腦海中，我見到哈特勒夫人商店的大門敞開，而穿得一身黑的珀爾小姐正等在垂掛帷幕的廊台。那個女孩站在樓梯下抬頭往上看，眼中流露驚慌。然而這個場景卻變得模糊，逐漸轉爲父親的書房、奈兒的屍體，還有艾墨特．法莫哽咽地喊著我名字的模樣。接著，畫面又變成德哈維蘭的等候室。他的祕書透過夾鼻眼鏡瞪著我，德哈維蘭則毫不掩飾自己希望法莫橫死街頭。我握起拳頭，不斷按壓著整張臉，直到眼皮內側冒出了血紅斑點。

也許法莫**真的**死了。內心一部分的我想要相信他死了，畢竟，我現在有這種感受全是他的錯。在他來之前，我明明一切都好，現在卻像這樣心亂如麻，滿腦子想著自己究竟做了什麼，想著我的書和他這個人，還有他看著我的眼神，以及儘管令人如此不快，我卻不禁為此胸口脹滿熱血的感覺。我當然不希望他死。如果能找到他，就能找到我的書。而我可以將那本書永遠塵封起來，再也不必苦惱著自己爲什麼會一想到某個女孩的臉就滿心罪惡。

在這片薄霧般的暈眩感之下，突然隱約有著什麼困擾著我。是剛才調酒師說的話。**他們在趕人……救濟所已經人滿為患……**

在思緒釐清前，我便已掙扎著站起身，將手插進了口袋，彷彿答案就混在那些鑰匙和零錢之中……然後我就想通了——是希望。

人們走投無路時的最後依歸就是裝幀，那是無處可去時才會考慮的目的地。要是艾墨特．法莫還活著，肯定也已經走投無路。我踉蹌著走到門前、回到街上，調酒師在我背後喊著，但是聲音被嘈雜的人聲淹沒。我踩上了一塊冰，險些飛滑出去。這太愚蠢了。我喝得這麼醉，實在應該直接回家才對。可是我知道還有機會……只要還有機會就值得一試。我轉身背對著恍若熊熊燃燒的夕陽，匆匆繞過轉角，穿越與愛德內街交錯的十字路口，抵達圖書館街。

然而席姆斯和艾芙琳店門外的街頭一片空蕩。他們今天的營業時間已經結束，入口旁的窗面張貼著公告：**謝絕推銷**。一群女人與小孩在巴瑞特和羅威的店外門階上安靜地等候，在冷風之中彼此依偎。不過就連這家店都緊閉門扉，無人進出。再往前一點，有個穿著圍裙的男人拿著掃帚戳了戳瑪丹商店門口的一個乞丐，滿臉疲態地說：「我們關門了，明日請早。」乞丐只好起身，拖著腳離去。

他們都不是艾墨特．法莫。

我繼續走著，行經優良裝幀師的店面、藏書家俱樂部以及學院裝幀師商店，一邊前進一邊探看著每間商家。愈是遠離愛德內街，圖書館街就愈是顯得狹窄、骯髒且破敗。這裡的商家寒酸簡陋，門口籠罩著重重陰影，而且好幾家店的屋頂近得幾乎都要相互疊上。書店的前門油漆剝落，顏色由黑褪爲灰，而弧形的窗戶上則蓋著厚厚的塵垢。一陣風吹來，讓上方生鏽的書形招牌發出了刺耳聲響，兩張版式相同的書頁上橫著**交易裝幀**幾個字，另一面則寫著**當鋪**。我停下腳步，瞥進商店。店內十分擁擠，好幾個展示櫃裡裝著滿滿的廉價瑣物，而旁邊有一群人正在低聲嘟囔著什麼。我經過拱門時，有個蓬頭垢面的女人抬頭看了我一眼，不過卻沒有出聲招攬。她腳邊有一只散發光芒的靛藍色玻璃瓶，上頭有個八角形標籤。是鴉片酊。

寒風颳起了垃圾和砂礫。我不禁用外套裹緊了自己，繼續前進。

歐布林父子，合格書商，戳章如假包換。我停下腳步，從窗戶看見昏暗的店內盡是擺滿了書脊的書架，身材圓胖的店長正站在櫃檯後方和一個淚眼婆娑的女人交談。他伸手輕拍她的臉頰，嘻嘻笑著。男人在我身後下了馬車，快步經過我身邊，走進了大門。他渾身散發著濃烈的皮革氣味和昂貴古龍水香氣，而我連他的臉孔都來不及看清，他就立刻甩上了門。我環顧四周，發現有個女人從兩家商店之間的小巷走出來，她手裡牽著兩個孩子，小的那個哭個不停，大的那個雙眼呆滯、神情恍惚。

「非常好，寶貝，」她說：「現在我們可以回家了。」

我不禁咬牙，別開了目光。這分明是在浪費時間。如果在被德哈維蘭趕出門後，法莫來過這裡，大概早就賺夠錢走人，然後找間客棧睡到不省人事，忘了這一切。

我走到了一個寬度不足以讓馬車調頭的小廣場。一盞沒亮的街燈猶如絞刑台，佇立在稀薄灰雪中。有個女孩蜷縮在馬車旁，一面發抖一面跺著腳，而兩個男人則蹲在路邊，就著一簇在鐵桶裡生起的火來烤暖身子。強風把工廠臭氣吹向了我的臉，讓我只得退至一旁的門廊下，撥去飄進眼裡的煙塵。房屋上方露出的天空漸漸轉為一截截深灰，看來入夜前還會再下一場雪。

街角有一間商店，**A．弗伽提尼當鋪兼合格書商**。這是一路走來，我所見過最小又最簡陋的一家店面，但這家店卻頗負盛名。弗伽提尼的商店就是回憶的垃圾場。店面的一扇窗隨意地以磚頭堵起，另一扇窗則蓋著如乾皺皮膚般的褪色報紙。大門敞開，風鈴叮噹作響，混濁的光線灑落在鵝卵石上，有個男人步出店面……不，是兩個男人。他們談笑風生地朝我的方向走來，我不自覺低下了頭。

「……度過漫長的冬夜，」其中一人說：「完全是弗伽提尼。」

另外一個人笑了出來。「你說的沒錯，就那方面來說他絕對是最好的。」

他們走過我身邊，聲音隨風散去。

等到聽不見他們的腳步聲，我才向著仍在鵝卵石上閃耀的那片微光走去。我從微開的門縫瞥見好幾箱、好幾架和好幾堆的書。有個小男孩正在掃地，引起一陣煤灰煙雲在半空中飛揚。在搖曳的油燈下，我僅能勉強看清門邊那口箱子上的標籤文字：**未完成品（交易書）**，**一便士**，旁邊的書架上則標記著**珍奇類，每本售價兩先令又六便士**。有個男人正認眞盯著手裡的書，轉身背向吹入門內的風。除了他，店內沒有其他人。我忽然感到一陣劇烈的頭痛。該回家了，這已是這裡的最後一家裝幀所，而我仍然沒找到他。當我往後退時，卻不小心踩到了什麼軟軟的東西，接著排泄物的臭氣便伴隨著冰冷空氣撲鼻而來。

店門外，再稍微往前走即可見到一扇嵌在牆內的小門，門邊掛了張被雨淋濕的公告：**提供裝幀交易，煩請敲門，報酬優渥**。兩個男人正站在小門前爭執，其中一人身上沒穿外套，在寒風中緊緊抱著雙臂。他向四周看了看，並第一次露出了臉孔。

艾墨特．法莫。

一道豔紅夕色越過我的肩頭照入街道，光芒耀眼，猶如倏然拉開的窗簾般在一瞬間映現。落在人行道上的影子變得清晰而銳利，磚石邊緣及窗沿上的冰霜則映著猩紅。然而下一刻，光芒便再次消失。我感到呼吸急促，一時半刻無法動彈。這時，有個男人尖著嗓音，用異國腔調說：「我告訴過你半克朗太貴，不如六便士吧。」

我抓住法莫的手臂將他往後推，但是力道太大，能感覺到他似乎一時難以呼吸。「謝了，不必了，」我轉頭說：「他改變心意了。」我聽見身後那人嫌惡地嘖了聲，一把將門甩上。法莫踏在鵝卵石上的腳不愼踩空，有一刻我被迫承受他全身的重量，接著他便摔倒在地。「給我**站起來**。」上一個倒在我懷裡的人，是奈兒。

「路西安。」他笑了，而且笑個不停。我再次把他拽起來，推他走向最靠近的廊道。

我努力讓我們兩人都站好。勝利感、狂喜交雜著憤怒，讓我不由得雙膝發軟。「你以爲自己在幹什麼？」

「我才想問**你**在幹什麼？」他往上翻了下眼睛，腳下則似乎站得不太穩。

「你別想洗掉你的記憶，想都**別想**——」

他眨了眨眼。「我沒有。」

「我需要你留著記憶、說出我的書在哪裡，而在那之後你想怎麼樣都隨便你。」

他緊盯著我，最後開口道：「我只是想找工作，只有他們願意考慮我。」

工作，當然是這樣。他不是要找人裝幀，而是在尋覓另一份實習，我卻硬將他從門前拉走，好像他打算縱身跳下火車似的。可是那不重要，重要的是我總算找到他了。我放鬆了緊握著他肩膀的手，但是卻沒辦法讓自己眞的完全放開。「我已經找你好幾個鐘頭了。」至少我的語氣平靜下來了。「我只想拿回我的書，我必須要知道那本書平安無事。我的書在哪裡？」

「不在我手上。」

「**那麼在哪裡**？」我的指尖深陷入他的肩膀，而他則再次打起了冷顫，能感覺到他連骨頭也在顫動。「老天。」我不禁嘶聲說道。我脫下了外套推給他，可是他卻已經整個人縮成一團，眼睛半閉著。我只得幫他披上外套。他的身體冰冷至極。

「德哈維蘭把我踢出門了，連打包的時間都不留給我。」他的牙齒打著顫。

「我知道，我聽說了。」

「現在我只想要……」他頓了頓，清清喉嚨。「我想回家。我其實可以走路，可是在這種大風雪中……」

「你會凍死。」

「對。」他將兩手套進外套袖子，用其中一隻的袖口搓著臉頰。

「找個地方落腳需要多少錢？」我將手伸進外套口袋，能感覺到寒意開始滲進我的外套。「半克朗？」

他忽然僵住了。「我不是在跟你要錢。」

「不要緊，不過是半克朗，拿去。」我將錢幣遞給他。錢幣閃著光芒，帶著冰冷的溫度和微小的重量躺在我的手套上。

「不。」他想後退，後背卻不慎撞上了牆。「不，我不想拿你的錢。」

我望著他。「你寧可幫弗伽提尼工作也不肯收我的半克朗？就爲了兩先令又六便士？你一定是在跟我開玩笑吧。」

他把頭轉開。「我不收你的錢。我又不是乞丐。」

「這不是施捨，我需要找回我的書，所以你可以把這個當作是報酬。」

「我剛才說過了，書不在我手上。」

「可是你知道書在哪裡。」

他咬著牙吐出一口氣。「我拿不到那本書，如果我可以的話……」他垂下了頭，將半張臉埋在我的外套衣領中。「書在很遠的地方，在沼澤地上的一間裝幀所，被鎖在藏書庫裡。藏書庫很堅固，硬撬是開不了的，得將青銅大鎖打開。而那把鑰匙目前在德哈維蘭手裡。」

「德哈維蘭？他說他對此一無所知。」

「你眞的相信他說的話？」陰影遮住了法莫的臉，不過當他瞥向我時，我能看見他眼底的微光。「反正這也不是重點。重點是，我知道你的書在哪裡，也知道鑰匙的下落，偏偏我卻拿不到，而你也是一樣。」

「我先前向德哈維蘭開出了一大筆賞金，一百幾尼，我想他一定會……」

「他知道，相信我。」這句話像是在半空中懸浮著。我沒有相信他的理由。他聳了聳肩。

「如果我能從他手中拿到鑰匙，你可以帶我去那裡嗎？」我問。

他笑了，聲音低沉而沙啞。「那把鑰匙他總是隨身攜帶，就連晚上睡覺也帶在身上。不管你是什麼身分，總之他不會讓你拿到手。不然你以爲我爲什麼會在大雪夜裡被趕出門？連拿件外套的時間都沒有？」

從我們身後的十字路口傳來咆哮和碰撞聲，是水桶掀翻的聲音。煤油燃燒的焦味傳來，搔著我的喉頭。法莫瞇起雙眼，看向我身後，伸長了脖子想一探究竟。一會兒後，我聽見朝另一個方向跑去的腳步聲，他才放鬆下來。

「你的意思是……」我拉緊外套，卻感到愈來愈冷。「你曾經試過要偷走鑰匙，而且這是他開除你的主要原因？」

他張開了嘴，似乎想說點什麼，但最後只是點了點頭。

「爲什麼？你爲什麼想要那把鑰匙？你不是燒掉自己的書了嗎？所以你想要那把鑰匙不是爲了拿回你自己的書。」他沒有答腔。他連我的眼睛都不敢看。我慢慢地說道：「我懂了，你想勒索我，這就是你來找我的原因。」

「勒索你？我連你的半克朗都不肯收了。」他又笑了出來，這次笑得更久。可是當我望著他時，他的目光卻再次移開，臉上的笑容消逝。「路西安。」

「叫我達內。」我抱著雙臂試圖抵擋寒風。「我能理解，半克朗不算什麼，你想要更多錢。不管你想要什麼，只要幫我找回那本書，我都可以給你。」

他猶豫了。「你爲什麼想要找回那本書？」

「因爲我覺得自己快發瘋了，只要想到任何人都能……」我深吸一口氣。這道門廊、這一整條街，一切事物似乎都被沙塵般的黑霧籠罩著，而兩側的高牆則像是正朝著我步步逼近。我對上了他的目光。他正熱切地注視著我，讓我不由得感到喉嚨一緊。一股異樣的感受促使我開口道：「我再三天就要結婚了。我只希望這一切可以結束——保險起見。」

他發出了一聲淺淺的無助嘆息。「要是能幫得上忙，我當然願意幫你。可是德哈維蘭不會讓你拿到那把鑰匙的。」

「我會想辦法拿到的。」

「可是，路西安——」

「不准叫我路西安。」

一片靜默。遠處傳來某人走進弗伽提尼店內時的叮噹聲響。忽然之間又起了風，將混雜著沙粒的雪塵吹上了我們的臉龐。法莫倚靠著牆，揉了揉眼睛。有隻老鼠從我們腳邊某處迅速竄了過去。

「好吧，」他最後說：「如果你拿得到鑰匙，我就幫你。但有個條件——你要平等地對待我。我不是你的僕人。」他伸出一手，將掌心對著我。他的指尖滿是粗繭。「還有，我要叫你路西安，因爲這就是你的名字。」

他的眼神平靜而淡漠。我瞪著他，突然感到一陣熟悉——我就是用這種眼神看著父親的，那是極力壓下恨意的表情。

他讀過我的書，所以他就像我憎恨父親那樣恨著我。

我閉上眼，起了一身雞皮疙瘩，感覺就像是自己徹底被他看透。我一頭栽入了腦海深處的那片漆黑與空茫。強勁的冷風沿著後頸灌入了衣內。我能感覺到有人正拉著我的手肘，卻被我甩開了。

「對不起，請你別走，拜託。」他站在我面前。我們正佇立在街道中央。一絲夕陽烈焰在幾朵灰色碎雲的邊緣燃燒，染紅了整片天空。我的雙眼陣陣刺痛。「沒關係的，只要你能弄到鑰匙……」

我轉過身，在我們之間拉出一小段距離，然後在口袋裡摸索。「你可以住在離這裡不遠的八鐘客棧。」我掏出一把錢幣推向他。全部加起來大約是六先令。「這筆錢應該夠你用上幾天，就當作是預支的部分報酬。等我拿到鑰匙再捎信給你，到時你就能帶我去那間裝幀所。」

「我不想要錢。」

「收下。」

他對我揚起眉毛。我看見他的頭髮被風吹亂，一邊嘴角則緊緊繃著。他任著我把錢幣塞進他的手中，然後他將錢幣塞進了外套口袋，臉卻突然皺了起來。「噢，等等。」他改將錢幣塞進自己的長褲口袋，將手抽出袖子，脫掉了外套。

「下次再還我吧，我還有另一件外套。」

他沉默了一下。「謝謝。」

「如果你還需要錢，就捎信給我。你有我的地址。」

他點點頭。我們看著彼此。在他身後的落日豔紅如火，在廉價公寓之間灑了一地夕色。他的髮間映著光芒，而他的額際、下巴和一耳上方也被染得緋紅。然後，就像那道豔紅日光忽然出現般，他對我露出了微笑。這讓他看起來完全變了樣。我不記得任何人曾這樣望著我，從來沒有。夕陽似乎因此變得更紅了，煤煙和煤油的氣味變得更嗆鼻，而我凍僵的手指則痛得更劇烈。風在附近的煙囪中唱著歌。一團皺巴巴的紙正窸窣作響，在鵝卵石街道上翻滾。遠方工廠的鳴笛響起。他伸出手，輕撫我的臉頰。

心臟頓時猛然一顫。我後退了一步。**是因為自己曾被裝幀過吧，不然就是因為我正站在街角。**

「怎麼了？等一下，路——達內，對不起。」

「我付錢給你不是要你做**那種事**。」我不知道自己爲什麼那麼生氣。我也不是沒找過娼妓，可是——**他？**

「不是的……我不是……」他注視著我，嘴角突然動了一下，笑了出來。

「別用那雙該死的手碰我。」我仍能感覺到他撫摸我臉頰的觸感，猶如蛛網般輕柔。我既希望那感受永遠不要消失，又希望它最好立刻消失不見。

他止住笑聲。「對不起，眞的，我不應該——」

「我不管你是靠什麼賺錢的，也不管德哈維蘭爲什麼開除你，只要你能幫我找回那本書就行，之後就**再也別來煩我了**。」

他看起來欲言又止。但無論他想說什麼，他都逼自己吞了回去。他僵硬地點了個頭，然後轉過了腳跟。我費盡了力氣才讓自己不去看他離開的背影。他的腳步聲漸漸消逝，而我則在他離開之後，才發現自己有多冷。相信他的我也是個笨蛋。眞不該只給他這點錢，我應該給他更多才對。

夕陽的紅光已變得微弱，陰影讓街上的鵝卵石都變得更輪廓分明。我的鞋子在路緣滑了一下，隨即聽見幾片碎玻璃在鞋底發出清脆聲響。我穿過照在街上的微光，踏入道路另一側的黑暗之中。弗伽提尼店內的油燈光線從貼上了報紙的窗格邊緣透了出來，然而這裡距離愛德內街車水馬龍、華燈初上的世界其實並不遠。一陣風捲起鵝卵石街道上的散雪，吹上了我的腳踝。我盡可能加快腳步，想辦法讓身體暖起來。我的倒影閃過髒黑的商店櫥窗，窗裡的我因爲寒冷而縮成一團。一時之間，還以爲有人也踏著匆忙的腳步一路走在我的身邊。

我踏上愛德內街，腳步不禁有些遲疑。我望著那排路燈，而燈下如牢籠般的欄杆影子則映在剛降下的粉雪上。德哈維蘭的裝幀所窗內亮著燈。我一定有辦法拿到那把鑰匙，但要是賄賂無效……我會想到方法的。一定會。

最後，包圍全身的寒意讓我不得不回家。我的臉頰仍然陣陣發燙，彷彿法莫的觸摸已經深深烙印在上頭。我發現自己在人行道上蹣跚地走了幾步後便停下，凝視著最後一道夕色。身後似乎有道人影掠過。我愣愣地回頭張望，以爲自己會看見法莫。但我卻是獨自一人。

24

隔日早晨，眼前的一切看起來都變得黯淡、灰麻且閃爍不定，讓人不禁覺得像是偏頭痛發作了似的。我將書房的門推開時，吹入房內的風讓壁爐裡的火焰在發出一陣劈啪聲後變得低矮。這間書房令我作嘔，血塊似的紅牆彷彿正在搖晃，朝我逼近。父親並不知道我會在此時造訪，至少就我所知是如此。但他沒有抬頭，只是指指對面的一張椅子。我坐了下來。前一晚我徹夜未眠，而現在則能感受到疼痛從額際一路綿延至下巴。我悄悄地按壓著側臉，希望能稍微減緩這陣緊繃。

「路西安，我親愛的兒子。」父親終於開口。他放下了筆，揚起眉毛，說：「希望你不是因爲迫在眉睫的婚禮而被折騰成這副憔悴的模樣。」

「不是的。謝謝您的關心。」

一陣沉默。但現在還是該我說話。父親瞟向了時鐘。

我吞了口口水。一整晚我都在腦海中反覆練習，在夜晚的一片黑暗中，在塞津的每座時鐘都倒數著時間的時候，那似乎已是我唯一能做的事。然而此時話語卻哽在喉中，我連一個字也說不出口。

「父親。」

「也許這會——」他和我同時開口。我們陷入沉默，盯著對方。疼痛囓咬著我的下巴，又向下竄入了肩膀。

他往後靠上椅背，用一根手指撫著下唇。「我親愛的兒子，」他把面前的那張吸墨紙移至一旁。

「無論你想說什麼，我都會洗耳恭聽。」

我點點頭，注視著他身後的壁紙，閉上了眼睛。壁紙上精緻的紋樣仍浮現在我緊閉的眼前，有如死前最後看到的畫面。我竭盡全力喚來那道令人心安的灰牆，然而在遇見艾墨特．法莫後，那道牆就不再出現了。房內的一切都保持著原來的色調，仍是那片搏動的血紅色。

「話雖如此，」父親又說道：「我倒也不是沒有要做的事。」

我強迫自己看著他。「我需要你的幫忙。」

「是嗎？」他拾起筆，夾在拇指與食指之間轉著。他臉上的表情溫和，專注地聆聽著，顯得親切又和藹。要是我不清楚他的爲人，恐怕會相信他是眞的愛我。

「德哈維蘭，」我支支吾吾地說：「我是說……」

「他怎麼了？」他動也不動，神色卻更加專注。

「他知道——他有……」

「到底是什麼事，兒子？」他站了起來，緊握住我的肩膀。檀香刮鬍皂的濃烈氣味傳來。我抬眼看著他。「路西安，你看起來很緊張。告訴我發生什麼事了，我們一定能找到辦法解決的。」

我深吸了一口氣。強風在煙囪中旋動，將煙塵吹進了房內，也讓我的眼睛因刺痛而泛淚。如果眞的有誰能幫我從德哈維蘭手裡拿到鑰匙，除了父親之外別無他人。可是，要提出這個要求卻讓人難以鼓起勇氣。「他的學徒告訴我……」

「什麼？」父親的手掐了我一下，旋即鬆開。「啊，我懂了。是你的書對吧？所以你終究還是去找德哈維蘭了。老天，那傢伙眞是個雙面人。好了，好了，沒什麼好擔心的。萊昂父子那兒安全無虞，不過要是你眞的放不下心，我可以把你的書換到辛普森的藏書庫。」

「我要說的不是這件事。」我停了下來。他的神情透著一股熱切。那是收藏家的直覺。

又是一陣沉默。「不然是什麼？」

我嚥下一口口水，別過臉，用衣袖抹了抹流淚的雙眼。當我將手放下時，正好瞥見了牆邊的展示櫃。玻璃已經換上新的了。我不由得看向之前沾滿了汙漬的地板。有人已將地板清理乾淨，也換上了新地毯，絲毫看不出曾有女僕死在這裡的痕跡。

我回頭看著父親，他正傾身靠向我。也許，先前他眼底的熱切只是我的錯覺。現在他眼中閃著令人心安的慈愛光芒，那表情讓你覺得自己是特別的，向你保證一切將會安然無事。他揍了我之後就會露出這種表情。「你願意來找我，讓我真的很高興，路西安。當初你沒告訴我就自作主張跑去裝幀，實在是太傻了，不然我就能及早採取一些必要措施。現在我可以保護你，不受任何……不愉快的事情影響。」

我踉蹌了下，從他身邊退開了一步。

「所以到底是什麼事呢？」

我沒有回答。映在展示櫃中的倒影懸在象牙和化石之間，回望著我。沒人知道櫃子後方有好幾架書櫃，我卻能感覺到那些書如熾烈焰火般的存在，彷彿艾比蓋兒、瑪莉安、奈兒都在書房之中，與我同在。「不，」我說：「不，不是這件事，其實也沒什麼大不了，還是當我沒說吧。」

「不是嗎？不然是什麼？」

「沒什麼，不重要。」我朝著房門走去，全身顫抖，彷彿剛從無底深淵前退開一步。

「路西安。」這句話令我停下腳步。

「對不起，其實這不重要。」

「重不重要我來決定，不是你說了算。你到底想告訴我什麼？如果跟你的書無關，那到底是什麼事？」原先的慈愛蕩然無存。他的聲音猶如紙張邊緣，看似柔軟，事實上卻無比鋒利。

我轉過身，一滴汗水流下後頸。我深吸一口氣，想要反駁，可是他正注視著我，讓我在瞬間感到口乾舌燥。我清了清嗓子。

他還在等。

「我只是——聽說——」所幸，壁爐正好噴出一團灰煙，讓我能咳個幾聲掩飾。「德哈維蘭……」我慌亂地想編出個謊言。「他的學徒說他在製作假貨。」

「假貨？小說嗎？」父親蹙起眉頭。「你意思是他在製作盜版？」

「對，盜版。他說他們在裝幀所製作奈兒那本書的盜版。」

他沉默半晌，最後點點頭。「我知道了。」

「不過那可能只是流言。」

「我的確懷疑德哈維蘭很久了。」他並不是在對我說話。「謝謝，你可以走了。」

「是。」我沒等他改變心意，急忙撤退。當我踏進充滿冰冷空氣的門廳時，身上的襯衫早已濕透，緊緊地黏在背部和腋下。我沒有停下腳步，直奔辦公室並立刻將門關上。我倚著門，心跳在耳中發出巨響，再次出現的頭痛則變得更加猛烈。

我不該這麼懦弱。我明明已經下定決心要請求父親協助了。我甚至不知道自己剛才爲何感到如此遲疑。但是如果告訴他眞相，現在的情況可能會超出我的掌控。

我抬起頭，望著水中妖精的畫作。但我看見的不是她們裸露而濡濕的胴體，而是正在八鐘客棧等我的艾墨特．法莫。

我在午餐時喝了葡萄酒和雪利酒，餐後又喝了白蘭地，可是卻沒有半點醉意。雲朵逐漸遮住了太陽，天空又下起了雪，然而即使是如此柔和的光線都使我感到雙眼刺痛。

祖母逝世前時常從一間房間晃蕩到另一間，不斷尋覓著某樣東西。如果你問她在找什麼，她會停下腳步，看著你一會兒，又回過頭繼續晃蕩，直到累得腳步蹣跚。希西莉和黎瑟會在暗地裡取笑她，我也一樣。可是此時我卻有著相同的感受。無論如何，我就是靜不下來，感覺彷彿有個人總是剛好早我一步，趕在我打開每扇房門之前就消失無蹤。無論我走到哪裡，這種感受都如影隨形，彷彿屬於某人的溫暖氣息仍滯留在空氣裡。我走回臥房，從收著**威廉·連蘭仕紳的童年回憶錄**的抽屜裡取出書來，卻始終靜不下心閱讀。我再也不想讀這本書了。我遠眺著窗外的雪，聽見母親的聲音從樓下的門廳傳來，屋外卻是一片深沉的死寂。

我不知道自己在窗邊待了多久，只是一直凝視著外頭的雪，直到內心突然浮現一股異樣。我匆匆忙忙地跑下樓，一路上都沒人看見我。

大街上車水馬龍，不論人車都深陷在凍結的泥濘中進退兩難。出租馬車的車伕對著彼此叫囂，人行道上的行人一面想辦法踩穩腳步一面不停咒罵，而乞丐則縮在門廊露出了惡狠狠的眼神。然而一轉進街邊的小巷，一切便歸於寂靜，彷彿雪吞沒了所有雜音。

愛德內街空蕩而寂靜。我走到十二號的門牌前，不讓自己多想什麼，就這麼踏上了門前的台階。大門幾乎在門鈴響起的同時就被打開了。前來應門的是上次那個女人，這回她穿了件鑲有漆黑珠子的綠衣。我對她說道：「我要找德哈維蘭。」

「你有預約嗎？」她沒等我回答，馬上又說：「他恐怕出門了。」

「我可以等。」

她透過夾鼻眼鏡瞪著我。她還記得我。「能請問有什麼事嗎？」

「不能。」我上前一步。她堅持了一會兒，讓我知道她其實**可以**不讓我進門。然後她嘆了口氣，退到一旁，招呼我進等候室。

等候室裡空無一人，我脫下外套和帽子後坐了下來，翻著**帕那索斯山**和**紳士**雜誌，然後把一朵假蘭花捏成一片硬邦邦的扁蠟。我站在窗邊，尋覓著德哈維蘭的身影。街上依舊杳無人煙，雪仍下個不停，而日光已開始消逝。

我是來拿鑰匙的，這是我來這裡的目的。至少一開始我是這麼想的。可是現在，當我站在這裡看著這場雪，卻不再那麼篤定了。我連計畫都沒有，也沒有絲毫成功的希望。我最想要的，就是忘了這一切，腦袋空空地回家，什麼都不想地睡上一覺。只要可以不當我自己，我什麼都願意做。我想，裝幀就像是一扇大門，門後將通往一個空蕩的房間，而你可以在那裡清空自己的的人生，重新來過。

我的胸口一陣緊縮，舌根則嚐到一股澀味。如果沒有艾墨特．法莫在八鐘客棧等著我，也許我會覺得鬆了一口氣吧。這樣一來，我就不必在想到他的臉時覺得焦躁不安；也不必在兩天之後的婚禮上看著荷諾，心裡卻不斷想著屬於自己的一部分被深鎖在我不知道的遠方。其實解決方法很簡單，只要德哈維蘭回來……

我一把抓起外套和帽子，沒多久就走上大街，而冷風將針一般的冰雪往我的臉吹來，讓我咬緊了牙。我得找間最近的酒吧。

有間酒吧距離八鐘客棧不遠，但我不能去那裡。我不能讓艾墨特．法莫看見自己這副模樣。不知爲何，我也不想去公主殿酒吧。我拐進圖書館街，街角只有一盞孤伶伶的街燈，而後方漸濃的薄暮中則錯落著髒黑的商店櫥窗。在這充滿書店的迷宮裡肯定能找到一間酒館吧？可是，我都走到了弗伽提尼店面所在的街角，卻連一家酒館都沒找到，最後只好轉身離去。這裡離妓女群聚的皇家劇院酒吧不遠。就那間了吧。

我按原路折返，沿途碎雪不時隨著強風飛來。有個男人腳步倉促，匆匆穿過了街燈灑下的冰冷光線，一手緊抓著帽簷，以防被風吹落。帽簷的陰影遮住了他的眼睛，但有一瞬間，燈光照亮了他部分的臉，而我也見到他從肩膀上掠過的油膩長鬈髮。

是德哈維蘭。其實也沒什麼好驚訝的，畢竟他的裝幀所就在幾條街外。然而我還是覺得心臟彷彿就要從嘴裡跳出來。

我停住了腳步，卻又不想在這裡上前搭話，因爲我知道他能輕而易舉地擺脫我。於是我退入一旁的門廊靜靜等待。

街上有兩個男人踏著從容的步伐一路尾隨著他。經過街燈時，他們若無其事地繞到人行道邊，繼續躲在陰影中。我突然感到一陣詫異，並從其中一人的身材和另一人的步伐認出了他們：父親的顧問雅克雷和他的左右手。當他們移動到照不到光的陰暗處時，雅克雷和他的手下（我記得應該是叫萊特）迅速交換了一個眼神。萊特快步走上前，只幾步便到了德哈維蘭背後。他一把拍下德哈維蘭的帽子，同時將手臂揮向他。速度太快了，根本來不及看清他手上有沒有武器。德哈維蘭旋即倒地，整個過程乾淨俐落。

我抓著門廊的邊角，能感覺到灰泥在指尖下變得粉碎。我剛才爲什麼不出聲警告？

萊特將短棍收回夾克，隨即將德哈維蘭癱軟的身體搬進前方的小巷。雅克雷彎下腰，拾起德哈維蘭的帽子，隨萊特踏進陰影之中。他們的動作流暢得有如音樂劇的轉場，只差沒有台下的掌聲或笑聲。強風已經止息，而除了自己的心跳，我聽不見任何聲音。

我走到巷口窺看著他們，視線逐漸適應黑暗。

那兩人伏在德哈維蘭身上，萊特正拿著某樣東西摀住他的臉，接著德哈維蘭便雙腳扭動、全身抽搐。我看著他的動作漸漸慢了下來，最後靜止。他的兩隻腳踝朝外一翻，再無動靜。雅克雷將手帕和一罐麻藥塞回了口袋，萊特則鬆開了德哈維蘭，一邊咕噥一邊轉著脖子。

我清了一下喉嚨。

雅克雷左右張望，有一瞬間，我看見他眼中閃過一絲疲憊。我居然讓他發現自己，眞夠蠢的。現在我成了另一個需要他解決的麻煩。然而他立刻認出了我。

即使感到詫異，他也沒有顯露出來，僅是對我淡淡一笑。「路西安少爺，」他說：「晚安。」

「晚安，雅克雷。」我的語氣聽起來自在而堅定。我偏著頭，看向德哈維蘭的臉。他還有呼吸。

就算有瘀青，大概也是在後腦杓，現在可能只是陷入昏迷。我目不轉睛地盯著他的臉，卻能在耳中聽見父親的聲音。**我懷疑德哈維蘭很久了**。「這是——父親——的吩咐嗎？」

雅克雷露出微笑。「我想您該回家了，少爺。天黑後這種暗巷是很危險的。」

在提出更多問題前，我及時制止了自己。其實我不想聽見答案。我拂去沾在袖子上的煤灰，直到確定自己能管住舌頭，才說道：「那——你們呢？」

「裝幀所可能會發生一場火災，」萊特說：「想想看，裝幀所失火該有多可怕。有名裝幀師困在裡頭，沒人聽得見他喊救命，而幸好員工都提前下班了。」

「閉嘴。」那聲音又快又低沉，我差點沒聽見。雅克雷轉過身面對我，眼中的神情有所改變。要是父親決定其實他不需要男性繼承人……「我無意冒犯，少爺，不過這件事與您無關。」

「當然。」我對他微笑。「很抱歉打擾了你們，不過既然都這樣了……」我在德哈維蘭的身邊蹲下，搶在雅克雷來得及反應前翻出他口袋裡的東西。錢幣、懷錶、藥盒叮叮噹噹落在鵝卵石路面上，還有一條手帕，一只菸盒，一堆鑰匙。我拿起鑰匙圈，整串鑰匙便相碰著發出聲響。有幾支顯然是房門鑰匙，一支屬於櫥櫃和透明酒櫃，另一支閃亮的小鑰匙上標著**萊昂父子**的標籤，還有一支較大的青銅鑰匙，模樣比其他鑰匙來得古舊。

雅克雷伸出手。「我們需要那串鑰匙。」

我對上他的眼神。「是啊，那是當然。」如果他們打算放火燒了德哈維蘭的裝幀所，就得在不弄壞門鎖的情況下進門。我的手上一陣慌忙。如果動作太慢，雅克雷就會立刻將整串鑰匙搶走。就在他正要出手時，我及時從鑰匙圈上解下了那支大鑰匙，讓它滑進了口袋。我望著他，微笑著說：「我只需要這支，謝了。」

「您的父親是知道這件事的吧？」

「他當然知道。」一陣沉默後，他聳了聳肩，用拇指指甲摳起牙齒，半張著嘴，牙齦微露。我站起身。「祝你們……進展順利。」

「謝了，少爺。」如果只聽他的聲音，一定想不到他正瞪著我，視線上上下下地打量。

我點頭離去。最初約十公尺的路程，我總覺得肩胛之間隱隱發麻，每分每秒都覺得會有人突然踢向我的膝蓋後方，或者會感覺到後腦杓傳來一陣劇痛。然而我安然無恙。最後，我在一面商店櫥窗前停下來回頭張望，正好看見雅克雷和萊特剛從小巷裡走出來。萊特扛著德哈維蘭，他們穿過街道，轉進一條窄到根本算不上巷子的通道。有個衣衫襤褸的男人正杵在街角，試圖點燃濕透的菸頭。他抬頭看了一眼，又迅速移開視線。在像這樣的暗巷之中，他們肯定早就對這種景象見怪不怪。

天空又開始飄雪了，一簇簇輕薄的雪花如羽毛般飄過我身邊。

我快步走向通往愛德內街的交叉路口，不斷在被新雪半掩的成團冰凍爛泥上打滑。寒意像是在我的骨頭裡灌了鉛，讓我舉步維艱，但我卻一路走過了大半條愛德內街，在接近驛站路和市集廣場轉角時才放慢腳步。這裡燈火通明，道路中央十分壅塞，妓女則群聚在皇家劇院酒吧的柱廊下，身上緊裹著羽飾已脫落的染色兔毛披風。其中一個人對著我招手，卻突然被冷顫打斷，笑臉也瞬間皺起。

我得捎信給法莫，叫他來和我會合。時間在午夜是最好的，再找個安靜無人的地點。他沒說過我們會去哪裡。我本來打算從家裡的馬廄借幾匹馬，可是現在我回不了家。雅克雷一定會告訴父親鑰匙的事，我不能冒著遇見父親的風險趕回去。我得找間旅店寫信，暖暖身子，等時機成熟再出發，去馬房租兩匹馬。我檢查了一下鑰匙是否仍在口袋裡——還在。我環顧四方，思考著究竟是羽毛旅店還是葛羅斯芬諾客棧比較安全，然而這個動作卻令我一陣暈眩。剎那間，一股噁心感襲來，胃酸先是在胃裡翻攪，接著便一逕往上湧。我整個人倚在一旁的商店櫥窗前，全身顫抖不已，就連貼在冰冷玻璃上的額頭也跟著顫了起來。

要是德哈維蘭還沒死，大概也快了。這全是因為我告訴了父親那件事，全是因為我剛才沒有出聲警告。我踩踏著兩腳，感到無助不已，對自己痛恨至極。如果我現在回頭……可是我很害怕。要是父親發現我撒謊，要是他決定懲罰我……他曾威脅要把我關進瘋人院，而且絕不是隨口說說。我不禁感到背脊發涼。如果我是個英雄就好了，那樣的人甘冒風險，會去解救德哈維蘭。偏偏我並不是。

我緊抱著發抖的自己。我當然知道自己在做什麼，可是直到此刻這一切才眞實起來。我害死了一個人。萊特擊昏他時的棍聲、他被搗上痲藥時的嗆咳與嗚咽聲，還有他痙攣不止、綳緊了身體時的劇烈顫動……這都是我的錯，都是因爲我。

我靜靜等待著這股感受逝去。視線逐漸恢復清晰。商店櫥窗內色彩繽紛的手套以扇型攤開，朝我伸出它們空蕩蕩的手指。我能感覺到恐懼消退，褪爲隱隱的羞恥感。這就是成爲殺人犯和懦夫的感受，難怪我當初會選擇裝幀。如果我的書與人命有牽扯……我非得找出那本書不可。

現在我拿到了鑰匙，而且是用德哈維蘭的性命換來的。

我用衣袖擦乾臉龐。就算我有阻止一切的勇氣，現在也已經沒有退路。我深吸一口氣，轉身招了一輛出租馬車。

25

那天稍晚總算不再降雪，風勢卻前所未見的強勁，使得雲朵迅速飄移、樹上的樹枝斷折，灰泥牆和石牆的粉礫也被吹落。我抵達魚市時，天空清朗無雲，籠罩在滿月的乳白光輝中。市集廣場猶如一座無人舞台，在猶如聚光燈般的光線下閃耀著。塞津大街上的車馬聲因爲兩側建築的遮擋而難以聽清，在這裡唯有清脆的馬蹄聲劃破寂靜。我不喜歡像這樣騎著一匹馬，背後還牽著另一匹，怕因爲太過招搖而有人向父親通風報信。可是除了少數幾個仍在皇家戲院酒吧流連的娼妓，根本沒人看我。

這感覺太像是一場夢，讓我不禁覺得法莫也許不會出現。可是他來了。他站在大鐘下，身上裹著我的外套，不時跺著腳。聽見漸漸接近的馬蹄聲，他便退到了陰影中，接著才發現來的人是我。「達內，」他說：「我還以爲你——」但他沒再說下去，逕自踏進月色，輕鬆地躍上馬鞍。他的馬先出發，走在我之前幾步。我勒緊韁繩跟上他，聽見身後的大鐘敲響了午夜整點的鐘聲。

前幾公里路我一心只想快點離開塞津。每次轉彎，每碰上一道陰影和一條小巷，腦海中便會浮現出之前目擊的情景，看見災難降臨：金屬敲在骨頭上的聲音、雅克雷警告我停步；法莫被拉下馬背，嗆到自己的血，失去意識前最後一次抽搐……但隨著我們行經最後幾棟未完工的房屋，我便慢慢放鬆下來。城外的空氣比較清新，聞不到炭火和工廠的臭氣，而路面則變得更寬闊，光線也較爲充足。我往後仰頭，看見距離月亮最遙遠的地平線上，天空綴滿了繁星。

我們抵達了森林外圍。起初，雪地上銀黑交錯，但不久後重重樹影就變得更爲深邃。一路上光線仍足以照亮道路、讓人順利前進，然而在我們兩側，不出幾公尺外便是一片猶如羅網的漆黑，不時閃著一絲微光。偶爾會出現幾隻小動物迅速竄過。有隻狐狸對我們閃著雙眼，我的馬便嘶叫著快步跟上法莫。

我們並肩前行。法莫一直沒出聲，馬兒則持續踩著步伐前進，規律的馬蹄聲讓我不由得感到昏昏欲睡。

他突然開口。「德哈維蘭怎麼了？」

一片靜謐中，這句話響亮一如槍聲。我差點就勒住了韁繩。

他揚起眉毛，眼神變得比原來更銳利，臉頰也漲得更紅。

我的聲音哽在喉頭，像是已經好幾天沒說話。「你憑什麼覺得我會告訴你？」

「你可以信任我。告訴我你能有什麼損失？」

「我可能會失去一切。」

「拜託，達內。我比你還了解你自己。」他對我露出淺笑。

他說的沒錯，再說，我其實也沒那麼在乎失去一切。我再也不在乎了。我移開視線，卻看見森林裡對比鮮明的光影變得模糊一片，令人目眩。我太累了，沒辦法繼續撒謊。「他們迷昏了他，打算放把火燒了裝幀所——連他一起燒死。」

「什麼？」法莫猛地停下。

真不該告訴他。他望著我，在寂靜之中，我看見他的神情從不可置信慢慢變成了接受。「我阻止不了他們。」

「整間裝幀所？那其他員工呢？」

「只會有德哈維蘭。」我說，彷彿這樣就能將一切變得合理，彷彿一個卑鄙之人的死就算不上什麼。

「即使是這樣，我們也不能……」他拉住韁繩，將馬兒調頭。「你不懂嗎？這是**謀殺**。」

我也對自己說過這兩個字，然而聽見別人大聲說出口還是讓我一時喘不過氣。「我當然懂，可是我們阻止不了，我也希望能阻止他們啊。」

「我們至少得試試，快點！」

我咬著嘴唇。他一定會回去，任何正直的人都會那麼做，而我也該那麼做的。要是我有制止他們……但現在已經來不及了。「我們無能為力的，」我說：「結果不會有任何差別。」

「我們可以——」

「我父親已經下定了決心，你阻止不了他的。如果插手，最後你也會跟德哈維蘭一起死在裝幀所裡。」

「我們一定要回去！」他注視著我。「你不能讓他們**殺了**他。」

我說不出話，只能用沉默當作無聲的回答。

「路西安——」

「拜託，拜託別去，你也會死的。如果你是因為我而死——」我的聲音沙啞。無所謂了，就讓他以為我只在乎自己吧。「要是我父親發現了這件事……他會把我丟進瘋人院。」可是艾墨特憑什麼相信我？他又何必在乎？我放任、容許了犯罪，我就是個膽小鬼。就算他之前不曾輕視我，現在也一定那樣覺得了吧。

一陣安靜。我垂下頭，吞下舌尖上嚐到的碎雪鏽味，指著前方的路。「那，至少告訴我路該怎麼走，可以嗎？」

他半張著嘴想說些什麼，最後卻又閉上。我看見一團細密的雪霧在路緣的邊坡翻騰。最後，他踢了一下馬，回到原本的方向，然後經過我身旁，繼續朝目的地前進。我愣愣地望著他愈騎愈遠，直到他回頭看我。一股不可思議的暖流在我體內流竄，我不知道他為什麼改變了心意，但感覺有如奇蹟。

對他來說我大概很値錢吧。就是這樣。一定是這樣。

我用腳跟踢了一下馬，馬兒不情願地小跑起來。法莫等我距離他不到幾公尺時才繼續前進。沒人說話。眼前的道路看起來跟一分鐘前毫無差異，讓我不由得想像我們其實一直兜著同一個圈子打轉。白雪覆蓋的小徑不見盡頭，透視畫般的冬季枯樹無盡重複。但即使眞是如此，我也不在乎。

許久之後，他說：「我現在是不是也該在裝幀所？跟德哈維蘭一起葬身火場？」

我沒有回答，卻不由自主瞥向他。他發出了一聲幾不可聞的輕嘆。

「雅克雷爲什麼不帶德哈維蘭去找另一個裝幀師？這不是他一貫的做法嗎？」

「我不知道。」我撥開眼前的頭髮，霜雪將髮絲凍結成塊。法莫別開眼神。「你怎麼會知道他都是這麼做？」

他緋緊嘴角，最後只是聳了聳肩。「一言難盡。」

「你說。」

他嗤了一聲。「我辦不到。相信我，我眞的很想說。」

「你是不是——你該不會是想勒索我**父親**吧？」

「看在老天的分上，可以別再提勒索了嗎！」他忽然把馬頭調往一旁，讓我的馬不禁踉蹌著刹住步伐。「我眞的不是在勒索你，你可以把我的話聽進去嗎？你幫我付的錢我可以一分不差地還給你。我之所以穿了你的外套，只是因爲不穿的話我會凍死。」

我什麼也沒說。他慢慢地將馬頭轉回去面對正前方，抹了下嘴巴。他的額頭上浮起了一條明顯的青筋。

我騎過他身旁，凝視著馬蹄下方的影子，看著它們在高低不平的雪堆上起起伏伏。

道路蜿蜒曲折。右方出現了一片空地，中央有座炭爐正燜燒著乾草，但空地和炭爐隨即又從視線內消失。有隻貓頭鷹忽然發出一聲啼叫，讓馬兒嚇得躍向一旁。血液流動的聲音在我耳中隆隆作響。

法莫跟了上來。我們沿著道路爬上一座小丘，又往下進入了多石的溝谷中。

他說：「你之前大可告訴他們我在哪裡。」

「別傻了，我為什麼要那麼做？」

「為什麼你沒有？」

「你的意思是我應該那麼做嗎？」

「我只是在問你是不是覺得自己當初真應該那麼做。」

我抹抹額頭，試圖讓麻木的皮膚恢復知覺。「這只是因為你可以帶我去找我的書。」

他點點頭。「好，你的書。當然是這樣。」

「沒錯。」我的嘴唇和舌頭也全都凍僵了。「你到底想說什麼？我又為什麼要在乎你發生什麼事？」

「確實，你何必在乎。」他咳了幾聲，清清喉嚨後啐了口痰。那口痰陷入雪中，留下葉片般的清晰輪廓。他輕輕抽了下韁繩，馬兒立刻加速。他沒有回頭，我則默默跟在他的身後。

我們繼續前進，景致毫無變化，使我不禁漸漸墜入夢鄉。突然之間，周遭似乎變得更加明亮，讓我不由得打了個冷顫，醒了過來。這裡已是森林盡頭，面前有一片貧瘠的沼澤地。沼澤水面在月光下無比閃耀，而道路則如浮水印般讓人只能勉強看清。我在轉角處看見一團黑影，很可能是一棟房子，或只是凸出的岩石。

法莫回頭喊著。「我們停一下吧，我要小解。」

在他下馬時，我騎到他的馬旁，勒住了韁繩。他落地時發出一聲悶響，腳步搖晃，接著指了指樹林，進入了陰影中。我也跟著下了馬。我的雙腿早已凍僵，全身也痠痛發冷。我們趕了多久的路了？少說幾個鐘頭吧，月亮已經懸得更低了。我取出懷錶，才發現自己先前忘了幫懷錶上發條。凍在上頭的霜雪使錶殼變得十分黏手。

法莫又回到月光之中，換成我小心穿越深雪，走進另一片樹林。我最初覺得天氣實在是太冷了，可能脫不了褲子。最後還是先脫掉了手套。結束後，我笨拙地翻弄了褲襠好一陣子，和鈕釦奮戰著。

「快一點，我要冷死了。」法莫回頭呼喊，看見我的掙扎。「需要幫忙嗎？」

我的皮膚脹起一陣潮紅，麻痛不已。「少蠢了。」

「我開玩笑的。」

「噢。」我順利扣上最後一顆鈕釦，抬起頭時，他仍盯著我瞧。他露出了微笑，雖然有些勉強而歪斜，卻沒有一絲嘲諷。有一瞬間，我的視線邊緣似乎有許多色彩在舞動，像是盒蓋被掀起時露出的些許縫隙與光線。

「這裡。」他站在我的馬旁，將手指交叉握起，做成了一個踏腳處。「要推你上馬背嗎？」

我想回絕。在市集廣場時，他輕輕鬆鬆便躍上了馬背，動作優雅、不假思索，彷彿騎了一輩子的馬，而我卻只能在馬架和順風的幫助下順利爬上馬背。可是，要是沒有他，我也不確定是否能只靠自己就跨上馬鞍。「謝謝。」這兩個字彷彿黏在我的牙上。他咧嘴一笑，彷彿十分清楚我的感受。

「那來吧。」他輕鬆地將我推上去。我全身的肌肉都因寒冷而變得遲鈍，但我發現自己竟然不費吹灰之力就上了馬鞍，他則一蹬躍上另一匹馬，臉上仍然掛著笑，但顯然不是衝著我。

「你究竟想要什麼，法莫？」

他的笑容消失了。他向著四周張望，彷彿突然醒了過來，不曉得自己身在何處。「什麼？」

「我眞的搞不懂你。你說你不想要錢，也不是在勒索我。你幫助我，又討厭我。究竟是爲什麼？」

「我討厭你？路西安……」

「別叫我路西安！」

他眨了眨眼，面無表情。而在沉默許久之後，他只是聳了聳肩。

「好吧，隨便。」我甩了下韁繩。「走吧。」

「我知道你不記得了，我知道，但我希望……」

我挺直背脊，腳後跟壓入馬兒身側。他的聲音漸低，化為細語，突然之間又變得扭曲失真，像是從水底傳來。接著一切瞬間消退，我獨自一人置身於不知名的所在，眼前盡是閃爍光點，猶如一團暴風般的星辰。我眨了眨眼，畫面便消失了。我又回到原地，搖了搖頭，甩去最後幾個閃閃發光的碎片。

我們誰也沒動。他直盯著我瞧。

「什麼？」幾顆星星劃過眼前，燃燒殆盡。

「沒事，太蠢了，我就是克制不住想去試。」

「什麼？怎麼了？」

「別擔心，你說得沒錯，現在已經很晚——不對，很早了。我們快走吧。」

「等等——你剛才想告訴我一些事情，對不對？」奈兒就是這樣，世上的所有一切就是這麼像流水一樣從指尖溜走，什麼也抓不住。若我探手去摸一旁的樹枝，我的手就會直接穿透，像是霧中的一道陰影。

「當我沒說。」一會兒後，他短促地笑了一聲。

「你之前也這麼做過，對吧？之前你來找我的時候，讓我眼前的一切都變得……很詭異。別再這麼做了。」

可是他沒看向我。「走吧，我快冷死了。」

「你有聽到我說的話嗎？」

「我們會找到你的書，一切都會沒事的。」他踢了下馬，馬兒隨即邁開步伐。

我望著他的背影。怎麼可能沒事？永遠也不可能。我害死了一個男人，但是情況還是會……變得好一點吧。有個畫面忽然閃過腦海：我在毛毯櫃中的祕密夾層，裡頭放著一瓶白蘭地、**威廉．連蘭仕紳的童年回憶錄**，還有一本上頭寫著**路西安．達內**的書。也許承租個銀行金庫會比較妥當，就像我們家人在辛普森公司租借的空間，父親的股票和祖母的鑽石都在那片黑暗中漸漸腐朽。但要是書不在身邊，我眞的會心安嗎？

法莫已經將我拋在身後。我立刻踹了下馬，催牠快步跟上。馬兒稍微加速，疲憊地踏著碎步跑了起來。可是法莫在前方再次加快了速度，讓我始終追趕不上。他沒再回頭。

在我們抵達那棟老屋前方時，月亮已然西沉。一片寬闊的低雲自西方的天空飄來，不過因爲有雪和星星，光線仍足以看清四周。馬兒踩著沉重的步伐前進，而等到法莫終於停步，在我面前下馬時，我幾乎已經快要睡著了。「我們到了。」

因爲疲倦和寒冷，我的視線變得一片模糊，讓我不由得用袖子擦了擦眼睛。這棟房屋比我想像得更高大，有著茅草屋頂，一半以木頭建造，還有著花格窗和雕刻了圖騰的前門。積雪像山一樣在屋子正面的牆邊高高堆起，雪深及腰。一條冰柱從鈴索尖端垂下。

法莫帶著我繞過房屋側邊，走進了後院。屋子立於院子的一側，對面則是倉庫和馬廄。我仔細端詳著鋪了石子的路面和看起來頗新的茅草屋頂。無論住在這裡的人是誰，絕對不是窮人，只是太懶得整理。一簇茅草被風吹起，在三角牆邊垂得低低的，上頭就像是戴花環似的綴著一顆顆冰珠。後院的積雪也很深，地面還殘留著鳥和老鼠的腳印，但因爲有牆壁能抵擋北風，所以雪堆比屋前淺些。法莫毫不費力就打開了馬廄的門，牽馬進去，我則接手幫他將大門拉到全開。空氣中飄散著濕氣和腐臭，讓他忍不住皺起了臉。「再過幾個鐘頭就不會有味道了。太陽一出來我們就離開。」

我全身發冷，根本連在意的力氣都沒有。在他將兩匹馬牽進馬廄隔間時，我蜷縮著身體躲在角落。我看見他敲碎了水桶裡的冰，而我的腦袋簡直就像結凍似的，無法思考。

他瞄了我一眼，卻一直等到將馬兒安頓好，又拿把稻草擦過牠們的身體之後，才停下來對我招手。我們踏上一條小徑，步出後院，緊接著繞過房屋後方，來到另一扇門前。對側的沼澤十分遼闊，水面明亮得令人難以直視。那感覺就像是暈眩。我腳步蹣跚地走進屋內，對於能被牆壁環繞感到相當感激。

然而這裡也不比外頭溫暖，甚至還更加寒氣逼人。我能感覺到吸入的冷空氣刮著喉嚨。這時我才發現屋內空無一人，空氣中飄散著死氣沉沉且凝滯的氣味，地板上則散落著從門縫吹進室內的乾枯草屑。我麻木無覺地跟著法莫走進一個長形房間，裡頭有一張張桌子和架子、奇特的小器具、各式針與刀。

「鑰匙給我，然後我們就下樓。」他瞟向我。「你還好嗎？」

「我只是覺得冷。」

「去生火，架上有柴火……算了，還是我來吧。你坐下。」他開始把木柴塞進火爐裡。

「你有白蘭地嗎？」

「酒鬼。」他直起身望著我，臉上的笑容淡去。「我去找找。」

我點點頭，腦中所有念頭都糊成一團，像被冰霜凍壞的植物。我拉出一張椅子坐下。終於有一絲暖意爬上雙腿了。我向前傾身，拔掉了手套。

「給你。」我根本沒注意到他離開，而現在他又回來了。他將一只玻璃杯推向我，蜂蜜和薰衣草的香氣讓我咳了起來。「蜂蜜酒。」他又補了句：「屋裡沒有白蘭地，全被德哈維蘭喝光了。」他無聲地對我舉杯致意。

蜂蜜酒很美味，療癒身心，感覺滋補又營養，與父親那些昂貴的酒完全不同，那些只是我為了灌醉自己才喝的東西。熱氣和甜味在我的舌頭上積聚，感覺有如飲下陽光。

「好多了？」

「謝謝。」

他脫下外套扔上長椅，整個人倚在火爐旁的牆壁上。他看著我，我則回望看著我的他。他露出微笑，低下頭藏起那表情，但我很確定他就是在笑。

「怎樣？」

「沒事。」

「**怎樣？**」

他聳起一肩。「我忍不住。」

「你在嘲笑我。」

他仰頭喝下一大口蜂蜜酒。「我是在笑，但不是在嘲笑你。」他凝視著火爐。爐門沒關，於是火紅的光線便照在地板上。火燄的模樣像是被撕破的緞料。他低聲笑著。

我把椅子往後一推，手肘擱在背後的工作台上。在身子暖起來之後，我打量著這個房間，想起了艾斯畢蘭那充滿假人偶、箱子和一綑綑布料的工作坊，也想起了自家的廚房：掛著鍋盆和模具的牆面、擦到近乎銀亮的桌面……這裡的東西都不奢華，卻也因此而美麗，就連火爐四周的彩繪瓷磚都適得其所。我試著辨識出瓷磚上頭葉子和動物的圖案。火光在法莫臉上搖曳，讓他的睫毛上閃爍著金色光芒。他的上唇有道小小的疤。

他在火爐上方攤開了手，對著最為熱燙之處慢慢靠近，直到快碰到金屬邊緣。我的手心不由得感到微微刺痛。他抽回雙手，與我目光交會，笑了出來。「好了。」他灌下最後一口蜂蜜酒。「準備好了嗎？」

「準備好什麼？」

「拿回你的書啊。你有鑰匙吧？」

「有。」我從口袋裡挖出鑰匙，卻不慎掉落在地。

法莫倉促地撈起鑰匙，動作笨拙，但不是因爲害怕，而是迫不及待。撿起鑰匙後，他抬起雙眼注視著我，彷彿還在等待著什麼。「好了，我們走吧。」他挺起背脊走向我，一副我沒他攙扶就站不起來的模樣，而我對上他的眼神時，他只是聳了聳肩便退開。

他舉起油燈，打開工作坊盡頭那扇門走了進去。房內的氣味聞起來像座古墓，可是再往內走一些，空氣卻變得十分溫和，甚至可以說是溫暖。我能想像到牆壁上一定爬滿了黴菌和海綿般濕軟的東西。我迅速跟上了法莫，不然就只能自己摸黑下樓了。

我們站在一間儲藏室裡，裡頭的物品堆放得凌亂不堪，牆邊疊著箱子，還有許多我不認得的工具四處散置。

法莫放下油燈，瞥了我一眼，下巴緊繃。「準備好了嗎？」

「我不是說過了嗎？」

他的兩頰紅了起來，汗水在髮際閃耀。然後他將鑰匙插進鑰匙孔，而我伸手抓著桌邊，脈搏猶如被撥動的弓弦般劇烈跳動。

門鎖應聲而開，整面牆也順著隱藏的鉸鏈轉了開來，露出後面一間排滿了空蕩書架的漆黑房間。法莫不禁屏息，緩緩伸出手，想在桌上放下鑰匙。但他失手了，讓鑰匙掉到了地上。從漆黑的書庫內傳來了微弱回音，彷彿回應著金屬落地時的聲響。

裡面空無一物。

我踩著腳跟轉身上樓。法莫喊著我的名字，可是我沒有回頭。黑暗像爛泥那樣吸住了我的腳跟。

我聽見身後有腳步聲走上了樓梯。他在樓梯口停下，而沉默無盡蔓延。

「可惡、可惡、**可惡**。」他顯得喘不過氣，揮著拳頭重重捶向牆壁。

我拾起了手套。因爲寒冷，它們摸起來濕答答的，彷彿剛從動物屍體上剝下來的皮革。某種刀具就擺在我手套旁的工作台上，長度約是前臂的一半，刀身則彎了個角度。火爐的縷縷光線在刀鋒舞動。

我戴上手套，將手指交錯著握起，讓縫線完美對準指關節。我拿起帽子，終於轉過身面對他。

「無論如何，」我說：「酬金我會照付。」

他瞪著我。「什麼？」

我順了順額頭上的瀏海，又檢查了下帽帶是否發皺，然後才將帽子重新戴上。「可以走了嗎？」

「路西安……」他朝我跨出一步。「等等，我眞的不知道會這樣。我眞的以爲你的書在這裡。」

我聳了聳肩，同時感到自己的肩膀竟如此僵硬。

「德哈維蘭肯定是改變主意，事後又跑了回來。他很可能是趁著我生病，回到這裡帶走了所有的書，轉賣給別人。」

「賣給誰？」

「誰都有可能，任何一個收藏家。」他踩著腳跟前後搖晃，又奮力踹了工作台一腳，導致台子往旁移了好幾公分。「有一個人絕對知道答案。」他抬眼看我。「可是這個人恐怕已經死了。」

他沒說都是我的錯，但不用他說我也知道。我眼前浮現了德哈維蘭躺在巷子裡的畫面。

我壓低了帽簷，不想讓他看見我的表情。「我要回家了。」一想到騎馬回塞津的路程會有多麼寒冷，我就不禁感到畏懼，身體沉重得猶如骨頭中灌入了鉛。「繼續留在這裡也沒有意義。」

他轉過身。強風吹得窗戶嘎嘎作響。

「你不走嗎？」

他沒有回答。窗外，飛雪如簾幕般掠過沼澤。我們得趕在風雪變得更大之前離開。我後天就要結婚了，而要是自己被困在這裡……

「好了，我們該走了。」我等著他移動腳步，可是他卻只是站在原地不動。於是我從旁邊一把撈起他的外套扔給他。「我還得把那兩匹馬還給馬房。」

一陣安靜。他沒接過他的外套……我的外套。那件衣服正躺在地上。

他垂下眼神看著，沒有彎腰撿起。「要是我們不回去呢？」

「什麼？」

他轉過來凝視著我的雙眼。「你不用回去的。」他的臉上帶著某種我不能理解的情緒。「你不用走的。」

「你到底在鬼扯什麼？」

「我們可以……」他輕輕聳肩，流露無助。「如果我們留在這裡……」

「我當然得回去。」

「路西安。」他朝我伸出手。

「別再那樣叫我了，該死的！」我揮掉他伸過來的手臂，試圖推開他。可是我有點喝醉了，笨手笨腳的，結果不但沒推開他的手，還讓自己的手猛力地撞上工作台側邊。劇痛立刻從手腕和手指傳來。我不由得倒向一旁，癱在工作台上大口喘著氣。

「你怎麼了？」

「沒事。」我把撞到的手抱在胸前，雙眼因痛楚而泛淚。

「路西安，你在流血──你的手套──」

「我知道。」我先吐了一口氣，再慢慢地吸氣，然後再吐氣。「但這不是因爲你。」

「對不起，我不知道你受傷了。」

「這沒什麼。」他忽然伸出手，抓住了我的手腕。我不禁僵住。

「拜託，讓我看看。」他靜靜地看著我，在我點頭之後，才動作輕柔地將我拉向他。他剝開我的手套，拖來一張椅子坐下，過程中一直沒有鬆開我的手。

「看起來很痛。到底怎麼了？」

「我──」我清了清喉嚨，用衣袖擦去淚水。「我打破了玻璃，那時我是想……」我停了下來。他靜靜等著我繼續說。「奈兒上吊了，我想割斷繩索放她下來。」

「上吊？奈兒？我去裝幀──的那個女孩？」

「對。」

一陣死寂。他站了起來，有一瞬間我還以爲他打算走出去，可是他只是走到房間另一頭拿了只空罐子，推開窗戶，刮了少許碎雪裝進罐中，接著把罐子放在火爐上等雪慢慢融化。我們望著那些白色羽毛化爲雪水，然後他把罐子拿了過來，騰出另一手拿起蜂蜜酒，又用手肘將窗戶推回去關好。他一語不發地把一團海綿蘸進雪水，輕輕擦去我手掌上的血，接著又用海綿蘸了蜂蜜酒。「會有點痛。」

確實。然而不久後，灼痛趨緩，轉爲一股暖意，撞擊的疼痛也漸漸消退。我一直沒有抬起頭，即使在法莫去洗海綿時也是。

「你還好嗎？」

我點點頭。

「你確定？」他把海綿放在工作台上，微微傾身。我再次僵住，以爲他又會碰觸我。可是他並沒有這麼做。「對不起。」

我搖搖頭。風雪颳得窗戶發出陣陣巨響。

我說：「要是我再努力點，或許就能救得了奈兒。」

他微微動了下，卻沒有回答。

我吸了一口氣。「他們只因為我的一句話，一句我對父親說的謊，就殺了德哈維蘭。他的死也是我的錯。」

他靜靜站在原地。「人不是你殺的。」

「我早知道會發生這種事，話一出口我就知道了。」我忍不住望向他的眼睛，他卻沒有絲毫動搖，最後反而是我先移開了目光。

一會兒後，他說：「我去拿繃帶。」

我突然想起父親仔細地將碎白布兩端在我的拇指上打結的模樣。「不用了。」我彎了彎受傷的手指。「沒事的。」

「可是——」

「我說過不用了！」我站起來。「很謝謝你，不過我得回家了。」

「如果你不讓我包紮會流更多血——」

「拜託你可不可以**別再**——」我聽見自己的聲音破碎，閉起了雙眼。現在他也站了起來，與我相距不到一臂的距離，我感覺得到他的身體散發的溫度。

他握住我的手腕，十分輕柔地一一扳開我的手指。我的心臟與喉嚨湧現了一股劇烈而危險的疼痛，而這和傷口一點關係也沒有。他拉過我的手掌仔細查看。「好吧，」他總算說道：「不過要保持乾淨。」

我覺得疲憊不堪，非得抽開手不可。要是他看著我，一定會發現……可是這陣暈眩實在令人難以招架。如果我現在昏倒，他一定會扶住我的吧。風在煙囪中呼嘯，將冰冷的空氣從後頸灌入衣內。在我內心彷彿有某個東西正逐漸瓦解。我向前傾身，額頭抵著他的肩膀，感覺到他渾身一僵。我們靜靜站在原地，像是停止了呼吸。我的全副注意力都集中在自己碰觸到他的地方。

「沒事的。」他的聲音十分低沉。

怎麼可能沒事。然而他抓住我的肩頭，堅定地攬著我。我將全身的重量都壓在他身上，能清楚地聽見他的心跳聲。當我抬起頭，他正凝視著我，眼神熱切，卻也充滿猶豫。一陣令人感到無處可逃的痛楚貫穿了我。

我應該在這個時候退開的，但我卻沒有這麼做。

26

不知在夜裡的什麼時候，暴風雪停了。當我醒來時，這間臥房悄無聲息，比我住過的所有地方都還要安靜，只有風呢喃著吹過屋頂，以及我和艾墨特的呼吸聲。

床就在窗邊。雲朵掠過太陽，光線隨之由黯淡至燦爛，再這麼循環一遍。天空一角露出一方藍色，它斜著飄走，又被風撕得碎裂。陽光將冰柱映照得閃閃發光，在空無一物的木地板上投射出光圈。

我盡可能不吵醒艾墨特，悄悄掀開被子。他嘆了口氣，將雙膝抱在胸口，陷進毯子裡。他的臉埋著枕頭，所以我只看得到他耳朵和臉頰的輪廓線條。我的唇上仍麻癢地殘留著觸碰到他肌膚的感受：熾熱，略微粗糙，有汗水的鹹味。一陣微微的熱度流過全身，這是昨晚的餘韻。我想重溫，我想一次次溫習，我想忘卻其餘一切：我的人生、我的父親、我的婚禮、我的書。

有那麼一刻，我縱容自己想像著留在這裡會是什麼樣子。如果我錯過婚禮，父親恐怕會和我斷絕父子關係——這或許也不是壞事。儘管母親可能會思念我，可是她至少還有我那兩個姊姊。她很擅長別過頭不理會難受的感覺，也很擅長假裝。我瞥向艾墨特蜷在被單裡的身軀。如果我現在推醒他，把他翻過來面對我，告訴他我無法忍受要離開這裡……他伸展著手腳，眨了眨眼睜開。一看見我，他便露出了微笑，又繼續睡。我幾乎要親吻他。我閉起雙眼，心臟跳得劇烈。我從來沒有過這種感受。昨晚激情如潮，慾望席捲了我。對他的渴望如此熱切，我連自己是誰都不知道了。我什麼都不在乎，就這麼拋開一切束縛，他也與我一同共舞——他讓我……他使我……他彷彿早就認識我，熟悉我身上的每一寸肌膚，對我的了解深刻入骨，使我最後忘情地嘶吼。可是，此時此刻，在冰冷的光線之中，我卻不由得輕輕打著顫。他是一個陌生人。

我希望自己能相信昨晚眞的代表了什麼。可是他給我的感覺不是溫柔，而是熟練。儘管有之前的種種，最初他親吻我時，我仍覺得他很純眞，彷彿從未碰觸過任何人。可是這種想法未免過於荒謬，如果不是經驗豐富的人，是不可能那樣做愛的。就算他還沒向我伸手要錢……他和我的相似程度完全超乎我的想像。如果告訴他我想和他一起留在這裡，他絕對會笑出來的。

就算他不會……發生過的還是不會消失——德哈維蘭、奈兒、我的書。我不配獲得幸福，不配擁有這一切。無論昨晚發生了什麼都無法改變這個事實。

地板冷得像冰。我的衣服幾乎都堆在窗台下方。我套上了衣服，能感覺到又濕又黏的布料貼在身上，還有不住打顫的牙齒。我笨手笨腳地扣上釦子，最後決定不扣衣領釦，並且把領巾收進了口袋。我拎起靴子，躡手躡腳地走出房間下樓。一小簇被風吹下來的茅草敲著前門，讓我一時嚇得停住腳步。可是這裡根本沒人。

工作坊的爐火已經滅了。在柔和的白光中，眼前的畫面有如一幅靜物畫，整間工作坊的擺設都是北方簡約風格，清一色淺褐與象牙白色調。我的斗篷就掛在一座高大的壓書機上方。

我用凍僵的手指取下斗篷，正要轉身離去，卻差點被艾墨特的襯衫絆倒。他的襯衫就在當初我扔過去的位置，之後他就帶我上樓了。我撿起襯衫，想起我解開他的釦子時他發抖的模樣。當時我也在發抖，但並不是因爲冷意。此時貼在我臉上的布料柔軟而冰涼，充斥著他的氣味，有雪松木和他汗水散發的辛味。我想穿上這件襯衫。

不行。我突然有種像是正從窗外往內窺看自己的感覺：紅著眼睛、沒刮鬍子、抱著某個男人髒兮兮的襯衫想著他——想著一個我不信任的男人。父親會怎麼嘲笑我？不過上了一次床內心就變得這麼軟弱，像得了傳染病一樣。我丟下襯衫，將它踢到一旁。襯衫滑進了一座木櫃的下方。如果艾墨特想找這件衣服，就會看見它在灰塵上留下的痕跡，可以用尺之類的東西把衣服勾出來。反正那只是老舊的便宜貨，根本不值得特地跪到地上去撈。

我必須使勁地推才能打開後門，因爲門前的台階上已積起高高的雪堆。有一瞬間，我甚至不太確定自己是否出得去。我艱難地走進深雪，感覺冷風簡直要將我整個人吹成兩截。細小的碎冰隨風飛來，凍得頰面陣陣刺痛。雪深及膝，我只能極爲緩慢地前進並繞過屋側。馬廄大門的鉸鏈上也覆了一層厚厚的冰霜，必須用力踹向門框才能震碎那層冰。我停在門口，看著馬兒心滿意足地嚼著乾草。如果留下一匹馬，就得請馬房寄帳單給父親，但要是我將兩匹都牽走，艾墨特就會困在這裡。

我對自己說，我只帶走一匹馬，不過是因爲不想在這冰天雪地之中還要幫兩匹馬裝上轡頭。我領著自己的坐騎步出後院，動作笨拙地爬上去。

在騎上大路之前我都一直不停地回頭張望。他會醒來的，他會聽見，也會想著我去哪裡了。可是屋子裡毫無動靜，只有空蕩的窗戶回瞪著我。

回塞津的路途是如此漫長。

我回到家時，天早就黑了，每扇窗戶都透出了光線。貝蒂前來應門時，幾撮頭髮從她的帽沿散了下來，圍裙則沾上了花粉，身後還跟著一個新來的女幫廚。女幫廚端著裝了魚的銀盤，走過剛刷洗乾淨的地板，聽到貝蒂說：「噢，路西安先生，艾斯畢蘭店裡的人已經來了。他在會客室等您。」還興奮地瞄了我一眼。

樓梯口的石座和餐廳入口處都擺著大捧花束，有紅玫瑰、蕨類，以及葉緣呈鋸狀、色澤如蠟的深色草葉，還有嬌嫩如膚的百合。貝蒂焦慮地在門後等著我，想快些回到工作崗位。「先生？您還好嗎？」

「當然，我很好。」瞬間襲來的暖意令我頭暈。貝蒂快步上前，想接過我的帽子和外套，卻被我揮手拒絕。女幫廚以手肘推開餐廳大門走進去，我正好瞥見餐具櫃上擺著法式晚餐，聞到清燉魚和某種野味料理的香氣。我掛好帽子和外套，經過貝蒂身邊，進入會客室。

母親站起身。「親愛的，」她說：「你總算回來了。」她招手要艾斯畢蘭的代理師傅上前。「亞爾——什麼來著？亞爾克先生一直耐心地等你回來呢。」

「午安。」我對他點頭，卻因此感到有些暈眩，彷彿整個世界化爲一片向外擴散的漣漪。「媽媽，可以幫我叫些茶來嗎？我什麼也沒吃，因爲……」我停了下來，房內頓時陷入靜默。黎瑟從她手中的刺繡圓框上抬起頭，貓兒似地瞇起雙眼盯著我。

「這個時間恐怕有點晚了，」母親說：「僕人現在都很忙，所以我們才會提早用下午茶。」她對我微笑，可是接下來的沉默卻有些不對勁。希西莉鬼鬼祟祟地捏碎一塊糖，黎瑟的眼神停在我沒刮鬍子的下巴上——她們的舉動在在說明父親已下過指示不要問我去了哪裡。

我任著亞爾克調整我身上的西裝背心。他沒有看我，只是在各處別上大頭針，不時以老練的口吻讓我抬手或放下手臂。我的襯衫汗濕，渾身上下散發著馬的氣味和潮濕的羊毛味。雖然黎瑟皺起了鼻頭，可是卻沒人提起。也許只有我聞得到藏在這味道之下、屬於艾墨特·法莫的麝香與蕨叢氣味。

最後，亞爾克要離開了，臨走之前對我微微壓低了帽子致意。在他走後，母親對我露出微笑，一面移走糖罐讓希西莉拿不到，一面說：「親愛的，你不會緊張眞是太好了。很多新郎都會在婚禮前一天變得焦慮，幸好你沒讓這件事影響到……你在忙的事情。」

我走向窗戶，拉開了窗簾。我越過自己在窗中的倒影，望著因白雪而閃閃發亮的花園，以及園中小徑上五顏六色的燈籠。「媽媽，我有什麼好緊張的呢？」她的倒影撥弄著邊緣綴著流蘇的靠墊。

「我終於量好了西裝，也沒有別的事情好擔心了。」

「你說的對，而且你穿起那套西裝很好看。」我轉過頭，與她相視而笑。她又說道：「別忘了今晚要穿全套晚禮服，一個鐘頭後我們要喝雪利酒。」

「那我最好先去洗個澡。」

「親愛的，這眞是好主意。」

我關上門，將她銀鈴般的笑聲鎖在門內，接著穿越門廳走向樓梯。這裡擺設的花卉前所未有的多，色澤濃重而蒽鬱，有如叢林。一盤香檳空杯擺在玄關的桌子上，僕人房的雙開門砰砰作響，新來的女幫廚則咯咯笑著，一看到我便立即安靜下來，彎身對我行了個屈膝禮。不過她正托著擺滿水果的銀色餐桌飾架，所以動作格外謹愼。

「你可以請貝蒂來幫我放熱水嗎？」

「遵命，先生。」我走到樓梯轉角處時，仍能感覺到她盯著我的眼神。

我只想好好躺下來睡一覺，可是已經有人幫我備好衣服擺在床上了。小花瓶中插了一朵紅玫瑰，即將要裝飾在我的翻領釦眼上。

明天，我和荷諾將會睡在房屋後方專爲我們準備的新房裡。那是間很不錯的房間，視野優美，能眺望花園景觀。房內的壁紙上有石榴圖紋，模樣簡直像是一張張塞滿種籽的嘴巴。床鋪是四柱床，四面垂掛著酒紅色天鵝絨。小時候我偶爾會拉開布幔爬到床上。我依然記得那片紅色的暗影，還有悶熱又安靜的氛圍。那時我總想像自己已經死了。

門上傳來敲門聲。「先生，洗澡水放好了。」

「謝謝。」我接著才想到要請她幫我送上一杯酒，但是她已經走了。

浴室內蒸氣瀰漫，像是土耳其浴，有人替我在浴缸內滴了玫瑰精油……但實在是太多了。我迅速浸入熱水，不斷地擦洗著身體。最後我將頭往後仰，靠著浴缸邊緣閉上眼睛。直到聽見樓下的鐘聲，才連忙從浴缸中爬出來，回房間更衣。我在浴室待了太久，要是動作不快一點一定會遲到。馬車已經陸續抵達門外，車道上腳步聲嘎吱作響，眾人高聲談笑。有個粗聲粗氣的聲音說道：「噢，真的是樸素得**不得了**啊，不過歐孟德家還是請了一大堆人……」

我繫好領帶，臉上的紅暈逐漸退去。鏡中的臉孔猶如出自一幅黑白素描。我把玫瑰塞進翻領釦眼，而它就像炭筆畫上的一塊紅色墨漬。

「路西安先生？您的母親問您需不需要協助。」

我搖搖頭。貝蒂看了我好久才關上門。

我最後望了一眼自己的倒影。我辦得到的。我調整好領帶，露出微笑。

銀器、枝狀大燭台和戴在身上的珠寶將整間餐廳照耀得熠熠發光。目光所及之處，只見清一色黑白晚禮服的男士，與身著低胸剪裁禮服的女士。她們的禮服都有著鮮亮的色彩，比如朱紅、寶藍、翡翠綠。廳內各個角落都擺滿了花，而擺設在餐桌中央的巨大花束垂下了深綠葉片，落在桌布上。嘈雜人語漸漸融成一片高亢的鳴響，讓人不禁覺得自己像是身在鳥園。

我在門口停下腳步。母親連忙如飛鳥般向我撲來。「親愛的，你看起來眞不錯。來，你知道萊昂內爵士和潔伍夫人吧。」我和他們握了手，親吻了女士的緞料手套。還來不及看清他們的臉，母親又把我拉去見下一批賓客。我微笑、點頭、談笑風生。我根本連自己的聲音都聽不見。這裡很悶熱，周遭鮮豔得讓我錯覺自己發了高燒。那些細節不斷吸引我的目光：珍珠項鍊的飽滿光澤、香檳杯裡閃閃發亮的氣泡、裸肩上的一顆美人痣。我使盡了全力才將注意力轉回與我交談的男人身上。在他背後的餐具櫃上，最大的一盤菜已不成形狀，奶白色的汁液幾乎和上方的三色菫與墊在盤底的糖漬薑片融成一體；魚料理的奶油荷蘭芹醬汁凝結了，變成布滿綠色斑點的金黃油脂。

賓客已開始用餐。草莓慕斯和清燉鮭魚的香味，還有人群和蠟燭散發的熱氣，全部都混雜在一起了。我往盤子裡夾了幾樣菜後坐下。坐在我右邊的女士撥弄著頭上塌下的髮片，說道：「雖然這確實比較時髦，但**我**可不認爲這稱得上**法式**晚餐。」她丈夫悄悄對她翻了個白眼。「達內家向來時髦，不過是**暴發戶風格**——」她發現我看來的目光，便脹紅了臉，沒再說下去。

我低下頭，用叉子戳進鴿子派的派皮。坐在我另一側的女士正靠向盤子，身上的綠松石項鍊敲在瓷器上，發出了清脆的響聲。她講起話來上氣不接下氣、結結巴巴。「聽說他今晚也有受邀——弗羅倫斯·達內不也認識朗森夫人嗎？不過我的老天，他眞的病得很嚴重啊。」

她對面的灰髮女士揚起一眉。「可以想像。」她轉頭對旁邊的男人說：「你聽過派希瓦·朗森爵士的事嗎，詹姆斯？」

「誰？」他的湯匙上盛著一小塊輕輕晃動的粉紅色慕斯。「噢，你說**朗森**啊。自從上次他踩到羅莎·瑪斯丹的洋裝後我就沒再見到他。那眞是太好笑了。」

「他以前會去找德哈維蘭。」

「——不管他本名到底叫什麼，」某人插嘴道：「聽說那只是**假名**。」

「八成是史密斯或瓊斯吧。」

灰髮女士直接打斷了他們，就像剛才沒人在講話似的。「昨晚裝幀所全燒光了，而朗森最新的那些裝幀書啊……」她刻意停了下，所有人都互看了彼此一眼。

「眞要命，」男人舔了一下湯匙，說：「想想你突然記起自己是派希瓦·朗森的那一刻。」

「注意措辭，詹姆斯。」灰髮女士說，可是所有人都在大笑。「我很慶幸我們家的人都沒接受過裝幀。即使這不是什麼道德缺失，但是可能發生這種狀況就是最好不要接觸的原因。」

「拜託，哈莉特，這是不是有點……」男人拿湯匙比劃著想打圓場，對其他人咧嘴一笑。「雖然她一副聖戰士的口氣，但我跟你們保證，六十年前她還稚嫩得無法對任何人動私刑呢。」

「總之你們想想，」第一個開口的女人說：「德哈維蘭知道的那些祕密……」

我站起身時，有幾個人瞄了我一眼，接著又若無其事地繼續交談，似乎毫不在意被我聽見。畢竟流言蜚語算是一種眾人共享的財產。我走到餐具櫃，又替自己倒了杯香檳。酒已經變得微溫。有個年輕的小姐在附近徘徊，眨著睫毛，我這才發現她是希望我服侍她。她指了指桌上的佳餚。「你和歐孟德小姐這樣好浪漫，是不是？你簡直像童話裡的王子，即使她有點……你還是選擇了她……啊，她今天不在吧？歐孟德家今晚也在自家辦晚宴嗎？我想他們應該沒錢辦這種高級晚宴吧？麻煩給我一些葡萄——噢，再一小匙牛奶凍。謝謝。」

我對她微笑。她甩了甩金色鬈髮，轉身離去。

母親彎身靠近我，低聲說道：「親愛的兒子，看你今晚玩得開心我真的很高興。你真是這屋裡最體面的男人，而且還收服了潔伍夫人，你父親一定會很滿意的。」她的口中全是荷蘭芹的味道。這時，在餐廳另一頭的父親與我對上眼神，並對我舉杯。我在回敬他之後，便穿過一群臉龐汗濕的男人，走進了門廳。我繞過那些花形尖銳的花卉打算上樓，卻發現兩個女孩正倚在樓梯欄杆上咯咯笑，只好趁著被她們發現之前趕緊轉身。我的襯衫濕黏、雙眼發疼，一心只想快點找個陰影處躲進去。

我沿著走廊前進，推開辦公室大門。房內燈火通明，壁爐也生了火，卻空無一人。油畫裡的水中妖精正在壁爐台上方凝視著我，濕淋淋的四肢猶如珍珠母般閃耀，兩眼空洞無神，而水仙花則像葬禮花圈一樣環繞在她們四周。踏進房內後，我將門關上，深深吸了一口氣。

有人在墨水瓶裡捻熄了一根香菸，但菸頭仍冒著煙。我大步走向辦公桌，將那縷輕煙徹底熄滅。帳本攤開在上個月的收據那頁，員工的信件也都被翻亂了。

「抱歉，只怪我好奇心太旺盛，而那些資料又**正好**在眼前。」

窗邊有個男人，他對我輕輕鞠躬。我踩著腳跟晃了一下，但還不至於被嚇得退縮。多虧有剛才灌下的香檳。

「你一定就是皮爾斯的兒子，」他說：「路西安？是吧？我是萊特沃斯爵士，你父親的……這麼說吧，我們是同道中人。請多指教。」

「請多指教。」我將信件輕輕疊起，重新收成整齊的一疊。我看得出來，無論我沉默多久，他都不會覺得尷尬。

「嚇到你了嗎？眞是不好意思。」他的語氣聽起來十分寬容，彷彿我才是擅闖辦公室的人。他上前一步注視著我，表情似笑非笑。這個人蓄著深黑山羊鬍，有著極爲筆直的眉毛，年紀約莫中年，比父親年輕。「路西安．達內，很榮幸能認識你……我是說，總算跟你見到面了。」

「謝謝。」

「無庸置疑，這一切……」他對著辦公室的門一揮，意指這整棟房屋、賓客、婚禮、全世界。「肯定令人難以招架吧。」他的表情熱切，充滿好奇。這是今晚第一次有人眞的認眞注意到我，上一個這樣望著我的人是……

「請坐。」他說。我不由自主地照他的話坐下了。他在我對面的躺椅坐下，頭往後仰，嘆了一大口氣。「這裡還眞像個馬戲團呢，是不是？你這樣敏感的年輕人肯定不太好受。」

「你爲什麼覺得我敏感？」

「一個對未婚妻……**不怎麼**傾心的年輕人。」

「我對歐孟德小姐只是尊敬，沒有別的。」

他發出輕笑。「路西安，你對我沒有必要假裝。」他向前傾身，一腳蹺在膝上，眼裡流露的神情不太像是同情。「今晚注意到這件事的人當然不只是我吧？你一定覺得很孤單。」

「我不知道你這是什麼意思。」

「是嗎？」但他的眼神沒有絲毫動搖。「我只是……嗯，這麼說吧？我完全能夠體會你的感覺？」

我望著他，額際頓時一陣抽痛，然而痛意在一次心跳後隨即消逝。「恕我失陪。」我撐著沙發椅的扶手，站了起來。「我得回去招呼父親的客人了。」

我想繞過他身邊時，他已動作流暢地迅速起身，而我還來不及反應，便已經和他四目相接。他靠得太近了。苦澀的菸草味底下帶著樹脂般的嗆鼻氣味，像是琥珀，某種木質的氣味。「路西安，」他輕輕地說：「等等。」

「你還有什麼事嗎？」

他看起來像是要說話，手卻摸上我的衣領，開始解開領帶。我無法動彈。感覺像是回到學校，在高中學長的書房之中，因爲太過迷惘甚至不懂得要害怕。他當然不會……然而他卻緩緩解開我的領帶結。絲布發出了細聲。他身上的熱氣穿過我的西裝背心和襯衫透了過來。

我僵住了，體內流過一股溫熱的反胃感。有一瞬間，他的面容在我眼前閃動——他的臉變成了艾墨特。眼神清澈、熱切，近乎像是畏懼。「我得走了。」

「爲什麼？」

我望入他的眼睛。棕色的，艾墨特也是。

我吸了一口氣。我只想消失，或者回到昨天的那一刻之前，回到世界仍一片朦朧的時候。接著萊特沃斯清了清喉嚨，這陣乾啞的聲音打破了魔咒。我抽身後退，而他卻笑了出來。當我倉皇地踏上走廊時，仍能聽見他的竊笑。賓客都在門廳向母親道別。她左顧右盼，一見到我沒扣上的襯衫鈕子和鬆開的領帶，瞬間什麼表情都沒了，就和撞見父親從僕人房出來時的表情如出一轍。她回過頭，繼續送客——那些頭戴高帽，一身皮草與耀眼華服的吵鬧客人。他們的笑聲如波浪般湧出餐廳。我穿過門廳、走向樓梯，努力一步步拖著自己上樓。

我關上臥室房門，坐在床上。整個世界崩散爲一條條絲帶。我覺得腦袋像是不斷旋轉著，而這並不只是因爲酒精。

我靜靜思考了一會兒。昨晚我的情況明明還不算太糟，此時卻對自己厭惡至極。要找到字詞形容我這種人很簡單：頹廢，而且可悲。但我不明白萊特沃斯爵士是怎麼發現的？然而他不知怎地就是知道。我一定渾身上下散發著那股臭味，像是汗臭，像是鮮血。不管我遺忘了什麼，一定都比這些還要更糟。不管我做了什麼，必然罪不可赦，連父親都不由得輕視我。

可是記憶已經不在了，都遺忘了。只要它安然鎖在某處，我就能繼續生活。

到了明天的此時，一切都將劃下句點。

「我覺得不太舒服。說眞的，我不敢相信你怎麼能看起來這麼冷靜。我現在抖得太厲害，只能盡量不要讓婚戒掉到地上。」

我往旁邊瞄了一下。亨利．歐孟德臉上除了雀斑以外的部分全都變得鐵青，上了髮油的頭髮則顯得十分僵硬，而他只要低頭，頭髮就會跟著晃動。「抱歉，這是家族遺傳。荷諾昨晚甚至緊張到吐出來。」

我沒有回答。

「會來多少人？肯定好幾百人吧。可憐的荷諾，她最討厭被人盯著看了。」

「兩百人。」

「天啊，我**認識**的人加起來都不到兩百個。」

「我也是。」我轉過頭。大廳拱起的天花板猶如船殼，比我記憶中的還要更高。梁柱不知何時綁上了白色緞帶和橘色花卉，牆上則掛了比以往更多的花環。木窗框閃著銀色光澤，讓窗戶顯得更加寬闊。然而，隨著座椅逐漸被坐滿，四周的牆壁似乎也靠得愈來愈近，噪音則猶如海水般不斷上升：人聲笑語、男人不慎踩到昂貴裙襬時連連道歉，找到座位時拉開椅子，發出碰撞。每一樣事物都發出了回音。

「現在幾點？」

我朝著入口上方的金鐘抬了抬下巴。眞希望我不必站在這裡等待。還有十分鐘。我的身上止不住地發癢，讓人好想扯下手套，狂抓到流血。此時的我眞恨不得能啜一口酒。我的口袋內有酒壺，偏偏所有人都看著我。

「玫瑰很美。」

「謝謝。」今日的花朵看起來蒼白嬌弱，有玫瑰、小蒼蘭，還有一些像是襯裙荷葉滾邊的花卉。沒有百合花。

「你的兩個姊姊看起來很漂亮。」

「那麼太好了。」我瞄向她們。她們正和我的父母坐在前排。希西莉穿著一襲淡紫色的塔夫綢洋裝，身形顯得臃腫，裝模作樣地拿著一條蕾絲手帕。黎瑟則穿了孔雀藍的深色洋裝，髮上一朵附子花似乎正逐漸枯萎。她正拿著珍珠帽針，用尖頭挑掉指甲縫的汙垢。我的眼神飄向旁邊時，父親對我點了一下頭。我猛然別過臉的動作太劇烈，讓亨利嚇了一跳。

「你還好嗎？」

「我很好。」

「抱歉、抱歉。你應該很希望我別再說話了，對吧？」

「對，麻煩你。」

可是沉默毫無幫助，我反倒希望他繼續講話。我轉過頭，開始數著最大捧的花束中顏色猶如羊皮紙的玫瑰。花束前方有張桌子，我們再過不久就會在那裡簽字。桌面上鋪著蕾絲布料並裝飾著緞面蝴蝶結，但說到底就是張普通的桌子。

我感覺到肩膀一陣刺癢，而且覺得想吐。身後的喧鬧聲愈來愈大了。賓客一定全部都到齊了，這表示我應該不必再等太久……可是，當我望向時鐘時，卻發現還有五分鐘。我檢查了懷錶，但時間一樣。

我無法思考。小時候，父親曾經打破一支溫度計，只為了讓我看看水銀是什麼。水銀是無法撿拾的，它會碎開且散得到處都是。而我現在的感受就像是那樣：閃閃發光，卻無法捕捉。

我轉過頭，再次面對著正前方。所有賓客都已就位。罕布雷敦家族、雀芮蒂和艾蕾諾·史托克布朗；蕾妮·德弗盧克斯穿了一件上頭留有紫貂牙齒的皮草；賽門、史蒂芬·席蒙斯和他們的母親連袂出席，而賽門還戴著以前我們學校的領帶。我不小心與他對上了視線，他則對我做了個同情的鬼臉。我強迫自己微笑以對，隨後轉頭望著另一側，那裡坐了歐孟德家的人。

我只認得出幾張面孔。羅莎·貝爾·瑪斯丹。艾利克·芬格拉斯一臉殯葬人員的表情。兩個諾伍德家的人並肩坐著，鼻子長得一模一樣，就連身旁妻子身上的珠寶飾品也同等誇張。萊特沃斯爵士及他的夫人——他正在閱覽典禮程序表，而夫人對他說了些什麼、笑了出來。他抬眼時正好與我對上眼神。他對我點頭微笑，彷彿昨晚的事並沒有什麼不尋常，接著便轉回去繼續與夫人對話。一會兒後他又回頭看向我，沒料到我仍盯著他，於是露出了興致盎然的表情，彷彿和我十分親密，什麼都曉得。

他讀過我的書。

我的呼吸哽在喉嚨。我也不曉得自己怎麼會知道。突然之間，我的心臟彷彿血液逆流，瞬間脹大且劇烈跳動。熱氣和寒意如潮水般襲來。

「路西安？你還好嗎？」

我轉向旁邊。這一定是我幻想出來的，一定是出於這種場合帶來的壓力、過於濃郁的香氣，還有太多雙緊盯著我的眼睛。時鐘上樣式華麗的分針朝著整點匍匐而去。我努力不要再去看他，但還是忍不住看了。

「路西安？**路西安！**你要去哪裡？你不能……」

我用肩膀撞開了亨利往外走。這間前廳的盡頭有扇門。雖說就算得狼狽地爬出窗子，我也不在乎。他可憐兮兮地說了些什麼，但是我完全沒看向他。「我很快就回來。」

「可是她再兩分鐘就要到了。」

我在他面前甩上了門。

我站在會場側邊的凹巷，茫然地往巷子盡頭走去，並在不知不覺間走到了會場正前方，看見從入口處向下延伸的寬闊階梯。有輛馬車在階梯前緩緩停下，一道身穿淺色蕾絲禮服的身影出了馬車，在踏上人行道時差點絆倒。強風將她身上的禮服吹得猶如一面白色旗幟般鼓起。歐孟德先生扶住了她，帶著她走上階梯。風吹掀了頭紗，我瞥見她紅紅的臉頰、明亮的雙眼。戴著蕾絲手套的纖手捧著玫瑰，我送她的訂婚戒指閃著光芒。

要是我動作快一點，就能在被人發現前趕回去。

我轉向一旁，越過了馬路。對街排了一列正在等公共馬車的人，其中幾個男人盯著肉鋪櫥窗看，有個臂上掛了籃子的女人則對我咂了咂嘴。我轉過身，被人潮推擠著前進，能感覺到雨混雜著雪打在臉上。

「今日新聞，」有個男人吆喝道：「稅金大減！裝幀師死於惡火！」

一個男人停下腳步買了份報紙。我走向小販，在口袋裡翻找著零錢，卻一毛錢也沒有。我一面繼續翻找，一面彎身掃視著那些密密麻麻的印刷字體。**昨夜的悲劇事故導致……根據祕書伊莉莎白・伯**

瑞丁罕小姐的說法，無人倖存……勢必加快易燃物品倉儲的調查……我感到一陣反胃。

報紙小販上前擋在我和報紙中間。「你究竟買還是不買？」

「不了，抱歉。」

我掙扎著離開，因爲亨利隨時可能出現在市政廳正前方的廣場。可是我無處可逃，也不能回家。我像是陷入流沙般立在人行道上動彈不得。快點做出決定，快。

我鑽進通往拱廊商場的門廊。至少這裡有片屋頂能讓我躲。我擠過一個男人身旁，他卻抓住了我的手腕。我試圖甩開，那人抓著我的力道卻比預想中還要大。我開口說：「我身上沒有——」

「你以爲是在逃學嗎？」他說。

是艾墨特·法莫。

我瞪著他。如果這只是幻覺，那麼他應該跟我上次見到他時一模一樣，或至少他會紅著臉大笑、因爲疲倦而腳步不穩，而且身上的襯衫領口敞開。然而，他的裝扮卻不一樣了，穿著較爲粗厚保暖的衣服，眼神也更加清澈而平靜。他的肩上揹著行李袋，頭上戴了一頂羊毛帽。

公共馬車在他身後駛過。賣報紙的男人繼續吆喝著頭條新聞，雨雪在門廊入口處的地上淤積成扇形，閃著銀光。

「現在到底……？」

他說……或者是我說的？無所謂了。他仍像手銬似的握著我的手腕。

我清了清喉嚨，確認這是自己的聲音沒錯。「你在這裡做什麼？」

「這是個自由國家。」他說。可是他的虛張聲勢沒能成功出現在臉上。「我想看看你，和她，」

他遲疑著說：「就是，你的妻子。」

「是嗎。」我努力壓下一陣愚蠢又痛苦的笑意。「恐怕你還得再等久一點了。」

不好笑。我笑了一聲，用力得像是生病了一樣。

「發生什麼事了？你應該要在裡面才對。」他朝市政廳抬了抬下巴。

「我逃跑了。」

「你**逃跑**了？說跑就跑？」在這沉默的一瞬間，也許我們想的都是同一件事：我也從他身邊逃跑了。但就算我能解釋，或道歉，他也沒給我時間。「那歐孟德小姐怎麼辦？」

「我不曉得。」

他瞇起眼睛。「什麼？」

我搖搖頭。我仍能看見她的身影被那些飄逸的白紗包圍，臉龐嫣紅。她要我待她好一點。

「路西安，你到底在做什麼？」

「我不能娶她。她很好——她是個好人。她值得比我更好的對象。」

他鬆手轉過身。兩個年輕女人快步走進了拱廊商場，其中一人在濕滑的大理石上險些滑倒，另一人則趕緊扶住了她。她們大笑的聲音像是機器運作時的金屬聲。他注視著她們經過。「所以她應該要感激你在祭壇上拋棄了她，是吧。」

「我不是這個意思……」我低下頭。我還以爲就算全世界都不能理解，至少法莫可以。我的手套內襯濕了，但濕意還沒滲透到表面。我伸直了手指，感覺著羔皮遠離我濕黏的皮膚。「只是……這是個錯誤的決定，無論對她或對我都一樣。這很重要嗎？」

「那我呢？**我**是不是也該感激你……？算了。」我才張開嘴他就轉過身。

「沒事，我說過**算了**。」

一陣安靜。空氣中只有報紙叫賣聲、倉促的腳步聲、車輪在半結凍的泥濘裡滾動發出的嘎吱聲。

她正在大廳裡等著我，但也可能會有人把她拉到一邊。亨利則會搜尋著我的身影，同時崩潰地讓自己看起來別太崩潰。

法莫嘆了口氣。他脫下帽子，用手腕擦了擦額頭，再把帽子重新戴上。最後他說：「你是認眞的，對吧？」

「我看到一個客人望著我的表情。」我的嘴裡嚐到一陣酸澀，某種金屬味。「他看過我的書，我從他的表情看得出來。他一直盯著我。」我不想告訴法莫有關萊特沃斯爵士及昨晚發生的事，一時陷入了沉默。街上傳來車軸相撞的聲音，有人在吼叫，有人吼回去。我聳聳肩。「只是這樣。」

「不過有人看了你一眼你就逃婚？」

我徒勞地扯著手套。「對。」

「我都不知道你這麼勇敢。」

「你是說在祭壇上拋下荷諾？」

他偏著腦袋，勉強算是承認。風從拱廊商場內吹來，將我們腳邊的垃圾吹得四散。我不禁打了個冷顫。不知怎麼，我以爲逃離市政廳會讓一切變得不一樣。我倚在牆邊，就著酒壺啜了口酒，然後遞給了他。他對我搖了搖頭。

我望著自己的鞋子，雨雪和爛泥已弄髒它原先完美的光澤。「你現在打算怎麼辦？」

「我變賣了老師傅的一些東西，」他說：「我有足夠的錢買張火車票前往紐頓，我會在那裡試著找間裝幀所。」

「裝幀所？爲什麼？」

他深吸一口氣，拉了拉行李背帶。「因爲我是個裝幀師，路西安。」

我點頭。他說得沒錯。他有技藝、有謀生能力，可以擁有像德哈維蘭那樣的人生，有何不可呢？

「我希望……」艾墨特微微移動了身體重心。「我很抱歉。」

「不用抱歉。」我灌下最後幾滴辛辣的白蘭地。

「我不能留在這裡，路西安。」

我是否聽見了亨利的聲音在風中忽隱忽現？或者只是我的幻覺？我仰頭望向沾著些許髒汙的精緻玻璃窗格，在我們正上方的位置有道裂痕，像顆星星。「那好吧，」我說：「祝你一路順風。」

「嗯。」

我伸出手。「謝謝你之前的幫忙。」

「嗯。」他吞了一口口水，握住我的手。我們都沒有脫下手套。他戴了一枚戒指，那東西壓到我的手指，使我的傷口刺痛起來。當他退開時，這陣疼痛依舊持續，猶如一條繩索爬上我的手臂，纏住了心臟，然後扯得死緊。

「再會，艾墨特。」

他點了頭，又再次點了點頭。我把酒壺放回口袋，覺得好冷。有個孩子正在滾鐵環，一面尖叫一面大笑著奔過我們身旁，一名穿著半喪期服裝的憔悴女家教則跟在他身後幾步。

他沒說再見，只是又看了我約莫一次呼吸的時間，便轉身走入拱廊商場，離我而去。

我用前臂蓋住了臉。我看起來一定像是在哭，可是這都無所謂了。

早知道就留在市政廳，現在婚禮應該就會結束了。

襯衫弄得我全身發癢，腳踝也被鞋子磨破了。我的吐息有白蘭地的氣味。我還沒吃早餐，酒精卻已先進入體內。我可以變賣懷錶，上酒吧喝個爛醉，再踏入河中——不，我當然不能這麼做。還是回家吧。今早離家時，樓梯上的花環已開始枯萎，幾片紅色的花瓣在我走過時墜落，房間全都空蕩無人，花朵也凋零了。

「等等。**等一下**。」有人自拱廊商場內大叫著跑來，我睜開眼睛，視線碎成一個五彩斑斕的萬花筒。我眨了眨眼。是艾墨特。

他把行李袋往腳邊一扔，抓住我的肩膀。「你剛剛說了**什麼**？」

「什麼？什麼時候？」

「你說有人讀過你的書。」

我試著掙脫，可是他的力氣比我更大。「對，萊特沃斯爵士，這讓我——」

「萊特沃斯爵士。**萊特沃斯爵士**讀過你的書？你確定嗎？」

「確定。」

他注視著我，又像是沒在看我。血液在我的血管內奔騰。

「而且他來了，來參加你的婚禮，他——」他往後方一指。「他就在那裡？」

「對，怎麼了？」

他拍了一下額頭。「我眞是個**笨蛋**。動作快，我知道他住在哪裡。」

我過了一會兒才弄懂他的意思。「他讀過不代表他擁有這本書。」

「我親自幫他送過書，我早該猜到的。」他吐出一口氣，微微笑了一下，然後抓住我的手腕。

「別跟我爭，路西安。」他跑了起來，拉著我跟上，害我一時差點摔倒。「我們時間不多，**快**。」

27

雙輪馬車載著我們來到城外約一公里多的地方，停在柵欄門前。一面深色石牆順著大路延伸，上頭有一排排鐵製箭頭。高牆後方則有一片通往房屋的上斜草坡，光禿的橡樹在散著雪點的草地上錯落。巨大的鑄鐵柵門上掛著果實和樹葉，流露出的夏日氣息在這黑白單色的景致中顯得極爲諷刺。

馬車停下時，我不禁感到一陣心慌——我的口袋裡除了酒壺和懷錶外別無他物，法莫卻先我一步下車付帳。出租馬車駛離後，他注意到我的眼神，不發一語地再次把手探進口袋，遞給我一枚錢幣。

「我不要。」

他任著錢幣落進了水溝。錢幣掉進一灘猶如起皺漣漪般的爛泥裡，側邊翹起，幾乎難以看見。他的舉止似乎有些不同了，即使沒有在笑，眼底依舊閃爍著光芒。但是他只說：「來吧，我們動作得快。」

「你的計畫是什麼？」

「我們進去，找到你的書，趁萊特沃斯爵士從你的婚禮回家之前離開。」

萊特沃斯很可能已經在路上了。他回到家需要多久？我能在腦海中看見市政廳的景象，眾人的焦躁持續沸騰——不對，沸騰的是看好戲的心情。男人面面相覷，藏不住笑意；女人交頭接耳、竊竊私語，頭頂上的花朵和羽毛不時晃動。亨利回到市政廳，因爲無能爲力而垂頭喪氣。父親會和歐孟德家召開一場緊急會議，大概需要二十分鐘左右？接著得向賓客解釋……如果運氣好，在眾人消化這些消息時，可能還會延遲更久的時間，又是閒言閒語、又是臆測……無論如何還得先吃頓早餐，畢竟有些人是千里迢迢趕來。我踢著一堆隆起的凍泥，直到鞋子上沾滿泥漿。

法莫碰了下我的肩膀。「別去想了。」

「我沒辦法。」

「走吧。」他走上車道，兩側的草坪一片遼闊，大片褐色野草淹沒了滿是未融冰雪的丘陵地。這時只要有人從房屋的塔樓往下看，馬上就會看見我們。浮雲懸在頭頂，像一片天花板，而我每回抬頭，那些雲似乎就壓得更低。

進門，找書，離開。乾淨俐落。

車道蜿蜒曲折，帶領我們穿過樹叢、繞過小丘頂端。房屋以與圍牆相同的深色岩石砌成，看起來就像是一座堡壘，而正前方的噴水池則像只乾涸的雪花石膏盆，人魚身上滿是綠斑。我加緊腳步跟上艾墨特。「等等我！」

「快點。」他往左拐，朝房屋後側走去。那裡有座巨大的馬廄，中庭的規模是我叔叔家的兩倍。到處都有窗戶俯視著我們，路面的鵝卵石則又濕又亮。遠處角落有個身穿工作服的男人抬起頭，我立刻停下腳步，不過他只盯了我們一秒，旋即又拿桶水將地板沖洗得乾乾淨淨。艾墨特對我招手。「怎麼了？」

「那人看見我們了。」

他聳聳肩，穿過後院，走向嵌在牆上的一道門。我跟在他身後，然後他拉響了門鈴。

「艾墨特。」我不禁回頭張望，因為隨時可能有人來問我們在這裡做什麼。後院角落的男人再度對上我的眼神，然後拎起空水桶走進棚屋，一邊吹著口哨，但那聲音聽起來有些太響亮了。

艾墨特對我皺起了眉。「怎麼了？」

「總不能就這樣拉鈴問對方能不能讓我們洗劫藏書室吧？」

「沒事的，相信我。」
走廊上傳來了腳步聲，能聽見有人走在石頭上的啪嗒聲響。
我把他從門前拉開，害得他往一旁踉蹌了幾步。「路西安，你在幹麼？」
「我們繞到前面，我可以想辦法說服管家。從送貨用的後門根本進不去。」
「只因爲你穿了一件俗艷的西裝背心，就覺得他們會相信你？」
「總比**你**打算——」
後門敞開，一個穿著灰褐衣裝和灰色長圍裙的女幫廚探出頭，手腕上的棉布袖口看起來十分黏膩，手上則抓著一塊髒兮兮的抹布。「莎莉，」艾墨特說：「還記得我吧，我是德哈維蘭工作坊的人，上週才來送過貨。」
她盯著他，嘴型頓時圈成一個無聲的圓。
他上前一步，她則驚叫一聲，差點被地墊絆倒。然後，那聲尖叫彷彿釋放了什麼，她喃喃地說道：「艾墨特先生？」
「對。聽著——」
「可是你已經死了，他們說你死了。恩寧崔先生說報紙都登了——」
他眨眨眼。「我絕對沒有死。」他張開雙臂，讓行李袋因此滑到了手肘處。「你瞧。」
「可是……」她扭動著嘴唇，目光終於移到我的身上，同時蹙起了眉。她蹦了一下，似乎是不確定該不該行屈膝禮。「那麼……好吧……可是你在這裡做什麼？恩寧崔先生沒說有貨會送來。」
「莎莉，你聽我說，我得跟萊特沃斯先生談談，這件事很重要。」
「他不在，他去參加婚禮了。」她的目光又飄回我身上，而這時我已悄悄取下翻領釦眼裡的玫瑰，一把塞進了口袋。
「我可以等。帶我們去藏書室，我們不會給你添麻煩的。」

「我還是得先問一下恩寧崔先生，不能就這樣讓你進門，你只是學徒——我的意思是，即便是德哈維蘭先生也得先預約。」

「不行，這必須祕密進行。拜託你，莎莉。」

「祕密？但這很可能害我賠上工作啊。」

「這只有裝幀師才能處理。別這樣，你知道我是誰啊，拜託你。」

她皺眉看著他，又轉回來看我。「不行。」

一片靜默。莎莉把抹布擰成了個乾巴巴的結。我先是聞到了拭銀劑的氣味，接著就看見她的指關節縫都沾上了粉色糊狀物。她滿臉歉意地對著我和艾墨特之間點了下頭，準備關上門。

艾墨特用腳卡入了門縫。「等等。」

「我很抱歉，艾墨特先生，可是我沒辦法。」

「你看看我。」他朝她跨出一步，她則站在門口死死地盯著自己的腳。「**看看**我，莎莉。」

她緩緩抬起頭。

他向前傾身，嘴唇幾乎碰到她的耳朵，然後用低沉的嗓音對她說：「照我的話去做，否則我就拿走你的一生。」

她倒抽一口氣，目光閃爍。「法莫先生……」

「你懂我的意思吧？我會把你的記憶裝幀成書，到時你會連自己的名字都不記得。」又是一陣沉默，我幾乎要喘不過氣。然後，艾墨特輕輕推開了門，而她則往後退了幾步，放棄了阻擋。「我不想這麼做，我很喜歡你，可是我**現在**必須去一趟藏書室。」

她仰起臉，面色慘白。「拜託——請不要……」

「好女孩。」他走過她身邊，進入一條幽暗狹小的走廊，手對我勾了勾，但沒回過頭。「現在我們要去藏書室，只要你不來打擾，一切都會沒事的。這樣你懂了嗎？」

她點點頭，又清了清喉嚨。「要是老爺回來……？」

「你就來通知我們他到家了。」

她再次點頭，就這麼點了又點。她定定地望著艾墨特的臉，指了指走道盡頭。「需要我帶你們去藏書室嗎？」

「我記得怎麼走，先回去工作吧。還有，答應我別告訴任何人我們在這裡，好嗎？」

「好的。」她等待著，直到艾墨特揮手打發她離開才快步跑走，走到門前時還笨拙地扳弄門把好一陣子才終於打開門。門在她身後關上。

艾墨特吐出一口氣，彎腰靠在牆上。他和她一樣全身發抖，過了好一會兒才打直了身體。「快點，我想應該是這邊……也許剛才應該讓她帶我們去才對，我剛剛沒想太多。」他推開另一扇門，後頭是條一模一樣的走廊，隧道般遁入一片墨黑，與我家的僕人房一樣刷上了奶油色和綠色相間的油漆。他快步前進，一一數著門，總算停下來推開其中一扇，卻不住低聲咒罵。接著他又試了下一扇，然後抓住我的手臂將我一把拉進去。

這裡是主門廳，左側是有著大理石扶手的樓梯，另一側則正對著會客室。我們走上一條寬闊的畫廊，地上映著菱形的日光，牆上則掛著巨型畫作，訴說著戰役與狩獵，盡是齜牙咧嘴的面孔與血腥暴力的場景。

我們來到畫廊盡頭的最後一道門前。我拚命告訴自己不能逃跑，腦中隆隆作響。艾墨特拉開了門，徐徐吐氣，然後像門房一樣讓到一旁，先讓我進門，之後才隨著我走進去。

藏書室是間採光良好的挑高房間，從兩側的豎框高窗可以眺望一條種滿椴樹的林蔭大道，其餘幾面牆則排滿了書櫃，收著比學校圖書館還要多的藏書。一道閃閃發光的螺旋式階梯通往上層的走道。白色的大理石壁爐上有雕刻，圓胖的小天使用圓胖的雙膝托起了沉重的書冊，妖精則睜大了雙眼，從葡萄葉隙向外偷窺，而森林之神薩提爾正動筆揮毫。壁爐內仍有餘火在燃燒，裝滿沙子的滅火桶在壁爐兩側嚴陣以待。地毯上的扶手椅仍留著有人坐過的印子，讓我不禁想像萊特沃斯在出發參加婚禮前坐在這張椅子上喝著咖啡，輕鬆愜意，彷彿被逗樂似的隨意翻看我的書。希望與羞恥感在體內鼓譟。可是如果他**真的**讀過我的書，現在應該早就擺回書架上了。所有東西都歸回原位了。

窗前有張書桌，我拉開椅面窄小的木椅坐了下來，能感覺到掌心因汗水而變得濕滑。

艾墨特關上門，拉起門閂。他輕輕笑著，脫下手套，撥開臉上的頭髮。我之前猜的沒錯，他確實戴著一枚戒指。那是一枚寬銀戒，鑲了一顆藍綠色的寶石，是德哈維蘭和父親會戴的那種戒指。樣式不難看，但讓人頗感意外。他昨天沒戴，所以肯定是從哪裡偷來的吧。他轉過身。「路西安？怎麼了嗎？」

我拉開書桌的一個抽屜，裡面全是米色的空白紙，另一個抽屜則已上鎖。

「你怎麼了？還好嗎？」

我翻弄著墨水瓶，裡頭的墨水已接近全乾。我捧著瓶子，不禁好奇自己看見的是墨水還是陰影，接著清了清喉嚨。「你眞的會那麼做嗎？」

「做什麼？」

「把她裝幀成書……就是那個女僕，如果她眞的拒絕……」

「你到底在說什麼？」

我放下墨水瓶，轉身面對他，盡量讓語氣保持平穩。「你威脅要拿走她的記憶，甚至是她的名字。」

他眨著眼，嘴角閃過一絲笑意。「我當然不會這麼做，而且我也做不到。」

「你剛才這樣威脅她了。」

「不，我的意思是我**真的做不到**。這是不可能的，要先經過對方同意才能裝幀，沒辦法說做就做……我是裝幀師，不是魔術師。」

「可是……」

「裝幀前需要先經過對方同意，每次都一樣，奈兒也是。」

「我以爲……」我的聲音一時沙啞。我連忙低頭調整領巾，又檢查了一下袖口，發現變得好髒。胃裡則一陣翻攪。「那好，那樣很好。」

「你該不會以爲——你認眞的嗎？路西安？」

「沒有，我只是問問，只是這樣。」

「好，我知道了。這種事還是問清楚比較好。」他搔了搔頭，別開視線。

「不准笑，我怎麼可能知道這種事？」

「我沒笑。」他說。他的眼睛是明亮的榛果色，就像新生樹木上的雨珠。「我不可能傷害她的。」

某處傳來了鐘響。我嚇得跳了起來，而他則挺直身體、四處張望，在一瞬間變了臉色，換上警戒而專注的表情。我們沒有太多時間了。

「好。」他踩著腳跟轉了一圈。

我也四處張望。雖然我張開了嘴，但已經沒有說出口的必要。我們都親眼見到這裡的藏書數量有多麼驚人。我開始掃視最靠近自己的書櫃，看見上頭滿滿的人名，任何一本都可能是我的書。「這些書的擺法根本沒有任何規則。」

「反正那些書也太舊了，你的書皮是絲質的，不是布料或皮革，顏色是灰綠色。」他用手指輕輕拂過身旁的書架，速度快得不可能讀到書脊上的人名。他回過身瞄了一眼。「別擔心，我們會找到的。」

我回過頭。這裡總共有數百本、甚至上千本書。

「不對……不對……不是這本……」他一路往旁邊移動，指尖在書背上輕盈地跳躍。在一片寂靜中，聽起來很像小孩拽著樹枝刷過欄杆的聲音。他走到藏書室的角落時，時鐘再度敲響，十五分鐘過去了。我們互看了彼此一眼。「肯定有個順序，如果不是用字母，**肯定**就是……」

我聳了聳肩，完全沒辦法思考。

他後退一步，上下打量著層層書櫃。「從顏色開始下手，除非他加了書套……」說到一半，他突然停下，彷彿這個念頭沉重得讓他無法承受。「我發誓我們一定會找到的。繼續找，千萬不能放棄。」

我點點頭。大概已經有幾輛馬車駛離市政廳了。荷諾現在在做什麼呢？父親在做什麼？萊特沃斯爵士一定已經在回家的路上。我抬頭望出窗外，卻看不見車道，只看見林蔭道上兩排光禿的椴樹猶如黑色羽翼般伸向天空。眼前盡是褐色的野草和邊緣沾上煤灰的積雪。一隻渡鴉不知從哪裡冒出來，叫聲有如正被撕裂的布料，一次撕破一些。

艾墨特說：「你還在等什麼？」

我的注意力再次回到室內。他望著我，整個人臉色發白、神經緊繃，彷彿和我一樣在乎這件事。如果他被逮到，下場就是流放。至於我，父親至少會想辦法保住我，不讓我受牢獄之災。「抱歉。」

「快點找就是了。」

「好。」我衝向螺旋梯。爬上去時，鐵梯發出了陣陣悶響。

艾墨特喃喃說道：「不是……不是……**不是**……」

收在樓上的書樣式更加繁雜，很難確定到底有沒有看到灰綠色的書脊。我又改回從書名下手，覺得時間像氧氣般漸漸被消耗殆盡。

「該死，我看不清楚書名。最底層的書架……」

我的目光掃過欄杆上方，發現他正猛力拉扯著一個鎖頭，拚命想撬開面前的書櫃。「別傻了！直接敲破玻璃吧！」

「啊，也是。」他對通往外頭的大門瞟了一眼，將手肘往後甩，接著擊中玻璃。玻璃應聲碎裂，發出彷彿足以撼動世界、震耳欲聾的巨響。

一片死寂。有一瞬間，我還以爲聽見了朝我們衝來的腳步聲，之後才發現那只是我的心跳。

艾墨特吐出一口氣，小心翼翼地把手伸進邊緣參差不齊的破洞，將書一本本拿起。他檢查著每一本的書脊，然後隨手扔成一堆，再探進去撈出更多書。最後他垂頭喪氣地說：「都不是。」

「繼續找。」可是他卻彷彿成了座雕像，低頭望著某本攤開在他手裡的書。「你是在**讀**那本書嗎？」

他砰地一聲闔起書，整個人看起來有些搖晃。「抱歉——我無法——我不是故意的……」他腳步不穩地走回書桌，將那本書放下。「我一時被它迷惑，就看了。抱歉。」

「該死的，法莫！」

「我**說了**我忍不住！我是裝幀師，就是會被吸引。」他的臉色比先前更蒼白了。「至少我們知道這些都不是仿冒品。」

我回頭繼續看著書架。整排書脊上頭有一大堆人名，就是沒有我的。我看到了一本**達內**的書，一時之間感覺有如電流竄過全身，但那本是**伊莉莎白．莎森．達內**。

莎森是祖母婚前的姓氏。她平時對我們十分冷淡，讓人覺得充滿距離感又高傲，而當她徘徊於不同的房間尋覓那永遠也找不到的東西時，腳步幾乎不曾爲誰停下來過。可是眼前這本書跟她一點也不像，這本書很漂亮，棕色皮革封面上盤旋著金藍色的鳶尾花。我將手指壓在玻璃上，心裡好想知道她的人生故事，可是我沒時間了。

艾墨特在我身後爬上樓梯。我本來移向一旁要讓他通過，但他卻沒走過來，而是在樓梯口靠著欄杆彎下身。他雙眼緊閉，臉色慘白。

「你怎麼了？法莫？」

「我沒事。」

「你看起來很不舒服。」

「是那些回憶。藍鈴花森林——他女兒的婚禮……」他與我對視，努力擠出微笑。「眞的很可怕，只是這樣，他們偷走了他的**人生**。」

「是啊。」在腦海深處，我能看見威廉·連蘭躺在丘陵緩坡的稀疏草地上，一旁有蝴蝶在炎熱的風中飛舞，頭頂上則是一片萬里無雲的天空。我也看見他揭起新娘頭紗，俯身親吻她嘴邊的雀斑。我轉過身，在胸前抱起雙臂，感覺口中無比乾澀。

艾墨特似乎動了一下，然而我沒回頭，因爲我不希望他看見我的表情。我仍記得他的雙臂擁著我的感覺，記得我們共度的那一夜，那彷彿徐徐滲透進骨頭之中的溫度。可是一切都結束了，終將劃下句點。我抬頭望著天花板的灰泥浮雕，看見我們頭上懸著凍結的漿白果實，硬得能讓人咬斷牙齒。

他突然朝我走來，而我不自覺地轉過身，想向他伸出手。我正打算開口——卻不知道自己要說什麼。

他擠過我身邊，害我踉蹌著往書櫃退了幾步。「我覺得應該在這裡——**沒錯**！」

我一時半刻沒弄懂他在說什麼。

「你的書啊！就在裡面！」他扭著書櫃玻璃門上的握柄。「這裡面一定都是違法書籍，那些還活著的人或他們家族的書……你看。」

他說的沒錯。書封灰綠，書脊上的燙銀字體印著我的名字：**路西安·達內**。我應該要很高興，背脊卻一陣陣發涼。也許我一直以來都不相信這是眞的。

我別過臉，眼神停留在壁爐的妖精雕刻上，緊盯著她們光滑的大腿和微啓的雙唇，看見森林之神懶洋洋地躺著，手中的筆握得直挺。我清了清喉嚨。「很好，拿出來我們就可以走了。」

「當然，不然你以爲我……」他只說到這裡，接著便死命地擰著握柄，使出全身力氣，並因爲用力而發出斷聲。

我推開他。「爲什麼要浪費時間？敲碎就好了！」

鐵條。玻璃後方有鐵柵欄。

我緊盯著鐵柵欄。金屬的顏色黑深，樣式華麗細緻，上頭有著捲鬚、螺旋及花蕾圖騰盤根錯節，彷彿仍在生長，又如已經死透。鐵條之間的縫隙太密了，任何東西都難以穿過。

鐘響再度傳來。艾墨特望向我，又回頭看著書櫃。「一定有辦法拿出來。」

「什麼辦法？」

「對，打破玻璃，然後……也許可以……」他的聲音慢慢消失，而這陣沉默即是最好的回答。

我深吸一口氣。那一刻，眼前一切就像一幅**錯視畫**：灰泥天花板、書本、傢俱。這裡就像是黎瑟小時候玩的娃娃屋，就連屋外的樹木與天空都像直接貼在玻璃上的紙上塗鴉。而我說不定也是木頭和蠟製成的。

我背對著他。「我們走吧。」我走下螺旋梯，可是他沒跟過來。「算了吧，法莫。」

「什麼？你不會是——你不能放棄。路西安！」他的目光越過欄杆上方，望向了壁爐裡的火。「等一下，我在想什麼？我們根本不用把書拿出來。只要打破玻璃就可以燒了那本書。去拿火鉗——再帶個滅火桶過來，我可不希望燒了整棟房子。」

「不要。」

「快點！如果萊特沃斯爵士回來……」

「我說了**不要**！」一片死寂。壁爐上方有個沾沾自喜的小天使，正在訕笑他人的祕密。

「我不懂。」他終於開口說道。「如果不是爲了拿回你的書，我們爲什麼要來這裡？」

我深吸一口氣。「我是想要我的書，」我說：「我只是希望這本書——安全，放在別人碰不到的地方。我只是想確定不會有人讀到它，就只是這樣。」

「可是你不想知道內容？」

「不想。」

又是死寂。我抬起頭，他正斜倚在欄杆上，幾綹髮絲垂在眼前，臉頰通紅。那件棕色外套和皮革行李袋讓他顯得格格不入，像個小偷，像個裝幀師。我甚至不知道他想要什麼。他靜靜地說：「爲什麼？」

「我們走吧。」我瞄了一下房門。可是只要想到可能會撞見別人，我就不由得全身顫抖。我轉向窗戶，看見外頭有隻喜鵲正在鋪石路面上蹦蹦跳跳。牠停了下來，猛地轉向我，嘴裡叼著個正在閃閃發亮的東西。我不禁更靠近一些。不對，那只是我幻想出來的。額際開始隱隱作痛。我拉開了一旁的窗戶，雖然窗口很小，但也已經夠讓我擠出去了。

「究竟是怎麼了？」他停了一下。「沒什麼好怕的——」

「是嗎？」我旋過身。「我親眼見到你的書被燒掉，還以爲你要死了。」

「我是說回憶。」

「你別想……！」我頓時停下。我們同時看了大門一眼。接著我壓低了音量。「無論我做了什麼，我都選擇遺忘，這是我做出的**選擇**。我父親做過的骯髒事——一定都比不上那本書，它絕對比我能想像到的都還要更齷齪……所以你別想說服我**拿回**這段記憶。」

「我只是說……」他猶豫了。有一瞬間，我耳中冒出一陣尖銳的鳴響，彷彿他即將說出一些我聽不見的話語。「不必害怕，我向你保證。燒了吧。」

「你別再指使我了！」他畏縮了一下，讓我感到十分滿意。「這是我的人生，法莫，所以由**我**來選擇。」

「拜託，路西安，相信我。」

「相信你？」我彷彿將這三個字吐到他臉上。我還記得第一次見到他時，他又是哭泣又是嘔吐的模樣，而現在他也用我當時看著他的眼神望著我，充滿了憐憫、蔑視、不可置信。這眼神太傷人，令我喘不過氣。「我憑什麼相信你？就因爲我們做了一次？」他伏在欄杆上，垂下了臉。我朝著他的方向上前一步。「你以爲自己比我更懂嗎？奈兒死了，德哈維蘭死了，全都因爲你，所以你說我憑什麼相信你？」

儘管如此，我還是期望他能給我答案。他抬起頭，與我四目相接，卻沒有回答。那一刻他彷彿已經不在這裡，去了某個我到不了的地方。

我轉身面向那扇已經打開插栓的窗戶，一路猛力推開到最底。喜鵲飛走了，牠身上藍綠色羽毛的光澤猶如黑珍珠般閃耀。寒冷的空氣扎得人雙眼刺痛。我爬上窗台，一腿跨過窗框，再低頭爬了出去，最後落在花圃上，發出毫無尊嚴的疼痛哀號。撞上窗框的肋骨傳來劇痛。我左右張望著，發現周遭並沒有人，便走上了穿越纖瘦椴樹林的小徑。

身後傳來窗戶咯咯作響的聲音，是艾墨特也爬過了窗戶，接著則是冬季植物在他腳下被踩得彎折而發出的脆響。他追了上來，我卻繼續往前走。

「你要去哪裡，路西安？回市政廳嗎？」

我聳聳肩。我不能看著他，看著他等同刻意將手伸進烈火之中。

他已走到我身邊，呼吸聲粗重。「那你的書怎麼辦？你寧可把它留在這裡嗎？」

「我知道它的下落了，可以請我父親買下來。」

他嗤之以鼻。「在今天之後，你父親最好還會配合你心情做事。」

我仍然沒有看向他。數公里外，市政廳裡的人群即將散去，父親會親自向每位賓客道別、打趣說笑，一面不忘讚美女士，並且臉上堆滿笑容，像是這個結局完全不出他所料。再過一會兒，我就得回家了。

「還是你以爲可以親自去找萊特沃斯爵士。」艾墨特一把抓住我的手臂，將我轉向他，逼我看著他的眼睛。他尖刻且不留情地對我一笑。「既然他今天都去了你的婚禮，我敢說只要你好好解釋多想要回那本書，他一定連想都不用想就會直接還給你。」

萊特沃斯爵士的臉龐閃過我的腦海：貪婪，掠食者的好奇眼神。就是因爲**這樣**，他昨晚才想要我。對他而言，我就像是某種標本。我吞了一口口水，不願讓艾墨特看出我有多麼不安。「說不定他眞的會還我，」我說：「說不定我們可以達成某種協議。」

我語氣裡有什麼使他眨了眨眼，整個人晃了一下。「好吧。」最後，他慢慢地說道：「然後呢？就算你能拿到那本書……你打算怎麼處理？收在銀行金庫裡，眼不見爲淨？」

「對，一點也沒錯！」

「然後一邊擔心誰的手裡有金庫鑰匙，一邊睡不著覺？或在夜半時分驚醒，大老遠穿越半個塞津去檢查書是否好好放在原處？還是再去裝幀，好忘了一切，能一覺睡到天明？」

「銀行金庫不是那樣運作的，不能說去就去，想開就開——」

他似乎沒在聽。「你會一直害怕下去，永遠活在恐懼之中，這就是你想要的嗎？」

我強迫自己正視他。「我會沒事的。」我說。

他放開我，往後退了幾步。而我手臂上被他抓住的地方則傳來一陣疼痛。

「那你打算怎麼做？」他問。我知道他已經不是在問我的書了。

「不用你操心。我絕對可以用酒精和無意義的邂逅來麻痺那些恐懼和自我厭惡。」

「夠了，路西安。」

「你又何必在乎？你都要去紐頓找工作了，往後不會再見到我。」

他張開嘴，欲言又止，最後默默點了下頭。他輕扯著行李背帶。一陣冷風掀起樹枝和枯葉，吹到了我們臉上。

我轉身離去，雙眼感到前所未有的刺痛，然後踉踉蹌蹌地小跑起來。我只想離他愈遠愈好，但跑了幾步便發現他沒跟上，又回頭張望。

他正奔回那棟屋子。

我過了一秒才明白他打算做什麼，急忙追上去，腳在泥濘的草地上打滑。我在他身後大喊。

「喂！」

他完全沒有停下腳步，已經整個人攀過窗戶，一邊咒罵一邊抱著手肘狼狽地爬回藏書室。等到我總算也爬過窗戶回到室內，他早已蹲在壁爐旁用火鉗攪著烈焰。

「你不能這麼做。」我說。

「你也不能阻止我。」他起身，手裡握著火鉗，上頭夾著一顆熊熊燃燒的紅炭。我把手伸向他，讓他不由得後退，將那塊紅炭從我面前移開。

「我不准你這麼做。」我說。而他揚起眉毛，在身側高高舉起火鉗，走過我身邊。火焰緊緊附著炭塊，在風中稍微縮小了些。「喂——你說過的——裝幀不是需要對方同意嗎？」可是他完全不聽。

「其他人的書又怎麼辦？如果你放火燒掉我那本——**法莫**！」他開始走上樓梯。我抓住了他的手臂，而他猛地甩開。看見炭塊險些滑落，他不禁皺起臉來。我又試著要抓住他時，他則往前踉蹌了兩格階梯。

「我說了**不准**你這麼做！」

「放手！」可是我將他往下拉，讓他在階緣搖搖欲墜。當他試圖抓住欄杆時不慎撲空，腳下往後晃了幾步，差點就倒進我懷裡。我撲向他，想搶過火鉗，但他掙扎著把火鉗拉遠。我用力以拇指掐入他的肩膀，讓他最後痛得倒抽一口氣。可是，當他掙脫我時卻笑了起來。我們扭打著，在這一格狹窄的階面上搖搖晃晃，簡直像在共舞。「拜託，就讓我——噢，這實在太蠢了……」他在**笑**。

我打了他的臉頰，讓他不由得跪倒在地，而火鉗同時也穿過欄杆的空隙滑了出去。炭塊掠過地板，迸出火花。他咬著牙，呼出一口氣。而我再也支撐不住，往下退了一階，再一階，最後踏到地板上。至少他沒有流血。我望著他重新站好，目光越過我身後，瞥向滾落地面的火鉗，又移回我身上。

我們兩人同時動作。他撲向火鉗時，我擋住了他的去路，最後我們扭打在一起，像孩子一樣又推又拉。他從我的箝制中抽出一手，可是沒有揍我，而是徒勞無功地扳著我另一手的指頭，試圖將我的手指一一從自己的前臂上撬開。他不再笑了。「我們快沒時間了……」

我喘不過氣，根本無法回答他。我只感到喉嚨燒灼，繼續使勁逼他退後。他突然間往後一退，讓我們同時失去平衡，緊接著又一邊扭打一邊朝著窗戶的方向過去。他的大腿撞上書桌，整個人蹲下來發出痛苦的嘶吼，而我的手臂也一同感到那股衝擊。我不禁稍微鬆開了緊抓著他的手，他隨即扣住我的手腕並逃出箝制。「不！」我整個人撲了上去，抓扒著他的肩膀、衣領、喉嚨、全身各處。他旋過腳跟、壓低身體，試圖閃躲我的手。然而他突然停了下來，眼神怔愣地越過我的肩頭，又迅速地蹙了一下眉頭。我回頭想知道他看見了什麼，腳下卻突然打滑，接著手肘便擊中了他的下巴，讓他的頭往旁邊猛地一轉，撞上了書桌。他跪在地上，呼吸嘶啞，而四下一片寂靜。

也不盡然。有樣東西發出劈哩啪啦的聲響，像某種呢喃……

是火。

一定是剛才著火的炭塊溜過了地板——或者有火花亂竄，火苗點燃法莫先前隨手扔在地上的書……但是究竟是怎麼著火的已不重要了。烈焰熊熊，火舌舔舐著書架，又猶如緞帶般猛烈地抽在玻璃上。塗上亮光漆的木頭表面則起了泡，燒得焦黑。書本焚燒的模樣猶如樟腦遇火，火勢洶湧狂野，而火光在書櫃內猖狂搖曳，不斷往上竄升舞動，直到最上層的書櫃也著了火。新的火花像爆開的種子莢，再次生根、茁壯，讓煙霧往上直衝，並且鑽入我的喉嚨。

我愣愣地瞥了壁爐旁的滅火桶一眼，但為時已晚。一座書架早已倒塌，玻璃破碎，火焰則撲向其他尚未遭殃的書，舔舐著書頁，將之拆毀。在閃動火光且尖聲歌唱的灰燼中，書本朝著天花板輕嘆，喘息著吐出紙頁中的記憶。

我試著想呼吸。「不可能——太快了……」

「書本想被燒毀。」他說：「它們之所以燒得這麼快，是因爲不安定，記憶**不想**被放在書中……」話說到一半，他開始猛咳。有人在敲門，是莎莉的聲音，求我們開門讓她進去。「夠了，我們得走了。」他硬逼自己說出這句話。「現在就走。」

我彎下腰，一把抓起壁爐旁的撥火棒。

下一刻，我飛奔上樓，衝進大火的中心。

28

四周濃煙密布，要是我闖入必定會迷失其中。煙霧令人窒息，搔刮著我的喉嚨，燒灼著我的肺。我摸索著周遭沿走道前進，視線因淚水而模糊。火焰在腳下怒吼，熱氣則猶如一堵厚牆。我仍握著撥火棒，能感覺到金屬的熱度滲透過手套的小牛皮傳來。我聽見附近玻璃破裂的聲音，看見黑星在眼前飄浮跳動。

我沒有思考的時間，搖搖晃地撞上了書櫃。我試著找回方向，一陣疼痛卻突如其來，竄上了手臂。是鐵柵欄。玻璃已經碎了，而鐵條極度炙熱，燒穿了我的手套。然而這也表示我找對了位置，我的書就在櫃中某處，就在與我視線平齊的那一層。我將撥火棒往後揮，接著狠狠敲向鐵柵欄，但柵欄只是輕顫了一下。

吶喊，困惑的聲音。是法莫喊著我的名字。他正大步奔上樓梯。

我再次將撥火棒揮向鐵柵欄。我沒辦法呼吸，咳了又咳，彷彿活生生從體內遭到燒灼。視線上方有許多星星沸騰閃動，我拚命眨著眼想甩去。

再一擊，還是沒用。

我將撥火棒擠過鐵條，拚命向側邊扭轉，使出全身的力氣撬著那道柵欄。我絕不放棄。要是鐵條不斷，我就繼續嘗試，直到被煙霧嗆死。反正，在走道崩塌前我就會失去意識，不會感覺到烈火的焚燒。

「路西安！**路西安！**」

我的心臟艱難地跳動著，像壞掉的鼓一樣敲著無力的節拍。每咳一次都彷彿更深一層地撕裂我的肺，而我的手中則沾滿了充滿煤煙味的痰。

鐵條總算斷開了，讓我一時差點跌倒。

我整個人壓上了書櫃，看見眼前令我眼睛灼痛的灰霧表面上出現了不斷竄動的各種色彩。我撬開鐵柵欄的角落，直到足以探進一手。我胡亂摸著一本本書脊，手套指尖已經燒焦。我的書就在裡面，如果我碰到它，自己會有感覺嗎？書本接二連三落地，煙霧讓我失去了方向感。有人呢喃著愛語，飄來藍鈴花的香氣。有木頭著火的刺耳爆裂聲，某處更傳來吶喊聲。地面傾斜了，烏黑的煙雲彷彿隨時能將我吞噬。我像是吸入強酸那樣，腦袋感到一陣暈眩。書本好溫熱，彷彿具有生命，隨時都可能溜出我手中，奮不顧身地投入火窟。它們燒得很快，它們**想被**燒毀。

我倒下了。

我倒下了，再也站不起來。時光翻轉重複：我倒落地面，然後再次跌倒。痛楚如浪潮般將我高高捲起。我用力吸氣，努力撐著身體爬起，才發現自己還沒有死。劇烈的眩暈感襲來，讓我再次躺倒在地板上。這裡與煙霧之間有更多的距離，更能看見其餘書櫃和天花板上的灰泥漿浮雕，能看見更多鮮明的琥珀紅和單調的灰色以外的色彩。周圍突然傳來一陣木頭爆裂聲，以及書本墜地的碰撞聲，緊接著又冒出了一條煙柱，竄升到半空中，朝著天花板翻騰起伏，灰色煙氣在我的眼前手舞足蹈。

「路西安。」在烈火的咆哮和爆破聲中傳來一個沙啞的聲音，彷彿正又哭又笑。那是一個感到疼痛不堪的人。是艾墨特。「該死，」他說：「你想要自殺嗎？」我眨了眨眼驅散淚水，眼睛瞇得只剩一條縫。樓梯還在，畫廊只有一部分塌了——

「夠了！」他抓住我。「這太危險了——我們得離開——**拜託！**」

我笑了，這麼做好痛。熱氣在我的血管裡搏動。

「他們正在想辦法破壞門。」外面的走廊傳來吼叫，男人的聲音。大門不斷撞著門框。「門閂撐不了多久的。」

「沒拿到我的書，我是不會走的。」我甩開了他。他腳下一陣搖晃，卻還是緊抓著我，然而他的力道變小了，彷彿已經耗盡了力氣。他受傷了。我們在浪費時間。要是我揍他，他就會放手。

「聽好。」他拉高音量。「就讓它燒掉吧，如果之後還需要我重新幫你裝幀，我一定幫你，我發誓。」

我滿眼淚水地抬起頭。火焰舞動著穿過走道的破洞，在霧中閃著猩紅與金黃色的光芒，而下一個遭殃的就是這座玻璃碎裂的書櫃。

「你以爲自己在做什麼？路西安？這值得犧牲性命嗎？」

我張開嘴，煙霧卻灌了進來。淚水自刺痛的雙眼滑落臉頰。我以爲我知道自己最害怕什麼——大概是發現自己是殺人犯吧。但我怎麼會以爲這就是最可怕的事？在這讓人什麼也看不見的熱氣和煙霧中，火焰怒吼著、有人揮拳狂敲著門，我內心彷彿有什麼，某種最後的防線，就此崩塌。夢魘的碎片湧入心中，鮮明、眞實，令人反胃。眞實記憶已夠駭人：奈兒用湊合的絞索上吊後布滿血絲的雙眼、面無表情的女僕、德哈維蘭遭到攻擊，以及父親……但在這一切之外還有更糟糕的事，只是畫面模糊不清——我父親做過的一些事，他可能逼我做的一些事，全都墮落又邪惡到讓我只敢想像。但話說回來……如果我能想像，大概也做得出來。

我拚命想呼吸，臉上一片淚濕。「你不懂，我——如果你知道……」

他的嘴湊上來壓住我的嘴，十分粗魯，根本稱不上是吻。我們撞上了彼此的牙齒，我的頭顱震了一下，痛意像閃電一樣一路直達下唇。我仍在說話，而有一瞬間，我的聲音就像是傳進了他的口中。他隨即抽身，只拉開到能看著我眼睛的距離。

「我愛你。」他說。

那一刻，我彷彿身在他處。猖狂的熱氣和噪音只是前景，我聽見了其外的寂靜，來自遙遠邊陲的一片空無。我心中居然如此鎮定，不禁覺得自己可能正慢慢死去。

接著他抬起頭，眼中映出閃耀的火光。他的表情中帶著焦慮，接著卻閃過某種勝利般的神情。是大火，是那座書櫃。

我推開他，但爲時已晚。熱氣淹沒我時，我吸了一大口氣。火光跳躍，烙印在我的腦海中，紛飛的火星越過了我的視線。

眞相在我的腦中焰閃，令人眼花撩亂，且耀眼得難以看清。隨即它便吞沒了我

當我再次睜眼，世界全變了樣。

我不知道自己身在何處，也不知道自己是誰，只覺得好冷，肺部疼痛不堪。當我試著清喉嚨時，喉頭立刻痛得像是吞了一顆熊熊燃燒的炭塊。我的臉被煙燻紅了。

而在這一切之下，是如同濕潤黑土般深刻而肥沃的幸福感。我不知道這代表什麼，也不知道爲什麼會有這種感覺，只知道我只要伸出手就能抓個滿懷。

「你還好嗎？」

艾墨特。我甚至在想起自己的名字之前就先想到了他的名字。

「我——應該還好……」我的聲音沙啞，說話時牽動的地方都陣陣發痛。我坐了起來，覺得頭好暈。

「別亂動。不用擔心，你現在很安全。」

我不停眨著眼，直到視線變得清晰。我不知道我們在什麼地方，只知道是在某種石頭建物之內，

四面開放，而表面剝落的梁柱框出了一片有樹木標出邊界的田野。草色是冬季略顯倦怠的青棕，山坡上則覆蓋著灰濛濛一層厚雪。時間彷彿並未流逝，我卻感覺自己離開了好幾年，或一輩子。

「好多了嗎？」

我點頭。

「會慢慢變好的，前幾天都會有點……奇怪。」

「好。」

「之後就會穩定了。」

「了解了。」

我吸入泥巴和枯葉的氣味，看見餘煙、焦黑的小牛皮和嘔吐物。石地板上有一灘液體。我一定是吐了，就和艾墨特的書燒毀時一樣……我皺起臉，十分慶幸剛才自己失去了意識。我低頭脫下了手套。還好我有戴著它們。我的指腹又紅又腫，全身則陣陣刺痛。我爲什麼這麼快樂？

因爲那些色彩吧。因爲枯燥的冬季世界竟如此明亮，簡直到了我無法承受的程度。因爲疼痛更爲貼近，口中的煤灰就如我嚐過的所有食物一樣眞實。因爲我嗅到一些氣味：植物的根莖、沉睡的生命、等待長大的種子。因爲……

我看向旁邊，艾墨特與我視線交會，看起來十分害怕。

我笑了。他**現在**才知道要怕。

「沒事了。」

他不大確定地點點頭。他的額上有塊黑色汙漬，眼眶泛紅，下巴處還有一大塊酒紅色的瘀青。

鳥兒在屋頂上歌唱，渡鴉則在田野另一邊回應。高亢又細薄的啁啾，乖戾且粗暴的嘎叫，兩種聲音都令人覺得悅耳。在鳥語之外，還有鐘聲及遠方的呼喊，一道高高的煙柱則冉冉從右側樹林上方升起。

「我想我們安全了，莎莉不會告訴別人她放了我們進去。」

「我不擔心。」我從沒擔心過。

「也許別留在這裡比較好，雖然我也不知道能去哪兒。」

我看了他一眼，感覺內心深處爲之震顫。我很快就會想注視著他，再也不挪開視線。我會想重新認識他的每顆雀斑，嘴角的每個牽動，每根睫毛。但還不是現在。此時此刻，我只能這樣與他對望，努力保持呼吸。

飢腸轆轆時，吃得過量是很危險的。可是要讓自己轉身卻是如此困難。我對著蔥綠的田野眨了眨眼，看見了一座頹圮的城堡、一座農家庭院、一個結凍的護城河上邊緣參差的破洞。太多回憶，我無法一一捕捉，它們有如旋轉木馬在我身邊打轉，然後漸漸放慢。此刻，我能瞥見它們的形狀與細節。一名珠寶商手中的紫藍色寶石閃爍光芒。破舊棉被上擺了一列撲克牌。一隻年幼㹴犬在我懷裡扭動。一座花園，前襟敞開的襯衫，被陽光照得溫暖的皮膚上，有道滲血的小刮痕。要是我將心中的視線稍微往旁邊挪移，就會看見截然不同的畫面：上鎖的門、餐盤上冷卻凝結的食物、父親手裡拿著皮帶……幾週後，農場庭院燒成灰燼，艾塔朝我吐口水。樓上敞開的窗戶，尖叫化爲抽泣。她縮著肩膀，向旁邊退開時的表情。**如果你真想見他，那就去啊。看看你對他幹了哪些好事……**艾墨特在裝幀所，像看陌生人一樣看著我。

然而即使是這些記憶，現在也沒那麼難受了。我深吸一口氣。雖然疼痛依舊，可是已慢慢好轉。記得和不記得的內容相互重疊，我被裝幀後……長達數月的麻木無感，父親的輕蔑，黎瑟的鄙視眼神。這些遙遠而悲慘的記憶都像是發生在別人身上的一樣。還有——我不禁畏縮了一下——我第一次見到艾墨特……是他來幫奈兒裝幀的那次。一想到我對他說話的口氣，還有後來對待他的態度，內心便似乎有什麼枯萎了。還有我們共度的那晚，那時他已經知道了，而我還渾然不知。

我不要再去想了。這不是他的錯。要是易地而處，我也會這麼做。

「對不起，」我說：「我不該拋下你，也不該——做其他那些事……」

他聳聳肩。「不重要了。」

「我甚至沒問過**你的**書、你的記憶是什麼。我親眼看見你燒了那本書，卻連問一聲都……」

「被裝幀成書會對人造成奇怪的影響。」他動了動嘴唇，嘴角似有若無地帶著笑意。「對目中無人的傢伙更是這樣。」

「喂。」我們四目相接，又同時別開臉。我靠在涼亭的柱子上，兩手插進口袋，指尖碰到某個柔軟而潮濕的東西，便將它掏了出來。那是今早插在翻領釦眼的玫瑰，此刻卻讓人覺得彷彿已是久遠以前的事。我把花扔向了草地，只想拋得愈遠愈好。艾墨特的眼神則跟著那朵玫瑰一起落地，不發一語。我深吸一口氣。我並不知道自己本來想說什麼，但脫口而出的卻是——「你是認眞的嗎？」

「什麼？」

「你說的那句話，就是在……」

「噢。」他稍微動了動。「我只是想分散你的注意力，阻止你衝進大火中。」

「我問的不是這個。」

「不是嗎，那麼……」他站起身，背對著我，最後說：「明天早上再問我一次。」

我點頭又點頭。心中漾起一抹開心的笑，但此時此刻，我決定先忍著。「你燒了我的書。我明明說不准燒，你還是照燒不誤。」

「是沒錯。」

「很好。」一陣沉默。一團團蕈狀煙雲浮在樹頂。「你還燒光其他人的書；你燒了整座藏書室。」

「對。」他轉頭看著那團煙。

「這樣不危險嗎？我是說，要是那些人全都記起來了呢？」

「我也不知道，」他說：「我不是故意的。」他瞥向我。「這只是猜測，但我想那些大多是交易裝幀，當初既然都賣了，再拿回來應該不會介意……至少我是這麼希望。」

他們現在都在哪裡？跪在街上，在田野、在廚房，親吻或爭執到一半突然停下。想想看，記憶全部回歸會是什麼感覺？女兒的婚禮。第一次抱著兒子。藍鈴花。我的喉中漸漸出現一陣與煙霧無關的疼痛。

我站起身，覺得頭暈目眩。我走過艾墨特身邊，步出了涼亭，來到草地上。一陣風吹來，即使仍然冰寒，卻滿載著土壤的味道和濕氣，宣告冬季邁入尾聲。我倚著柱子，將記憶一飲而盡。在回憶的漩渦裡，有一段時光鮮明地浮現：那是去年春天某個潮濕卻湛藍的夜晚，我從農場一路走回紐豪斯。那晚，艾墨特主動邀請了我，而我留下來跟他們共進晚餐。我向他道晚安時，他對著我笑了。那個有些不自在又壓抑的笑容，讓我覺得全世界只剩下我們兩人。我吹著口哨走回家，像是音樂廳的表演般在小徑上手舞足蹈，自顧自地傻笑。我穿著艾墨特的襯衫，一顆心飄飄然，好像隨時都會飛走。這段回憶令我無法呼吸。我從來不知道快樂居然那麼簡單。

然而再也不會了。事物一旦碎裂，便再也無法完整。可是現在……我往後仰頭，望著清澈的天空和鳥兒交錯的軌跡。我不是強暴犯，也不是殺人犯。我開始笑，下一秒又哭出來。艾墨特刻意別開眼神。最後，我用袖子把臉擦乾。

「艾墨特。」我說，卻想不到接下來該說些什麼。

他朝我伸出一手，眉間微微皺起，似乎不確定我感覺如何。我牽起他的手，兩人的手指交疊相扣。他的戒指輕輕壓上我的指節。

他吞了一口口水。「你都記起來了？」

「對，我記起來了。」

「全部嗎？」

「就我所知是的。」又一陣笑意哽在喉頭。這句話是如此眞實，根本沒什麼好笑的。

他閉上了眼睛，眼皮像在睡夢中一般輕顫。他的睫毛上沾了煤灰，瘀青的顏色也已暗下。我很快就會親吻他，但此時此刻，我靜靜站在原地，只是看著他。

車道上傳來了馬車的轆轆聲，正一路朝著屋子駛來。他迅速向前傾身，瞇著眼睛望穿樹林。

「那麼，」他說：「我們走吧。」

致謝

我在創作和修改《裝幀師》的過程中獲得的智慧建言、慷慨熱情、專業指導實在多到不勝枚舉，而且在我打字的這一刻，致謝名單還在持續增加——這表示我必定會漏掉一些人！所以不管你是誰，如果我忘了提到你，都請接受我誠心的道歉，並在下次見面時提醒我一聲，讓我請你喝一杯。

我由衷感謝傑出的經紀人莎拉·巴萊，因爲你聰穎、犀利又圓滑的意見與回饋，才能讓我的初稿變成……嗯，二稿，然後三稿。感謝你的支持、溫暖和幽默，我眞不敢相信自己那麼幸運能有你從旁協助！我也要謝謝艾莉·凱倫，以及聯合經紀公司團隊的所有隊友。

另外，我還要掐一下自己大腿，才能證明我眞的跟蘇西·朵蕾合作到了，而不只是一場美夢。蘇西是我在行政區出版社的編輯（她不僅是位出色的編輯，還是優秀的雞尾酒酒伴）。還有行政區和哈潑柯林斯出版社的每位同仁，從第一次認識，你們的熱情活力就一直令我敬佩不已。謝謝你們提供的所有協助！能夠跟同爲哈潑柯林斯的美國姐妹團隊合作也是相當美好的經驗，尤其是威廉莫羅出版社的潔西卡·威廉斯。

謝謝艾比·芬頓出借她在西班牙加利西亞的房子，讓我有更獨立的創作時間與空間。此外，我也要特別感謝她拍了一張我努力寫作時的照片。現在我只要開始寫作，都會拿出這張照片督促自己。我還要感謝保羅·賈維斯，隱忍我多年來在他的裝幀課上提出的各種蠢問題。（要是書中出現關於書籍裝幀的錯誤，全都是我的問題。）

最後，我要特別感謝尼克·格林，他是我所遇過最慷慨的人，沒有他，我就不可能寫出《裝幀師》。

Concinnator librorum. Buchbinder.

QVisquis in Aonijs studiosus obambulat hortis,
Et studijs tempus mitibus omne locat.
Huc properet, vigili ferat atq; volumina dextra,
Edita Calcographus quæ prius ære dedit.

Hic ego campactos tibi leuigo ritè libellos,
Et polio, picta postmodo pelle tego.
Sericeis etiam ligis operosus adorno,
Atq; comas, summa qua decet arte seco.
Inter vt Aonidum vel mille volumina pulchrè
Emineat cultu conueniente liber.

C 5 Illu-

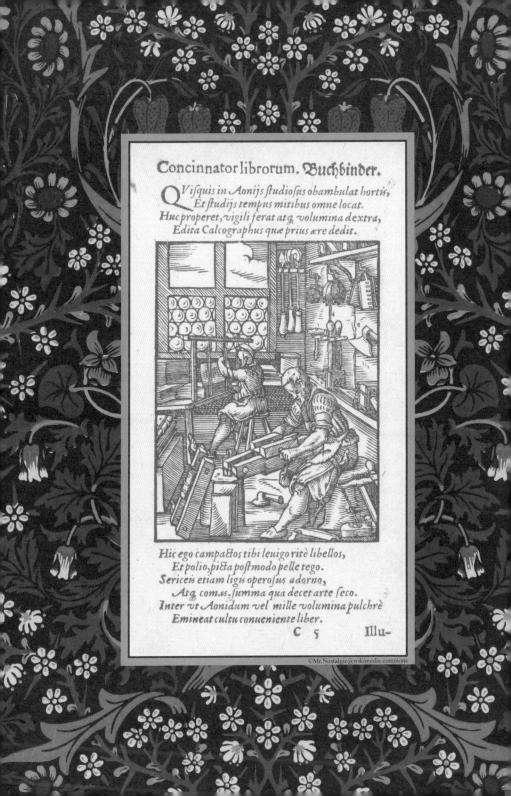

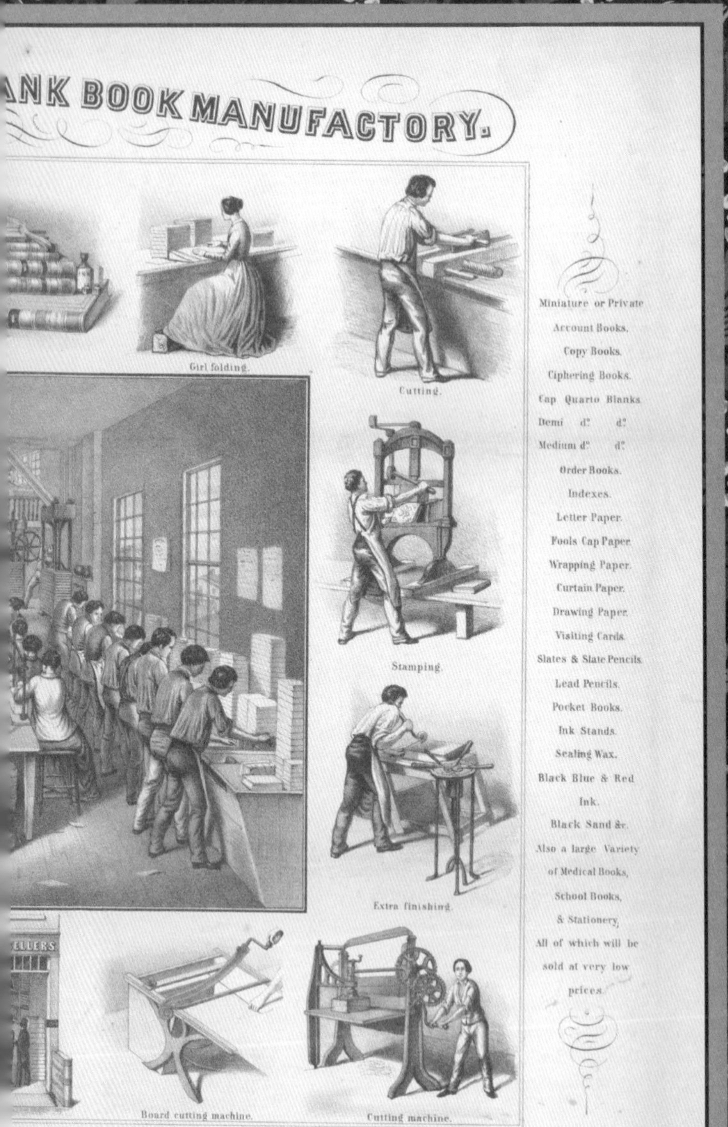
ANK BOOK MANUFACTORY.
Girl folding.
Cutting.
Stamping.
Extra finishing.
Board cutting machine.
Cutting machine.
Miniature or Private
Account Books.
Copy Books.
Ciphering Books.
Cap Quarto Blanks
Demi d° d°
Medium d° d°
Order Books.
Indexes.
Letter Paper.
Fools Cap Paper.
Wrapping Paper.
Curtain Paper.
Drawing Paper.
Visiting Cards.
Slates & Slate Pencils.
Lead Pencils.
Pocket Books.
Ink Stands.
Sealing Wax.
Black Blue & Red
Ink.
Black Sand &c.
Also a large Variety
of Medical Books,
School Books,
& Stationery,
All of which will be
sold at very low
prices.
BLANK BOOK MANUFACTURERS
Philadelphia.
Fredk. Scofield.
MICROFILMED